O PRIMEIRO A MORRER NO FINAL

O PRIMEIRO A MORRER NO FINAL

THE FIRST TO DIE AT THE END

ADAM SILVERA

TRADUÇÃO DE CARLOS CÉSAR DA SILVA
E JOÃO PEDROSO

intrínseca

Copyright © 2022 by Adam Silvera

Não é permitida a exportação desta edição para Portugal, Angola e Moçambique.

Os versos de T.S. Elliot, na página 89, são de tradução de Caetano W. Galindo, Companhia das Letras, 2018.

TÍTULO ORIGINAL
The First to Die at the End

PREPARAÇÃO
João Rodrigues

DIAGRAMAÇÃO
Ilustrarte Design e Produção Editorial

REVISÃO
Pedro Proença

ARTE DE CAPA
© 2022 by Simon Prades

DESIGN DE CAPA
Erin Fitzsimmons

CIP-BRASIL. CATALOGAÇÃO NA PUBLICAÇÃO
SINDICATO NACIONAL DOS EDITORES DE LIVROS, RJ

S592p

    Silvera, Adam, 1990-
        O primeiro a morrer no final / Adam Silvera ; tradução Carlos César da Silva, João Pedroso. - 1. ed. - Rio de Janeiro : Intrínseca, 2022.
    544 p. ; 21 cm. (Os dois morrem no final ; 2)

    Tradução de: The First to Die at the End
    Sequência de: Os dois morrem no final
    ISBN 978-65-5560-351-4

    1. Ficção americana. I. Silva, Carlos César da. II. Pedroso, João. III. Título. IV. Série.

22-79400   CDD: 813
                        CDU: 82-3(73)

Gabriela Faray Ferreira Lopes - Bibliotecária - CRB-7/6643

[2022]
Todos os direitos desta edição reservados à
Editora Intrínseca Ltda.
Rua Marquês de São Vicente, 99, 6º andar
22451-041 – Gávea
Rio de Janeiro – RJ
Tel./Fax: (21) 3206-7400
www.intrinseca.com.br

Para todos que estiveram comigo desde o início.

*E também para Nicola e David Yoon,
meus vizinhos favoritos com corações gigantes.
Eles nunca deixam de me mostrar como o amor deve ser.*

PARTE UM
INAUGURAÇÃO DA CENTRAL DA MORTE

Todos querem saber como nós prevemos a morte. Digam-me uma coisa. Antes de entrarem em um avião, vocês pedem que os pilotos expliquem a aerodinâmica da aeronave, ou simplesmente viajam até seu destino? Peço que não se preocupem com a maneira como sabemos acerca das mortes e que pensem apenas em como vão viver suas vidas. O destino final pode estar mais próximo do que imaginam.

— Joaquin Rosa, criador da Central da Morte

30 de julho de 2010
ORION PAGAN
22h10

A Central da Morte pode me ligar à meia-noite, mas não vai ser a primeira vez que alguém diz que vou morrer.

    Nos últimos anos, tenho lutado pela minha vida por conta de uma doença séria no coração, sempre me borrando de medo de cair duro caso eu viva muito intensamente. Nesse meio-tempo, uma empresa chamada Central da Morte apareceu do nada, alegando ser capaz de prever quando — e não apenas *se* — estaremos prestes a morrer. A situação pareceu a premissa de um conto que eu escreveria, mas a vida real nunca me traz conquistas assim. No entanto, tudo se tornou real demais, e rápido demais, quando o presidente dos Estados Unidos participou de uma coletiva de imprensa para apresentar o criador da Central da Morte e confirmar sua habilidade de prever nosso destino.

    Naquela noite, eu me inscrevi na Central da Morte.

    Agora só resta torcer para não ser a pessoa que vai receber a primeira ligação de Dia Final.

    Mas, se for eu, pelo menos vou saber que para mim o jogo acabou. Acho.

    Até lá, vou aproveitar a vida.

    E isso começa indo a um evento único na história: a inauguração da Central da Morte.

A empresa está organizando várias festas por todo o país, acho que para levantar o astral e deixar todo mundo ansioso para o sistema que vai mudar a forma como encaramos a vida e a morte. Esses eventos já estão acontecendo em muitos lugares, como no píer de Santa Monica, na Califórnia; no Millennium Park, em Chicago; no Museu Nacional da Força Aérea dos Estados Unidos, em Ohio; e na 6th Avenue, em Austin; só para mencionar alguns. É claro que estou no melhor de todos — na Times Square, coração de Nova York e sede do primeiro escritório da Central da Morte. Amo minha cidade, mas ninguém nunca me veria na Times Square em plena véspera de Ano-Novo — é frio demais para valer a pena. Mas nesta noite quente de verão estou aqui, de boa, para presenciar algo histórico.

É insano pensar no tanto de grana que a Central da Morte deve estar investindo pelo país. Ou mesmo só aqui, na Times Square. Os telões estão sempre divulgando um milhão de coisas ao mesmo tempo, de refrigerantes a séries de TV e sites novos, mas hoje não. Cada tela exibe uma ampulheta preta com um fundo branco radiante. A ampulheta já está quase cheia, sinalizando as ligações de Dia Final que vão começar à meia-noite. Mas parece ser mais do que isso. É quase como se o produto que a Central da Morte está divulgando fosse o próprio tempo. O marketing está dando certo, porque as pessoas se aglomeram em filas nos guichês de informação como se um novo iPhone estivesse à venda, tudo isso para falar com o serviço de atendimento ao cliente da Central da Morte.

— Imagina como seria trabalhar na Central da Morte — comento.

Minha melhor amiga, Dalma, tira os olhos do celular para me encarar.

— Eu nunca ia conseguir.

— Sério. É como se cada ligação estivesse salvando a vida de alguém, mas, na verdade, não está. Como dá para dormir sabendo que todo mundo com quem você falou naquele dia está morto?

— Sei que a morte está sempre na sua cabecinha, Orion, mas essa conversa mórbida está acabando comigo.

— Tecnicamente, a morte está sempre no meu *coração*.

— Minha nossa, eu te odeio. Vou arrumar um emprego na Central da Morte só para poder ligar para você.

— Até parece. Você não vive sem mim.

Não menciono que, em algum momento, ela vai precisar aprender a fazer isso. Ninguém acredita que eu vá viver mais dezoito anos. Nem mesmo Dalma, ainda que ela nunca admita isso em voz alta e sempre fale sobre tudo que vamos fazer juntos ao longo da vida. Tipo o quanto ela sonha com minha primeira sessão de autógrafos, quando eu levar a escrita a sério e tentar publicar meus contos supercurtos ou o romance que eu ia adorar escrever, isso caso eu ao menos acreditasse que vou viver tempo suficiente para terminá-lo. Ou quando sonha que fico torcendo por ela, enquanto Dalma estabelece seu nome no mundo da tecnologia da noite para o dia. Ou como reclamaríamos o tempo todo sobre os ficantes que levaríamos para casa, o que sempre foi difícil de acreditar, porque nunca seríamos tão ousados para chegar nos caras que achamos bonitos ou interessantes. Se eu não tivesse essa bosta de coração, poderíamos ter tudo isso e muito mais.

Só preciso ser uma pessoa presente. Pode ser que eu não esteja aqui no futuro, mas posso viver o aqui e agora.

Embora, de fato, seja meio difícil tirar a morte da cabeça — sim, dessa vez é da cabeça, não do coração — quando um cara na casa dos quarenta anos passa pela gente com um cartaz que diz A CENTRAL DA MORTE ESTÁ ACABANDO COM O MUNDO. Tipo, beleza, ele não curte muito a Central da Morte, mas afirmar que eles têm o poder de acabar com o mundo? Aí já é demais. E esse cara não está sozinho. Desde que anunciaram a Central da Morte no começo do mês, esses fatalistas não param de falar sobre o aquecimento dos oceanos, as tempestades avassaladoras, as rachaduras no solo e as cidades em chamas. Sei que livros apocalípticos e distópicos estão na moda, mas as pessoas precisam respirar fundo e se acalmar.

Surtar a respeito da morte a cada minuto não é um bom jeito de viver e, mesmo assim, a cada minuto milhões de pessoas surtam sobre a morte.

É como se o fim dos tempos estivesse mesmo começando.

Nos últimos dias, as invasões a supermercados bateram um novo recorde porque saqueadores tentaram estocar comida enlatada, galões de água e papel higiênico. Também houve muitos assassinatos, afinal as prisões perpétuas não vão durar muito se o mundo de fato acabar tão rápido quanto os fatalistas estão prevendo. Mas nada me atinge tanto quanto ouvir histórias de pessoas que tiraram a própria vida apenas porque nós estamos nos aproximando de um futuro com muitas incógnitas.

Quando soube dessas mortes, fiquei puto de verdade.

Como é que a Central da Morte pode ter acesso a esse tipo de informação e não impedir assassinatos ou intervir nos suicídios? Pelo jeito, isso nunca esteve em jogo. Eles alegam que não é possível identificar o motivo da morte de uma pessoa, só seu Dia Final, para prepará-la. E, infelizmente, quando o nome de alguém aparece no sistema misterioso deles, o destino da pessoa já está com o pé na cova — assim como, mais tarde, estará seu corpo inteiro.

A Central da Morte pode não ser onisciente, mas vai fazer um verdadeiro milagre com a minha ansiedade. Se eu não receber a ligação de Dia Final, vou viver de um jeito mais audacioso em vez de pensar duas, três, quatro vezes antes de fazer qualquer coisa pelo simples medo de sobrecarregar meu coração e desencadear uma parada cardíaca. Também nunca mais vou ser pego de surpresa quanto à morte de entes queridos. Eu tinha nove anos quando meus pais foram a uma reunião no centro da cidade e morreram, pois um avião se chocou contra a torre sul do World Trade Center. Na época, obviamente não existia a Central da Morte, mas nunca deixei de ser assombrado pela ideia de que deve ter havido um momento preciso em que eles souberam que iam morrer.

Afasto esses pensamentos dilacerantes, lançando-os para longe da minha mente.

A Central da Morte vai garantir que eu nunca mais seja privado de despedidas.

Bem, vai garantir que eu não seja privado da oportunidade de fazer as *minhas* despedidas.

Meu coração me diz que não tenho todo o tempo do mundo.

Preciso viver minhas primeiras vezes — e talvez até mesmo as últimas — enquanto ainda é possível.

VALENTINO PRINCE
22h22

A Central da Morte não tem como me ligar, porque eu não me cadastrei no serviço deles. Não que fossem entrar em contato, afinal de contas, minha vida está apenas começando.
    Para ser sincero, sinto como se eu tivesse renascido hoje.
    Renascer parece ser a palavra apropriada para quem nasceu e cresceu em Phoenix, no estado do Arizona. Agora é hora de recomeçar minha vida em nada mais, nada menos do que Nova York. Indo do lugar conhecido como Vale do Sol até a Grande Maçã. Sonho com essa cidade há tanto tempo que, depois de pegar minha passagem no aeroporto e ler "PHX → LGA" no papel, comecei a chorar. A passagem só de ida significava que eu nunca mais ia olhar na cara dos meus pais. Que eu poderia construir um novo lar com minha irmã gêmea.
    Talvez tivesse sido melhor não ter escolhido o assento da janela. Fiz o melhor que pude para ficar calmo enquanto o avião partia em disparada pela pista e depois se lançava no céu. No fim das contas, o meu melhor foi péssimo. À medida que os prédios, as estradas e as montanhas diminuíam pela janela, me pus a chorar sobre as nuvens. A pessoa ao meu lado nem disfarçou ao me julgar. Isso fez com que eu desejasse ainda mais que minha irmã estivesse comigo, como havia sido combinado antes de surgir uma oportunidade de trabalho de última hora. Por sorte, Scar-

lett vai pegar o primeiro voo noturno para me encontrar no nosso novo apartamento.

Cinco horas mais tarde, quando Nova York entrou em foco, tudo pareceu certo, mesmo eu nunca tendo pisado naquela cidade cheia de arranha-céus e parques. E então o avião pousou e eu arrastei as malas até o ponto de táxi, onde todo mundo parecia aborrecido por conta da espera, mas eu estava animado por finalmente poder andar naqueles carros amarelos que sempre vi na TV e nas revistas. O motorista percebeu que eu nunca tinha estado em Nova York, já que não parei de observar pela janela toda a vida que tomava conta das ruas da cidade. O primeiro passo na calçada foi coisa de filme, como se flashes de câmeras devessem surgir do nada para capturar a cena; mas haverá tempo para isso depois.

A partir dessa noite, desse momento, posso me chamar de nova-iorquino. Ou talvez eu precise esperar até que o proprietário do apartamento finalmente me entregue as chaves para que então possa ter certeza de que não caí em um golpe quando encontrei o conjugado na internet. Enquanto espero, dou uma olhada para assimilar esse meu cantinho no Upper East Side. Bem aqui do lado tem uma pizzaria pequena que, com esse cheirinho de pão de alho, está quase me convencendo a fazer uma visita. O som da buzina dos carros traz minha atenção de volta para a rua, então escuto um senhor com idade para ser meu avô berrar tão alto ao telefone que consigo ouvi-lo apesar da música ribombando no bar da esquina.

Eu amo o quanto essa cidade é barulhenta.

Será que um dia vou sentir falta da tranquilidade da minha antiga vizinhança?

Atrás de mim, alguém abre a porta, e ao me virar dou de cara com um homem vestindo apenas uma regata branca, short de basquete e chinelo. Ele tem um bigode grosso e cabelo preto ralo, e está me encarando.

— Você vai entrar? — pergunta ele.

— Oi, sou o Valentino. Novo morador do prédio.

O homem aponta para minhas malas.

— Dá pra ver.

— Estou esperando o proprietário.

Ele assente, mas não se move. Como se estivesse me esperando entrar.

— Você é o Frankie?

Ele assente de novo.

— Muito prazer — respondo.

Com relutância, Frankie me dá um aperto de mão.

— Vai entrar ou vai ficar aí parado?

Fui avisado de que nem todo nova-iorquino seria gente boa, mas talvez ele só esteja cansado, já que está bem tarde. Então, pego minhas malas para entrar no prédio. A noite está um pouco quente, mas quando entro entendo por que Frankie está vestido como se estivesse no Arizona, indo buscar o jornal na soleira da porta pela manhã. Está tão abafado ali dentro que é como se eu tivesse entrado diretamente no forno da pizzaria ao lado. O corredor é estreito, pintado num tom amarelo-mostarda que castiga os olhos, mas respeito a escolha. Há caixinhas de aço para correspondência presas nas paredes, pacotes no chão esperando para serem recolhidos por seus destinatários e uma lixeira cheia de rebarbas de cartas e folhetos da Central da Morte. Pelo visto, muitas pessoas no prédio não se inscreveram para receber as ligações de Dia Final. Eu mesmo não me cadastrei, porque meus pais são muito céticos em relação a isso, e esse tipo de paranoia é só mais uma das coisas que herdei deles e preciso deixar no passado.

Frankie para depois de subir o primeiro lance de escadas e se vira para me perguntar:

— Cadê a outra?

— A outra...?

— Sua irmã gêmea.

— Ah, o voo dela só chega amanhã cedo.

Ele volta a subir.

— Se alguma outra caixa grande sua chegar, vá buscá-la o quanto antes. Subir com suas coisas por essas escadas acabou com as minhas costas.

— Me desculpa, de verdade.

Precisei enviar alguns itens antes de vir para cá, como um colchão inflável, roupa de cama, toalhas, potes e panelas. Ainda assim, aposto que as principais culpadas pela dor nas costas dele foram as cinco caixas de roupas, calçados e acessórios, que são tão essenciais quanto garantir que terei um lugar para dormir até que meu colchão de verdade chegue na próxima terça-feira.

— O elevador não funciona?

— Está quebrado desde que meu pai gerenciava isso aqui — responde Frankie.

Dá para ver. Não sei se está dentro da lei divulgar que o prédio tem elevador se ele serve só de decoração, mas vou tirar proveito disso. Todos os anos que passei na academia minúscula que minha família tinha em casa me prepararam para essa situação. Carrego as malas, sabendo que cada uma delas pesa mais de vinte quilos, já que precisei pesá-las no aeroporto. Frankie não oferece ajuda, mas não tem problema. Quando chego ao terceiro lance de escadas, lembro que meu apartamento fica no sexto andar. O suor começa a escorrer pelas minhas costas, e tenho certeza de que a partir desse momento vou poder pular os dias de perna em todos os meus treinos futuros. Perco o fôlego ao chegar no último degrau, mas — na verdade, sem "mas". Isso tudo faz parte da minha iniciação à cidade. Nada faz com que eu me sinta mais como um verdadeiro nova-iorquino do que poder dizer que moro no sexto andar de um prédio sem elevador no Upper East Side.

Não há qualquer formalidade quando chego ao apartamento 6G. Nada de boas-vindas ao prédio, nem parabéns pela minha primeira casa longe do Arizona. Frankie apenas abre a porta e eu o acompanho, deixando minhas malas no minúsculo saguão. O banheiro está logo à esquerda e, apesar de saber que vou passar muitas horas por semana lá dentro fazendo minha rotina de *skincare*, quero explorar o espaço onde vou ficar a maior parte do tempo. E, assim que coloco o pé no restante do conjugado, o piso de madeira range com o peso das minhas botas. As caixas que chegaram antes estão encostadas na parede à esquerda, onde planejo colocar minha cama. Tem duas janelas que dão de frente para a rua e uma terceira acima da pia da cozinha, com vista para outro apartamento. Mas não tem problema. Vou comprar cortinas essa semana.

No entanto, o maior problema é que o apartamento é bem pequeno. Scarlett e eu estamos usando o dinheiro que nossos pais guardaram para a nossa faculdade para realizar nossos sonhos — ser modelo e trabalhar com fotografia — e esperamos fazer essa grana durar pelo máximo de tempo possível, por isso escolhemos o conjugado.

— Nas fotos do site parecia maior — comento.

— Eu que tirei aquelas fotos — responde Frankie.

— Estavam muito boas. Mas tem certeza de que postou as fotos certas para este apartamento? Nós esperávamos ter mais espaço.

Ele me encara.

—Você podia ter visitado antes de alugar.

— Eu não morava em Nova York. Acabei de chegar.

— Isso não é problema meu. Você e sua irmã dividiram um útero. Vão dar um jeito.

Torço para que, assim como o útero da nossa mãe, o conjugado se expanda conforme a nossa necessidade.

Para a sorte de Frankie, não gosto de confrontos. Não posso dizer o mesmo de Scarlett, mas essa é uma lição que ele vai aprender quando minha irmã chegar. O lado bom é que esta é só minha primeira noite na cidade, e já começou com uma torta de climão gigante com o proprietário. O contrato de locação é de um ano, e tenho certeza de que no final terei muitas histórias sobre esse período para contar aos meus novos amigos.

Ouço alguém bater à porta, e um garotinho entra. Sou péssimo em adivinhar idades. Será que ele tem cinco anos, mas é alto, ou tem dez, mas é baixinho demais? Há algo familiar nele, mas, para ser sincero, não sei dizer o quê.

Ele está de pijama e acena para mim.

— Você é o vizinho novo? — pergunta ele com um sorriso.

— Sou! Eu me chamo Valentino.

— Meu nome é Paz.

— Nome legal, Paz.

— É um apelido para Pazito, mas só a minha mãe me chama assim. Também gostei do seu nome.

Essa é a melhor interação de boas-vindas até agora.

Antes que eu possa agradecê-lo, reparo em Frankie encarando Paz.

— Por que você está fora da cama? — pergunta Frankie.

— Estou com medo da Central da Morte.

Frankie esfrega os olhos.

— A Central da Morte não existe. Vai já para a cama.

Os olhos de Paz se enchem de lágrimas.

— Tá bom, papai.

O garotinho arrasta os pés até a porta, olhando por cima do ombro como se esperasse que o pai mudasse de ideia. Nada. Então ele segue pelo corredor em silêncio.

Eu queria muito chamar Paz e confortá-lo em relação à Central da Morte, mas suspeito de que eu não deva tentar passar por cima de Frankie bem na frente dele. Tenho certeza de que vai surgir outra oportunidade.

— Seu filho é legal — digo.

Frankie não olha para Paz de novo, só coloca dois molhos de chaves no balcão da cozinha.

— A chave grande é a do seu apartamento, a média é a do portão lá de baixo e a pequena é a da caixa de correio. Moro bem no fim do corredor, mas não me procure antes das nove ou depois das cinco.

— Entendido. Muito obri…

Ele se vira e fecha a porta ao sair.

— …gado, Frankie — completo, para ninguém.

O conjugado não parece maior sem Frankie, mas felizmente também não está mais tão frio.

Olho para o relógio — são 22h31 — e penso em ligar para Scarlett por chamada de vídeo. Nova York está três horas à frente do Arizona, então ligo, torcendo para que ela ainda não tenha saído para fotografar a comemoração de lançamento da Central da Morte que está acontecendo em Phoenix. Esse bico vai pagar um mês de aluguel e ainda vai sobrar o suficiente para passagens de metrô e refeições simples. Me sento no balcão enquanto espero Scarlett atender, vendo Frankie pela janela da cozinha. Óbvio que a vista que tenho é do apartamento *dele*. Frankie pega uma cerveja na geladeira, e espero que ele seja o tipo de pessoa que bebe e fica com sono, porque já está num nível bem insuportável.

Scarlett enfim atende à ligação e seu rosto aparece na tela, o que me anima no mesmo instante.

— Val! — Ela apoia o celular na pia do banheiro e começa a se maquiar. — Já está na nossa casa nova?

— Estou, sim.

— Deixa eu ver, vai, vai!

Viro a câmera para mostrar o espaço. Não leva muito tempo.

— É impressão minha ou...

— Não é impressão sua. É menor do que estava na descrição do anúncio.

— Por acaso o aluguel diminuiu também?

— O proprietário literalmente disse que nós vamos dar um jeito, já que compartilhamos o mesmo útero.

— Que fique claro que, se eu tivesse tempo de parar de passar o rímel, estaria revirando os olhos. Preciso dar no pé logo, logo. Por favor, me diga que você está indo para a Times Square.

Com esse trabalho de Scarlett e a campanha superimportante que consegui como modelo, nossos sonhos acabaram atrapalhando a comemoração da inauguração da Central da Morte. Mas não estarmos juntos não impediu

Scarlett de insistir para que eu fosse à festa da Central da Morte na Times Square.

— Sei lá, Scar. O *jet lag* da viagem...

Scarlett faz um barulho de buzina.

— Resposta errada. Você perdeu três horas, mas não está cansado. Conta outra.

— É melhor eu descansar para a sessão de fotos amanhã.

—Você vai estar agitado demais para dormir, Val. Então, em vez de ficar virando para lá e para cá nesse colchão inflável xexelento, vai lá conferir o que pode ser um evento histórico, ou a maior piada que esse país já viu.

— Eu ia amar ver o rosto dos nossos pais se a Central da Morte for verdade mesmo.

— Eu também, mas eu é que não vou ficar aqui para testemunhar.

—Você vem direto da festa?

— Com certeza. Principalmente depois da forma como eles te trataram mais cedo.

Ainda estou meio em choque. É como a pontada que vem junto de um arranhão nos cotovelos ou nos joelhos quando saio para correr e levo uma queda.

— Agradeço a solidariedade.

— Eu seria uma gêmea e um ser humano horrível se não ficasse do seu lado. Mas não vamos dar aos dois a vitória de pensar neles hoje, nem nunca mais. Num futuro bem próximo, eles não vão poder te ignorar porque seu rosto vai estar estampado pelo país todo, inclusive nas revistas que leem.

— Aposto que vão cancelar a assinatura.

— E isso significa que você venceu. Agora, vai para a Times Square antes que seu rosto esteja em todo o canto por lá também.

Respiro fundo, sabendo que ela está certa.

— Queria que você estivesse aqui.

— Eu também, mas o dinheiro que vou ganhar hoje vai dar para dois ingressos do nosso primeiro show da Broadway, bem na primeira fila.

—Você quis dizer um mês de aluguel, certo?

— A gente precisa viver um pouco.

— O que você disse me pareceu ser viver até demais.

—Você fala como se fosse uma coisa ruim, Val.

— Tem razão.

Eu decidi me mudar porque, desde que me abri quanto a minha sexualidade para os meus pais, a vida tem me sufocado. Eles fizeram com que eu me sentisse um estranho na minha própria casa. Achei que seria diferente quando eu passasse com as malas pela sala de estar, mas não disseram nada, nem quando Scarlett informou que era a última oportunidade que eles tinham antes de irmos para o aeroporto. Nossos pais ficaram quietos, como se Scarlett fosse filha única. Encarei a cruz acima da entrada de casa, rezando para que ela caísse quando eu batesse a porta e deixasse aquela vida no passado.

A liberdade deveria ser libertadora, mas isso não significa que ela não possa partir corações.

Vou encontrar meu próprio caminho agora.

—Vai me mantendo atualizado sobre a festa — peço a Scarlett.

Ela pega a jaqueta e apaga a luz.

— Falando nisso, eu deveria ter saído cinco minutos atrás. Te amo.

— Te amo igualmente — respondo com nossa expressão de gêmeos. — Dirija com cuidado.

— Como sempre!

Scarlett sempre dirige com cuidado mesmo. Mas isso não pode ser dito sobre os outros motoristas.

Em maio desse ano, ela quase morreu por causa de um motorista imprudente. Fui obrigado a imaginar o pesadelo que seria meu mundo sem o brilho dela, algo que nunca precisei viver já que nasci dois minutos antes de Scarlett. Nunca mais vou existir sem ela de novo. Tanto que o dia de hoje está esquisito para mim, já que ela não está aqui em Nova York, mas me sinto bem sabendo que minha irmã está viva e segura em Phoenix. Eu toparia até estar a planetas de distância dela, desde que Scarlett continuasse respirando do outro lado da galáxia.

A cirurgia salvou a vida da minha irmã, apesar de nossos pais alegarem ter sido Deus. Na época, agradeci aos médicos e a Deus, mas hoje em dia tenho minhas questões com forças misteriosas. Isso inclui a Central da Morte, uma empresa que espera que nós acreditemos em seu serviço sem termos provas concretas. Parte de mim quer acreditar, mas a outra já viu por conta própria como a fé pode ser um tiro que sai pela culatra. Ao contrário dos meus pais, estou aberto a mudar de ideia para que eu nunca precise ter medo de perder minha irmã do nada. Talvez a gente saiba mais sobre isso daqui a alguns dias.

Deus abençoe quem...

Paro, ainda recalibrando tudo na minha cabeça e no meu coração.

Boa sorte para quem vai, basicamente, servir de cobaia para a Central da Morte.

Quanto a mim, eu renasci e ainda tenho muito para viver.

ORION
22h34

Mesmo se o mundo estivesse acabando, as pessoas não parariam de vender coisas.

As barraquinhas de vendedores na Times Square costumam ser turísticas demais para que eu preste atenção, já que não preciso de ímãs do famoso arranha-céu Empire State Building ou de chaveiros de táxi com meu nome. (Não que alguém se dê ao trabalho de criar bugigangas para as pessoas chamadas Orion no mundo.) Mas, mesmo tendo apenas um mês desde que a Central da Morte anunciou seu sistema, os vendedores ambulantes já estavam a todo vapor, oferecendo lembrancinhas temáticas: um isqueiro que dizia E SE FOR MEU ÚLTIMO CIGARRO?; copinhos de shot com adesivo de caveira; óculos de sol com letras X vermelhas pintadas nas lentes; e muitas peças de roupa, como camisetas e chapéus. Inclusive, tem uma touca muito fofinha que eu fiquei tentado a comprar, mas já estou usando o boné dos Yankees que era do meu pai, e esse negócio sempre cobre meus cachos quando saio por aí. Mas não o trocaria por nada no mundo. Está bem, talvez seja um exagero, eu trocaria, sim, esse boné por um coração saudável sem pensar duas vezes, mas deu para entender.

— Essa frase nem mesmo é inteligente — observa Dalma, pegando uma camiseta que diz A CENTRAL DA MORTE ESTÁ MORRENDO DE VONTADE DE TE LIGAR.

É tão brega que eu quero tacar fogo nela.

— É, eu é que não vou comprar.

Então reparo numa outra camiseta. Ela é branca e diz TENHA UM ÓTIMO DIA FINAL! bem no peito, em uma fonte de máquina de escrever. Até que é estilosa, mesmo eu não acreditando que um Dia Final possa ser feliz. O que tem de tão bom em morrer? Mas acho que está mais relacionado à ideia de inspirar as pessoas, e isso não dá para rebater. No mínimo, vai ser uma lembrancinha legal, um objeto para ostentar quando os outros inevitavelmente perguntarem "Onde você estava quando a Central da Morte começou a funcionar?", da mesma forma como perguntam "Onde você estava no 11 de setembro?".

Espero que nada traumático aconteça hoje.

Não preciso de mais luto na minha vida.

Compro a camiseta e a visto por cima da camisa azul-marinho que estou usando, escolhida para combinar com a calça jeans skinny. Esse look novo também ficou bom.

— Não vai querer nada? — pergunto a Dalma.

— Só que essa dor de cabeça passe — responde ela, voltando a mexer no celular. — Minha mãe não para de me mandar mensagem.

Nossa família — a família de Dalma, na verdade — viajou essa semana para visitar os pais do padrasto dela em Dayton, Ohio, e é a primeira vez que eles nos deixam por conta própria. A mãe dela, Dayana, encara a responsabilidade de ser minha guardiã legal de maneira bastante literal, em especial para honrar minha mãe, que era a melhor amiga de infância dela.

— Ela só está tentando manter a gente vivo. — Tento defender. — Pelo menos deixou a gente ficar.

— Um minuto de silêncio pela Dahlia — pede Dalma, fechando os olhos.

Estamos de luto pelos planos de férias da meia-irmã dela, que não teve escolha a não ser ir visitar os avós — já tão idosos que talvez sejam os primeiros a receber a ligação da Central da Morte. Minha Abuelita e meu Abuelito estão em Porto Rico, e a gente se fala por Skype sempre que meus primos estão por lá para ajudá-los a mexer no computador. Eu só os vi pessoalmente algumas vezes, mas eles gostam muito de quando conversamos, já que eu sou a cara do meu pai, tirando meus olhos castanhos, que puxei da minha mãe. Nunca os corrijo quando se enganam e me chamam de Ernesto. Esse nome preenche os corações que há muito se partiram quando meus pais faleceram.

Dalma suspira com força, quebrando o silêncio.

— Me sinto bem melhor agora. *Gracias*.

— De nada, *pendeja*.

—Vamos mandar uma foto para a mamãe, assim ela vai ver que a gente está vivo.

Dalma se vira com o novo iPhone 4 aberto na câmera frontal, encontrando certa dificuldade para achar a melhor iluminação em meio a todos os telões luminosos da Broadway. Ela para quando encontra um ângulo de que gosta, e vejo uma ampulheta digital no alto, enquadrada ao fundo da foto.

Chego mais perto para aparecer na tela do celular, sorrindo como se estivéssemos aproveitando pra caramba o evento de inauguração da Central da Morte. Depois, a parte divertida é analisar a foto obsessivamente procurando cada detalhe que odeio em mim. Dalma é linda — seus olhos castanhos, rímel prateado combinando com o batom, pele marrom-escura reluzente e o cabelo preto arrumado em um coque trançado resultam numa nota dez, sem dúvida. Quanto a mim, no máximo posso me vangloriar de ser mais alto do que ela, com meus 1,82 metro. Fora isso, minha aparência é um caos. Gosto dos meus olhos castanhos, mas me incomoda que o olho esquerdo nunca fique alinhado com o direito, então parece que estou sempre tentando voltar a dormir. Os cachos castanhos que escapam do boné estão oleosos e ficando frisados por conta do calor, e não parecem nada atraentes. Meu nariz e minhas bochechas estão vermelhos por conta do tempo que passei no sol semana passada, tentando me bronzear no terraço. Penso em pegar o hidratante labial no bolso quando reparo no quanto minha boca está ressecada. E não importa quantos elogios eu receba todos os dias pelas minhas maçãs do rosto bem definidas, eu ainda juro que pareço um saco de ossos no bico do corvo — o que, parando para pensar, faz jus à realidade.

—Você odiou — constata Dalma.

—Achei meio tanto faz. É só pra gente mesmo — digo.

— Podemos tirar outra, se quiser.

— Não, deixa pra lá.

Continuamos andando, até pararmos uns dez segundos depois para observar uma comoção ao redor de um funcionário da Central da Morte que está sorteando assinaturas gratuitas. Se a fila não estivesse tão grande, eu entraria nela também, porque o serviço deles não é nada barato. Uma mulher é sorteada e ganha um mês de graça, o que equivale a 275 dólares. Eles oferecem desde um plano diário de vinte dólares até um anual que custa três mil. Minhas contas médicas já têm um valor bem salgado, e mesmo assim meus guardiões legais investiram no plano anual, já que não é como se meu problema de coração fosse simplesmente tirar férias. Deve ser legal não precisar gastar tanta grana e só contratar o serviço quando se planeja fazer algo que envolva muita aventura, como saltar de paraquedas ou praticar rafting. (Provavelmente qualquer pessoa desistiria da ideia de pular de um avião ou de descer de bote por corredeiras se descobrisse que está prestes a morrer.)

Infelizmente, a Central da Morte é mais uma das coisas que o plano de saúde não cobre. Mas, de qualquer jeito, acho que o valor não importa quando se tem milhares e milhares e milhares e milhares de dólares.

— Você leu a matéria sobre pessoas querendo uma assinatura platinum? — pergunto a Dalma.

— Não. Será que quero mesmo saber disso?

— Está mais para "será que você quer socar a cara de alguém?".

— Nunca, mas fala aí.

— Um bando de burgueses safados estava fazendo campanha para que a Central da Morte oferecesse um plano especial que garantisse a eles as primeiras ligações.

Dalma congela por um instante.

— E por acaso onde tem gente rica tem boa coisa? — retruca ela, bufando.

Enquanto isso, Dayana e Floyd estão investindo quinze mil dólares de suas economias em planos anuais para todo mundo lá em casa, sem essa mesquinharia de quererem ser os primeiros a receber o aviso da Central da Morte, contanto que a ligação chegue antes que a gente morra.

Paro de assistir ao sorteio depois de ver uma pessoa decepcionada por ter recebido uma assinatura gratuita de apenas um dia. Acho que é de se esperar que essa gente torça por mais do que isso, afinal não é todo mundo que consegue pagar pelos planos mais caros. Tem tanta coisa que eu queria que fosse de graça, e agora acrescentei a Central da Morte a essa lista. Afinal, é a vida das pessoas que está em jogo.

Dalma e eu continuamos andando e paramos nos bancos de vidro vermelho que se elevam nível após nível como uma escada, dando a Times Square uma cara de anfiteatro urbano para quem deseja descansar em meio à vida agitada da cidade. Vejo uma multidão diante de uma mulher em um palco pequeno. Em um primeiro momento, pela forma como fala sobre como espera que o serviço mude as coisas, imagino que deve ser uma funcionária da Central da Morte. Perto da mulher, há uma daquelas placas frente e verso, igual às que colocam na fachada da barbearia onde costumo dar uma repaginada no visual. No entanto, a placa em questão não foi feita para convidar clientes para um corte de cabelo que vai aumentar a autoestima. Nela, está escrito CONTE SUA HISTÓRIA COM A CENTRAL DA MORTE. Então percebo que a mulher não é uma funcionária. Ela está contando por que se inscreveu no sistema. Quando termina de compartilhar sua vivência com anemia falciforme, uma pessoa que de fato representa a Central da Morte surge de trás de uma mesa, tira um nome de um pote de vidro e chama uma garota chamada Mercedes para subir ao palco e contar sua história.

Há anos sonho com um evento numa livraria repleta de desconhecidos que querem ouvir minhas histórias. É óbvio que também quero meus amigos lá, mas eles são praticamente obrigados a estar presentes. Tem algo mágico em saber que minhas palavras podem reunir pessoas em um só lugar. Não acho que eu vá viver o bastante para publicar um livro — seja um romance, uma antologia de contos ou a autobiografia mais curta do mundo. Qualquer coisa que seja! Mas isso não significa que hoje eu não vá ter a chance de contar minha história para essa plateia.

Vou até a funcionária da Central da Morte, escrevo meu nome num papelzinho e coloco no pote.

Essa também é uma daquelas primeiras vezes que podem muito bem ser a última.

VALENTINO
23h09

O Google Maps quase riu da minha cara quando procurei o caminho mais rápido até a Times Square.

Nova York é conhecida por seu sistema de transporte de fácil acesso, mas hoje está um caos absoluto graças à inauguração da Central da Morte. Ainda mais em Manhattan. Eu poderia ter pegado a linha 6 e depois outra condução, mas o trajeto tinha a estimativa de uma hora. Não consegui achar ônibus para o centro, então pensei que o jeito seria pegar um táxi. Comecei a andar, acenando para os carros como havia visto muitos personagens nova-iorquinos fazerem nos filmes, mas acho que fiz algo errado, porque ninguém parou para mim. Então, na metade do trajeto — assim como na subida de escadas do meu novo sonho, um apartamento alugado num prédio sem elevador —, aceitei que o único caminho para o meu destino seria me jogar de cabeça.

É isso que eu tenho feito e, não me leve a mal, estou animado para andar de metrô, mas eu perderia todos esses pontos turísticos se estivesse me locomovendo por debaixo da terra. Caminhei até a 5th Avenue, passando pela entrada do zoológico do Central Park, pelo famoso Plaza Hotel e o Rockerfeller Center, onde eu com certeza vou voltar em dezembro para ver a árvore de Natal gigante. Tem sido incrível ver tantos prédios icônicos com meus próprios olhos, mas também bastante solitário. Não vejo a hora de viver tudo isso com a Scarlett e todos os novos amigos que faremos aqui. Tenho certeza de que vou enxergar esses lugares de outra forma.

Perspectiva é tudo. Quando estou trabalhando como modelo, sou a mesma pessoa, mas minha aparência depende de quem está atrás da câmera. Alguns fotógrafos vão encontrar os melhores ângulos. Outros, não. No fim das contas, as fotos que eu vou preferir dependem do meu ponto de vista. Mas perspectivas também mudam com o tempo — anos, meses, semanas, dias, horas e até minutos. Hoje mais cedo — apesar de tecnicamente ainda ter sido nesta noite, considerando que estou em um novo fuso horário —, tive certeza de que nada poderia ser mais bonito do que estar naquele avião, vendo Nova York entrar em foco. Mas eu estava errado. Nada é mais bonito do que meu primeiro vislumbre da Times Square.

No céu, tudo aqui embaixo parece ser um mundo para insetos.

Nas ruas, o inseto sou eu.

Os edifícios se estendem a metros e metros do chão. Sem perceber, tombo a cabeça para trás, do jeito que faço ao posar, porque amo a forma como meu pomo de adão aparece nas fotos, além da extensão do meu pescoço longo. Mas a reprodução desse ângulo agora não é para me deixar bonito. É para apreciar a beleza que me cerca.

Parei de tirar fotos há alguns quarteirões, porque a câmera do celular não faz jus à beleza da cidade. Scarlett vai chegar amanhã cedinho, e então poderemos usar a câmera profissional dela para documentar nossa nova vida. Por enquanto, vou focar no presente.

Admito que meu primeiro passo na Times Square me toma por completo, porque há muita vida acontecendo por toda a parte. Tem alguém tentando me vender DVDs piratas de filmes que ainda estão no cinema. Lojas e restaurantes tão próximos uns dos outros que eu mal saberia por onde começar. Gravo um vídeo rápido das ampulhetas da Central da Morte no megatelão para Scarlett, mesmo sabendo que depois provavelmente vamos conseguir achar vídeos em alta qualidade no YouTube. Acabo me distraindo com dois homens se empurrando — um deles levanta a voz pedindo ao outro que pague o que lhe deve em dinheiro vivo antes que o mundo acabe; ele é desse tipo de pessoa, pelo visto. Mal acredito que fugi dos teóricos da conspiração na minha cidade natal para encontrar mais deles logo de cara quando chego à Times Square. Mas essa é a beleza da cidade, né? Nova York é um ponto de encontro para todo tipo de gente do mundo. Inclusive modelos do Arizona que querem subir na vida e sonham com o dia em que vão estar nos outdoors.

Dou mais alguns passos pela Square — será que é assim que os nova-iorquinos falam? Preciso aprender logo — e passo por um cara usando uma fantasia de Homem de Ferro. Ele conversa com uma moça vestida de Elmo, só que a cabeçona vermelha está largada no chão, parecendo ter sido decapitada, enquanto ela fuma um cigarro. Já amo essa cidade de corpo e alma. Não consigo deixar de tirar uma foto dessa cena para Scarlett também, caso seja algo único.

Continuo andando e acabo vendo um adolescente em cima de um palco. No começo, penso que ele está cantando no microfone, mas na verdade está falando com uma tristeza de partir o coração sobre os aneurismas cerebrais recorrentes na família e o medo de ele próprio morrer dessa mesma causa. É mais pesado do que eu esperava para uma festa que está sendo divulgada como uma celebração da vida, mas depois vejo a placa que diz CONTE SUA HISTÓRIA COM A CENTRAL DA MORTE e tudo começa a fazer sentido. Esse palco é para as pessoas contarem como esse serviço vai mudar a vida delas.

Não vai fazer mal ouvir por que as pessoas estão tão dispostas a acreditar na Central da Morte.

Não tem nenhum espaço sobrando na arquibancada de vidro vermelho, mas não me importo em ficar de pé. Encontro um espaço ao lado de uma linda garota negra que tem um estilo incrível e um garoto branco fofo com cachinhos saindo de um boné de beisebol. Ele parece estar se esforçando muito para manter a compostura, secando as lágrimas que escorrem pelo rosto.

Deve ter um coração enorme.

ORION
23h17

As histórias das pessoas com a Central da Morte estão acabando com o meu coração.

(Mais ainda.)

Mas não consigo parar de ouvi-las, nem quando sinto como se estivessem me dilacerando: o noivo de uma mulher morreu num acidente de limusine a caminho do casamento; uma garotinha se afogou na banheira quando o irmão mais velho ficou trancado para fora de casa ao tirar o lixo; o melhor amigo de uma garota foi esfaqueado até a morte bem no aniversário dela, marcando esse dia de comemoração da pior forma possível; a esposa e o filho de um senhor morreram devido a uma gravidez de risco e, apesar de a Central da Morte não conseguir prever o destino de fetos, o homem poderia ter se preparado para esse tremendo vazio em seu coração; e então uma menina conta que ficou órfã, como eu, quando os pais morreram num tornado.

— Temos tempo para mais uma história — anuncia a funcionária da Central da Morte.

Ela parece ter vinte e poucos anos e transmite uma vibe professoral, como se estivesse prestes a chamar um aluno para a última apresentação do dia. A mulher coloca a mão dentro do pote de vidro, pronta para tirar mais um nome.

Tem que ser o meu.

Tem que ser meu nome. Essa é a única vez que vou ter a chance de contar minha história e...

— Lincoln — chama a mulher.

Com bastante cuidado, um garoto desce pela arquibancada de vidro vermelho, como se tivesse medo de tropeçar, cair e morrer antes de poder compartilhar sua história.

Antes de ela acabar jamais sendo ouvida, como a minha.

Lincoln chega ao microfone em segurança e conta sobre seu diagnóstico de câncer, apontando para a mãe e a irmã na plateia e dizendo que a Central da Morte vai permitir que elas possam parar de resistir ao inevitável, se isso for mesmo tudo que lhe resta.

Minha situação não é tão ruim quanto a dele, mas eu sei como é querer desistir dessa luta.

E então a história dele chega ao fim. A funcionária da Central da Morte agradece à plateia pela atenção e um segurança a acompanha conforme ela se afasta. Cada pessoa da multidão segue a própria vida — embora sejam vidas difíceis e complicadas.

— Sinto muito — lamenta Dalma.

— Pelo quê?

— Por seu nome não ter sido sorteado.

Eu não revelei em voz alta o quanto queria subir no palco, mas minha melhor amiga me conhece muito bem.

— De boa — minto.

Olho para a ampulheta no telão, observando a areia formada por pequenos blocos pretos se aglomerar na parte de baixo. De repente, um rapaz alto — aposto que ele tem minha idade; tenho certo dom para adivinhações desse tipo — passa por mim e tira meu foco. *Realmente* faz com que eu não enxergue nada além dele, porque o cara é lindo pra cacete; não consigo deixar de acompanhá-lo com os olhos enquanto ele se senta na arquibancada de vidro, olhando para cima e admirando as ampulhetas como se fossem estrelas.

Quero saber a história dele tanto quanto queria contar a minha.

Meu coração está enlouquecendo; é insano como sentir atração por alguém pode ser empolgante e perigoso, como se a pessoa pudesse ser tudo de melhor e de pior ao mesmo tempo.

Não consigo ver a cor dos olhos dele, mas, minha nossa, como quero descobrir.

A pele dele é pálida, então talvez também acabe passando por branco, como eu.

Acho que temos a mesma altura, se ignorar o topete preto e as botas da Timberland que dão alguns centímetros a mais a qualquer um.

Dá para ver que ele é musculoso pelos ombros largos, pescoço forte, o tipo de bíceps que o fariam ganhar qualquer queda de braço e um peitoral que deve estar sufocando dentro da camiseta preta justa de gola V.

— Terra chamando Orion — diz Dalma, estalando os dedos. — O que é que você... Ahhh.

— Pois é. Aposto que ele é modelo.

— Você acha isso de todo mundo que é bonito.

— E é uma perda para a sociedade toda vez que eu estou errado.

Tento evitá-lo, apesar de querer muito, muito, muito, muito, muito continuar olhando para ele. A carne é fraca, fazer o quê? Não levo um segundo até dar só mais uma espiadinha, metade de mim torcendo para que ele não me pegue encarando e a outra metade querendo que me olhe de volta. Mas por quê? Talvez ele nem se interesse por homens. De qualquer forma, estou sempre disposto a fazer novas amizades, ainda mais porque daqui a uns meses Dalma com certeza vai estar atolada com os estudos na Hunter College, mas não sei se sou capaz de conviver com alguém tão lindo e não me apaixonar, ficar perdidamente apaixonado e depois morrer apaixonado.

Conhecendo a minha sorte, ele deve ser um turista hétero que nunca mais vou ver na vida.

Ou talvez não. Não sou vidente, não dá para excluir nenhuma alternativa.

— Eu deveria ir falar com ele.

— Amei a iniciativa, O-Bro, mas com qual cabeça você está pensando, a de cima ou a de baixo?

— Acho que estou pensando com o coração, talvez?

— Cá entre nós, vamos combinar que também não é lá uma fonte muito confiável, né?

— Não sei, senti uma energia boa nele. Não parece estar olhando para a cidade uma última vez antes de passar o resto dos dias num bunker, nem estar prestes a cometer homicídios em série só para passar o tempo.

— Seu critério é tão baixo.

— E pensar que era para você ser a pessoa que me apoia!

— Mas errado você não está. Se estiver mesmo a fim desse garoto, vai lá e lança um *carpe* nesse *diem*.

Começo a me virar, mas volto depressa.

Nesses últimos anos, já tive crush em tanta gente pela cidade — no Dave & Buster's, no Central Park, na Barnes & Noble, até na linha 5 do metrô —, mas nunca sei como transformar a fantasia em realidade. E mesmo quando eu já conhecia a pessoa, tipo alguns caras no ensino médio, não podia tomar uma atitude porque, até a formatura no mês passado, ninguém além de Dalma sabia sobre minha sexualidade.

Mesmo depois de ter me tornado mais aberto com relação a isso, ainda não sei como jogar esse jogo.

— Mas o que eu vou dizer? — pergunto.

— Deixa vir do coração — sugere Dalma. — Não do pau.

— Falar com o coração, não com o pau; falar com o coração, não com o pau — repito como um mantra.

Não quero perder essa chance. A probabilidade de encontrar esse cara de novo em Nova York seria uma em… sei lá, algum número enorme que levaria dias e dias para contar.

— Tá no papo — afirmo, com confiança zero.

— Tá, sim, confia — concorda Dalma, sem confiança alguma.

Começo a ir em direção a ele, pensando, a cada passo que dou, em perguntas que eu possa fazer.

De onde você é?

Está acompanhado?

Você parece o Clark Kent. Já se vestiu de Super-Homem?

Joga no meu time? Quer dizer, beija garotos?

Ah, você é hétero? Por acaso teria um gêmeo idêntico que beije garotos?

De repente, estou de pé na frente dele, que arregala os olhos — são de um azul gélido que me faz respirar um ar frio e cortante. De primeira, acho que ele vai surtar, tipo como eu fiz uma vez quando saí do mercadinho do bairro e um cara branco surgiu ameaçando bater em mim caso eu não entregasse o dinheiro e os doces. (Voltei para casa sem o dinheiro e sem os doces.) Mas o garoto não parece assustado comigo. Em vez disso, seus lábios em formato de coração formam um sorriso, e eu me derreto todo.

— Oi — cumprimenta ele.

— Oi — repito, como se ele estivesse me ensinando uma nova língua.

—Tudo bem?

Não era para ele estar liderando essa conversa, *eu* é que cheguei *nele*.

—Tudo bem, quer dizer, o melhor que se pode estar em pleno fim do mundo — respondo. Depois percebo que, se eu não explicar que não acho que o mundo de fato vai acabar à meia-noite, corro o risco de encerrar a conversa antes mesmo que ela possa engatar. — Não que eu ache que vamos todos morrer. Algumas pessoas vão, é óbvio, infelizmente, e isso é trágico... muito trágico... mas eu não acho que o planeta está prestes a explodir em chamas, inundar, desmoronar, nem nada do tipo. — Tento respirar fundo, mas sinto que meu corpo está rejeitando o ar para que eu aproveite esse segundo para calar a maldita boca. Por algum motivo misterioso, o garoto não está fugindo de mim. — Enfim, eu vim falar com você porque te vi olhando para as ampulhetas, e me perguntei se também estava pensando em toda essa loucura de Central da Morte.

Ele levanta o olhar para os telões de novo, e mais um minuto se passa, apesar de parecer que levou mil anos até chegarmos a este ponto.

— Definitivamente estou pensando na Central da Morte. E na vida.

— Agora são meio que a mesma coisa, né?

— Acho que sim. — Ele se levanta, e seus olhos encontram os meus. — Ah, eu sou o Valentino.

Puta merda, pior que o nome combina. Não sei o que quero dizer com isso, mas tenho cem por cento de certeza, e socaria qualquer um que discordasse. Quer dizer, não tenho dúvidas de que eu apanharia, já que sou um zero à esquerda no quesito brigas, mas ainda assim eu brigaria com unhas e dentes.

— Sou o Orion.

— Que engraçado, você é literalmente o quinto Orion que eu conheço.

— Sério?

Valentino sorri.

— Estou zoando.

Nossa, eu sou mesmo muito idiota.

— Eu sou muito inocente, não dá para brincar comigo desse jeito.

— Haha, desculpa! Você é o primeiro Orion que eu conheço — diz Valentino. — Prometo.

Sério, meu nome na boca dele faz meu rosto queimar, como um bronzeado que torrou no sol. E estar tão perto dele faz eu me contorcer por dentro, como se minhas veias estrangulassem meu coração na tentativa de acertar as contas. Mas Valentino parece tranquilo, e duvido que eu esteja o deixando inquieto. Só de olhar de relance para o lábio inferior dele, carnudo, me lembro de que os meus estão ressecados, então pego o hidratante para amenizar a situação. Ele me observa enquanto deslizo o bastão pelos lábios, e só pode estar se perguntando se por acaso resolvi me preparar para um beijo — não é bem isso, mas, tipo, não é como se eu fosse rejeitá-lo caso rolasse.

Droga, talvez eu esteja mesmo pensando com a cabeça de baixo.

E continuo cavando um buraco ainda mais fundo.

Não posso continuar sozinho com o Valentino agora.

— Dalma! — Aceno para ela, que prontamente se junta a nós. — Dalma, esse é o Valentino.

— Oi — cumprimenta ela, com um aperto de mão. E me dou conta de que eu nem cheguei a essa parte.

— Prazer em te conhecer — diz Valentino. — Seu namorado aqui...

— Não, não, não, não, não, não, não — interrompe Dalma. Ela respira fundo e então continua: — Não, não, não, não.

Eu a encaro, um pouco ofendido — na verdade, muito, pois fiquei bastante ofendido com o tempo que ela levou naquela sequência de nãos.

— Nossa, relaxa aí. Eu também não estou me jogando em cima de você, não — replico.

— Ele é praticamente meu irmão mais novo — explica Dalma.

— Mais novo, tipo, coisa de dois meses — completo.

— Como se o mundo não pudesse ter acabado nos dois meses que você levou para nascer.

— Você sempre fala isso. Parece até que está tentando me matar.

Não consigo entender por que estamos discutindo na frente do Valentino. Temos *dezoito* anos, não oito, e eu o vi primeiro, disse oi primeiro, me envergonhei primeiro. Se tem alguém que merece ver até onde isso vai, esse alguém sou eu.

Por sorte, ele não parece querer sair correndo.

— Bem, vocês com certeza implicam um com o outro como irmãos — comenta Valentino, sem um pingo de julgamento na voz. — Eu sou igualzinho com o meu par de vaso.

Cacete, tem alguém igual a ele.

A essa altura, eu já me perguntei se morri e estou no pós-vida em um paraíso com dois Valentinos. Talvez Dalma e eu não precisemos alimentar essa competição, já que nós dois podemos acabar levando um Valentino para casa e viver felizes para sempre.

Mas calma, estou me precipitando.

— Gêmeo ou gêmea?

— Gêmea — responde Valentino, o que significa que o duelo por seu coração ainda está de pé.

— E cadê ela?

— Scarlett ainda está na nossa cidade, no Arizona.

"Na nossa cidade." Então ele não é daqui.

É por isso que eu preciso parar de me precipitar.

Como escritor, sempre conto histórias antes mesmo de saber do que elas se tratam, me deixando levar e transformando palavras em frases, frases em parágrafos, parágrafos em capítulos e capítulos em histórias de amor. Talvez essa coisa de improviso funcione em livros, mas, no fim das contas, na vida real a imaginação pode fazer qualquer um quebrar a cara.

— Que pena que ela está perdendo essa festa — lamento, tentando não ficar tão desanimado.

Preciso mesmo parar de me envolver tão rápido.

— Na verdade, ela está fotografando a inauguração lá em Phoenix. E depois ela vem para cá, chega amanhã cedo para se aventurar em Nova York.

— Quanto tempo vocês vão passar aqui?

— Então... eu acabei de me mudar — conta Valentino, dando uma olhada pela Times Square de novo.

Suas palavras fazem meu coração acelerar.

E o sorriso dele também, mais uma vez.

Valentino exala um brilho de felicidade ao olhar para a cidade, como só um nova-iorquino recém-surgido faria. Vai saber há quanto tempo ele está esperando para que isso aconteça. Talvez tenha sido um mês, um ano, uma década, a vida toda. Será que as coisas estavam ruins no Arizona? Será que ele e a irmã precisavam de uma mudança? E os pais... ou os guardiões? Vão se mudar para cá também? Tenho tantas perguntas, e pode ser que leve um tempo até eu descobrir as respostas, mas agora também sei que tenho esse tempo.

— Bem-vindo a Nova York — diz Dalma. — Então hoje você está sozinho?

— Aham. Cheguei algumas horas atrás e vim direto para a festa de inauguração.

— Pode colar com a gente, se quiser — ofereço.

— Ter companhia seria legal. Têm certeza de que não se importam?

— Claro que não. E também não é como se você conhecesse mais alguém na cidade.

— Ah, eu sou bem popular. O proprietário do apartamento que aluguei já é quase meu melhor amigo.

— Mal posso esperar para conhecê-lo — respondo, o que é muito ousado da minha parte.

— Ele é horrível, para ser sincero, mas mesmo assim vou querer uma visita sua logo, logo — convida Valentino com aquele sorriso que me quebra.

Ok, ok, ok — se não estiver pintando um clima, eu desisto de vez de tomar a iniciativa. Vou precisar que um cara jure perante o túmulo dos meus pais que ele me ama, e não vou contar que na verdade não tem nada lá dentro, porque assim o garoto não vai ficar de gracinha nem mentir para mim.

Mas Valentino mexeu muito comigo, então acho que não vai precisar disso tudo.

Só o sorriso dele já me deixou caidinho.

VALENTINO
23h32

É a minha primeira noite aqui e já estou fazendo amigos.

Amigos com nomes lindos. E rostos lindos também.

Encaro Orion, que tem maçãs do rosto dignas de todas as capas de revista, além de olhos castanhos que suspeito já terem visto coisas demais para alguém tão jovem. Percebo que estou encarando há muito tempo quando ele fica vermelho. Estou quase certo de que Orion é gay. Talvez seja bissexual, mas tenho certeza de que ele também gosta de garotos. Obviamente não é ruim eu conseguir perceber. Na verdade, tenho inveja de ele parecer tão aberto, provavelmente por ter tido a chance de ser assim. Eu deveria arrumar um jeito de deixar claro que também gosto de garotos.

— O que chamou sua atenção em Nova York até agora? — pergunta Orion.

Daria para passar o resto da noite respondendo a essa pergunta.

— Eu quero fazer de tudo. Sair por aí como se fosse um turista e fazer cada dia valer a pena.

— Garoto esperto — fala Dalma. — Amo essa cidade, mas algumas coisas já perderam a graça para mim.

— Tipo o quê?

— As apresentações de dança no metrô, por exemplo. As primeiras que eu vi foram incríveis, mas depois de um tempo só viram mais do mesmo e você nem para de prestar atenção no que estava fazendo antes de os dançarinos aparecerem.

— E reza para não levar um chute na cara — completa Orion.

— Espero que eu nunca deixe de ficar deslumbrado com isso — respondo.

Orion parece perceber minha animação sumindo.

— Não deixa a gente tirar o brilho dos seus olhos, não. Nós nascemos e fomos criados aqui. Você vai aproveitar tudo, o tempo todo.

— Esse é o plano.

— A coisa mais épica sobre Nova York é que você nunca vai conseguir fazer tudo que tem por aqui.

— E isso é épico?

— Pra caramba. Significa que sempre tem coisa nova para fazer! Bairros novos para explorar, em que cada rua conta a própria história. Vai ser uma honra ser seu guia, se quiser.

Sorrio, animado para ouvir as histórias de Orion quando ele puder me apresentar a cidade.

— Acho que vai ser muito divertido. Obrigado mesmo!

— Imagina.

Um grupo vestindo camisetas e faixas verde-neon passa pela gente. Eu até poderia pensar que são viajantes do tempo vindos de uma comemoração do St. Patrick's Day, mas sei que na verdade são pessoas que acreditam em extraterrestres e têm certeza de que OVNIs vão surgir à meia-noite para abduzi-las. Tem muita gente assim no Arizona também. Esse pessoal costuma ser inofensivo — mas sempre tem os que destoam —, só que não vai demorar até eles quebrarem a cara com uma dose de realidade. Amanhã, vão notar que ainda estão presos nesse planeta, com seus empregos de sempre se arrastando pelo horário comercial e os impostos comendo todo o salário.

Estou prestes a tirar uma foto para mandar para Scarlett quando Dalma me faz uma pergunta:

—Você vai se transferir para uma universidade daqui no próximo semestre?

— No momento, a faculdade vai ficar em segundo plano. Antes disso, vou correr atrás dos meus sonhos.

— Que são...? — pergunta Orion.

Ainda fico meio nervoso ao contar minha profissão, porque as pessoas julgam demais, mas, se Orion e Dalma forem desse tipo, é melhor que eu descubra agora, antes de me afeiçoar por eles. Não quero mais ficar perto de pessoas que não me deixam ser quem sou de verdade.

— Eu sou modelo.

Vejo um brilho nos olhos de Orion quando ele se vira para Dalma e dispara:

— Eu falei, não falei?

—Você achou que eu não fosse modelo? — pergunto a ela.

— É bem óbvio que você é lindo, mas Orion diz isso sobre todo cara que ele acha bonito.

— Agora não sei se devo me sentir especial ou não.

— Pode se sentir, sim — interrompe Orion, depois fica vermelho de novo. — Quer dizer, seu rosto com certeza deveria estar estampado em todo lugar.

— Obrigado por acreditar em mim e em meu rosto.

— Não precisa agradecer. Será que a gente já te viu em alguma propaganda?

Só modelos realmente famosos têm uma resposta boa para isso, e não é nem de longe o meu caso.

Meu primeiro trabalho foi no ano passado. Era um anúncio daqueles colares que têm o nome da pessoa, e, para me deixar ainda mais irreconhecível, eles me deram um com o nome Leo. Depois disso, apareci num folheto da Prescott College, e essa é a única ocasião em que serei visto naquele campus, porque a mensalidade é cara demais para pessoas como eu. Desde então, fiz alguns comerciais locais, interpretando os papéis de irmão mais velho, jogador de beisebol, aluno de autoescola e funcionário da Phoenix Bat Cave no Paradise Valley.

Mas muito em breve, quando alguém me perguntar se já me viu em alguma propaganda, vou poder apontar para cada cantinho da cidade de Nova York.

— Ainda não, mas... — Gesticulo para a Times Square, imaginando meu rosto tanto no alto, nos megatelões e outdoors, quanto embaixo, nos anúncios do metrô. — Amanhã cedo começo a sessão de fotos para minha primeira campanha nacional. É para uma linha de roupas *queer* criada por estilistas e designers LGBTQIAP+ que lança peças o ano todo, não só no mês do orgulho. E, como garoto gay que jamais teria tido permissão de usar essas roupas mais novo, a campanha significa muito para mim. — Vejo o sorriso de Orion aumentar, como se ele estivesse tão feliz por ter a confirmação de que sou gay quanto eu estou feliz por enfim ter colocado isso para fora. E sempre vou expressar isso, mesmo se alguém não gostar de ouvir quem sou. — Espero que esse projeto mude minha vida para melhor.

Orion bate palmas, o que é fofo da parte dele.

— Parabéns, Valentino! Isso é tão incrível!

— Vamos poder dizer que te conhecemos antes da fama — incentiva Dalma.

—Vão mesmo. E quais são os sonhos de vocês?

Parei de perguntar às pessoas onde elas estudam e com o que trabalham. Sei o quanto era ruim quando as pessoas me menosprezavam por não fazer faculdade, ou por acharem que ser modelo não é uma profissão muito digna, a não ser que você receba milhões de dólares para sorrir na frente da câmera. Um dia essa vai ser a minha realidade, mas para isso preciso começar de baixo.

— Eu sou autor de contos — diz Orion.

— Que incrível! O que você escreve?

— Tipo, que gênero literário? Eu vou mais para o lado da fantasia, do weird. Um pouco de ficção científica também. E um conto de fadas.

— Algum dia você me deixa ler seus textos?

Dalma ri.

— Ah, boa sorte com isso!

Orion atinge o ápice de sua timidez durante toda a conversa.

— Quem sabe um dia. Eu meio que gosto de guardar minhas histórias só para mim.

Suspeito que haja algo por trás disso, mas não quero colocar pressão.

— Sem problemas, Orion. Mas, se mudar de ideia, vou adorar ler algo que você tenha escrito. — Me viro para Dalma. — Então, temos aqui um modelo, um escritor e...?

— Eu sou programadora.

Eu jurava que ela fosse modelo também. É por isso que não se julga um livro pela capa.

— Quero muito começar a trabalhar com aplicativos um dia, mas esse código eu ainda não decifrei.

— Códigos de programação são difíceis de aprender?

— Ah, não, eu estava falando no sentido metafórico, não literal. Códigos literais são fáceis.

— Dalma não sabe que tipo de aplicativo ela quer criar — esclarece Orion.

É engraçado como, apesar de não serem gêmeos ou sequer irmãos, o relacionamento de Dalma e Orion lembra o meu com Scarlett. Tem um pouco de implicância entre eles, mas também falam um pelo outro, como se tivessem uma ligação telepática.

— Que tal um jogo novo? — sugiro.

Eu jogava aquele da cobrinha o tempo todo no meu Nokia, mas desde que mudei para um iPhone, nada na loja de aplicativos me animou muito.

— Eu até gosto de jogos, mas quero criar algo inovador — explica Dalma. — Para ser sincera, estive pensando em algo como a Central da Morte. Uma coisa atemporal, sabe, que pudesse durar.

Então ela não é do time das pessoas usando uma camiseta verde-neon. Anotado.

— Eita... — fala Dalma.

Olho ao redor, nervoso.

— Eita o quê?

— Você ficou quieto depois que ela mencionou a Central da Morte — responde Orion.

— Você não acredita na Central? — pergunta Dalma.

— Digamos que não acho que vou ser abduzido por ETs à meia-noite.

Orion ri, cobrindo a boca e se inclinando para a frente. Eu me pergunto por que ele está escondendo o sorriso. Talvez seja por causa do dente lascado. Não é nada de mais, mas comecei a reparar nesse tipo de coisa por causa do trabalho. Depois de assinar o contrato com a Agência Futuras Estrelas, precisei fazer restauração num dente inferior, que também era lascado, para me tornar um rosto mais comercial. Com um bom plano dental, Orion poderia fazer o mesmo.

— Mas você também não acredita na Central da Morte — conclui Dalma.

— Não tem em que acreditar — digo. — O criador não mostrou nenhuma evidência.

— Existem muitas teorias, mas nenhuma resposta definitiva — fala Dalma.

— Acho que é algum tipo de magia... Só pode ser — comenta Orion.

— Ou ciência assustadoramente precisa — sugere Dalma.

— Ou coisa do diabo, segundo os meus pais — acrescento.

Falamos de magia, ciência e do diabo. Mas, sem sombra de dúvida, nenhum de nós acredita em alienígenas.

— Tá, eu entendo a parte de não termos provas — começa Orion. — Mas teria algum motivo pelo qual você se inscreveria? Sei que é uma pergunta muito pessoal, foi mal. Não precisa responder se não quiser ser um livro totalmente aberto. Sei que ainda somos desconhecidos.

— Eu diria que temos uma amizade em construção — respondo.

— Gostei — diz ele.

— E você se abre com amigos em construção? — pergunta Dalma.

Assinto e começo a falar:

— A história resumida é que minha irmã, Scarlett, sofreu um acidente de carro bem feio em maio. Quando recebi a ligação dizendo que ela seria levada para o hospital, nada fez sentido para mim. Ela é minha irmã gêmea. Além de tudo, é uma motorista exemplar. Eu já mandei mensagem enquanto dirigia às vezes, mas Scarlett nunca fez isso. Ela sempre deixa o celular desligado, e nunca tira os olhos da pista. Só que aí um motorista distraído bateu nela com tudo.

Não é justo como uma pessoa pode fazer tudo certo e ainda assim se machucar por conta de outra que fez algo errado.

— Puta merda — diz Orion.

— Eu não sabia como viver sem ela. Imaginar isso era horrível para mim, mesmo as coisas mais simples. Eu jamais ia conseguir comer um bolo de aniversário que deveria ser para nós dois. Ou fingir que o lado direito do sofá não estava automaticamente reservado para ela.

— Fico feliz que ela esteja bem — comenta Orion.

— Ela parece uma pessoa incrível — fala Dalma.

— Mas aposto que você está feliz por poder andar de metrô de agora em diante — afirma Orion, empolgado.

— Isso que é engraçado em Scarlett — respondo. — Depois que ela se recuperou da cirurgia, não pensou duas vezes antes de voltar a dirigir. Não queria deixar aquela experiência de quase morte a impedir de viver a vida.

Nunca vou esquecer a tensão que senti quando Scarlett dirigiu pela primeira vez depois do acidente. Eu estava com ela, o que não ajudou em nada a aliviar a pressão de pegar o carro, mas eu precisava fazer companhia à minha irmã naquele momento. Scarlett foi ótima — deu partida, ajeitou os retrovisores, tirou o carro da vaga e deu uma volta de teste pelo nosso condomínio antes de pegar a estrada para irmos comprar versões novas de todos os equipamentos fotográficos que quebraram no acidente.

Como uma fênix, ela simplesmente renasceu.

— Enfim, é por isso que talvez eu considere me inscrever na Central da Morte. Nunca mais quero acreditar que é um dia normal e depois perceber que estava enganado. — Olho ao redor, me perguntando quem já assinou o serviço. — Para mim, a pessoa que recebe a ligação da Central da Morte não é a única a morrer. Se você ama muito alguém, também morre.

Respiro fundo, sabendo que estou vivo.

— É como se eu tivesse pulado um capítulo da sua história — diz Orion. — Não tem muito tempo desde o acidente, então achei que agora, mais do que nunca, você estaria doido para se inscrever na Central da Morte, como uma forma de ter um pouco de paz.

— Estou mesmo numa encruzilhada. Reconheço o valor da Central da Morte, mas não sei se estou pronto para acreditar em outra força tão misteriosa. Não depois de os meus pais terem usado a religião como justificativa para me rejeitar.

— Sinto muito — fala Dalma. — Isso é terrível.

— Isso é uma merda mesmo — concorda Orion.

Quase digo a eles que está tudo bem, mas não faço isso porque seria mentira. Ainda estou processando minha própria fé desde que me abri sobre minha sexualidade, mas sei que não é certo meus pais usarem Deus contra mim.

— Obrigado por ficarem do meu lado — agradeço.

É muito bom ter mais apoio. Eu não tinha em casa, mas agora estou encontrando isso em uma nova cidade.

Orion levanta o rosto para observar as ampulhetas no telão.

— Eu entendo você estar na dúvida.

— Talvez você possa me ajudar a decidir. Me conta, por que você se inscreveu na Central da Morte?

ORION
23h44

O motivo para se inscrever na Central da Morte diz muito sobre a pessoa.

Valentino — um desconhecido que se tornou um amigo em construção —, está considerando ter acesso às ligações de Dia Final por causa de uma experiência de quase morte, e não uma morte de fato.

Tem uma diferença enorme entre as duas coisas.

Eu não estou morto, mas com frequência sinto como se levasse uma vida de quase morte. Sei que aquele ceifador maldito se aproxima cada vez mais. É quase como se morasse junto com a gente: começou se acomodando no sofá, depois se sentiu sozinho e veio dormir num colchão inflável no meu quarto, mas sua ceifa furou o colchão, e ele passou a dormir de conchinha comigo na minha cama de solteiro. Eu sinto a respiração da morte na minha nuca, mas ainda estou aqui.

Quando se trata de morte e quase morte, eu conheço os dois lados da moeda.

E não sou o único.

Dalma também já passou por algo parecido. Nós trocamos olhares, tentando decidir quem vai ser o primeiro a revelar o motivo de ter se inscrito na Central da Morte.

— Você queria contar sua história — fala Dalma. — Aproveita essa chance.

Mas agora estou nervoso, sentindo a pressão de fazer Valentino ver o lado bom do serviço.

— Eu começo, então — prossegue Dalma com indiferença, ganhando tempo para mim. — Meu pai morreu de câncer nos rins. Eu tinha três anos na época, então não lembro direito, só de pequenas coisas, como ele perdendo bastante peso mesmo que só dormisse o tempo todo. Minha mãe me explicou que ele estava doente, então eu levava chá de gengibre e bolacha de água e sal para ele, mas nada mudava. — Não tem um pingo de sofrimento na voz dela, porque isso tudo já ficou no passado. — Um dia ele desapareceu e eu não entendi o porquê, e depois nunca mais voltou. Com o tempo, eu entendi.

Conheço Dalma desde criança, mas nunca a ouvi descrever o próprio luto dessa maneira. Como se fosse parecido com andar numa bicicleta que está com um furinho no pneu, que vai murchando e fazendo a bicicleta desacelerar, mas leva um tempo até se perceber, de fato, qual é o problema. Só que não é bem isso. Essa analogia definitivamente não cabe aqui, porque o pneu pode ser trocado ou remendado, mas não é possível calibrar o pai dela e trazê-lo de volta. E Dalma não perde tempo em desmentir quem sugere que o padrasto dela é como um substituto, por mais que ela o ame.

Nossa, estou prestes a oferecer meus sentimentos a Dalma, como se isso tudo fosse novidade, mas Valentino fala primeiro:

— Sinto muito pela sua perda, de verdade. Não é justo você ter perdido seu pai tão novinha.

— Acontece — responde Dalma, dando de ombros. — Infelizmente, aconteceu comigo.

Encosto meu ombro no dela, sabendo que Dalma nunca nega um abraço, mas ela só se permite ficar vulnerável até certo ponto na frente de estranhos — e de amigos em construção. Em casa, sempre conversamos a respeito do que sentimos por não ter nossas figuras paternas nem minha mãe por perto. No dia da nossa formatura, quando ficamos sozinhos depois da festa, falamos sobre o quanto ela sentiu falta do pai e eu, do meu pai e da minha mãe, ao vermos a família dos outros alunos vibrando por eles na plateia, mas nunca diríamos isso na frente de Dayana e Floyd, porque não queremos magoá-los. É até engraçado como protegemos os adultos. Por outro lado, também não é nenhuma surpresa.

A vida não está nem aí para o quanto você é jovem. De um jeito ou de outro, ela força todo mundo a crescer.

— E essa é minha divertidíssima história com a Central da Morte — completa Dalma. — Sua vez, O-Bro.

A história dela não foi nada divertida, e a minha também não vai ser. Deve ter muita gente espalhada pelo país se cadastrando na Central da Morte só pela diversão, sem nenhum trauma como motivação. Deve ser ótimo.

— Eu tenho um problema no coração — digo, e isso imediatamente choca Valentino, como uma lufada de ar congelante ao botar o pé para fora de casa no primeiro dia de inverno.

— Sério? — pergunta ele, surpreso. — Mas você parece tão saudável.

— Quem vê cara não vê coração. — Confesso que faço essa piadinha com frequência, mas ela não arranca um sorriso dele. — Alguns anos atrás, fui diagnosticado com cardiomiopatia viral, o que pode ser resumido de maneira superdramática como "meu coração está tentando me matar". Se quiser as explicações médicas chatas, é só procurar na CID 10 ou na internet.

— São fontes bem diferentes — discorda Dalma.

— Que seja. A questão é que pode acontecer a qualquer momento, onde quer que eu esteja.

— E agora a Central da Morte vai tirar o peso da incerteza dos seus ombros — conclui Valentino. — Orion, sinto muito que você precise se preocupar com isso. Você tem minha total admiração.

Talvez seja melhor eu não falar para ele que essas palavras gentis deixam meu coração acelerado. Não quero morrer, mas uma morte causada por elogios parece um bom jeito de partir desse mundo.

— Se fosse só isso, estava bom — continuo.

Parte de mim quer parar por aqui, porque me sinto culpado por termos puxado Valentino para uma conversa pesada sobre morte quando ele veio à Times Square para aproveitar a vida. Mas Valentino está com as sobrancelhas arqueadas de preocupação, e seus olhos azuis encaram o fundo da minha alma. Fico com a impressão de que ele só está esperando o próximo capítulo da minha história.

— Perdi meus pais no 11 de setembro — digo com um suspiro, fazendo a pausa de que todo mundo precisa para assimilar essa frase.

Mas aprendi também que não posso esperar muito tempo, porque, se eu não falar de uma vez, outra pessoa vai abrir a boca para contar a própria experiência no dia do atentado.

É isso o que acontece quando uma cidade passa por um desastre traumático dessa magnitude.

Todo mundo sentiu os efeitos — em Nova York, nos Estados Unidos, no mundo. Mas cada coisa tem sua hora e lugar, e eu já perdi a conta de quantas vezes mencionei ter perdido meus pais e as pessoas aproveitaram a deixa e me interromperam para contar que não conseguiram pegar um ônibus para voltar para casa, ou que não puderam sair para brincar por uma semana. Qual é a resposta quando alguém diz uma merda dessas? Ah, já sei: *eu não me importo* ou *sua vida continuou, a dos meus pais, não* ou *sua vida voltou ao normal depois disso, a minha mudou para sempre.*

Por isso é bom falar com gente que não é daqui, como Valentino.

Ele está quieto, talvez chocado demais para encontrar as palavras certas, ou talvez saiba que nada que saia de sua boca vai fazer diferença. Seja como for, sei que não está louco para me contar o que aconteceu com *ele* naquele dia. Boca fechada, olhos brilhando.

Hoje à noite, mais do que nunca, sinto como se tivesse nove anos de novo ao relembrar aquele dia.

Foi numa terça-feira. Eu estava no quinto ano, e era o segundo dia da nossa primeira semana completa de aulas. Eu já tinha sido escolhido como monitor, porque era um baita puxa-saco, mas minha função era só usar um cinto verde--claro brilhante e garantir que todos os alunos estivessem em suas salas de aula a tempo dos anúncios matinais. Lembro que estava me sentindo, andando pelos corredores com meu macacão azul-marinho novo e tênis ainda branquíssimos — roupas que meus pais tinham comprado para a volta às aulas.

— Parecia um dia como outro qualquer — comento.

Levei um tempo para me dar conta de que, na verdade, não era.

Meu turno tinha acabado, então fui devolver o cinto na secretaria. O vigia e a vice-diretora estavam assistindo ao jornal numa daquelas TVs enormes que eram arrastadas num carrinho de uma sala para outra, dependendo de qual professor a tivesse solicitado.

— As imagens pareciam saídas de um filme de ação, mas tudo era tão, tão real. Mostraram as torres inteiras, depois elas pegando fogo e, então, cortaram para o momento da queda. — Sinto um zumbido da cabeça e um vazio na barriga. — Para você ter ideia do quanto fui ingênuo, naquela hora eu nem me toquei de que aquilo tudo estava acontecendo em Nova York. A vice-diretora chamou os prédios de World Trade Center, mas eu cresci ouvindo as pessoas os chamarem de Torres Gêmeas. Então deduzi que devia ser alguma empresa de videogames em outro país, e fiquei aliviado por não estar acontecendo aqui, porque era assustador só de ver. Voltei para a sala sem pensar mais naquilo.

Eu não sabia por que estava dando tantos detalhes. Talvez eu tenha mais inclinação do que pensava para escrever histórias longas, já que estou fazendo uma descrição bastante imagética.

Por fim, compartilho com eles o pensamento que mais me assombra.

— Naquele momento, eu ainda não tinha a menor ideia de que meus pais estavam mortos.

Seco algumas lágrimas que teimam em escorrer pelo meu rosto e fito o chão, sem conseguir encarar Valentino nem Dalma.

Tento chegar logo ao fim da história, porque as lembranças estão vindo com tudo, como uma montagem cinematográfica. Penso em como dizem que, quando alguém está prestes a morrer, vê a vida inteira passar diante dos olhos. Talvez meu corpo, de alguma forma, saiba que estou a horas, ou apenas minutos, de receber minha ligação de Dia Final.

Se esta for a última vez que vou contar essa história, vou contá-la da maneira certa.

As aulas começaram normalmente, mas na hora do almoço houve uma mudança. Os professores deixaram de lado os planos de aula e nos instruíram a ler o que quiséssemos ou a conversar baixinho enquanto eles discutiam no corredor. Ninguém nos explicou o que estava acontecendo. Então, os pais começaram a chegar para buscar os filhos. Ainda sem nenhuma explicação. Ficamos brincando de tentar adivinhar quem seria o próximo a ir embora.

— Até que ouvi por alto alguém dizer que as Torres Gêmeas tinham sofrido um ataque.

Eu me lembro de várias coisas daquele dia, mas há várias lacunas nas minhas recordações. Não sei de quem ouvi essas palavras que me atingiram como uma bomba, ou quanto tempo passei naquela cadeira tentando processá-las. Mas, por fim, acabei me levantando e cambaleando como um zumbi em direção à mesa da sra. Williams. Contei para a professora que meus pais tinham ido para Manhattan naquela manhã por causa do trabalho. Ela foi um amor e falou comigo no mesmo tom que usava quando eu pedia para ir ao banheiro ou para ela repetir algo que eu não tinha entendido. Então percebi que precisava ser mais claro.

— Meus pais tinham uma reunião nas Torres Gêmeas — digo, como já disse centenas, milhares, milhões de vezes, porque todos sempre querem saber o que eles estavam fazendo lá. Mas não é como se os dois estivessem num beco escuro numa vizinhança suspeita em plena madrugada. Estavam trabalhando num prédio comercial, em horário comercial.

Minha professora, uma mulher que tinha estudado Shakespeare, me ajudado a expandir meu vocabulário e me passado leituras como tarefa, ficou sem palavras quando contei onde meus pais estavam.

Eu ainda tinha esperanças. Minha mãe costumava se atrasar para todos os compromissos, estava sempre passando maquiagem cinco minutos depois da hora que já deveria ter saído de casa. Fiquei pensando que talvez eles tivessem se atrasado para a reunião por causa dela, e que eu ainda teria muitos anos pela frente para implicar com minha mãe por conta desse pequeno desvio de caráter. Imaginei que naquele dia nós ficaríamos gratos pela procrastinação dela.

— Existem muitas histórias assim, de pessoas que deveriam estar nas torres naquela manhã, mas dormiram demais, ficaram presas no trânsito, pegaram o metrô errado ou passaram mal e ficaram em casa. — Respiro fundo. Não entendo por que estou falando tanto, e não acredito que ninguém me interrompeu até agora. — Mas meus pais não tiveram a mesma sorte, então fui o último aluno a ir embora da escola naquele dia.

É aí que eu desabo e começo a chorar muito.

Não preciso falar de como Dayana, nosso contato de emergência, foi chamada para me buscar, ou de como passei a morar com a família de Dalma, ou de todos os pesadelos que tive e dos que ainda tenho, ou do que mudou e do que continuou igual. Mesmo se tentasse, acho que eu não conseguiria colocar tudo isso para fora. Mergulhei tão fundo nessas memórias que a Central da Morte já deve ter começado a funcionar há horas, enquanto eu pensava nas torres desmoronando com meus pais lá dentro.

— Posso te dar um abraço?

As palavras de Valentino me pegam de surpresa, cortando o ar como se não houvesse outros sons ali — nem buzinas de carros, nem funcionários da Central da Morte com microfones, nem os meus próprios soluços.

Assinto em meio às lágrimas, como se ainda fosse aquela criança que se sente tão sozinha que precisa ser confortada o tempo todo.

Meu coração acelera quando Valentino me envolve num abraço apertado, o peitoral musculoso dele pressionando meu peito semelhante a uma tábua.

— Odeio que você tenha passado por isso — diz ele. — Desculpa ter perguntado.

Balanço a cabeça, fazendo meu queixo deslizar pelo ombro dele.

— Que nada, foi a gente que começou.

Dalma pigarreia.

— Eu dei uma provocada de leve, mas você que tomou a iniciativa.

Ela dá uma piscadinha, satisfeita com seu jogo de palavras, e foi bom mesmo, mas me faz morrer de vergonha enquanto abraço esse cara que gosta de garotos, mas não necessariamente de mim.

Eu me afasto do abraço, me sentindo inseguro.

— Só mais uma coisinha — digo, enxugando as lágrimas.

— Ah, não! — reclama Dalma, mas depois abre um sorriso. — Brincadeira! Mas, falando sério, já é quase meia-noite.

Eu me viro para o telão e vejo que a ampulheta já está quase cheia.

— Eu vou ser breve — falo.

— Não precisa — assegura Valentino.

Apoio a mão no ombro dele, onde meu queixo estava recostado há pouco.

— Olha, talvez a gente nunca mais volte a se falar depois de hoje, mas tem uma coisa que eu adoraria que você se lembrasse desse encontro.

Ele se inclina em minha direção, atento.

— Você disse que, quando alguém que amamos morre, nós morremos junto. Eu amo muito meus pais, e cada vez que falo deles no passado, como se não passassem de fantasmas, em vez das pessoas de carne e osso e cheias de vida que foram um dia, isso me destrói por dentro. — Faltam poucos minutos para meia-noite. — Mas aqui vai a verdade que ninguém quer admitir quando a morte bate à porta ou quando se está imerso no luto: desde que você continue a existir, vai continuar respirando e, se estiver respirando, um dia vai voltar a viver.

Sei que é besteira, mas juro que consigo ver nos olhos de Valentino que ele me entende, que está gravando minhas palavras na memória para quando o dia trágico em que perderá alguém chegar, que está mesmo levando a sério tudo o que eu disse.

— E, Valentino, não importa quão intensamente você viva, o fato de não ter se despedido de alguém que você ama vai te assombrar mesmo assim. Ainda mais se tiver desperdiçado dessa oportunidade.

Valentino olha para a ampulheta.

— Melhor eu me inscrever antes que seja tarde demais.

VALENTINO
23h52

Estou fazendo meu cadastro na Central da Morte.

Por sorte, não preciso esperar na fila, já que tenho um smartphone. Acesso centraldamorte.com e crio uma conta. Dou uma passada de olho pelo contrato e já vou colocando meu nome, CPF, data de nascimento e número de telefone. Insiro Scarlett como meu contato de emergência. A página seguinte informa que o toque da ligação da Central da Morte não pode ser alterado, como acontece com outros alertas do governo, tipo o alerta AMBER para rapto de crianças. Enfim, é hora de pagar. Não quero fazer o investimento do plano anual, e mesmo o mensal é caro demais considerando meus novos gastos na cidade, então escolho o plano diário só para ver como é entrar na onda da Central da Morte. Confirmo os dados e surge uma nova tela:

Uma mensagem do fundador

Tenho o prazer de lhe dar as boas-vindas à Central da Morte. Aqui, você assume o controle da sua vida — e da sua morte.

Em nossa empresa, nos referimos a quem está prestes a morrer como Terminante. Queremos que você encare a vida como uma viagem de navio, que infelizmente pode terminar a qualquer momento. Então conduza sua embarcação e se deixe envolver pela maresia. Em outras palavras, aproveite o tempo que ainda lhe resta.

Não espere até que seu horizonte esteja próximo demais.
Mas, caso isso aconteça, a Central da Morte existe para ajudar.

— Joaquin Rosa

— Prontinho — digo, guardando o celular no bolso.
— Como você se sente? — pergunta Orion.
— Normal. Só paguei por um dia, para o caso de mudar de ideia depois.
— Arrasou! — exclama Dalma.
— Espero que nunca precise — diz Orion.

Não sei se "nunca" é a palavra certa, porque acho que ninguém vai querer contratar um modelo de duzentos anos, mas entendo o que ele quer dizer. Odeio que Orion tenha precisado desenvolver essa inteligência relacionada à morte. Mas, na mesma intensidade, gosto de como ele vai fazer parte da minha vida de agora em diante.

Estou começando a me perguntar se destino existe.

A forma como Orion contou que algumas pessoas escaparam por pouco do atentado às torres me faz refletir se isso tudo é destino ou pura sorte. E conhecer Orion e Dalma hoje? Isso foi coisa do destino também? Será que teria acontecido mesmo se eu tivesse saído do apartamento um pouco mais cedo ou um pouco mais tarde? E se eu tivesse resolvido vir de metrô? Não tem como saber se nossos caminhos se cruzariam em outras circunstâncias. Só sei que os conheci, e eles são pessoas muito fortes. Estou impressionado que aguentem tanta coisa.

Principalmente Orion.

Ele abre o próprio coração, mais que Dalma, como se fosse um efeito colateral da cardiomiopatia viral. É admirável.

Quem afirma de forma generalizada que os nova-iorquinos são muito grosseiros definitivamente não conhece Orion e sua vulnerabilidade.

Dalma checa o celular.

— Só mais alguns minutos até a vida que conhecemos mudar completamente. Vamos dar uma animada nisso aqui. Falem uma coisa que vocês querem fazer daqui em diante. Eu quero ter uma ideia para o meu aplicativo e começar o mapeamento do design.

Eu almejo uma longa lista de conquistas. Capas de revistas, aparições no Met Gala, desfilar na Semana de Moda de Nova York. Mas nada disso vai ser alcançado num único ano. Preciso dedicar tempo e esforço para chegar a esse nível, e é isso que vou continuar fazendo. Vou agendar mais alguns trabalhos e seguir com meus treinos para que os recrutadores me levem a sério. Mas depois de tudo que senti hoje à noite andando por esta nova cidade e conhecendo novas pessoas, fico inspirado a dizer:

— Quero criar boas memórias. Coisas de que eu possa me lembrar quando o peso da existência bater.

Orion sorri e assente.

— Gostei.

Mas, mesmo por trás do sorriso, dá para ver que ele está escondendo a dor.

— E você?

— Fala rápido — alerta Dalma.

Eu não me incomodaria se Orion quisesse contar outra história.

— Não quero morrer — confessa ele.

— Eu não disse para dar uma levantada no astral?

— Está bem, então quero continuar a viver.

Admiro sua habilidade com as palavras, mas ele não parece tão cativado por sua perspicácia como eu.

Voltamos nossa atenção para a tela gigante, mas Orion fecha os olhos como se não quisesse ver a ampulheta. Ele parece sentir frio, apesar de estar um calor considerável mesmo com a brisa que bate de vez em quando. Não, ele está tremendo de nervosismo. Ouço seus dentes batendo. Acho que está preocupado com a possibilidade de morrer, como se fosse receber uma ligação da Central da Morte daqui a um minuto. Chamo o nome dele, e Orion me espia de relance antes de fechar os olhos outra vez. Ele está segurando o choro. Mas não tem por que esconder a vontade de chorar, já passei por isso várias vezes — hoje, inclusive.

Me inclino em direção ao ouvido dele e falo:

— Relaxa, você vai ficar bem.

Não é algo que eu possa prometer, mas vou torcer todos os dias para que seja verdade.

ORION
23h59

Escrevo contos porque também sou uma história curta.

Eu queria ser um romance.

A poucos respiros da meia-noite, sei que meu último capítulo está próximo.

Olho para Valentino e me pergunto o que mais a vida teria me oferecido se eu tivesse mais páginas.

PARTE DOIS
CENTRAL DA MORTE

A Central da Morte não vai só avisar às pessoas quando elas vão morrer. Queremos garantir que suas vidas não sejam em vão.

— Joaquin Rosa, criador da Central da Morte

31 de julho de 2010
JOAQUIN ROSA
00h00

Talvez a Central da Morte ligue para Joaquin Rosa e avise que ele está prestes a morrer, mas seria uma pena o criador da empresa não viver o bastante para vê-la mudar a vida como a conhecemos.

Verdade seja dita, muita gente gostaria que Joaquin morresse logo.

As pessoas temem mudanças, e essa é a maior mudança que o mundo já viu desde a internet. Não ajuda em nada o fato de Joaquin se recusar a contar para o público como sua empresa é capaz de prever as mortes. Ele entende a curiosidade por trás desse serviço inovador, e até se divertiu com as teorias mais bizarras: de videntes com bolas de cristal futurísticas, uma horda de assassinos matando pessoas para resolver o problema da superpopulação e — sua favorita — viajantes do tempo indo ao futuro e voltando com os obituários do dia seguinte. Seja como for, Joaquin permanece calado, porque não acredita que o mundo esteja pronto para a verdade.

Depois que essa porta for aberta, será impossível fechá-la.

Alguns anos antes, logo após a discretíssima concepção da Central da Morte, Joaquin informou tudo à Agência Central de Inteligência. E "tudo" significa tudo mesmo. A Central da Morte se tornou o objetivo da vida de Joaquin — uma missão ainda maior do que a paternidade —, mas seu trabalho poderia ser encerrado com muita facilidade sem o apoio do governo. O processo era extremamente exaustivo, tanto que ele ficou tentado a desistir antes mesmo de começar. Mas o serviço que a Central da Morte vai oferecer é importante demais para cada alma que seria roubada pelo ceifador sem aviso prévio. É óbvio que as intenções de Joaquin foram limitadas de forma cruel pelo governo, e ele aguarda com pesar o dia em que o poder da Central da Morte será usado para fins escusos. Por ora, no entanto, ele obteve permissão começar o trabalho.

O momento finalmente chegou.

Dentro da sede principal da Central da Morte, em Nova York, Joaquin Rosa está pronto para mudar o mundo.

Ele vai fazer história ao ligar para o primeiro Terminante, nome oficial que escolheu para seus funcionários chamarem quem está prestes a morrer. Ele acredita que cada Terminante deve ter a chance de conduzir a própria vida até o destino final, como um navio que está prestes a aportar.

Joaquin pensa com certa frequência em uma citação de John A. Shedd: "Um navio está seguro no porto, mas não é para isso que os navios foram criados."

Ele gosta de imaginar que está dando às pessoas a oportunidade de navegar como quiserem pela última vez.

Algumas horas antes, nesta mesma noite, durante seu especial na CNN, perguntaram a Joaquin se ele não achava que a notificação do Dia Final era um desserviço, considerando que a vida deveria ser vivida sem um alerta de quando acabará.

— Se as pessoas querem mistério, deveriam ler histórias de detetive — respondera Joaquin, com um sorriso amarelo. — Se temos apenas uma vida, é melhor que a vivamos sem o mistério de quando irá acabar. Sabe o que não será mais possível fazer quando você for declarado morto? Garantir que deixará suas finanças organizadas para a sua família. Finalmente se permitir fazer aquilo de que teve medo a vida toda. Pedir desculpas a uma pessoa, ou dizer que você a ama. — Àquele ponto da entrevista, Joaquin já tinha descruzado as pernas e se inclinado para a frente, chegando mais perto da jornalista, como se estivesse prestes a revelar o maior segredo do universo. — A Central da Morte não vai só avisar às pessoas quando elas vão morrer. Queremos garantir que suas vidas não sejam em vão.

Joaquin sabe como é devastador perder alguém de maneira inesperada.

É meia-noite, mas ninguém está comemorando.

Todos os olhares estão focados em Joaquin, sentado próximo ao computador no coração da sede da Central da Morte.

O call center tem paredes coloridas, plantas felizes e saudáveis, além de fontes de pedra com cascatas d'água caindo sobre pedregulhos. É um cenário incrível para fotos, sem sombra de dúvida, mas o design de interiores foi pensado pela esposa de Joaquin para proporcionar um ambiente relaxante aos operadores — conhecidos como mensageiros, já que informam a derradeira mensagem — durante seus turnos perturbadores. Esse trabalho pode causar danos à mente, e Joaquin sabe disso. É por isso que, em vez de videntes, assassinos e viajantes do tempo, o mundo verá psicólogos, terapeutas e assistentes sociais operando os telefones e consolando os Terminantes, sem perderem de vista a necessidade de protegerem a própria saúde mental.

Ele olha de relance para a esposa, Naya, e o filho de nove anos, Alano, que esperam com a mesma expectativa das outras pessoas. A família de Joaquin tem estado tensa desde que a Central da Morte foi anunciada em 1º de julho, mas os dois finalmente vão poder ver os frutos do trabalho dele.

Joaquin vai compensá-los por tudo isso um dia.

Ele pega o telefone.

Os cliques das câmeras abafam o barulho das fontes. Essa é a única vez que Joaquin vai permitir que fotógrafos entrem nas instalações da empresa. Estão todos ali para registrar um marco histórico. Ele se pergunta qual foto vai estampar a primeira página de todos os jornais, e se também será memorável o bastante para a capa de sua inevitável biografia.

Mais cliques ressoam pelo escritório enquanto Joaquin liga o computador, que está com o monitor virado de modo que só seus olhos vejam o que está na tela. Uma das muitas promessas de Joaquin ao público foi que sua privacidade sempre seria protegida, e ele nunca quebraria a confiança depositada em sua empresa.

Joaquin lê o nome no topo da lista de Terminantes e liga para o número.

É hora de avisar a primeira pessoa que ela vai morrer hoje.

ORION
00h01

A Central da Morte me liga.

Então é isso. Aquele maldito ceifador enfim veio me pegar. Não vou ter a chance de ver o desenrolar deste primeiro ano da Central da Morte, ou do ano seguinte, ou do que virá depois, e depois, e depois. Talvez eu nem sobreviva à próxima hora e vire pretérito imperfeito antes disso. Não consigo respirar, e sinto como se fosse morrer neste exato momento. Meu coração está batendo muito forte, martelando e pulsando ainda mais rápido do que o som da Central da Morte, que parece um sino de igreja tocado por uma criança. O alerta vai ficando cada vez mais alto, como os vídeos de simulação avisaram que aconteceria, para garantir que as pessoas não percam a ligação. E, apesar de ser só para mim, o alerta está acabando com toda a vida ao redor — os outros pegam os próprios celulares antes de se darem conta de que é o *meu* Dia Final, não o deles, porque eles têm todo o tempo do mundo.

Estou bem perto de Dalma e Valentino, mas não consigo olhar para nenhum dos dois. Não aguentaria ver nos olhos deles a confirmação de tudo isso.

Um minuto atrás, a Central da Morte entrou no ar, e agora vou morrer. Eu me preparei para isso pelos últimos anos, mas ainda assim não estou pronto para partir — não estou pronto, não quero ir, quero ficar aqui, continuar aqui.

Pego meu celular, apesar de não querer atender à minha ligação de Dia Final. Mas então vejo que a tela está apagada. Nada no identificador de chamadas acusa CENTRAL DA MORTE, nada de vibração, nada de toque.

Não estão ligando para mim.

Meu coração não se acalma. Ele continua martelando quando desvio os olhos e vejo Valentino segurando o próprio celular, que anuncia aos gritos o fim de uma vida.

VALENTINO
00h02

A Central da Morte está me ligando para informar que estou prestes a morrer, mas minha vida só está começando.

Só pode ser um engano.

Orion, Dalma e vários desconhecidos me olham aterrorizados, mas não deveriam. Não tem como eu estar prestes a morrer. A Central da Morte é um serviço novo, e com certeza vai errar às vezes. Assim que eu resolver esse mal-entendido, poderemos voltar a comemorar.

— Não se preocupem — digo para Orion e Dalma. — Aposto que um monte de gente recebeu a ligação por engano.

— Tipo quando as pessoas ligam sem querer com o celular no bolso? — pergunta Dalma. — Eu não acho que os mensageiros da Central da Morte estão...

— Desculpa interromper, mas os mensageiros também são humanos. — Aceno para o grupo que defende a existência de ETs, que está com os olhos grudados no céu, esperando a abdução. — Então, a menos que os mensageiros sejam alienígenas e nós tenhamos errado feio nas teorias, deveríamos levar em conta a possibilidade de falha humana.

— Com certeza — concorda Orion, mas não acho que ele acredite em mim.

— Eu literalmente acabei de me inscrever. Só pode ter sido um erro.

Tem muita gente me encarando, mas não é assim que eu quero que o mundo me conheça.

É hora de provar que estão todos errados para podermos seguir em frente.

Deslizo o dedo pela tela do celular para atender essa ligação de Dia Final feita por engano.

— Alô?

— Olá, aqui quem fala é a Central da Morte — diz uma voz grossa e familiar, que todos passaram a conhecer desde o dia em que ele anunciou o novo sistema ao lado do presidente. — Eu me chamo Joaquin Rosa. Estou falando com Valentino Prince?

Ouvir Joaquin Rosa — o sr. Central da Morte em pessoa — dizer meu nome é um choque, como ser golpeado com ar gelado nas vezes em que saí para correr às cinco da manhã.

Existe sempre a tentação de voltar para dentro de casa, onde está quentinho e aconchegante e posso descansar. Mas eu sou o tipo de pessoa que segue adiante, porque é assim que se sobe na vida. Mesmo agora, sinto vontade de desligar e fingir que essa ligação nunca aconteceu, mas, se eu fizer isso, essa nuvem vai continuar pairando sobre minha cabeça. Tenho certeza de que Joaquin está me ligando porque alguém no serviço de atendimento ao cliente percebeu um erro no meu cadastro e, já que é uma noite agitada na empresa, Joaquin decidiu se assegurar pessoalmente de que não haverá problemas quando a Central da Morte me ligar para anunciar meu Dia Final daqui a décadas. É muito gentil da parte dele tirar um tempo da agenda lotadíssima para fazer isso.

— Oi, sr. Rosa. Sim, aqui quem fala é o Valentino. Está tudo bem?

Joaquin faz uma pausa. Quase tiro o celular do ouvido para checar se ele não desligou.

— Infelizmente não, Valentino.

— Bom, então o que está acontecendo? — pergunto. — Cometi algum erro no formulário de inscrição?

— Valentino, sinto muito em lhe informar que em algum momento ao longo das próximas 24 horas você terá um encontro prematuro com a morte — anuncia Joaquin. — E, embora não haja nada que nós possamos fazer para evitar isso, você ainda tem a oportunidade de viver.

Balanço a cabeça como se ele pudesse me ver. Orion, Dalma e mais um grupo de desconhecidos, no entanto, me observam atentamente. Não me incomodo com Orion e Dalma, mas os demais estão me cercando como se esperassem que eu fizesse um passo de break dance. Queria que as luzes da Times Square se apagassem agora, como os fatalistas profetizaram. Só que eu não quero que o mundo acabe para ninguém, muito menos para mim.

— Tem certeza de que ligou para a pessoa certa? — questiono. — Só pode ser engano, eu...

Estou prestes a dizer que sou saudável, mas recebo um olhar marejado de Orion, que não precisa ser lembrado de que, entre nós dois, ele seria considerado o mais propenso a receber uma ligação de Dia Final. Então me lembro de que saúde não adianta de nada quando um carro bate no seu. Scarlett quase perdeu a vida por causa de um acidente, e agora eu vou perder a minha?

— Eu me inscrevi um pouco antes da meia-noite. Isso só pode ser um engano — concluo, sem ter recebido qualquer evidência do contrário.

— Lamento confirmar que não é — diz Joaquin.

— Mas como posso ter certeza disso? Como *você* pode ter certeza disso? Talvez você esteja errado.

— Eu não estou errado, mas gostaria de estar.

— Talvez esteja, sim, sr. Rosa. Talvez você tenha me confundido com outro Valentino Prince.

Eu sei que não sou o único com esse nome. À medida que faço mais trabalhos como modelo, quando pesquiso meu nome no Google Imagens, minhas fotos têm se sobressaído em relação às dos outros Valentino Prince espalhados pelos Estados Unidos. Para mim, isso foi como ganhar um concurso de popularidade. Deveriam existir — não, *vão* existir — mais fotos minhas daqui a vários anos.

— Entendo que essa é uma notícia difícil de se receber — continua Joaquin. — Parte meu coração ter que te ligar.

— Eu não sabia que você mesmo faria as ligações.

— Não vou fazer todas, mas como esta é oficialmente a primeira ligação de Dia Final, assumi a responsabilidade.

A primeira.

Esta é a primeira ligação de Dia Final.

A primeira vez que a Central da Morte liga para alguém para avisar que sua vida está próxima do fim.

Não é assim que eu quero entrar para a história.

— Eu não quero ser o primeiro — falo.

Parece que voltei a ser criança, implorando para meus pais mandarem Scarlett para o banho ou para a cadeira do dentista antes de mim.

— Infelizmente, não sei a que horas do dia de hoje você terá um encontro prematuro com a morte, mas ser o primeiro a receber a ligação não significa necessariamente que você será o primeiro a morrer.

Acho que vou desmaiar.

Estou mesmo numa ligação com Joaquin Rosa, minutos depois de a Central da Morte entrar em atividade por todo o país, e ele está certo de que eu — Valentino Prince, o primeiro Terminante — vou morrer hoje. Mas ele não sabe como, nem a que horas. Pelo menos é o que Joaquin alega, e algo me diz que implorar pela verdade, prometendo levar o segredo para o túmulo, não vai colar.

—Valentino, como posso te dar suporte agora? Você está sozinho?

É impossível ficar sozinho no meio da Times Square, mas é como me sinto. Sou o único passando por isso neste momento. E então meus olhos se voltam para Orion, atraídos como ímãs, e ele está mais do que acostumado com esse medo da morte que estou sentindo.

— Não... estou... sozinho... — digo.

— Isso é bom — responde Joaquin.

Se fosse mais combativo, eu o refutaria. Posso não estar sozinho, mas as pessoas certas não estão aqui. Scarlett só chega de manhã, embora talvez seja melhor eu a impedir de vir e, em vez disso, pegar um avião para o Arizona, para ver todo mundo. Scarlett, os amigos do ensino médio, os vizinhos simpáticos. Talvez até meus pais se dariam ao trabalho de me encontrar, considerando a situação. Mas o tempo é tão escasso. As horas perdidas no aeroporto e no avião poderiam ser usadas vivendo.

Todos esses pensamentos são surreais demais.

Vim para Nova York para construir uma nova vida, mas em vez disso vou morrer aqui.

Mudo o foco da ligação, pronto para seguir em frente.

— A menos que tenha algo mais concreto para comunicar, acho que podemos encerrar por aqui.

— Antes que desligue, Valentino, gostaria de lhe informar que o site centraldamorte.com possui diversos recursos sobre como falar a respeito de seu Dia Final com entes queridos, escritos pelos melhores terapeutas especializados em luto. Lá, você também vai encontrar uma lista de atividades que será atualizada ao longo do dia e que talvez possam lhe interessar — explica Joaquin.

A Central da Morte acha mesmo que os Terminantes vão só ficar esperando sentados?

Eu já tenho planos para hoje. Vou dormir no meu apartamento novo antes da minha sessão de fotos pela manhã. Depois, Scarlett e eu vamos explorar a cidade, ajeitar nossa casa e provavelmente comemorar jantando sentados no nosso piso de madeira, usando caixas como mesas. E algumas horas depois, ou muitas horas antes, aparentemente vou morrer.

— Eu tenho planos. — É tudo o que respondo.

— Está bem. Vou deixar você em paz para colocá-los em prática, então — fala Joaquin. — Em nome da Central da Morte, sentimos muito a sua perda. Aproveite este dia ao máximo.

Ninguém vai me perder. Não vou ser perdido.

Eu vou sobreviver.

Quando estou prestes a desligar, ouço um tiro ecoando pela Times Square.

ORION
00h06

Bem quando achei que o toque da ligação da Central da Morte seria o som mais assustador da noite, escuto um tiro.
Tiros.
As pessoas que estavam em volta de Valentino saem correndo em todas as direções, que nem baratas quando alguém acende a luz. É então que um homem branco com uma máscara de caveira aparece do nada, atirando. Dalma me puxa pelo pulso para fugirmos, mas freio com tudo quando vejo Valentino parado como uma estátua. Será que ele entrou em choque com o sujeito mascarado apontando a arma em sua direção, ou apenas aceitou seu destino?
Ele pode ter aceitado, mas eu, não.
Corro em direção a Valentino e o derrubo no chão bem no instante em que a arma é disparada. Há outro tiro logo em seguida, dessa vez vindo dos policiais. Eles perseguem o mascarado, que foge e passa por Dalma, escondida atrás de uma lixeira cheia até a boca. Ela está aterrorizada. Tenho que tirá-la daqui, precisamos dar o fora.
Mas não consigo me mexer.
Sinto algo que parece uma pressão de ar inflando meu peito, ameaçando explodir com força suficiente para pulverizar meus ossos. Há uma dor lancinante entre minhas escápulas, e me pergunto se fui baleado. Talvez eu não tenha percebido por causa da adrenalina ou da velocidade com

que a vida tem mudado e se esvaído desde a meia-noite. Quero apalpar meu corpo para descobrir se fui atingido por algum tiro, mas sinto uma dor aguda percorrendo meus braços. É como se alguém estivesse cortando toda a extensão deles de cima para baixo, e então de novo e de novo. Vou ter uma parada cardíaca. Esse é o tipo de infarto que sempre considerei sísmico. Tento massagear o peito e me sentar para aliviar a dor, mas é forte demais, então acabo caindo de costas e meu rosto fica próximo ao de Valentino, que está tomado pelo medo.

Será que eu o salvei?
Se salvei, ao mudar o destino dele, também mudei o meu?
Será que vou morrer no lugar dele?
Ou será que nós dois vamos morrer até o fim do dia?

JOAQUIN ROSA
00h07

"É assim que o mundo acaba / Sem estrondo, num gemido."

Os emblemáticos versos do poeta T.S. Eliot são a primeira coisa em que Joaquin Rosa pensa após encerrar a ligação com Valentino Prince. Ele já sabe como vai narrar o ocorrido em sua biografia:

Foi assim que acabou a primeira ligação da Central da Morte, não com um gemido, mas com um estrondo.

Joaquin realmente esperava certa lamentação depois de contar ao primeiro Terminante que ele ia morrer naquele dia, mas, em vez disso, ouviu um estrondo, um tiro. Muitos tiros, na verdade, e cada um deles o fez pular na cadeira como se estivesse sendo atingido por aquelas balas. Para seu alívio, está em segurança, ao contrário de todos os Terminantes que podem acabar sendo vítimas desse ataque.

Será que Valentino Prince é a vítima? Ou seria o assassino?

Resolver esse mistério não é trabalho de Joaquin.

Seu trabalho é acabar com o mistério envolvendo a equação da morte.

Joaquin se levanta num pulo e se vira para os mensageiros que aguardam seu comando.

— Comecem as ligações de Dia Final — ordena, se esforçando ao máximo para manter a compostura.

A ligação com Valentino foi feita em particular, então mais ninguém ouviu os tiros, porém é questão de tempo até que juntem dois mais dois e se deem conta de que um atentado aconteceu momentos depois da conversa com o primeiro Terminante. Ele sabe muito bem que a Central da Morte vai levar a culpa pelo ocorrido, o que vai assustar os investidores necessários para que o sistema alcance uma escala global.

Os mensageiros parecem fantasmas deslizando pelo escritório com suas camisas brancas de botão, calças cinza-claro e gravatas combinando. Joaquin os treinou para que exalassem simpatia, calma e autocontrole, a imagem que o mundo precisa ver para entender a força e o profissionalismo das pessoas do outro lado desses telefones e computadores. Ele solta um suspiro pesado quando os mensageiros se sentam, ligam os monitores e começam a trabalhar.

Só de olhar para Naya, Joaquin sabe que a esposa percebeu que há algo errado. Vai deixá-la a par de tudo depois que a imprensa for dispensada, mas terá que ser rápido, porque, assim que os repórteres pegarem os celulares de volta, vão ficar sabendo do ataque e, então, começarão a recriminar a Central da Morte.

Ele nunca diria isso em voz alta, mas Joaquin sabe que o fim daquela pessoa é apenas uma contribuição para o início da empresa, e não *resultado* da existência da Central da Morte. Não importa o que digam por aí.

Enquanto Joaquin olha dos mensageiros para os fotógrafos, uma coisa não sai de sua cabeça: já existe uma imagem finalista na disputa para estampar a capa de sua biografia. Afinal de contas, não há nada como o espocar de um tiro para fazer um homem ver a própria vida passar diante de seus olhos. Só resta torcer para que as câmeras tenham capturado sua reação.

Que desperdício seria perder um momento tão trágico.

VALENTINO
00h12

Todos estão correndo para salvar a própria vida, menos eu.

Afinal, já não tenho mais uma vida para salvar.

Sempre fiz o melhor que pude para encarar os desafios da vida — as corridas matinais, o aumento dos pesos na academia, sem falar em todas as rejeições nos castings de campanhas que faziam com que eu me sentisse um lixo —, mas o que eu deveria fazer sabendo que a vida está chegando ao fim? Aceitar numa boa?

Quando ouvi aquele tiro, fiquei sem reação.

Nunca imaginei que veria balas voando para todos os lados hoje à noite. Será que é assim que eu vou morrer?

Pensar nisso é tão aterrorizante que meu corpo simplesmente fica deitado aqui no chão, tremendo igual a um animalzinho abandonado no frio. Ao meu redor, o pânico continua. As pessoas correm, algumas até pulam sobre mim. Chego a levar um chute nas costas. Num momento, Orion está deitado com os olhos voltados para o céu e, no outro, Dalma aparece do nada. Ela o ajuda a se sentar e grita pedindo socorro — grita o *meu* nome pedindo socorro.

— Ele está tendo um infarto, Valentino! Por favor, ajuda aqui! — Dalma embala Orion junto ao peito, coloca um comprimido na boca dele e o manda engolir. — Aguenta firme, O-Bro, vou conseguir ajuda para você.

É tão estranha essa mania de mandar alguém à beira da morte "aguentar firme", como se a pessoa tivesse escolha.

E eu por acaso tenho escolha? Será que posso dizer para o mundo *Nem pensar, não vou morrer hoje coisa nenhuma. Quem sabe outro dia?*

— A gente precisa de um médico! — grita Dalma.

Ninguém para de correr. Será que já deram Orion como morto? Bom, se acham isso, não passam de idiotas. E eu também sou. Orion podia muito bem ter ido embora, mas ficou aqui comigo. Mais do que isso: ele salvou minha vida, mesmo sabendo que estou fadado a morrer.

Foi um erro pensar que não tenho uma vida para salvar. Tenho, sim. Só não é a minha.

Se posso fazer qualquer coisa para garantir que a Central da Morte não ligue para Orion, a hora é agora.

Evito pensar na minha situação e foco no meu corpo — contraio o abdômen para me sentar, ponho as mãos espalmadas no chão para pegar impulso e me levanto, firmando os pés.

— Deixa que eu carrego o Orion — falo.

Dalma se afasta e pega o chapéu dele, que caiu no chão, revelando uma floresta de cachos castanhos. Eu levanto Orion nos braços e o carrego como se fosse o Super-Homem resgatando uma pessoa que caiu do céu. Se fizer tudo certo, talvez eu vire um herói.

— Aonde a gente vai?

— Por aqui — responde Dalma, e nos guia para longe da confusão, rumo à 47th Street.

— Será que a gente deveria chamar uma ambulância?

— Não dá para correr o risco de eles ignorarem o Orion para cuidar de alguém que levou um tiro.

Quanto tempo será que vai levar até os médicos se recusarem a atender alguém se souberem que se trata de um Terminante? Uma semana? Um mês? Um ano?

— Então o que vamos fazer?

— Estou procurando os hospitais mais próximos — explica Dalma, enquanto navega pelo Google Maps. — Tem um hospital universitário na 31st Street, mas uma vez um médico de lá tratou o Orion mal, então acho que devíamos ir até o Lenox Hill na 77th Street.

— Eu moro nessa rua — comento.

Dalma olha para mim, esperando que eu explique o porquê dessa coincidência ser importante. Mas não é.

— Segura ele na vertical — instrui ela.

Não entendo o motivo de ter que deixar Orion reto, mas obedeço. Mudo a cabeça dele de posição para que o rosto fique apoiado no meu ombro. Seus olhos estão fechados, e Orion continua pressionando o peito, como se estivesse fazendo uma ressuscitação cardiopulmonar em si mesmo. Pelo menos é isso que acho que está fazendo. Não sei o quanto ajuda, já que ele fica tentando respirar fundo, mas não consegue. Orion é a própria imagem de alguém lutando pela vida.

Dalma vê um táxi, e sai correndo para ultrapassar outra pessoa que se aproxima. Ela vence a disputa e fica protegendo a porta do passageiro como se sua vida dependesse disso. Tento chegar o mais rápido possível sem cair e, quando alcanço o carro, coloco Orion no assento e prendo o cinto de segurança em sua cintura.

— O rapaz aí está bem? — pergunta o motorista.

— Não — responde Dalma. — Por favor, nos leve para o Hospital Lenox Hill.

— É melhor chamar uma ambulância — diz o homem.

— Meu irmão vai morrer no carro do senhor se não começar a andar agora!

— É disso que eu tenho medo.

O taxista começa nossa jornada, mas continua encarando Orion pelo retrovisor. Não só nos sinais vermelhos, mas o tempo todo. Foi por causa de gente dirigindo assim que minha irmã quase morreu.

— Será que dá para você prestar atenção na rua, por favor?

O *por favor* não disfarça meu tom irritado, mas funciona. Durante o trajeto não consigo parar de me perguntar se estou colocando Orion e Dalma em perigo por estar aqui com eles. Afinal de contas, se eu fui marcado para morrer, isso não faz de mim um ímã da morte? Não sei, mas é um pensamento bem solitário. Até porque o objetivo dessa coisa toda das ligações da Central da Morte não é oferecer aos Terminantes uma chance para colocar os pingos nos is, dar um último abraço na família e nos amigos? Acho que pouco importa, já que minha família está do outro lado do país.

Enfio a mão no bolso para pegar meu celular, pronto para dar a notícia para Scarlett. Mas não o encontro. Confiro três vezes os bolsos da minha calça, como se o aparelho fosse magicamente aparecer ali. Lógico que nada acontece. Onde é que…?

Droga.

Eu não guardei meu celular. Não tive tempo. Eu estava encerrando a ligação com Joaquin Rosa quando ouvi o primeiro tiro e fiquei paralisado. Então Orion se jogou em cima de mim, e o celular deve ter caído da minha mão. É o pior início possível para o meu último dia neste planeta. Voltar até a Times Square para procurá-lo seria muita idiotice. Que inferno, Nova York. E que inferno eu querer arriscar a vida para ligar para minha irmã e por ainda ter esperança de que a Central da Morte vai me ligar outra vez para dizer que, na verdade, hoje não é meu Dia Final coisa nenhuma.

O celular já era, assim como o meu futuro. Tenho que aceitar isso.

Além do mais, esse aparelho já cumpriu seu propósito.

Duvido muito que outra ligação tenha a capacidade de mudar minha vida como a que começou essa confusão.

JOAQUIN ROSA
00h21

Não foi assim que Joaquin imaginou o lançamento da Central da Morte.

Ele achava que seria muito mais tranquilo.

Estatisticamente, a taxa de mortalidade é bem maior em datas comemorativas. Mais motoristas na estrada equivalem a mais acidentes. Dividir um cigarro com alguém da família pode resultar no pulmão dando um revertério, e, como é difícil receber atendimento devido aos prontos-socorros abarrotados, essas datas são marcadas por perdas. Isso sem mencionar todos os suicídios que ocorrem nesse mundo impiedoso. É tudo muito doloroso, mas, no fim das contas, comum. Porém, hoje não é um feriado tradicional.

Talvez Joaquin esteja se precipitando, mas a essa altura já esperava receber certa aclamação. Quantas pessoas estão vivendo de um jeito diferente, dando mais valor às coisas, desde que descobriram que não se trata de um sábado normal, e sim do último sábado de suas vidas, seu único e derradeiro Dia Final?

Mas, em vez de considerarem Joaquin um anjo, começaram a chamá-lo de demônio.

— Estão falando de mim como se eu fosse um vilão — diz Joaquin para a esposa.

Ele está em seu escritório navegando pelo Twitter enquanto Naya olha a tela do notebook por sobre seu ombro.

Isso é tão desolador. E um baita tapa na cara dele. Ninguém sabe o que Joaquin sacrificou para levar essas previsões ao público.

— As pessoas sabem que não fui eu quem inventou a morte, não é? — indaga ele.

— Você está reinventando a morte — fala Naya.

— Eu estou reinventando a forma como *vivemos* a morte — argumenta Joaquin.

— Eu sei bem como a Central da Morte funciona, meu amor. — Naya se senta ao lado de Joaquin, tira as mãos dele do teclado e as segura. — Mas o restante do mundo ainda está tentando entender. Eu te avisei que o preço de ser tão visionário seria se tornar a personificação da morte até as pessoas perceberem que não é bem assim.

Se Joaquin fosse de fato um vidente soberano do universo, teria como olhar para o futuro e descobrir quando esses insultos vão acabar. Ele está se coçando de vontade de ler mais comentários, sente um anseio de encontrar uma voz que fale mais alto e inspire os outros a ver a situação de uma nova forma, lembrando que Joaquin é um ser humano desse planeta e que ama a vida.

— Eu só quero ajudar — diz ele, começando a questionar se cometeu um erro.

Talvez a Central da Morte nunca devesse ter saído do papel.

— E você está ajudando — afirma Naya. — Mas, até que todos acreditem em você, não se esqueça de quem nunca duvidou.

Joaquin olha para sua esposa linda e inteligente e torce para que a Central da Morte não ligue para nenhum dos dois até terem, pelo menos, uns cem anos e possam envelhecer juntos. Afinal, durante os votos de casamento, ele falou para Naya que queria amá-la até a esposa ter rugas a ponto de parecer mais amarrotada do que as camisas que ele embola e joga de qualquer jeito no guarda-roupa no fim do dia. Ela o achava engraçado, mesmo que ninguém mais achasse. Joaquin soube que sua risada era uma canção que gostaria de escutar repetidamente pelo resto da vida no momento em que a ouviu pela primeira vez naquela cafeteria.

Juntos, Joaquin e Naya se viram para o filho. Alano tem apenas nove anos, e foram necessários muitos anos para concebê-lo. O casal Rosa tentou e tentou, então desistiu; depois, tentaram outras vezes, sem sucesso. Joaquin se culpava e ficava enraivecido com suas células de esperma, pois passeavam em vez de correr e, ainda por cima, nem se davam ao trabalho de cruzar a linha de chegada. Ele era resistente às conversas sobre adoção porque, mais do que tudo, queria uma criança que derivasse de seu DNA e do de Naya.

Até que um milagre aconteceu. E ali está ele: Alano Angel Rosa.

O garoto está apagado, dormindo com o novo filhotinho de pastor-alemão como se aquele não fosse o início de uma verdadeira era dourada.

Dado o desenrolar da noite, talvez seja melhor que seu filho não esteja testemunhando tanto horror.

Joaquin não é o demônio, mas, se as pessoas precisam acreditar nisso, que seja.

Logo vão lembrar quem são os monstros de verdade e perceber que esse tempo todo Joaquin sempre foi o herói.

VALENTINO
00h29

A caminho do hospital, não consigo parar de pensar no que exatamente vai me matar.

Se Orion tivesse recebido a ligação de Dia Final, ele teria todos os motivos do mundo para suspeitar de que seria algo relacionado ao coração que o faria bater as botas.

Mas eu?

Pode ser qualquer coisa.

Um acidente de carro faria sentido. Seria uma enorme crueldade do destino me fazer ser gêmeo de Scarlett até no quesito acidentes, com a diferença de que esse seria fatal. Pode ser que eu caia num daqueles bueiros fumegantes e sangre até a morte no esgoto. Ou talvez eu escape de um incêndio só para acabar caindo da escada de emergência. Essa ironia me deixaria bastante irritado. As possibilidades de acidentes bizarros são infinitas. Porém, até agora, minha maior ameaça foi um atirador usando uma máscara de caveira. Ele não me seguiu para terminar o trabalho, o que me faz pensar que eu não era o verdadeiro alvo do ataque. Mas e se eu *de fato* for o alvo de alguém? Quem eu poderia ter incomodado tanto assim? Fui gentil com o funcionário do aeroporto que me ajudou a encontrar minhas malas na esteira. Dei gorjeta para o taxista. O proprietário do apartamento que alugo não parece ir muito com a minha cara, mas, se ele me matasse, não receberia o dinheiro do aluguel. E as únicas outras pessoas que eu conheço nessa cidade são...

Bem, as únicas outras pessoas que eu conheço nessa cidade são as que estão no táxi comigo.

Essa ideia é ridícula. Orion e Dalma são uns amores, dois nova-iorquinos receptivos que já sofreram tantas perdas. Eles não desejariam isso para ninguém. Além do mais, é difícil imaginar Orion tentando me matar, já que ele é a pessoa mais vulnerável nesse carro. Mas e se ficar perto de Orion, que vive à beira da morte, acabar trazendo problemas para mim? Talvez essa viagem para levá-lo ao hospital acabe me matando; um carro poderia bater com tudo na porta do meu lado neste instante e...

Tenho. Que. Parar. Com. Isso.

Esses pensamentos não vão me levar a lugar nenhum.

Orion e Dalma não representam perigo. Se alguém quer me matar, deve ser algum modelo interessado em estrelar a campanha que consegui.

Não.

Cansei de dar trela para esses pensamentos sobre possíveis assassinos.

Não sou um vidente que sabe tirar cartas para descobrir o futuro. E, além disso, já me contaram tudo o que preciso saber: vou morrer hoje à noite, ou talvez mais tarde se eu tiver sorte. Mesmo que nada disso pareça sorte para mim.

Chegamos ao Hospital Lenox Hill. Carrego Orion pelos corredores enquanto Dalma me guia até a emergência. Tudo passa como um borrão. As enfermeiras chegam para examinar Orion, então Dalma lhes explica o problema de saúde dele. Eu o coloco numa maca e digo que vai ficar tudo bem.

A enfermeira o leva para trás de uma cortina e avisa:

— Essa área é reservada apenas para quem é da família.

— Eu sou da família — responde Dalma.

A mulher parece não acreditar.

— De sangue?

— Pela lei.

A enfermeira assente e fecha as cortinas em volta das duas. Escuto a mulher perguntar:

— A Central da Morte ligou para Orion?

— Não. E não vamos dar motivo para que liguem — responde Dalma.

A pergunta da enfermeira parece surreal. Desde que a Central da Morte foi anunciada, houve muitos debates sobre o papel dos profissionais de saúde no atendimento aos Terminantes. Será que vale a pena gastar recursos com um paciente que, de um jeito ou de outro, não vai sobreviver? Será que os médicos não deveriam simplesmente tratar as pessoas sem saber a respeito de seu Dia Final? É aterrorizante pensar que, se Orion tivesse recebido a ligação, talvez não cuidassem dele.

Vai ser assim comigo.

Com certeza vou me envolver em algum acidente horrível até a meia-noite. Pessoas de dezenove anos não costumam morrer de velhice, ou enquanto dormem.

Se me trouxerem para o hospital mais tarde, será que os médicos vão tentar salvar minha vida?

Ou vão ficar de braços cruzados e me deixar morrer?

ORION
00h36

Há uma luz quente no meu rosto, como se eu estivesse prestes a partir dessa para a melhor.

Mas sei que não é nada disso.

A enfermeira abre minhas pálpebras e analisa as pupilas, então pergunta meu nome. Antes que eu consiga responder, Dalma fala:

— É Orion. Orion Pagan.

— Estamos verificando se ele se lembra — informa a enfermeira.

— Ah, sim, entendi. Foi mal.

Não consigo ver Dalma, mas sei que ela está surtando. Dou um jeito de sussurrar:

— Está tudo bem, Dalma.

— Ele lembra meu nome. Quer dizer que ele está bem, né? — pergunta ela.

Não estou mais caído no meio da Times Square, mas isso não quer dizer que esteja a salvo. O que muita gente não sabe é que infartos podem durar horas. Não acredite nas séries de TV em que os personagens agarram o peito num minuto e morrem no outro. Não é bem assim que acontece, embora esse jeito às vezes pareça mais misericordioso.

Na real, que todas as bênçãos do mundo recaiam sobre Dalma e Valentino por terem me trazido para cá tão rápido.

Apesar da dor excruciante durante o trajeto, sei que vir para o hospital de ambulância não teria sido nada barato. Todo mundo diz que minha vida não tem preço, o que significa pagar para que eu possa vivê-la. Ainda assim, Dayana e Floyd passam dias sem olhar a correspondência quando estamos esperando mais uma cobrança. Às vezes penso no que a família de Dalma poderia fazer com todo esse dinheiro se eu morresse de uma vez por todas.

É de partir o coração perceber como viver custa caro quando se está sempre morrendo.

JOAQUIN ROSA
00h40

Joaquin está no call center da Central da Morte, observando os mensageiros se aventurarem pelas ligações inaugurais de Dia Final.

Há vinte funcionários trabalhando no turno desta noite. Tudo tomou forma muito rápido em julho. E teve que ser assim mesmo, já que a empresa foi basicamente anunciada de um dia para o outro. Em menos de 48 horas, Joaquin montou a equipe principal com pessoas que conhecia havia anos e em quem confiava de olhos fechados. Então chegou o momento de encontrar a primeira leva de mensageiros. Depois de uma extensa pesquisa de antecedentes, os candidatos tiveram que passar por um processo de três etapas antes de serem contratados. A primeira foi uma ligação com o gerente de recursos humanos da Central da Morte, que descartou todos os concorrentes que perguntaram a respeito do segredo da empresa, pois entendia que estavam mais interessados em desvendar um mistério do que dar seu melhor no trabalho. A segunda etapa foi uma reunião de dez minutos com Naya, em que ela perguntou sobre a vida de cada candidato e depois os ranqueou de acordo com o nível de compaixão que demonstraram nesse curto espaço de tempo. Como tivera, em primeira mão, experiências difíceis com médicos ao longo dos anos, ela sabia muito bem que trabalhar numa indústria que prioriza o bem-estar dos outros não significa necessariamente ser uma boa pessoa. A etapa final foi uma série de ligações experimentais, observadas de perto por Joaquin, para ver se os candidatos eram simpáticos e pacientes, mas não a ponto de ficarem presos na linha e arriscarem que outros Terminantes não recebessem suas ligações.

Neste momento, vendo seus funcionários em ação, Joaquin caminha pelo call center como um professor em sala de aula enquanto os alunos fazem uma prova. O desempenho dos mensageiros esta noite vai determinar o futuro de cada um dentro da empresa.

É um trabalho importante demais para pisarem na bola.

A estrela da equipe de mensageiros, sem sombra de dúvida, é Roah Wetherholt, que antes trabalhou numa linha de prevenção ao suicídio e que agora, com o mesmo cuidado que usava para salvar vidas, liga para notificar mortes. Prover conselhos durante situações de crise começara a pesar demais no coração delu, isso sem falar do fato de nunca saber se quem ligou ia viver ou morrer. Na Central da Morte, pelo menos, Roah sabe o destino de quem está do outro lado da linha. Se elu conseguir manter o bom desempenho, Joaquin já consegue ver Roah recebendo uma promoção e viajando por todo o país para treinar outros mensageiros conforme a empresa crescer. A contratação mais surpreendente foi a de Andrea Donahue, que contava com um extenso currículo. Isso lhe deixou com uma pulguinha atrás da orelha, mas ela acabou conquistando Naya com o amor feroz que tinha pela filha e, além disso, seu tato e a eficiência nas ligações impressionaram Joaquin. Esta noite, ela está mandando ver e sendo muito eficiente. Com Rolando Rubio, a história era outra. Ex-orientador educacional de uma escola de ensino fundamental, ele demonstrou ter grande empatia nas etapas do processo seletivo, em especial durante a simulação em que era necessário falar com um dos pais a respeito da morte de seu filho. Esta noite, porém, ele está lento demais, ainda preso na primeira ligação como se fosse seu trabalho ajudar o Terminante a organizar cada hora de seu Dia Final. Talvez ele se saísse melhor como diretor funerário, cargo em que toda essa empatia seria apreciada e, mais importante, em que o tempo não é essencial.

Joaquin circunda Rolando e bate no relógio, apressando-o a terminar a ligação.

— Não dá — articula Rolando, sem emitir som.

Seus olhos estão marejados, e ele continua a falar com o Terminante.

Joaquin admira tanta devoção. Cada Terminante é um ser humano, e todos os seres humanos merecem respeito. Ao longo da história, inúmeras pessoas não foram tratadas com o mínimo de dignidade em seus leitos de morte. Mas Joaquin precisa que os funcionários encontrem um meio-termo.

Minutos depois, Rolando finalmente diz a mensagem padrão de despedida e procura as informações do próximo Terminante no computador, como se Joaquin não estivesse parado logo atrás dele.

— Só um momentinho — pede Joaquin.

Rolando olha para o chefe.

— Não estou sendo rápido o bastante?

— Quero que você saiba que aprecio seu trabalho desta noite — começa Joaquin, tentando acalmar o mensageiro que claramente está chateado. — O cuidado que você demonstra significará muito para todos os Terminantes e os acompanhará durante suas horas finais, tenho certeza. O meu pedido é simples: que você informe mais Terminantes até o fim da noite.

— É bem mais difícil do que parece — responde o mensageiro.

Será que Rolando não prestou atenção quando Joaquin fez a primeira ligação? Será que não percebeu que Joaquin é o criador da Central da Morte e talvez saiba uma coisinha ou outra a respeito das dificuldades desse trabalho? Será que ele faz alguma ideia de que, muito embora esta seja a inauguração oficial do sistema, Joaquin não é nenhum novato em dizer às pessoas que elas vão morrer?

Pode até ser o primeiro encontro do país com a Central da Morte, mas Joaquin já está cansado de saber como o processo funciona.

— Entendo que essas conversas são difíceis, impossíveis até — garante Joaquin. — Mas temos uma responsabilidade com todos que pagam por nosso serviço. Ele é crucial.

— Mas não é como se esse senhor estivesse me perguntando por que a TV a cabo dele não está funcionando. Ele não tem ninguém. Não dava para simplesmente desligar na cara dele.

Joaquin considerou programar cronômetros que interrompessem a ligação depois de cinco minutos, assim os mensageiros não precisariam enfrentar esse tipo situação. Talvez seja algo a se avaliar no fim do primeiro mês: usar o tempo médio das ligações para determinar qual seria o número ideal de minutos.

— Enquanto você fica discorrendo sobre o Dia Final com um Terminante, pense naqueles que vão morrer sem nem saber que a morte está batendo à porta — aponta Joaquin, ciente de que já mencionou isso um milhão de vezes durante as sessões de treinamento.

Só que dessa vez os mensageiros estão interagindo com pessoas reais, que vão morrer de fato, e essa instrução precisa ter mais peso e urgência do que nunca.

Rolando esfrega os olhos, parecendo destruído.

—Vou dar o meu melhor.

— Hoje à noite, não precisa se preocupar com o seu melhor — diz Joaquin com gentileza. — Isso vem com a experiência. Só tente fazer um esforço para alcançar uma quantidade maior de pessoas que precisam da sua atenção.

Depois disso, Joaquin lhe permite voltar ao trabalho, com a esperança de que o mensageiro recupere o tempo perdido.

Caso contrário, trabalhar numa funerária não seria má ideia.

Se não dá para contar com Rolando para fazer ligações notificando as pessoas de que vão morrer, então é melhor que trabalhe com quem já está morto.

ROLANDO RUBIO
1h04

A Central da Morte não ligou para Rolando Rubio, porque ele não vai morrer hoje, mas, segundo seu chefe, se alguém morrer sem saber que está vivendo seu Dia Final, a culpa será toda de Rolando. Só porque ele passou tempo demais no telefone com um Terminante. Que o universo o perdoe por se importar e lamentar a perda de um desconhecido.

Está ficando cada vez mais óbvio que Rolando não foi feito para trabalhar como mensageiro da Central da Morte. No fim da noite, ele vai avaliar como se sente, mas, se esse emprego não der certo, ele espera voltar a ser orientador educacional em escolas públicas e ajudar a identificar qualquer problema com as crianças que esteja resultando em notas mais baixas ou mau comportamento em sala de aula. Às vezes o motivo era luto, e Rolando nunca entendia por que os pais não informavam a ele ou a um professor para que pudessem ficar atentos a mudanças de comportamento. Rolando se destacava por sempre se mostrar à disposição dos alunos e estabelecer um espaço seguro caso precisassem chorar. Além disso, ele os supervisionava nas atividades físicas, para que tivessem como extravasar. E também dava a eles tempo para processarem a perda, um luxo que não tinham como oferecer aos Terminantes. Eles que processassem a própria morte iminente num piscar de olhos para que os mensageiros continuassem tocando o barco.

Rolando achava que ter um bom coração seria um ponto forte nesse emprego, mas talvez fosse melhor para todo mundo, inclusive para si próprio, arrancá-lo do peito. Dessa forma não existiria nada para se partir.

Uma hora de turno, e ele já está sem chão.

Mas como não estaria?

Sua primeira ligação foi também a mais longa. Era um senhor idoso que acordou confuso e apavorado, achando que a ligação não passava de um sonho. Quando o Terminante, Clint Suarez, entendeu o que estava acontecendo, foi a vez de Rolando ficar desnorteado. Clint era tão solitário que só queria contar sua história para alguém, mesmo que esse alguém tivesse acabado de informar sua morte. Então o mensageiro ouviu a história da carreira de Clint no mundo da dança, tanto a que o homem vivera quanto a que ficara apenas nos sonhos, e, antes que desligassem, recomendou que o idoso colocasse sua música predileta e dançasse uma última vez. Como um telefonema com um velhinho de 87 anos podia ser tão difícil? Rolando acredita que Clint vai morrer de velhice, mas e se ele tiver um infarto enquanto dança? Seria culpa de Rolando? Da Central da Morte? Será que esse senhor sempre esteve destinado a morrer assim?

Não há respostas, nem tempo para tentar descobri-las.

Assim, depois de ter levado uma bronca do chefe vinte minutos atrás, Rolando tentou ser mais rápido. Mas como não continuar na linha com uma garota de dezenove anos que tinha toda a vida pela frente? Ou como não ligar sem parar para um Terminante que não atende o telefone, torcendo para que não tenha morrido antes que Rolando conseguisse contatá-lo?

Verdade seja dita, a única ligação que Rolando gostaria de fazer agora é para a mulher que poderia ter sido o amor da sua vida, Gloria Dario — embora ele prefira chamá-la pelo sobrenome de solteira, Medina. Ouvir alguma história engraçada sobre o filho dela, Paz, o faria lembrar de que a morte não é tudo nessa vida. Infelizmente, o celular dele ficou trancado no guarda-volumes para que pudesse se concentrar no trabalho, e, de qualquer forma, já está tarde para incomodá-la. Frankie, o marido de Gloria, ficaria irritado se Rolando acordasse a casa inteira. O temperamento daquele sujeito é preocupante, e Gloria acabaria pagando o pato.

Uma verdade ainda maior é que Rolando estaria pouco se lixando caso o nome de Frankie aparecesse na tela do computador, anunciando sua morte iminente. É uma pena que o sujeito não tenha se cadastrado no sistema, porque esse seria um motivo mais do que suficiente para que Rolando continuasse trabalhando na Central da Morte.

Seria a única ligação de Dia Final que ele faria com um sorriso estampado no rosto.

ANDREA DONAHUE
1h07

A Central da Morte não ligou para Andrea Donahue, porque ela não vai morrer hoje. O mesmo não vale para os dezenove Terminantes para quem ela telefonou na última hora.

Quer dizer, talvez valha, *sim*.

Mas quem garante que a Central da Morte funciona de verdade?

Andrea, não. Ela não faz questão de saber o grande segredo da empresa (mas, se alguém a subornasse com uma quantia pela qual valesse a pena arriscar o salário garantido e, por mais irônico que pareça, o incrível plano de saúde, ela até daria uma investigada. A escola particular em que deseja matricular a filha está longe de ser barata). Só se preocupa com a própria vida — pelo menos na maior parte do tempo. Não deixa de notar que seu colega, Rolando, é péssimo no trabalho. Como é que ele passou quarenta minutos numa única ligação? Andrea acredita em gentileza e coisa e tal, mas tudo tem limite. Não tem por que criar laços com alguém que está prestes a morrer; seria como rasgar dinheiro. Essa pessoa não vai se tornar um amigo de longa data que vai comparecer ao seu casamento, ou ao seu enterro. Não vai celebrar suas vitórias nem consolá-lo durante as derrotas. Nem sequer vai estar ao seu lado no dia seguinte.

Então de que adianta?

Depois que Rolando encerra uma ligação que sem dúvida foi mais curta do que a primeira, mas ainda assim não tão breve quanto deveria, Andrea sabe que precisa fazer alguma coisa.

— Rolando, posso te dar um conselho? — sussurra ela.

Ele assente, todo encolhido e com os olhos marejados.

— Faça um favor a si mesmo e pare de pensar nos Terminantes como pessoas — recomenda Andrea, enquanto se vira para o computador e digita o próximo número, afinal de contas, o tempo é valioso. Essa é outra lição que seu colega precisa aprender. — Só dê o aviso e siga para o próximo. A história de vida deles não precisa continuar na sua cabeça.

Rolando a encara, e Andrea sabe que as palavras entraram por um ouvido e saíram por outro, igualzinho aos conselhos inestimáveis que dá para a filha. Mas ela já falou o que tinha para falar e não vai mais incomodá-lo.

Andrea volta ao trabalho quando o vigésimo Terminante da noite atende o telefone.

— Olá, aqui quem fala é a Central da Morte...

Por mais que os Terminantes não tenham um futuro, Andrea sabe que ela vai durar bastante na Central da Morte.

VALENTINO
1h11

Odeio salas de espera.

Durante as oito horas da cirurgia de Scarlett, não consegui ficar parado — eu não aguentava ficar *esperando*. É como se a capacidade de esperar fosse um órgão ausente em meu corpo. Então me mantive ocupado. Quando minha mãe sentiu fome, fui até a lanchonete buscar comida. Quando meu pai ficou cansado, mas não quis pregar os olhos, eu busquei um café forte no pequeno restaurante em frente ao hospital. Quando foi preciso pagar o parquímetro do estacionamento, eu fui até lá com uns trocados no bolso. Durante todos os outros momentos de quietude, eu fiquei andando para lá e para cá nos corredores, lavei o rosto, as mãos e o cabelo no banheiro, fui conhecer as enfermeiras e folheei as revistas procurando fofocas divertidas para compartilhar com Scarlett quando a cirurgia acabasse. Quando ela estivesse bem.

A espera para descobrir se alguém que amamos vai viver é excruciante.

Mas a espera para morrer é angustiante também.

Eu queria ser um parquímetro, então poderia comprar mais tempo com uma simples moedinha. Ainda mais agora que Scarlett não atende às minhas ligações, talvez porque está ocupada demais ou pode ser porque não reconhece o número. A enfermeira já me deixou usar o telefone fixo duas vezes, e acho que ela não vai se importar se eu disser que a terceira tentativa trará sorte. A questão é que estou de mãos atadas. Scarlett precisa saber o que está acontecendo antes de embarcar no avião nas próximas horas. Se a enfermeira for grosseira acho que vou precisar recorrer à desculpa de ser um Terminante. Depois disso, ela vai começar a ser extremamente simpática e puxar uma cadeira para que eu fique ligando até minha irmã atender, ou vai me botar para fora do hospital com medo de eu colocar os pacientes em risco. Não sei o que vou fazer se for jogado na rua como uma bomba-relógio. Talvez seja essa incerteza o motivo de as pessoas ficarem preocupadas de receber um Terminante em casa.

Por enquanto, estou sentado na sala de espera. Não há ninguém precisando de mim, então estou cumprindo o propósito desse espaço.

Estou esperando.

Esperando Dalma voltar.

Esperando o coração de Orion se estabilizar.

Esperando por uma morte prematura que pode chegar a qualquer momento, inclusive neste exato segundo...

Nada.

Está tudo estranhamente calmo. Parece até que já morri e fui para o purgatório, a derradeira sala de espera da vida.

Mas acho que estou vivo, porque de jeito nenhum o purgatório teria uma máquina de vendas automática como essa na minha frente. Ela fica zumbindo, como se quisesse deixar registrada sua presença. Quer que eu gaste em Pringles ou Pepsi o dinheiro que não posso gastar para comprar mais tempo de vida. Não consumo produtos com açúcar há alguns anos, já que o sorriso e o corpo são meu ganha-pão. Eu me levanto da cadeira desconfortável e olho o interior da máquina, para todos os refrigerantes, salgadinhos, chocolates e doces. Fico meio desligado, me lembrando das muitas vezes em que recusei sobremesas, uma fatia de torta, um sorvete no cinema ou qualquer outro alimento que me traria prazer se eu não achasse que seria uma ameaça.

Dar tanta importância para isso significou não me importar com a forma como estava vivendo.

Eu me sinto um completo idiota.

Pego a carteira. Estou pronto para gastar cada dólar que tenho, tentando recuperar o tempo perdido com doces, quando escuto meu nome.

— Valentino — chama Dalma, aparecendo do nada. — Você ainda está aqui.

— Era para eu ter ido embora?

— Não, de jeito nenhum. É que estou surpresa por você ter ficado esperando aqui já que... você sabe...

Estou preso aqui. Retornar para meu apartamento não faz sentido. Assim como comprar uma passagem de volta para o Arizona. Eu perderia muitas horas preciosas na viagem. Além do mais, não posso fazer isso até conseguir falar com Scarlett e impedir que ela entre no avião. É a única forma de evitar um ciclo de desencontros. Para ser sincero, não sei qual é a melhor alternativa. Estou arrasado demais para pensar direito.

— Por enquanto vou ficar aqui. Como está o Orion?

Dalma apoia a cabeça na parede.

— Estável. Ele vai ficar bem.

— Ele vai passar a noite no hospital?

Dalma dá de ombros.

— Talvez. Minha família está esperando para entender o que está acontecendo antes de dirigir de Ohio para cá.

— Sua família? — É quando me lembro do que aconteceu com os pais dele. — Ah, é mesmo. Então ele mora com você?

— A gente mora junto. A casa é *dele* também. — Dalma se senta. — Desculpa, não quis surtar com você. É que eu fico muito na defensiva para garantir que o Orion nunca se sinta deixado de lado.

— Imagina, eu entendo. E sei muito bem como pode ser complicado.

— Sua irmã já sabe?

— Ainda não consegui falar com ela. Perdi o celular na Times Square e...

— Ai, minha nossa, é sério?

— Percebi no carro, mas não quis incomodar.

Dalma se levanta da cadeira num pulo com o celular já em mãos.

— Usa o meu. Você sabe o número dela de cabeça?

Assinto. O número de Scarlett é o único que tenho sempre na ponta da língua. Nosso código de área e os primeiros três dígitos são idênticos, só os quatro últimos números são diferentes. Sempre consideramos nossos celulares gêmeos também.

—Valeu mesmo.

Digito o telefone de Scarlett, desesperado para que ela atenda, muito embora eu não faça a mínima ideia de como contar que estou no meu Dia Final. Que em menos de 23 horas ela vai se tornar filha única. A não ser que algo terrível aconteça com Scarlett também. Nesse caso, vamos ter chegado e partido desse mundo juntos. Mas não quero isso para minha irmã, assim como não quero para mim. Se desse para escolher, eu priorizaria a vida dela. Sei que isso é verdade porque quando Scarlett ficou no hospital, infernizei os médicos e enfermeiros e deixei bem claro que eles podiam me abrir e retirar qualquer órgão necessário para mantê-la viva. E, mesmo que eu não seja tão religioso como meus orgulhosos e rigorosos pais católicos, com certeza encontrei muita fé quando fui até a capela e rezei para que Deus me levasse no lugar da minha irmã. Pelo jeito, ele me ouviu e atendeu ao meu pedido.

Ao contrário de Scarlett, que não me atende.

Mas tudo bem. Assim tenho mais tempo para descobrir como dar a notícia.

Só espero ainda ter esse tempo.

1h28

As ligações de Dia Final são conduzidas de acordo com o fuso horário da cidade de residência que o Terminante informou no cadastro. O que significa que, se estivesse aqui em Nova York apenas como turista, a Central da Morte ainda não teria entrado em contato. Eu não teria sido o primeiríssimo Terminante. Talvez, se não tivesse me mudado para cá, nem Terminante eu seria.

Ficar alimentando esses joguinhos não vai me levar a lugar nenhum.

Em vez disso, continuo preocupado com Scarlett. Ela está no passado, um passado sem a Central da Morte. Assim como todo mundo no Arizona. Eles não têm motivo para dirigir com cuidado redobrado. E se Scarlett sofreu outro acidente e é por isso que não atende o celular?

Sinto que não vou conseguir respirar até confirmar que minha irmã está bem.

Depois do acidente dela, um amigo me perguntou se eu tinha sentido que algo estava errado. Gêmeos não têm de fato um sexto sentido que lhes permitam saber tudo o que acontece com o outro, nem mesmo gêmeos tão próximos como eu e Scarlett. Eu tinha saído para comprar uma base nova — minhas olheiras estavam ficando cada vez mais escuras devido às tantas noites que passei acordado questionando meu sonho de virar modelo. Eu não estava parado no meio da farmácia e de repente deixei cair a cesta de produtos porque fui tomado por um pavor súbito. Só senti isso quando recebi a ligação dos meus pais. Mas bem que eu queria poder fechar os olhos, me concentrar e ouvir os batimentos da minha irmã para saber que ela está bem.

Tudo o que escuto agora é o zunir da máquina de vendas automática e passos se aproximando de mim e Dalma. A mesma enfermeira de antes, a que perguntou se a Central da Morte havia ligado para Orion, surge diante de nós.

— Orion está meio grogue, mas vocês já podem vê-lo — informa a enfermeira.

— Obrigada, Mary Jo — agradece Dalma, já se levantando. — Vamos lá, Valentino.

— Mesmo? — pergunto.

Estou aliviado que ele esteja bem, mas não sou da família.

— Se quiser, pode esperar aqui, mas é muito bem-vindo para vê-lo também.

Eu a sigo. É bom finalmente me livrar daquela sala de espera onde parece que o tempo não passa mesmo enquanto minutos preciosos se dissipam em vão. Seguro o celular de Dalma e verifico as barrinhas de sinal. Ainda tem três de quatro. Ela disse que deve ser por causa da conexão do hospital.

Entramos no pronto-socorro e paramos diante das cortinas que cercam Orion.

— Toc, toc — diz Dalma.

— Pode entrar — responde Orion.

Puxo a cortina e vejo que Orion está pior do que eu imaginava. Há cachos grudados na testa suada, e seus olhos estão vermelhos como se ele tivesse contraído algum vírus. Mesmo enrolado num cobertor, ele treme. Uma daquelas braçadeiras pretas de velcro (não faço ideia de qual seja o termo médico) o conecta a um monitor que parece mais velho do que o computador do escritório da minha mãe.

Ele assente, fraco.

— Oi.

— Sei que é uma pergunta idiota, mas como você está? — pergunto.

— É só mais um dia como qualquer outro — responde Orion. De repente ele arregala os olhos, como se estivesse tendo outra parada cardíaca. — Merda, foi mal. Eu odeio essa situação, mas é que já estou tão acostumado e...

— Fica tranquilo — interrompo. Ele não precisa ficar nervoso por causa do comentário. — É um alívio você estar bem. Não acredito que você vive assim.

— Pois é — lamenta Orion.

— A mamãe e o Floyd estão falando em pegar a estrada de volta para cá — conta Dalma.

— Fala para eles não virem. Vou ficar bem.

— Não adianta, você sabe — responde ela.

—Você vai ficar internado? — indago.

— Provavelmente — diz Orion. — Acho que ainda não estou estabilizado.

Verifico as horas.

— As ligações da Central da Morte aqui na Costa Leste vão acabar daqui a pouco, não vão?

— Às duas — responde Dalma.

Muita coisa pode acontecer em meia hora.

Tudo pode mudar em um único minuto.

—Você vai ficar bem — digo.

Orion estremece.

— Espero que você fique bem também. Quer dizer, a gente literalmente escapou por pouco depois que a Central da Morte ligou. Talvez tenhamos mudado seu destino.

Pensar nisso me dá esperança, como se eu não estivesse condenado a vagar pelo meu Dia Final como um zumbi.

— Pode ser.

—Vou checar se algum Terminante chegou a morrer — comenta Dalma, pegando o celular de volta. — O sistema deles pode estar todo bugado.

Hoje é o primeiro dia da Central da Morte. Mesmo considerando que as previsões são verdadeiras, ainda deve haver uma margem de erro. É impossível acertar tudo. Pode ter sido um engano.

Agora sou um zumbi voltando à vida.

Meus olhos retornam para as cavidades.

Minha mandíbula deslocada se arrasta para o lugar.

Meus ossos se remendam e minha pele se regenera.

Eu devia ligar para o SAC da Central da Morte e confirmar que meu nome já não está mais na lista, sistema ou seja lá o que usam para rastrear os Terminantes.

Com os olhos refletindo minha ruína, Dalma me encara.

— Sinto muito. Joaquin Rosa divulgou um relatório alguns minutos atrás. A Central da Morte, é óbvio, não tem como acompanhar quem morreu, já que eles não instalaram um microchip na gente nem nada do tipo, mas três Terminantes já tiveram a morte confirmada.

E, simples assim, meus olhos saltam para fora de novo, minha mandíbula se afrouxa e meus ossos se quebram e rasgam minha pele.

Sou um homem morto.

— Obrigado por ter investigado — agradeço.

— Ainda dá para ter esperança — insiste Orion.

Assinto.

— Acho que o melhor para mim seria tratar o dia de hoje como sendo meu último.

Orion e Dalma nem desperdiçam oxigênio tentando contestar.

Toda a esperança se foi.

— Mesmo assim, obrigado por salvar minha vida — digo para Orion. — Mesmo que eu não saiba quanto tempo me resta.

ORION
1h40

Sobreviver a essa última experiência de quase morte me ensinou uma lição importantíssima: sorte é o que não me falta.

Não me entenda mal, em geral eu ia preferir ter grana para fazer um belo estrago numa livraria ou comprar um notebook novo que não descarrega toda vez que fica mais de um minuto fora da tomada. Em noites como esta, porém, quando por pouco meu coração não desistiu de mim no meio da Times Square, tenho que reconhecer que sou bastante sortudo. Eu só queria poder dividir um pouco disso com Valentino. Talvez sorte pudesse ajudar a salvar a vida dele também.

Ainda não descartei a ideia de que ele vai ficar bem.

As cortinas se movem e, então, uma médica aparece. O cabelo preto e cacheado está penteado para trás em um rabo de cavalo e, quando nos olha, sua pele marrom e o sorriso brilhante parecem radiantes.

— Oi. Sou a dra. Emeterio. — Ela analisa nossos rostos mais uma vez, como se estivesse tentando entender quem é quem. — Todo mundo aqui é da família?

— Eu sou irmã dele — informa Dalma, sem se dar ao trabalho de passar um resumo dos trâmites legais.

É muito legal da parte dessa médica não fazer mais perguntas, já que temos tons de pele bem diferentes.

— Eu não sou da família — diz Valentino. — Posso sair.

— Por favor, não vá — peço. Não confio no mundo lá fora, e isso inclui qualquer coisa para além dessas cortinas. — Essa noite está sendo difícil pra caramba para todo mundo.

— Parece que sim — diz a dra. Emeterio enquanto me analisa e verifica o ECG, também conhecido como eletrocardiograma, que também é conhecido como registro dos batimentos do meu coração. — Pelo jeito, ninguém avisou ao seu coração que você queria se divertir um pouquinho. Não é péssimo quando isso acontece? — acrescenta ela com uma piscadela.

A dra. Emeterio é uma brisa de ar fresco comparada a alguns médicos por quem já fui tratado e que acabam com tudo o que há de bom assim que chegam. É simples, mas o fato de ela não me culpar pelo infarto já é um gesto enorme. Meu clínico geral, o dr. Luke, sempre me enche o saco por qualquer coisa de ruim que aconteça, como se eu quisesse morrer ou algo assim.

Morrer eu não quero, mas, se morresse, queria que fosse sem nenhum arrependimento.

— Você só tem dezoito anos, então, por mais que eu esteja gostando da nossa conversa, quero saber se seus pais estão a caminho.

— Meus guardiões estão fora da cidade — explico, tentando não entrar nos pormenores da minha vida. — Mas você pode começar falando comigo.

A dra. Emeterio assente.

— Entendi. Pode me contar o que aconteceu hoje à noite?

Não sei por onde começar, nem se tenho direito de contar. Troco um olhar com Valentino.

— A Central da Morte me ligou — revela Valentino.

Odeio ouvir essas palavras saindo da boca dele, assim como odeio acreditar no que elas significam.

— Aí eu quase levei um tiro na Times Square e Orion me salvou — continua ele.

— E, hum... — Estou revivendo todo o horror mais uma vez, o tiro, o quanto lutei para conseguir respirar, a forma com que olhei para o céu escuro como se aquela fosse minha última noite. — Meu coração não aguentou o tranco.

— Dei aspirina para ele para ganharmos tempo — comenta Dalma.

A dra. Emeterio está sem palavras. É como se a luz tivesse se esvaído de seus olhos. Tenho certeza de que ela achava que havia visto de tudo no hospital, até se virar para Valentino, um Terminante em carne e osso, andando e respirando, uma prova viva das previsões da Central da Morte.

— Sinto muito que a Central da Morte tenha te ligado — lamenta a médica.

Valentino está imóvel, e as luzes fortes do hospital o iluminam como se ele estivesse no estúdio fotográfico. Só que ninguém deveria fotografá-lo agora, porque eu odiaria as mais de mil palavras que essa imagem diria. De braços cruzados, Valentino encara o chão, perdido no próprio mundo — um mundo desgraçado em que a Central da Morte ligou para ele, um desgraçado tentou matá-lo e um destino desgraçado o aguarda.

— Tem como você fazer um exame físico nele ou alguma coisa assim? — pergunto para a dra. Emeterio. Só porque alguém parece bem não quer dizer que não esteja vivendo com ameaças invisíveis. — Quem sabe um raio X não nos mostra o que está acontecendo?

Sem erguer os olhos, Valentino considera a ideia.

— A gente sabe o que está acontecendo. Estou com o pé na cova.

Odeio ver Valentino assim, parecendo tão derrotado. Como não dá para doar sorte, quero deixá-lo um pouquinho mais esperançoso. Só que essa esperança não pode vir de mim.

— Dra. Emeterio, não tem como a Central da Morte acertar todas as previsões, né?

Por um único segundo, o tempo para.

Ninguém respira.

Ninguém pisca.

Ninguém morre.

E então uma única palavra descongela todo mundo.

— Não.

Corações voltam a bater.

A esperança está crescendo no peito.

— É pouco provável que a Central da Morte tenha um histórico perfeito, ainda mais no primeiro dia de funcionamento — responde a dra. Emeterio.

Isso é como música para meus ouvidos, e acho que Valentino também está atento, como se essa canção estivesse prestes a se tornar sua nova favorita.

— Até onde sabemos, não há qualquer conhecimento científico relacionado às previsões dos Dias Finais, então não sabemos se é, de fato, ciência. Mas, como não tenho a imaginação dos meus filhos, escolho acreditar que as fontes da Central da Morte operam no mesmo campo que as minhas. Não vou ficar arrancando o cabelo por causa de alienígenas ou magia até que alguém me dê alguma prova concreta — explica a dra. Emeterio, com uma risadinha. —

O importante é não esquecer que, conforme a vida muda e a ciência avança, erros são cometidos.

— Isso é muito bom de se ouvir — diz Dalma. — O médico do Orion nem mesmo acredita na Central da Morte.

A dra. Emeterio revira os olhos e, assim, se imortaliza como minha médica favorita.

— Lamentável. Não levar a Central da Morte em consideração é um desserviço para nossos pacientes, ainda mais para alguém como você, Orion, que pode precisar de um transplante em breve, caso seu coração não se estabilize.

— Eu estou na lista de espera, mas meu médico não se cansa de ficar tentando enfiar em mim um dispositivo de assistência ventricular.

— É algo a se pensar caso você não se importe com o fato de que o tempo necessário para a recuperação te empurraria mais para baixo na lista — comenta a dra. Emeterio.

— E isso seria péssimo caso alguém compatível apareça — digo.

Todo médico que já consultei concorda que eu preciso de um coração novo, mas também não pensam duas vezes antes de dizer que, comparada à de outros pacientes, minha situação não é crítica o bastante, ou em outras palavras: não estou morrendo o suficiente para que alguém salve minha vida nesse momento.

Fico o tempo todo disputando cabo de guerra comigo mesmo, e o resultado é sempre um empate sem fim. Quero ser forte o bastante para finalmente ganhar e colocar um ponto-final nessa disputa.

— Nenhuma escolha é fácil — afirma a dra. Emeterio.

— Mas alguma coisa tem que mudar. Não dá para eu continuar vivendo assim.

Ninguém entende o preço que pago por tudo isso.

Acordar em quartos de hospital, aliviado por ter superado as expectativas mais uma vez, mas com pavor do dia que não vou conseguir. E então sentir o cheiro de água sanitária e me alimentar de comida sem gosto. Não aguento nem mesmo as flores desejando uma boa recuperação, então até parei de levá-las para casa porque atraem moscas. Fico com vergonha sempre que o temperamento de Dayana vence e ela acaba brigando com os médicos, como se eles estivessem retendo corações saudáveis na geladeira da sala de descanso. Me sinto culpado toda vez que minha saúde atrapalha a vida da minha família, ainda mais porque, para início de conversa, eu não devia ser problema deles, já que nem sou da família de verdade.

Só que nada disso vai mudar.

Essa vai ser minha vida até não restar mais nada.

A ansiedade ganha força e explode no meu coração como um vulcão em erupção.

Entre os medidores de pressão e todos os eletrodos, o monitor do ECG está tendo um piripaque.

— Respira, O-Bro, respira — orienta Dalma, acariciando a palma da mão em círculos suaves.

Falar é fácil... ah, melhor deixar o surto pra lá. Dalma está apenas tentando ajudar. Só que é muito frustrante ser tratado como se eu simplesmente estivesse recuperando o fôlego depois de uma maratona, quando na verdade acordei numa cama de hospital e meu coração está bem mais acelerado do que os passos de alguém numa corrida. Minha arma para tentar melhorar têm sido remédios caseiros. Primeiro, a gente incluiu peixe em todas as refeições, como tacos de peixe, pizza de anchova, sopa de salmão e coisas assim, para que eu garantisse todo o ômega-3 de que preciso para reduzir o risco de uma parada cardíaca súbita. Não vou mentir: fiquei aliviado quando isso não surtiu qualquer melhora, porque essas comidas eram nojentas demais para mim. Depois disso, me tornei cem por cento vegetariano. Em seguida, experimentei betabloqueadores para diminuir minha frequência cardíaca, mas meus pulmões ficavam tendo espasmos, e sufocar não é uma boa para quem está tentando viver. Nos últimos tempos, tenho feito bastante aulas de ioga com Dalma para fortalecer todos os meus músculos, mas tanto tempo assim em silêncio acaba me levando a ter pensamentos ansiosos e ataques de pânico, o que, como é de se esperar, faz meu coração acelerar horrores.

Como agora.

Quando todo o restante não funciona, tento alguns exercícios breves que podem ser feitos em qualquer lugar, coisas tipo enfiar o dedo na garganta e abraçar os joelhos junto ao peito. No entanto, quando os ataques são feios, como o de hoje na Times Square, até mesmo coisas simples se tornam impossíveis.

Por ora, faço minha técnica favorita: prender a respiração, fechar a boca com força e tentar soprar. A ciência elementar disso me ajuda a relaxar, desacelera os batimentos cardíacos e me mantém vivo. Eu me sentia idiota pra caramba fazendo isso na frente do time Young, também conhecido como minha nova família, principalmente porque Floyd dizia que eu parecia um esquilo com as bochechas infladas. Mas é melhor bancar o idiota e ser motivo de piada do que receber o luto das pessoas depois de virar um cadáver num caixão.

— Bom trabalho — parabenizou a dra. Emeterio.

— Continua assim — incentiva Dalma, me encorajando. Mas em seguida acrescenta: — Quer dizer, continua com o bom trabalho, não com o coração acelerado desse jeito.

Percebo que estou a um passo de chorar, e não consigo me conter; as lágrimas começam a escorrer por causa do ódio que sinto disso tudo. Por fim, suspiro. Primeiro vem a respiração, depois o pranto alto que não consegui enterrar no peito.

Valentino me encara. Ele parece apavorado enquanto me observa lutar pela vida mais uma vez.

Fecho os olhos, me concentrando na respiração, e digo para mim mesmo que vai ficar tudo bem. O horário para os alertas de Dia Final de hoje estão quase acabando, então a Central da Morte não vai ligar para mim nos próximos minutos. Tudo desacelera, e imagino as coisas boas que posso esperar da vida, como escrever mais contos, me bronzear um pouco no terraço, descobrir quem sou e me apaixonar por alguém de bom coração.

Então abro os olhos, e Valentino já não está mais ali.

— Como você está se sentindo? — pergunta a dra. Emeterio.

Sempre há mil formas de responder a essa pergunta. E eu sou sucinto:

— Bem.

— Que bom. Acho melhor você descansar um pouco.

Não consigo descansar quando fico agitado assim.

— Para onde o Valentino foi?

— Não sei — responde Dalma.

— Vou dar um conselho para vocês — diz a dra. Emeterio com gentileza. — Não tenho nenhuma informação interna da Central da Morte, mas, se eles ligaram para

Valentino, o melhor para ele seria encarar a previsão como correta. É sempre uma perda terrível quando um paciente deduz que tem mais tempo do que de fato tem.

E lá se vai a esperança de que podia ter sido um engano.

Mas a médica está certa, e olha que sempre tenho um pé atrás com médicos.

Eu queria fazer Valentino acreditar que tem todo o tempo do mundo, mas isso não vai servir de nada se ele simplesmente cair morto sem ter vivido seu Dia Final da maneira que merece. Se a Central da Morte estiver errada, então será uma surpresa feliz.

Para todo mundo.

— Preciso de um segundo.

Tiro o medidor de pressão arterial e arranco os eletrodos. Em seguida, me levanto da cama ignorando todos os protestos e saio do quarto na esperança de encontrar Valentino antes que seja tarde demais. Fico aliviado — e surpreso — que Dalma não esteja me seguindo, mas aposto que algumas enfermeiras vão tentar me escoltar de volta antes mesmo de eu conseguir encontrá-lo. De repente paro de surtar, porque minha busca já chegou ao fim.

Valentino está na sala de espera.

Que alívio. Encontrá-lo acabou com todo o suspense, o que é ótimo para o meu coração.

— Achei você.

— O que você está fazendo fora da cama? — pergunta ele.

— Procurando você. Do nada incorporou o mágico e desapareceu do quarto.

— Foi mal — diz ele, se levantando para me ajudar a sentar. Isso faz com que me sinta velho pra cacete, mas acho que deve ser o jeito dele de cuidar de alguém que acabou de sair do pronto-socorro. — Eu só precisava pensar um pouco.

— Não tem problema, eu entendo. É que eu não sabia se você tinha ido embora para... para fazer o que quer que seja.

— Com certeza pensei nisso, mas meu lugar é aqui.

— Aqui? — questiono.

Eu me pergunto se isso tem alguma coisa a ver comigo, o que é uma idiotice. Afinal de contas, o que eu estou querendo que role com um cara que vai ter o futuro interrompido desse jeito? Quer dizer, não é idiotice. Ele continua vivo e sua vida vale a pena até o fim; eu inclusive provei isso quando o salvei de levar um tiro. Mas preciso reconhecer que tenho a alma de um contador de histórias e que posso sair por aí criando, criando e criando narrativas do nada. Aposto que Valentino só continua aqui porque um hospital parece um lugar bem razoável para ficar quando se está prestes a morrer por uma razão misteriosa.

—Você está com o celular aí? — pergunta Valentino.

Tiro o aparelho do bolso da minha calça jeans.

— Nada da Central da Morte?

Clico no botão lateral e vejo mensagens do time Young, mas nenhuma ligação perdida.

— Não, mas ainda dá tempo — digo, depois de ver que falta um minuto para as duas da manhã, horário em que as ligações de Dia Final são encerradas.

De repente, parece que estamos vivendo o último minuto antes da meia-noite outra vez, só que agora não estamos cercados por vários estranhos. Somos apenas nós dois, olhando o relógio do celular e esperando para ver se Valentino vai morrer sozinho ou se vamos fazer uma saída dramática juntos.

O relógio marca duas horas da manhã, mas ninguém liga.

VALENTINO
2h00

A Central da Morte não ligou para Orion, porque ele não vai morrer hoje. E eu acho que sei por quê.

Esta noite está se desenrolando como uma sessão de fotos que começa a dar certo. Mas dessa vez não sou o modelo. Sou o fotógrafo, e tudo está entrando em foco, como se eu estivesse trocando de lentes até encontrar a melhor. O fundo continua meio embaçado, mas, se ajustar a abertura direitinho, a luz vai entrar e deixar em evidência o verdadeiro modelo. O garoto com nome de constelação. Só vi algumas das estrelas dele em ação, mas enxergo sua beleza. Orion é o ponto focal, então olho para ele, para a nitidez daqueles olhos castanhos e para a postura curvada de seu corpo, e assim que tudo se alinha, igualzinho às estrelas numa constelação, fica evidente.

— Você vai viver — anuncio.

— Até amanhã, acho.

— Você vai viver muito mais do que pensa.

— Então você tem algum poder sobrenatural tipo a Central da Morte ou algo assim?

— Não, mas acho que o destino uniu a gente para que eu possa mudar o seu futuro.

— Não entendi.

— Esquece a lista de espera, Orion. Eu vou te dar meu coração.

ORION
2h02

Era uma vez um garoto que escreveu um conto de fadas. O garoto sou eu.

Como contos de fadas são mais curtos, é mais fácil se comprometer com eles do que escrever um romance. É incrível toda a liberdade que essas histórias têm. Há porquinhos construindo casas, lobos imitando avós e um sapatinho de cristal leva ao amor verdadeiro.

E aí tem o meu conto de fadas. Pode me parar caso já tenha ouvido essa história.

É sobre um jovem cujo coração está morrendo.

Todo mundo fala que devemos escrever a respeito do que mais entendemos, não é?

O protagonista se chama Orionis, ou seja, meu nome em latim. Pois é, sou original pra caramba. Quem está sempre correndo contra o tempo não vai levar uma eternidade para escolher nomes.

Enfim, ele vivia para lá e para cá cuidando da própria vida nesse reino ao estilo nova-iorquino até que a Morte saiu das sombras e pressionou um dedo esquelético no coração de Orionis, fazendo-o ir de um vermelho saudável para um cinza esmorecido.

— Eu vou morrer? — perguntou ele, em nenhum momento questionando a existência da Morte como algo físico nem nada assim, porque personagens de contos de fadas têm apenas que seguir o fluxo da narrativa e aceitar esse tipo de bosta.

— Você pode viver se dançar comigo — respondeu a Morte.

— Ah, por favor! — exclamou Orionis, nem um pouco a fim.

Até que um pedaço de seu coração se desintegrou.

Orionis não queria morrer, então abraçou a Morte e dançou do entardecer ao raiar do dia. Estava exausto, por isso parou para respirar mesmo correndo o risco de seu coração desfalecer um pouco mais. Quando voltou a dançar, Orionis interrogou a Morte, pois queria descobrir por que havia sido marcado por ela, uma vez que era perfeitamente saudável e não tinha comportamentos aventurosos. A Morte, no entanto, ficou em silêncio. E os dois dançaram durante todo o dia, toda a noite, toda a semana, todo o mês, todo o ano. Sempre que Orionis se distanciava para fazer algo que o deixaria feliz, perdia um pouco mais do coração. Com o tempo, restou apenas um último pedaço, do tamanho de uma pedrinha.

Se Orionis parasse de dançar com a Morte outra vez, se entregaria a ela para sempre.

Certo dia, bem quando ele estava pronto para chutar tudo para o alto, ou seja, jogar a toalha de vez, o caminho de Orionis se cruzou com o de um idoso cujo coração era tão iluminado que chegava a brilhar através de seu peito como raios de sol. O senhor viveu a vida de uma forma muito leve — pescava, cantava, cozinhava e até dançava sozinho com tanta empolgação que caía no chão e ria de si mesmo até ficar com o rosto vermelho. Mas ele empalideceu quando viu como Orionis era infeliz com a Morte.

É agora que a coisa se aproxima da vida real, e é por isso que estou com essa história toda na cabeça.

— Posso interromper? — perguntou o senhor para a Morte.

Cega por conta do coração iluminado, a Morte recusou.

— Não. Ele é meu parceiro de dança.

— Eu queria dançar com você — pediu o idoso.

— Não — ecoou a voz da Morte. — Você irradia vida demais.

Como já tinha realizado todos os seus sonhos, ele colocou a mão dentro do peito e arrancou de lá seu brilho, ou seja, seu coração. E, sim, os mais sombrios dos contos de fadas são sangrentos desse jeito. O velhinho o entregou para Orionis. O brilho era tanto que repeliu a Morte e a empurrou direto para os braços do ancião. Juntos, os novos parceiros de dança se embalaram como uma árvore perdendo suas folhas, e assim que chegaram ao chão, desapareceram nas sombras da Morte.

Sozinho, Orionis trocou seu coração cinza esmorecido pelo coração radiante e reluzente e, então, viveu feliz para sempre.

A questão é que nesse conto muita coisa sempre me pareceu fantasia, em especial a promessa de uma vida longeva, mas agora essa realidade me foi ofertada.

Valentino quer me dar seu coração.

E não estou falando daquele papo furado típico dos cartões de Dia dos Namorados, é no sentido literal.

Eu o encaro por um minuto, ou uma hora, sei lá. Embora não haja a menor possibilidade de ele estar falando sério, não sei o que dizer diante de um gesto como esse, generoso e tão bonito que chega a ser ridículo. Eu sou sortudo, mas não acho que sou tão sortudo assim. Além do mais, Valentino nem parou para pensar direito. E é exatamente isso que falo para ele:

— Você nem pensou nisso direito.

— Não tem muito o que pensar — rebate Valentino. — No fim das contas, você vai precisar de um coração mais forte e eu vou ter um sobrando.

— Tá, mas...

— Nada de "mas", Orion. Você salvou minha vida mesmo sabendo que estou prestes a morrer. Não tem forma melhor de agradecer por ter me ajudado a viver mais do que simplesmente retribuir o favor.

— Você sabe que não foi por isso que eu te salvei, né?

— Lógico. Você não é um urubu.

Sério, a ideia de trocar meu coração pelo dele nem passou pela minha cabeça. Desde que Valentino recebeu a ligação de Dia Final, andei ocupado demais desviando de balas, sobrevivendo a um infarto grave e vivenciando o luto de uma amizade em construção com um novo amigo bastante vivo para sequer pensar, de um jeito um tanto egoísta, sobre o que a situação dele poderia significar para mim.

— Só aceita — insiste Valentino.

— Olha, é a coisa mais legal que alguém já quis fazer por mim, só que não é assim tão simples. Primeiro, a gente precisa ter o mesmo tipo sanguíneo e...

— A gente é compatível — interrompe Valentino, como se tivesse acesso aos meus registros médicos. — Meu sangue é tipo O.

O que significa que ele é um doador universal, ou seja, tecnicamente ele é compatível com todo mundo.

— Cara, ninguém sabe o próprio tipo sanguíneo — falo.

Eu nem sabia que o meu era A+ até passar os dias no hospital. Sério, eu era tão desligado que na primeira vez que vi o A+ no papel não li como "A positivo", e sim como "A mais", como se eu tivesse um supersangue embora meu coração estivesse pifando.

— Por que você sabe o seu? — pergunto.

— Porque eu estava me preparando para o pior depois do acidente da Scarlett. Falei para os médicos que estava disposto a doar órgãos e sangue para salvar a vida dela.

É uma droga que o mundo esteja perto de perder esse ser humano extraordinário.

— Beleza, então vamos supor que dê tudo certo para a gente fazer o transplante — começo, dando meu máximo para fazer Valentino entender que essa história não tem nada de fácil. — Não é como se a gente fosse trocar presentes de Natal. É uma cirurgia de coração. Eu poderia... — Fecho a maldita boca, porque não tem a menor necessidade de falar para alguém prestes a morrer que eu fico nervoso de me imaginar perdendo a vida.

— A Central da Morte não ligou para você — argumenta Valentino, ignorando minha estupidez. — Se a gente, quer dizer, se os médicos operarem hoje, então quer dizer que você vai ficar bem, né?

Se um cardiologista confirmar que somos de fato compatíveis para a cirurgia, isso mudaria tudo e salvaria minha vida.

Eu finalmente ia poder me tornar um romance em vez de um conto.

— Isso não é justo — digo.

— O jeito como você está vivendo também não é — rebate Valentino.

— Mas não é problema seu. Você merece viver...

— Mas eu não vou! — grita ele, com as bochechas vermelhas.

Não faz tanto tempo que conheço Valentino, mas não pensei que ele fosse do tipo que surta desse jeito. Não dá para exigir muito também. Afinal, ele é o primeiro Terminante do mundo.

Ele puxa a camisa, tentando respirar.

— Foi mal. Eu só estava...

— Tentando ajudar — completa Valentino, meneando a cabeça como se estivesse envergonhado de ter surtado desse jeito. — Não tem nada que você possa fazer por mim, Orion, mas eu posso te salvar. Você é um sobrevivente de verdade, e já chegou até aqui. Me deixa te ajudar a viver a vida longa que... que eu não vou ter.

Queria que a vida real fosse mais parecida com meu conto de fadas.

Valentino deveria ter muitas décadas vividas antes de se sentir em paz ao passar adiante seu coração, como um bastão, para um jovem necessitado.

Mas, a não ser que aconteça algum milagre, nossa história não vai ter um "felizes para sempre".

Ela vai terminar em tragédia.

VALENTINO
2h11

Não perdemos tempo e damos início ao processo.

Num momento, estamos todos juntos no pronto-socorro, e, no minuto seguinte, a dra. Emeterio já nos dividiu em salas para fazer os exames que vão determinar se Orion e eu somos compatíveis. É a própria dra. Emeterio quem supervisiona meus exames de sangue, raios X e outros procedimentos que nem finjo entender, já que não preciso me preocupar com uma prova surpresa amanhã sobre a diferença entre eletrocardiograma e ecocardiograma.

Há uma pequena esteira no canto, e eu queria muito correr um pouco. Mas e se do nada eu tropeçar e sair voando, como um personagem de comédia, e acabar quebrando o pescoço? Morte causada por corrida sem sair do lugar. Que belo jeito de passar dessa para a melhor.

Se eu estivesse com meu celular, provavelmente não ia aguentar e pesquisaria como os outros Terminantes morreram. Alguns dos tiros na Times Square devem ter acertado o alvo. Mas e os outros? Será que alguém bateu o carro ou atropelou um Terminante que estava atravessando a rua? E aqueles que escolheram se suicidar por conta da incerteza de como tudo iria se desenrolar? Pensar nisso me deixa triste, e ficar pensando nessas pessoas não vai ajudar a prever meu destino.

Tenho que me concentrar em viver enquanto há tempo.

A situação com Orion já está encaminhada, mas ainda preciso contar tudo para Scarlett. Ela precisa das minhas informações bancárias para ficar com minhas economias e pagar por mais alguns meses de aluguel em Nova York. Espero que ela não volte a morar com nossos pais. Eles foram horríveis comigo, mas também estavam longe ser anjos com Scarlett. Deduzo que Scar ainda não retornou à ligação que fiz do celular de Dalma, e isso me deixa nervoso. Ela já deve estar encerrando o trabalho na festa da Central da Morte e partindo para o aeroporto.

— Se der tudo certo — começa a dra. Emeterio enquanto analisa meu raio X —, sua contribuição pode mudar o futuro dos transplantes de coração.

— E eu nem vou estar aqui para testemunhar.

O silêncio dura pouco, assim como vai acontecer com minha vida. Há uma máquina apitando sem parar. Parece não ter medo de ser desligada ou desconectada para sempre.

— Juro que não penso em você como uma cobaia — explica a dra. Emeterio, me fitando nos olhos. — Eu só queria oferecer algum conforto. Desculpa se perdi a mão e ultrapassei os limites.

— Que nada, não se preocupe. É meio estranho pensar que não vou estar aqui para saber como tudo vai ficar.

— Se a Central da Morte pudesse nos ajudar com isso também…

Ah, quem dera.

Eu ia adorar receber outra ligação de Joaquin Rosa para ele responder todas as minhas perguntas desesperadas. Será que vou mudar o futuro dos transplantes de coração? Será que Orion vai sobreviver ao procedimento? Scarlett vai ter uma vida feliz? E, então, a pergunta mais assustadora de todas. Não, não tem nada a ver com o pós-vida. Não me preocupo com isso. Quando eu morrer, é o fim da linha e ponto-final. Não espero muita coisa além disso, ainda mais tendo uma relação difícil com a fé. O que me preocupa é o Grande Como, ou seja, como vou morrer hoje. A Central da Morte é bem diferente do catolicismo, em que me pedem para acreditar em Deus, em suas razões e no céu sem qualquer evidência. Há provas concretas a respeito das habilidades da Central da Morte. A empresa recebeu o apoio do presidente dos Estados Unidos, de instituições do governo e por aí vai.

Querem mesmo que eu acredite que a Central da Morte sabe o Quando, mas não o Como?

Até parece.

Alguém com certeza sabe.

— Os resultados dos exames chegaram — avisa a dra. Emeterio.

No fundo do meu coração, eu já sei a resposta.

ORION
2h17

Encaro meu raio X como se ele fosse um quadro feio pendurado na parede.

O coração de alguém de dezoito anos não devia parecer uma batata torta, mas é nisso que penso sempre que mostram como sou por dentro. Médicos nunca hesitam em me mostrar a aparência de um coração saudável, como se eu já não soubesse que o meu está ferrado.

— Aposto que os raios X do Valentino são tão bonitos quanto as fotos dele — digo.

Dalma pega uma réplica de plástico de um coração.

— Você nunca viu as fotos dele.

— Ele foi chamado para uma campanha enorme. Com certeza as fotos são boas. Os raios X dele também devem ser dignos de um modelo.

E então abaixo a cabeça, triste porque esse mundo vai perder milhares de fotos de Valentino Prince.

Dalma se senta ao meu lado na cama, amassando os papéis que estavam ali, e segura minha mão.

— O-Bro, me escuta. Falando sério. Estou ficando preocupada com você.

— Relaxa, não vai ser o fim do mundo se não der certo com o coração dele. Vamos achar algum que seja compatível.

— Não é sobre o transplante. Estou falando desse seu olhar apaixonado. Foi muito rápido como você abriu seu coração e começou a falar dos seus pais. E, mais importante, olha o infarto que você teve depois de salvar esse garoto! É muita coisa envolvendo o coração.

— Você acha que eu estou apaixonado pelo Valentino? Não é nada disso. Eu... eu... nem sei se ele gosta de mim desse jeito.

— A questão não é se ele gosta ou não gosta de você — rebate Dalma, sem pressa, como se estivesse explicando linguagem de programação, mas sua voz também soa cheia de carinho, parecendo prestes a dar uma notícia ruim. — Valentino vai morrer hoje, Orion.

Observo o quarto de hospital, consciente de por que estamos aqui.

— Aonde você quer chegar?

— Você não pode se apegar. Isso não vai acabar nada bem para você.

— O que não vai acabar nada bem é o Valentino morrendo aos dezenove anos — respondo.

Pulo da cama. Eu não devia estar andando, era para eu descansar para não ter complicações. Mas não consigo evitar que meus pés me levem de um lado para outro, da parede com meu reluzente raio X até a com cartazes de anatomia e certificados.

— A Central da Morte abriu as portas para uma oportunidade única. A maioria dos doadores, além de serem desconhecidos, permanecem anônimos. Por que eu deveria fechar as portas para alguém que quer me dar o próprio coração? — questiono.

Dalma sai da cama e bloqueia meu caminho.

— Eu estou tentando proteger você. Não começar uma briga.

Sei que ela tem a melhor das intenções, tanto em relação a Valentino como a me impedir de continuar caminhando pelo quarto. Mas minha imaginação idiota faz com que eu não consiga deixar de me imaginar conhecendo Valentino melhor, pelo menos enquanto ainda posso.

Porque amanhã isso não vai ser mais possível.

Ouço uma batida na porta, e Valentino e a dra. Emeterio entram.

É isso.

O suspense é péssimo para alguém com a minha condição, e cada segundo de silêncio é brutal.

— E aí? — pergunto.

Só quero colocar um ponto-final nessa história, seja qual for o desfecho.

— É ótimo que pelo menos alguma coisa boa resulte de tudo isso — diz Valentino, pressionando a mão no peito.

Meu coração oscila, bate duas, dez, cem, mil, um milhão de vezes, e, mesmo assim, não caio morto.

Na verdade, eu vou viver.

Vou viver, viver, viver, viver, viver, viver, viver, viver, viver, viver, viver, viver.

Mas primeiro ele tem que morrer.

VALENTINO
2h22

Eu passaria a vida inteira dizendo para as pessoas que elas vão viver.

Mas uma só vez vai ter que ser o suficiente.

Orion está paralisado feito uma estátua. Se bem que, com as lágrimas escorrendo, está mais para uma fonte.

— Uau! — exclama Dalma, sem palavras.

Dalma aperta as mãos de Orion, e de repente ele descongela, como se ela tivesse um toque mágico.

Orion voa para os meus braços.

— Eu... eu só... Estou tão... sabe...

— Eu sei — digo.

A primeira vez que abracei Orion foi depois de ele ter compartilhado comigo a história de como perdeu os pais. Agora é porque vai receber meu coração. Isso é bom. E a forma como os cachos dele roçam meu maxilar é muito reconfortante. O peso de sua cabeça no meu ombro faz com que eu me concentre no presente, como se eu não tivesse sido completamente arrancado desse planeta, embora seja o único nesse quarto que vai morrer hoje. O mais incrível é a forma como nossos corações batem enquanto nossos peitos se encontram; parece até que estão se comunicando numa linguagem própria, conversando sobre o que vai acontecer em seguida.

Percebo que nem mesmo eu estou entendendo tudo.

Acaricio as costas de Orion e me afasto. Estendo uma caixa de lenços e ele seca o rosto.

— Vou ligar para a mamãe — declara Dalma, prestes a sair.

— Espera, Dalma! Minha irmã ligou?

Ela balança a cabeça.

— Mas vamos continuar tentando.

— Tá bom — respondo, mesmo que Dalma já tenha saído.

Quanto mais digo para mim mesmo que Scarlett está bem, mais começa a parecer uma mentira. Só porque nós chegamos juntos a esse mundo não quer dizer que também vamos deixá-lo no mesmo momento. Em cerca de meia hora vai ser meia-noite no Arizona. Scarlett ainda tem tempo de se inscrever na Central da Morte. Espero que ela não seja uma Terminante também.

— Como vamos fazer essa operação? — pergunto para a dra. Emeterio.

Ela indica para que nos sentemos, já que vai ser uma longa conversa. Orion e eu nos sentamos juntos, e nossos ombros se tocam conforme nos ajeitamos nas cadeiras desconfortáveis. A dra. Emeterio nos encara como se não conseguisse acreditar no que está vendo.

— Sou cirurgiã cardíaca há anos, mas isso é novidade para mim, cavalheiros. Doadores vivos que não sofreram morte cerebral são muito raros. E mesmo quando há algum, costuma se tratar de um membro da família.

— E não estranhos que se conheceram na Times Square — completa Orion.

— Ou em qualquer lugar — acrescento.

— Exatamente. É muita generosidade — comenta a dra. Emeterio.

— Eu já te agradeci? — pergunta Orion.

— Não preci...

— Acho que não. Só te abracei.

— Tá tudo bem...

— Ai, meu Deus. Obrigado. E também não tem problema caso mude de ideia. Você não me deve nada. Sério, não vou ficar bravo ou guardar rancor. Vou respeitar a sua decisão.

— O rancor nem duraria muito — digo.

Era para ser uma piada, mas acabou soando mal.

Orion não acha nada engraçado e fica vermelho.

— Ah, é.

Então ficamos em silêncio de novo. Transplantes de coração supostamente despertam reações mais dramáticas e barulhentas. Portas de hospital sendo abertas com tudo. Passos rápidos. Enfermeiras gritando informações do paciente. Carrinhos sendo preparados para a cirurgia. Mas esta noite está calma porque temos tempo. Ou pelo menos achamos que temos. Agora mesmo a lâmpada do teto poderia cair na minha cabeça antes de eu chegar à mesa de operações. Aí é que começaria a ficar barulhento, pois precisariam retirar meu coração enquanto ainda fosse possível.

— Primeiro eu vou morrer? — questiono.

A dra. Emeterio balança a cabeça.

— Na verdade, é de suma importância que você esteja vivo. Vamos precisar de você em estado vegetativo.

— Então eu vou estar em coma?

— Basicamente. Mas um dos nossos maiores obstáculos é conseguir que as pessoas certas aprovem o procedimento em tão pouco tempo. Infelizmente não temos informação privilegiada sobre a Central da Morte, e, pela nossa ética médica, devemos cuidar de você primeiro.

— Então vamos fingir que não estou morrendo? — indago.

— Exato. É como eu disse. É bem possível que a Central da Morte esteja errada. Mas só vamos saber...

— Depois que eu morrer.

— Ou sobreviver — contrapõe Orion.

— Ou um ou outro — apazigua a dra. Emeterio.

— Então, se eu sobreviver, quer dizer que não dá para confiar na Central da Morte. Mas, se eu morrer, quer dizer que eles estão certos, só que aí será tarde demais? Não tem o que fazer? O que a gente está tentando entender aqui?

— Eu posso discutir isso com o conselho médico e explorar um intervalo de tempo em que talvez possamos fazer o transplante em segurança, com seu consentimento e sua compreensão de que, caso entre em coma, não conseguiríamos te salvar. Ficaria registrado que sua decisão foi tomada devido à ligação da Central da Morte. Pode ser que, com um número suficiente de previsões corretas até a tarde, consigamos continuar. Infelizmente não tenho como garantir nada, já que tudo é muito recente.

Aflito, aperto a ponte do nariz. Estou cansado, mas a adrenalina desse Dia Final continua me mantendo acordado. O que mais quero é ir para casa, mesmo com aquele colchão inflável de solteiro que tenho certeza de que é desconfortável. Mas não tão desconfortável quanto ser colocado para dormir sabendo que nunca mais vou acordar.

Há um modelo anatômico de coração em cima da maca de exames. Me sinto atraído por ele, como um modelo é atraído pela câmera. É mais pesado do que eu esperava, e tem o tamanho do meu punho. Eu ficaria bem surpreso se esse modelo anatômico for em tamanho real. Mas surpreso por quê? Até parece que entendo alguma coisa. Mal consigo acompanhar os conflitos da dra. Emeterio, e não é como se eu fosse ter tempo para me tornar um especialista no assunto.

Vou direto ao ponto.

— O que você sugere que eu faça? — pergunto.

— Se você quiser de fato ser um doador, eu recomendo ficar no hospital. Caso alguma coisa aconteça com você, vamos estar a postos para tentar salvá-lo. Porém, caso não consigamos e você acabe tendo uma morte cerebral, a situação vai ser favorável para a cirurgia.

— E assim que eu tiver morte cerebral, meu coração será removido. Quando isso acontecer, vou morrer. — Essas palavras saem da minha boca e levam o ar junto. Ainda não chorei, e não quero me debulhar em lágrimas agora, mas, pelo canto dos olhos marejados, vejo a dra. Emeterio assentindo. — Bem, e depois que o Orion for anestesiado, vocês vão substituir o coração dele pelo meu e aí vai ficar tudo bem.

— Na teoria, sim. Mas só se o Orion não rejeitar o coração.

— Não vou — diz Orion. — Ah, você quer dizer, tipo, se o meu corpo rejeitar...

O rosto dele fica vermelho e a dra. Emeterio balança a cabeça.

— Mas eu e Orion somos compatíveis, não somos? Isso quer dizer que vai funcionar, né?

— Cada receptor é diferente, porém, na maioria das vezes, há dois ou três episódios de rejeição pós-transplante. Alguns pequenos, outros maiores. Alguns acontecem logo após a cirurgia, outros mais tarde.

Nesse mundo novo em que sabemos quando alguém vai morrer, ainda não temos como saber por quanto tempo as pessoas vão viver.

Eu não deveria me estressar tanto. No fim das contas, a escolha é de Orion. Não posso obrigá-lo a aceitar meu coração. Mas não consigo deixar de me preocupar. Não quero que meu último ato de gentileza leve alguém à morte.

A porta se abre, e Dalma entra correndo tão rápido que chego a ficar assustado. É como se tivesse um assassino com um machado a perseguindo, tipo um filme de terror, e eu fosse morrer assim. Quase me preparo para a morte, desapontado por ela chegar mais cedo do que eu esperava, quer dizer, mais cedo ainda. Mas não é nada disso. O celular de Dalma está tocando e ela o passa para mim. A tela diz SCARLETT (IRMÃ DO VALENTINO) e sinto, lá no fundo, o maior choro da minha vida se formando.

Atendo e sigo às pressas para o corredor.

— Scarlett!

— Oi, Val! Desculpa não ter atendido as milhares de ligações nem respondido as mensagens. Esqueci de tirar o celular do silencioso depois de dirigir. Cadê o seu celular? O que aconteceu?

Tento voltar para a sala de espera, mas paro abruptamente e deslizo pela parede próxima ao elevador. Não digo nada.

—Val?

Scarlett é a única pessoa no universo que me chama assim. Muita gente tentou, mas nunca parecia natural. A impressão que eu tinha era de que estavam tentando demonstrar uma superintimidade, mesmo que não nos conhecêssemos o bastante. Obviamente, a pessoa com quem mais tenho histórias é Scarlett, e quando éramos crianças ela não conseguia dizer *Valentino*, então me chamava de *Vale*, que, com o tempo, virou *Val*.

— Estou aqui — respondo, baixinho, como se o assassino com o machado tivesse, de fato, me atingido. — Você não está dirigindo, né?

— Óbvio que não. O que está acontecendo? Você parece meio estranho.

—Vou te ligar por vídeo.

— O que está acontecendo? Fala comigo.

— Só atende, tá?

Clico no ícone, e a ligação chama apenas uma vez antes de o rosto de Scarlett aparecer na tela. Seus olhos exibem uma preocupação genuína, como quando ela abriu a primeira carta de aceite da faculdade e descobriu que não havia sido aceita. Não foi nada fácil, e ela achou que não teria futuro até eu sugerir que nos mudássemos para Nova York. Mas não sei como dar um conselho que a ajude a viver depois da minha morte. Mal consigo dar a notícia, fico gaguejando cada palavra. Mas com Scarlett eu não preciso disso. Assim como em vários outros momentos difíceis na minha vida, sendo o mais recente quando meus pais não reagiram muito bem depois que contei sobre minha sexualidade, tudo que preciso fazer é olhar minha irmã nos olhos, chorar e deixar que as lágrimas falem por mim. Só que não tem como ela entender, já que nem mesmo eu devia saber que estou prestes a morrer.

— Eu me inscrevi na Central da Morte e eles me ligaram.

Scarlett fica em silêncio, tão estática que chego a pensar que a chamada travou.

— Não — diz Scarlett, por fim.

Não sei direito a ordem dos estágios do luto, mas o primeiro é a negação.

— Para de chorar. Val, isso é papo furado — afirma minha irmã. Infelizmente, sua cara de paisagem está pior do que nunca. Ela está mentindo. — Esse pessoal da Central da Morte é um bando de palermas. Não fazem a menor ideia do que estão fazendo.

— Eu... eu falei com o Joaquin. Joaquin Rosa.

De algum jeito, faço com que as palavras saiam, porque não podemos ficar fingindo. Se Joaquin Rosa está errando as ligações de Dia Final, então a empresa tem que fechar as portas agora mesmo. Mas vai que Scarlett tem algum argumento que eu não consiga refutar? Algo que me dê esperança?

— Beleza, e o sr. Central da Morte falou como acha que você vai morrer? Porque se não falou, então a gente não precisa levar tão a sério essa sábia previsão. Talvez não tenha nada de sábia! A gente nem faz ideia de como a Central da Morte funciona. Por isso que não nos cadastramos.

Scarlett tenta continuar firme e forte, mas não consegue. Algo que também temos em comum é o fato de ficarmos horrorosos chorando. Eu morreria de vergonha se alguém tirasse uma foto minha com o rosto vermelho assim e limpando muco do nariz. Scarlett talvez arrancaria os olhos dessa pessoa. Mesmo agora, que estamos só nos dois, ela esconde o rosto com a mão e consigo ver a lua ao fundo.

— Val, não faz o menor sentido. Você está bem! O que está acontecendo?

Balanço a cabeça.

— Você contou para os nossos pais?

— Não. Não estou pronto para outra conversa sobre como eu vou para o inferno.

— É melhor eles não serem egoístas mais uma vez, senão nunca mais vamos falar com eles. — Por um segundo, essa promessa parece viva e promissora nos olhos de Scarlett, mas então ela percebe que não vou ter como cumpri-la. Ou até vou, mas não do jeito que ela espera. A próxima onda de lágrimas inunda seu rosto. — Val, tenho que pegar meu voo. Vou chegar aí de manhãzinha.

— Talvez você não devesse vir — sugiro, embora queira o contrário. Preciso me despedir pessoalmente da minha irmã. Por outro lado, quero protegê-la. — Pode ser mais seguro se você não vier.

— Eu não vou te deixar sozinho de jeito nenhum — diz Scarlett, destrancando a porta do carro e se sentando no banco do motorista.

Então me lembro do dia em que ela quase morreu.

— Para, Scar. Você não pode dirigir nesse estado. Só senta e respira.

Quando ela se acalma, respiramos fundo juntos até o choro desesperado da minha irmã se transformar em um choramingo silencioso.

— Não se preocupa comigo. Não vou ficar sozinho. Fiz uns amigos na Times Square. Esse celular aqui é da Dalma e…

Os olhos de Scarlett se arregalam e ela se inclina para a frente, como quando estamos assistindo a um *thriller* e minha irmã soluciona o mistério da trama.

— Mas e se eles forem o motivo de…

— Eles não vão me matar. Inclusive, foram eles que me convenceram a me inscrever na Central da Morte. São gente boa.

— Não dá para saber. São desconhecidos.

— E mesmo assim Orion salvou a minha vida.

Ela fica quieta, percebendo que entendeu errado o *plot twist*.

— Como assim ele salvou sua vida?

A situação já é muito assustadora. Contar que atiraram em mim não vai ajudar a mantê-la calma para dirigir em segurança até o aeroporto e pegar o avião.

— Foi por um triz, mas eu estou bem.

—Tá bem coisa nenhuma.

Ela fecha os olhos.

Não pergunto se está rezando. Isso é algo só dela.

— Scar, você vai perder o voo se não for logo.

Scarlett se recompõe.

—Tá bom. Acho que vou pousar lá pelas nove horas do fuso horário daí. Quer me encontrar no aeroporto? Não, na verdade, fica onde estiver. Você está em casa? — Ela semicerra os olhos. — Não, né. Aí as paredes são brancas, e lá no apartamento tem umas paredes bege que precisam de uma mão de tinta. Que lugar é esse?

Não posso explicar por que estou num hospital. Se contar que decidi doar meu coração e que preciso dela ao meu lado quando eu tiver morte cerebral, minha irmã nunca vai chegar inteira ao aeroporto. Podemos falar disso quando ela estiver aqui.

— Eu estou com Dalma e Orion, mas daqui a pouco já vou para casa.

Ela quer mais informações, mas desiste.

— Fica aí. A gente se vê logo mais.

— Scarlett, antes de desligar... acho que você devia se inscrever na Central da Morte. Tá bem?

— Beleza.

— Te amo, Scar.

— Te amo igualmente, Val.

Não desligamos. É como se não estivéssemos certos de que vamos nos ver de novo. E com certeza não nos veremos se ela perder o voo.

— Dirija com cuidado, Scar. Presta atenção redobrada na estrada a essa hora da noite.

Pressioná-la a se concentrar na viagem até o aeroporto em vez de no meu destino iminente é o único jeito de garantir que ela não parta comigo dessa para a melhor.

ORION
2h38

Pressiono as mãos no peito e sinto os batimentos cardíacos estáveis. É como se meu coração estivesse finalmente se comportando porque sabe que vai ser despejado.

Olho meu raio X de novo e penso que, se algum dia eu decidir escrever sobre essa experiência, posso usá-lo na capa do livro. Ou talvez eu queime essas imagens para não ter que pensar nos anos em que o interior do meu corpo era feio e assassino como um demônio. Não, melhor não. Virar as costas para o passado significaria não me lembrar do esforço de Valentino para salvar minha vida. Isso considerando que tudo vai dar certo. Não sei o que vamos fazer se meu organismo rejeitar o coração dele, ou quanto tempo vamos ter antes que eu encontre a morte também.

Estou vivendo inúmeros enredos que não planejei desde que o dia começou.

Cara, estou exausto. Dalma também. Ficamos espremidos na maca de exames enquanto Valentino fala com Scarlett e a enfermeira faz algumas ligações para o plano de saúde em nome da dra. Emeterio, que está ocupada tentando entrar em contato com o conselho médico. Em vez de desmaiar de cansaço, estou sonhando acordado. Não só com a nova vida que vou ter, mas também com o quanto as coisas mudarão para o time Young. Dalma não vai mais precisar passar outra noite no hospital por minha causa. Sua família não vai precisar cancelar outras férias por minha causa. Ninguém terá a vida interrompida por minha causa. Não sei nem medir o peso que isso vai tirar das minhas costas.

— Essa noite está inacreditável — comento enquanto olho para as luzes brilhantes do teto como se fossem estrelas.

— Está mesmo — concorda Dalma.
— Tudo vai mudar por causa de Valentino.
— O que se dá para um cara que vai morrer por você?
— Tecnicamente ele não vai morrer por mim.
— Óbvio, né.
— E por que isso é óbvio? Talvez ele morresse por mim.
— Você está priorizando o seu lado ou o meu?
— Nenhum e os dois.

Dalma me dá uma cotovelada, e nós dois rimos.

A porta se abre e Valentino entra. Suas bochechas estão coradas e os olhos, vermelhos.

— Oi — diz ele, e então pigarreia. — Oi.

Pulo da maca, envergonhado por estarmos aqui rindo enquanto Valentino passa por essa barra pesada.

—Você está bem?

Valentino balança a cabeça, depois assente, como se estivesse com defeito. Sentimentos muito conflitantes não são novidade para mim. Essas emoções vivem me pegando com força desde que descobri que vou continuar vivo porque outra pessoa está prestes a morrer.

— Tudo bem com a Scarlett? — pergunto, temendo a resposta.

— Ela está viva — responde Valentino.

Acho que é a melhor resposta possível, já que a irmã dele com certeza não recebeu bem a notícia.

— Ela vai se inscrever na Central da Morte, ir para o aeroporto e deve chegar aqui por volta das nove da manhã.

Não é tão ruim assim. Só precisamos manter Valentino vivo pelas próximas oito horas. O que significa deixá-lo mais animado também.

— Tem alguma coisa que você queira fazer enquanto espera a Scarlett? Talvez comer alguma coisa? Que tal a sua comida favorita?

— Parece até que estou no corredor da morte — comenta Valentino.

Sinto vontade de engolir meu punho inteiro.

— Não foi o que eu quis dizer.

— Sim, sim, eu entendi. Além do mais, não sei onde a gente acharia linguine às duas da manhã.

— Ah, meu caro. Tem um milhão de restaurantes 24 horas em Nova York.

— A gente pode pedir alguma coisa, ou ir buscar para você — acrescenta Dalma.

Valentino se senta numa cadeira sem a menor elegância para alguém que é, literalmente, um modelo.

— Eu finalmente me mudo para um lugar em que dá para achar comida de madrugada e... — Ele dá de ombros. — Bem, de qualquer jeito acho que não posso comer antes da cirurgia.

De repente, penso sobre o assunto.

A morte dele não devia ser sobre mim, mas a cada segundo que passa parece que é. Então quer dizer que Valentino não pode comer qualquer bosta que ele queira no seu Dia Final? Tudo por causa de uma cirurgia que ele nem imaginava que aconteceria se o destino não tivesse nos apresentado?

— Faz tanto sentido que chega a ser devastador — comenta Dalma.

— Não, não faz, não — discordo. — Valentino, se você quer a porra de um linguine, então vamos achar a porra de um linguine.

— Não, sério. Não vou morrer por causa disso — responde ele. E então para, prestando atenção e se assustando com as próprias palavras. É incrível como algo simples pode soar tão diferente quando se está à beira da morte. Ele deixa pra lá, e imagino que vai ter que agir assim diversas vezes se quiser viver seu Dia Final. — Só quero ir para casa descansar. Arrumar tudo para a chegada da Scarlett. Depois tenho uma sessão de fotos de manhã. Minha primeira campanha é um jeito bem legal de ser imortalizado.

— Mas tem que enfiar o linguine em alguma parte desse plano. Talvez um pouco da legítima pizza nova-iorquina, caso você goste.

Dalma está de olhos fechados e soprando na palma das mãos fechadas em concha, mas não é por causa do frio da sala gelada. Ela está calada. Mas enfim as palavras se libertam.

— Não quero parecer uma pessoa sem coração...

— Começou mal, então — interrompo.

— Ai, minha nossa. Desculpa. — Dalma gesticula muito, mas agora está quieta, analisando as próximas palavras enquanto mantém as mãos paradas no ar. Então volta a falar: — Valentino, acredite em mim, eu odeio ter que dizer isso, porque o que você está dando para o Orion é um grande presente. Ele é minha família, e a questão é que fico querendo protegê-lo o tempo inteiro, então preciso falar que... preciso falar que tenho muito medo que você estrague a cirurgia se sair do hospital. Se alguma coisa acontecer, aí...

Valentino abaixa a cabeça, como se estivesse levando uma bronca.

— Faz sentido.

— É óbvio que a gente vai esperar o máximo possível para você ter um tempo com a sua irmã, mas o ideal é te manter aqui pelas próximas horas.

A ideia de ter alguém querendo salvar minha vida nunca pareceu tão horrível.

— Dalma, eu te amo, mas de jeito nenhum. Não vamos ficar dando prazos para o Valentino no Dia Final dele.

Valentino luta contra um bocejo.

— Ela está certa. Eu estou tão cansado que não consigo raciocinar. Jantar de madrugada ou ir para uma sessão de fotos nem se compara a tudo o que você vai ter oportunidade de fazer com meu coração.

Me agacho ao lado de Valentino e encaro seus olhos azuis ainda avermelhados pelo choro.

— O que quer fazer por mim é tão lindo que, mesmo que não dê em nada, já me sinto em dívida com você. Mas não vou viver a vida que você deseja para mim se isso significa que você não pode viver a sua enquanto ainda dá tempo.

A forma como Dalma olha para mim é lancinante.

— Orion, dá para a gente conversar lá fora?

— Com prazer — respondo, sarcástico.

Aperto o ombro de Valentino enquanto saio e fecho a porta.

Dalma une as mãos, como se estivesse rezando.

— Por favor, deixa esse garoto salvar sua vida.

— Por favor, para de encorajar ele a morrer de uma vez.

— Você vai fazer dar tudo errado. Pensa bem. Se o Valentino pode morrer dormindo, não é muito mais misericordioso que seja assim do que por causa de uma tragédia horrorosa esperando por ele lá fora?

Quanto mais Valentino viver, mais ele se aproxima da morte. Isso eu entendo. Mas não consigo ficar em paz com a ideia de ficar decidindo quando chegou a hora de ele partir.

— É ele quem tem que decidir, Dalma.

— Tenho certeza de que ele vai estar aberto à sua sugestão. O coração é *seu* agora.

— Não mesmo, o coração ainda é *dele*.

— Não vai ser de *ninguém* se ele morrer.

— Então só não era para ser.

Talvez esse pequeno conto de fadas não tenha um final feliz.

Se ao menos a Central da Morte nos dissesse *como* alguém vai morrer, poderíamos tentar evitar, ou pelo menos saberíamos com quantas horas, ou minutos, ainda podemos contar. Há muita coisa em jogo.

— A Central da Morte já abriu essa porta para mim. Talvez outra se abra se a de Valentino se fechar na minha cara.

Dalma está quase chorando.

— Eu estou começando a achar que você não quer essa cirurgia.

— Você sabe que eu quero.

— Então qual é a sua? Por que não luta por si mesmo tanto quanto eu estou lutando?

Fico quieto, e então respondo:

— Quando encontramos Valentino, eu já não conseguia parar de pensar no quanto queria conhecê-lo. Ir na casa dele, convidá-lo para a nossa. Ser o guia dele pela cidade.

Eu só quero conhecê-lo enquanto dá tempo, antes de eu carregar o coração dele pelo resto da vida.

Nada se compara a falar a nossa verdade em voz alta. Juro.

Dalma suspira. Está absorvendo o que eu disse.

— Então o que vamos fazer? Eu topo acompanhá-lo, mas só se a gente enrolar o garoto em plástico bolha ou algo assim. E precisamos garantir que ele não faça nada muito arriscado.

Espero um segundo. Não quero começar uma briga logo depois de termos nos acalmado. Mas sei que estou certo dessa vez, sinto isso no meu coração idiota, sem futuro e assassino.

— Acho que seria melhor se eu curtisse essas horas sozinho com o Valentino.

Dalma semicerra os olhos.

— Como é?

— Quero que o Dia Final dele seja agradável, e não sei se você vai conseguir dar o espaço de que ele precisa para respirar, ou se ele vai ficar com o pé atrás perto de você.

— Eu não vou arrancar o linguine da mão dele, se é isso que você está achando.

— E ele sabe disso?

— Por que você está me afastando por querer te proteger, Orion?

— Não estou. Eu amo o jeito como você cuida de mim e me dá apoio. Mas quero apoiar o Valentino e garantir que ele não morra sem viver primeiro.

Dalma e eu estamos acostumados a fazer tudo juntos, e em geral quando nos separamos é por desejo dela. Então essa situação a está deixando muito desconfortável.

— Se é isso que você quer, não posso fazer nada. Já falei o que acho.

Eu a abraço tão rápido que quase caímos.

— Valeu, D.

— O que posso fazer por você?

— Tem como encontrar a dra. Emeterio e contar tudo para ela? Quero tirar o Valentino daqui antes que ela o faça se sentir tão culpado a ponto de ele querer ficar.

Dalma assente.

— É melhor você ficar colado no celular.

— Pode deixar. Pega um táxi para casa e me avisa quando chegar, está bem?

Dou um beijo na testa de Dalma e me viro para a sala de exames.

— Toma muito cuidado, Orion. De verdade.

— Eu não vou morrer hoje. Olha o lado bom da Central da Morte aí.

— Isso não significa que você não vai acabar ferido… ou com o coração em pedaços.

De repente, tudo parece tão tenso que eu poderia explodir em milhares de cacos. Estou embarcando numa jornada superperigosa para manter vivo alguém que está destinado à morte. Cada minuto que conseguir para ele será mais tempo que vou ter para conhecê-lo. Quanto mais conhecê-lo, mais vai doer.

Não tenho como prever o futuro que nem a Central da Morte, mas já sei que meu tempo com Valentino vai terminar com um coração partido.

VALENTINO
2h51

Orion volta sozinho. Uma estrela nessa sala de exames iluminada.

— E aí, está pronto? — pergunta ele.

Não sei ao certo do que Orion está falando. Será que ele mudou de opinião sobre eu aproveitar o tempo antes de começarmos os procedimentos da cirurgia? Ou será que a dra. Emeterio tomou essa decisão? Se for isso, então não estou pronto. Scarlett finalmente está a caminho, eu não posso morrer agora.

Orion sorri, e sei que devo estar errado.

— Pronto para quê? — questiono.

— Para viver.

— Como assim?

— Você quer ir arrumar o apartamento para a Scarlett, né? Então vamos lá.

— Você vai vir comigo?

— Só para te dar apoio, mas, se quiser fazer isso sozinho, não tem problema.

Quero companhia, sem dúvida alguma. Toda essa situação já é assustadora demais. Por outro lado, não sei como isso pode ajudar Orion.

— Tem certeza de que não vai ser estranho? Como se estivesse brincando com o porco antes do abate?

— Eu sou vegetariano, e não sou um assassino.

— Espero que não seja mesmo — digo, finalmente me levantando da cadeira.

— E também não acho que alguém apostaria em mim, se eu entrasse numa briga com você.

— O que não quer dizer que você não possa ter amigos barra-pesada. Afinal de contas, está tentando pegar meu coração.

Orion parece chocado.

— Ah, então você está cheio de piadinhas, é?

Também fico surpreso. O crédito é todo de Orion por conseguir me deixar de bom humor na atual situação. A forma como ele consegue manter o clima leve me lembra das vezes em que mais me senti confortável durante as sessões de fotos. Já trabalhei com fotógrafos que só queriam terminar logo o trabalho, e isso sempre deixa um clima pesado no estúdio, me faz ficar tenso. Minhas fotos mais legais foram as que fiz com fotógrafos alegres e sorridentes, como se eles mesmos estivessem diante da câmera. Quando eles se divertem, também me animo.

Orion vai ser uma boa companhia até que Scarlett chegue. Estou nervoso de voltar para o mundo lá fora, mas também feliz por ter essa oportunidade. É um salto muito grande de onde eu estava alguns minutos atrás, quando aceitei a derrota.

— Obrigado mesmo por me dar um tempinho a mais — agradeço.

— Não há de quê. É de coração — responde Orion, colocando o boné.

Quando me inscrevi na Central da Morte, tinha um parágrafo no site explicando a filosofia da empresa por trás da escolha do termo "Terminante". Parece que Joaquin Rosa quer lembrar a essas pessoas — e a *mim* — de que a vida é como uma viagem de navio e que, quando a ligação se inicia, o último velejo está chegando ao fim.

É bom ter um cocapitão, um parceiro para conduzir essa embarcação comigo.

JOAQUIN ROSA
2h57

Joaquin está assistindo às filmagens do tiroteio na Times Square quando alguém bate na porta. Seu coração acelera. Ele revive a experiência de ouvir os tiros pelo telefone durante a primeira ligação de Dia Final. O barulho assusta Naya e acorda Alano e o cachorrinho. Bucky desce correndo do sofá e vai latir para a porta fechada, sem intimidar ninguém com seus latidos adoráveis. Joaquin se levanta da cadeira e escuta mais batidas na porta.

É melhor que seja algo urgente.

Ele abre a porta e se depara com a engenheira de sucesso do cliente.

— Desculpe atrapalhar — diz Aster Gomez, a mão imóvel em seu longo cabelo preto, como se estivesse considerando arrancar um tufo dele.

Ela é ótima com pessoas, mas não tinha interesse algum em dizer a elas que estão prestes a morrer, então se candidatou a uma vaga no departamento de atendimento ao cliente. Mesmo só tendo 25 anos, era tão perspicaz que Joaquin a contratou para liderar o setor.

— Estamos tendo sérios problemas no servidor.

— O que está acontecendo?

— Hum... — Aster olha para o corredor atrás dela. — É melhor você vir comigo.

Joaquin a segue com o restante de sua família.

— Tudo começou quando recebi uma reclamação há alguns minutos — explica Aster, andando depressa. — O namorado de uma mulher foi morto na Times Square poucas horas atrás.

— Uma lástima — responde Joaquin com toda a sinceridade do mundo. Ele não consegue imaginar uma vida sem Naya. Muito menos perdê-la de maneira tão violenta.
— Por curiosidade. Foi Valentino Prince quem morreu? Ele foi a primeira ligação desta noite.

— Não. O nome dele era William Wilde.

Ah, que pena. Joaquin teria gostado de incluir essa anedota em sua biografia. Mas de volta ao problema:

— A cliente sabe que fizemos tudo que estava ao nosso alcance?

— A questão é essa: não fizemos.

— Como assim?

— Nós falhamos. O Terminante não recebeu a ligação de Dia Final.

— Bem, o tiroteio na Times Square começou logo depois da meia-noite... assim que a Central da Morte foi inaugurada. Nunca prometemos que os Terminantes seriam alertados de imediato.

— Eu expliquei isso, mas a mulher insistiu que o celular do namorado não tocou em momento algum. Nem mesmo depois de nossas ligações terem sido finalizadas na Costa Leste. Dei uma olhada em nossos registros, e não consta nenhuma ligação para o número do Terminante ou para o contato de emergência.

Ao chegarem no call center, Joaquin observa seus mensageiros imersos no trabalho. Então volta sua atenção para Rolando, com a suspeita de que ele seja o culpado de o

Terminante não ter sido notificado sobre a morte; é provável que estivesse dando ouvidos à história de vida de mais um idoso. Essa falha gravíssima resultará em seu desligamento imediato da empresa.

— É culpa do Rolando? Foi ele que não ligou para o Terminante a tempo?

— Falei com todos os mensageiros e, como Andrea ajudou Rolando com a lista de contatos dele depois de ter finalizado a dela, todos os usuários registrados na Costa Leste receberam a ligação de Dia Final.

— A não ser aquele pobre rapaz... — comenta Naya, com seu coração gigante em luto pelo desconhecido.

— Desculpe pergunta, sr. Rosa — diz Aster. — Mas como o Terminante não apareceu em nosso servidor, isso significa que...

Ele ergue a mão para silenciá-la, não querendo alarmar mais ninguém.

Mas é tarde demais.

— O que aconteceu, papai? — pergunta Alano, levantando a cabeça para o pai com olhos cansados.

Joaquin não quer admitir que deu tudo errado.

Que seu império está entrando em colapso no dia em que seu triunfo deveria começar.

Que tudo estará perdido se ele não descobrir a origem do erro.

Que neste exato momento, há Terminantes que não sabem que hoje é seu Dia Final.

PARTE TRÊS
AS PRIMEIRAS VEZES

A Central da Morte existe para oferecer suporte.

— Joaquin Rosa, criador da Central da Morte

WILLIAM WILDE
(Falecido)

A Central da Morte deveria ter ligado para William Wilde para notificá-lo de que ele ia morrer hoje.

Nesta noite, William e Christi, sua namorada havia cinco anos, saíram de seu quarto e sala no centro do Brooklyn e pegaram o metrô até Manhattan para se juntar à comemoração da inauguração da Central da Morte na Times Square. William, um fotógrafo renomado, queria registrar esse momento histórico, e havia rejeitado muitas propostas de cobrir o evento para revistas. Considerando que já teria um trabalho agendado para o dia seguinte, queria fazer algo para si mesmo e alimentar sua coleção pessoal. Ainda mais numa noite que seria memorável por ter Christi como companhia.

A intenção dele era preparar a câmera com o temporizador e registrar o momento em que pediria a namorada em casamento.

Não o momento em que levou um tiro.

O homem armado usava máscara de caveira e balbuciava afirmações sobre o fim do mundo antes de atirar na multidão a esmo. O primeiro disparo atingiu William no pescoço.

Seu sonho de receber a ligação de Dia Final com Christi quando fossem velhinhos, cercados pelos filhos, netos e bisnetos, tinha chegado ao fim.

Ele precisou se contentar em morrer nos braços dela, com as lágrimas da namorada caindo em seu rosto enquanto William sufocava com o próprio sangue.

A Times Square estava tão, tão iluminada... até que foi escurecendo, escurecendo...

— Olha pra mim, amor — pedira Christi. — Vai ficar tudo bem. Vai ficar tudo bem!

Ninguém precisava da Central da Morte para saber que aquilo não ia ficar bem.

Mas, mesmo assim, a Central da Morte deveria ter ligado.

JOAQUIN ROSA
3h03

Joaquin teme que em breve vai precisar ligar para todos os funcionários da Central da Morte para informar que a empresa faliu.

Não é possível saber se a morte imprevista do Terminante é um caso isolado, mas, seja como for, Joaquin precisa investigar o incidente para proteger seu legado, além de assegurar que mais ninguém morra sem receber a notificação.

De volta à sua suíte na sede da empresa, Joaquin arregaça as mangas e pega o notebook.

— Certifique-se de que ninguém vai falar com a imprensa — ordena Joaquin. — Não queremos causar pânico.

— Bom, não queremos que o *público* entre em pânico — corrige Naya.

É como se ela soubesse muito bem que o nervosismo de Joaquin está a todo vapor.

Alano olha para os pais, desviando a atenção do caderno em que está desenhando um vestido, já que não consegue voltar a dormir.

— Quanto tempo você vai demorar, papai?

— Não sei, *mi hijo*. O tempo que for necessário para colocar tudo de volta nos eixos.

Lá no fundo, uma parte de Joaquin sabe que, se não conseguir resolver esse problema agora, possivelmente não vai querer voltar para encarar as consequências. Mas ele sempre enfrenta, e sempre vai enfrentar. Mesmo quando tudo parece impossível.

— O que você vai fazer? — pergunta Alano.

— Você sabe que não posso falar sobre isso — responde Joaquin.

— Mas eu sei guardar segredo — choraminga Alano.

— Quando você crescer eu conto — diz Joaquin.

— Tá demorando muito pra eu crescer.

É engraçado como Alano acha que está pronto para saber como isso funciona, considerando que ainda acredita em Papai Noel. Muitas conversas vão passar na frente da Central da Morte, como, por exemplo, quem é a pessoa que coloca os presentes sob a árvore de Natal. Isso sem mencionar a história de como ele nasceu de uma sementinha que o papai colocou na mamãe. Se bem que, para ser sincero, Joaquin suspeita de que essa conversa, quando chegar, será mais sobre como toda forma de amor é válida. Se estiver certo, ele vai conduzir a situação com tranquilidade. Por ora, Joaquin quer proteger a infância de Alano e mantê-lo em segurança ao não revelar a verdade sobre a Central da Morte. Talvez, quando o filho tiver trinta anos, os dois possam discutir o assunto enquanto tomam uma cerveja.

Joaquin dá um beijo na testa do filho e faz carinho na cabeça do cachorro antes de ir para os braços da esposa.

— Vai levar um tempo até eu falar com vocês de novo — informa ele.

— A gente se vê quando der, então — responde Naya.

Os dois se despedem com um beijo.

Então Joaquin sai pela porta, a caminho de um cofre onde ninguém pode segui-lo.

VALENTINO
3h04

Vou viver meu Dia Final, independentemente de quanto tempo me reste.

Tento me preparar para o que está por vir antes de Orion e eu sairmos do hospital. Há milhões de formas de morrer nessa cidade. Pensei nisso a noite toda, mas tudo parece mais provável agora que estou do lado de fora. Posso morrer com um tiro, sufocado ou esfaqueado. Ou atropelado por um carro, ônibus, táxi, moto ou até mesmo pelo metrô, se eu cair nos trilhos. Talvez alguma coisa caia do céu e me esmague, tipo um andaime, já que um a cada dois prédios parece estar em obra. Eu poderia acabar sofrendo um infarto, o que seria uma atitude bem cruel do destino. Mas talvez fosse melhor que Orion descobrisse logo se meu coração não for salvar a vida dele.

Apesar de meu apartamento ser a apenas oito minutos andando, fico nervoso conforme seguimos pela calçada. O lixo no chão pode estar escondendo bueiros abertos que vão me fazer cair no esgoto ou minas terrestres que me farão explodir. As opções são infinitas. Tento ir pelo meio da rua, mas isso pode se tornar uma profecia prestes a se concretizar, na qual um carro me mata e...

— Tá vivo aí? — pergunta Orion.

— Se eu estou vivo?

— Você está andando feito zumbi.

— Mesmo assim. Achei muito sem coração da sua parte.

— Você está fazendo piada com meu problema cardíaco?

— Só porque você me perguntou se estou vivo, mesmo sabendo que vou morrer hoje.

— Faz sentido.

Orion fica em silêncio, mas eu adoro quando ele fala.

— Quando toda essa situação com o seu coração começou? — pergunto.

Orion solta o ar com um assovio.

— Na verdade, é engraçado, porque eu cresci vendo minha mãe em hospitais. Quer dizer, não que *isso* seja engraçado, mas eu era tão ingênuo que nunca me toquei de que poderia herdar um problema cardíaco. Tipo, nunca passou pela minha cabeça.

— Talvez isso seja uma coisa boa. Pelo menos você não passou a vida toda com medo de que algo acontecesse.

Como estou me sentindo agora, com medo de morrer a qualquer momento.

— Com certeza. Mas acho que eu só queria ter levado a doença um pouco mais a sério. Podia ter procurado um parecer médico.

— Você era só uma criança.

— Uma criança que jurava que a mãe ia morrer por uma complicação cardíaca. E aí... Bem, você sabe o que aconteceu. — Orion enfia as mãos nos bolsos e curva os ombros ao caminhar. É como se o peso do mundo estivesse literalmente nas costas dele. — Tive meu primeiro infarto poucos dias depois do meu aniversário de dezesseis anos.

— E qual foi a causa?

— Tudo, eu acho. O segundo ano do ensino médio não foi muito legal. Minhas notas estavam indo de mal a pior em várias matérias, e eu andava muito estressado, jurava que ia repetir. Aí, durante a última prova de geociência, a hipertensão me pegou de jeito e eu simplesmente caí duro.

— Parece que foi horrível.

— Foi mesmo, mas pelo menos a professora gostava de mim e me deu uma nota para passar de ano.

— Você deve ter sido o primeiro aluno a literalmente ter um infarto durante uma prova dela.

— Ah, sim. Ataques cardíacos são bem raros entre adolescentes. É como se eu fosse um unicórnio, e não só porque sou do vale!

— Eu ia fazer essa piada também.

Orion está rindo quando vemos duas pessoas gritando na nossa frente. Uma delas golpeia um carro com um taco de beisebol, quebrando o vidro e disparando o alarme. A risada de Orion desaparece no mesmo instante em que a do vândalo ganha vida. Acho que é minha vez de ter um infarto quando vejo que os dois estão com máscaras de caveira. Agarro o braço de Orion e o puxo para trás de um Jeep estacionado no meio-fio. Nós nos agachamos em nosso esconderijo.

— Que merda é...

Chio para que ele fique quieto.

Um desses caras pode muito bem ser o mesmo que tentou atirar em mim.

É assim que o destino funciona num mundo com a Central da Morte? Será que minha morte é inevitável e a hora em que ela vai acontecer é a única variável? Será que fui jurado de morte por este homem que não conseguiu me matar mais cedo?

Tenho um sobressalto quando ouço mais uma janela sendo estilhaçada, seguida por outro alarme ressoando. Isso significa que a polícia vai chegar logo para ajudar, né?

Orion envolve meus ombros com os braços e me abraça forte, como se fosse um colete à prova de balas. Eu não o afasto. Talvez ele possa salvar minha vida. Mesmo que só por mais alguns minutos.

Mais uma janela quebrada, mais um alarme, mais uma risada que ecoa pela rua.

Os homens estão se aproximando.

Qual é a deles? Talvez façam parte do grupo que não se preocupa mais com crimes porque acredita que a Central da Morte é o começo do fim do mundo. Seria maravilhoso se a polícia chegasse e pudesse prendê-los antes que nos deem uma surra com aquele taco.

Outra janela, outro alarme, outra risada.

Eles estão muito perto. Só a um carro de distância.

Orion parece apavorado demais para alguém que não está na fila da guilhotina, de acordo com a Central da Morte. Um gemido escapa de seus lábios, e eu tapo a boca dele com a mão. Não acho que os homens tenham ouvido Orion, mas ainda sinto medo. Seus olhos castanhos imploram por perdão. Em seguida, as janelas do Jeep são quebradas, e ouço uma chuva de cacos do outro lado do carro. Orion finca as unhas em meu braço, e continuo prendendo a respiração, como se sequer fosse possível ouvi-la em meio ao coro de alarmes.

Quando o próximo carro é golpeado, levo Orion para a frente do Jeep, onde não seremos vistos.

Finalmente volto a respirar quando ouço a sirene das viaturas a distância, se aproximando.

— Precisamos cair fora — sussurra Orion.

Balanço a cabeça.

— E se pensarem que foi a gente?

Ele está certo. No melhor cenário, vão nos levar para sermos interrogados na delegacia e, então, eu perco horas valiosas do meu Dia Final. Mas, no pior...

Dou uma espiada de trás do Jeep e vejo os vândalos fugindo em direção ao hospital.

—Vamos nessa.

Orion e eu nos levantamos e começamos a correr, e só consigo pensar que, se meu coração está acelerado desse jeito, como se eu tivesse acabado de terminar um dos meus treinos mais pesados, imagina o estado do coração de Orion. Quando viramos a esquina, tropeço no meio-fio e vejo Orion me observando enquanto caio, sabendo que não podemos fazer nada contra a gravidade.

Pouco antes de minha cabeça bater com tudo na calçada, tenho certeza de que é assim que eu vou morrer.

ORION
3h10

Não pode ser assim. Não pode ser assim que isso termina.

Quero acreditar que é só uma brincadeira, mas sei que não é porque vi o terror nos olhos de Valentino enquanto ele caía. Corro para o lado dele, quase tropeçando nos meus pés, depois viro Valentino e encontro um corte enorme acima da sobrancelha. Seu sangue mancha o chão, parecendo um teste de Rorschach em que não estou nem aí se vou me sair bem, porque só preciso saber se ele está vivo.

— Cara, fala comigo.

Ele solta um gemido, o que é ótimo, porque só pessoas vivas gemem, e então eu consigo respirar de novo sabendo que ele está respirando. Seus olhos se abrem, e sua mão treme quando a leva à testa.

— Não toca no machucado — repreendo. A última coisa que ele precisa é de uma infecção. — Vamos voltar ao hospital para darem uma olhada em você.

— Não, tudo bem. Eu limpo a ferida em casa.

— Tem certeza? — pergunto, ajudando-o a se levantar.

— Tenho. Vamos sair da rua logo.

Pergunto várias vezes durante o caminho se ele não está tonto, mas Valentino até parece bem, considerando que acabou de bater a cabeça na calçada enquanto corria de homens mascarados. Esta noite está doida pra cacete. Ele tem razão em voltar para casa, onde ficará seguro. Não conheço muito o Upper East Side, mas o planejamento urbano da cidade facilita muito chegar na esquina da 77th Street com a 2nd Street.

— Achei que eu fosse morrer — comenta Valentino.

Não vou admitir que pensei a mesma coisa.

— Naquela hora, digo — acrescenta.

— Mas você está bem agora.

— Mesmo assim teria dado tudo certo para você. O dano cerebral e a praticidade do hospital ficar aqui perto teriam sido a receita do sucesso.

Não consigo pensar nisso sem me sentir um bosta por ter sido a pessoa que o encorajou a deixar o hospital. Quase o fiz ser morto e ainda teria saído por cima.

Valentino fica em silêncio, e eu não sei o que dizer. Será que devo me desculpar?

— Zumbi — diz ele, por fim.

— Hã… quê? Caramba, você sofreu uma concussão.

Valentino balança a cabeça.

— Não. É que antes você falou que eu estava parecendo um zumbi. Antes de tudo acontecer. Acho que esse teria sido um termo melhor do que Terminante.

Como alguém que leu e releu o site da Central da Morte, sei o motivo do termo oficial.

— Então, é que o Joaquin Rosa quer que os Terminantes encarem o fim da vida como uma viagem de navio, a última chance de conduzir a…

— Eu entendi. Desculpa interromper.

— Imagina!

— Nos chamar de Terminantes parece muito técnico. Somos zumbis. Mortos-vivos.

— Mas não seria meio dramático?

— Um meio-termo então: Peso morto.
— Mórbido demais.
Valentino encara o vazio.
— A morte é mórbida, Orion.

FRANKIE DARIO
3h15

A Central da Morte não pode ligar para Frankie Dario, mas isso não impede Frankie de ligar para eles.

Ou ao menos para alguém que trabalha lá.

Frankie está sentado na cozinha escura, bebendo o café velho servido de sua garrafa térmica suja enquanto espera que o melhor amigo da esposa atenda a droga do celular. Aprendeu da pior maneira que não dá para confiar em Rolando. Isso depois de ele, um tanto desastroso, ter esquecido as alianças do casamento de Frankie e só ter percebido quando a cerimônia já havia começado. Mas por acaso Gloria culpava o melhor amigo, que provavelmente queria arruinar o casamento porque ainda era apaixonado por ela? Lógico que não. Foi Frankie quem levou o maior esporro por não ter se certificado de que Rolando estava com as alianças, como se Gloria não tivesse lhe atribuído um milhão de outras tarefas. Mas Rolando agora tem um propósito: trabalhar como mensageiro da Central da Morte para contar às pessoas que elas estão prestes a morrer.

Quer dizer, até que provem que tudo não passa de um golpe.

Frankie tem dúvidas demais sobre a Central da Morte para assinar um plano para ele e a família. De qualquer forma, o governo já tem muitas informações sobre as pessoas. Coisas que ninguém deve imaginar. Mas Frankie não é ingênuo. Ele sabe que pode ganhar uma boa grana se fotografar os tais Terminantes caso eles acabem morrendo de verdade. A melhor parte? Receber informações privilegiadas de Rolando.

Isso se ele atender o celular.

Essa série de fotos pode alavancar a vida de Frankie. Ele não é bom em muitas coisas. O café, por exemplo, é uma bela bosta. Mas tudo bem, porque ele não é um barista idiota que vive para atender aos caprichos de pessoas que querem um cappuccino gelado com três — não duas, nem duas e meia, nem duas e três quartos — doses de essência de caramelo. Frankie não sabe preparar uma xícara de café, mas sabe tirar fotos lindas. Seu novo inquilino, Valentino, só alugou o apartamento por causa das fotos enganosas que Frankie colocou no site de anúncios.

Isso que é talento!

Chegou a hora de Frankie realizar seu sonho de ganhar o Prêmio Pulitzer de Reportagem Fotográfica, e ele tem certeza de que vai conseguir com suas fotos desse Dia Final histórico. Ele vai registrar as primeiras mortes sentenciadas pela Central da Morte ou, então, o alívio estampado no rosto de um Terminante ao sobreviver no fim do dia.

Frankie balança a perna, o joelho batendo na mesa.

É como se sua alma mal pudesse esperar para sair de casa e começar a fotografar.

Uma parte de Frankie odiaria ter que expor Joaquin Rosa e rotulá-lo como uma fraude, já que se identifica muito com ele. Os dois são homens hispânicos que nasceram no mesmo município de Porto Rico, e por um ano moraram durante o mesmo período em Salina. É uma pena não terem se conhecido naquela época, pois Frankie tem certeza de que teriam se tornado amigos para a vida toda. Talvez até padrinhos de casamento um do outro, e um confidente a quem Frankie poderia confessar que queria que Gloria se importasse mais com a aparência, como faz Naya. E outra coincidência tremenda: tanto Frankie quanto Joaquin são pais de garotos de nove anos. A amizade entre os dois homens poderia ser passada para as próximas gerações, assim como seus olhos castanho-claros da cor do café com leite que lhe dá energia nesse momento. E é melhor não deixar Frankie comentar sobre as roupas esquisitas daquele menino, Alano. Ele tenta não julgar o papel de Joaquin como pai, mas isso se torna difícil depois de algumas cervejas. Frankie vai continuar se certificando de que Paz seja criado para ser homem.

O que separa os dois, aos olhos de Frankie, é o sucesso. Frankie é um pouco mais velho, uma diferença quase insignificante, e ainda assim tem o ego ferido por estar longe do nível de Joaquin. Tanto um como o outro sustentam a família, como todo homem porto-riquenho deve fazer, mas os Rosa são donos de três coberturas no país, enquanto os Dario moram num apartamento xexelento de dois quartos em Manhattan e têm que lidar com a dor de cabeça que os inquilinos dão.

Frankie está cansado de só ter dinheiro para pagar as contas; está pronto para receber grandes fortunas.

E isso começa com a Central da Morte.

E com Rolando atendendo a droga do celular.

É bom que ele não tenha morrido.

VALENTINO
3h17

Cinco horas atrás, eu estava do lado de fora do meu novo apartamento34 pela primeira vez, pensando que ainda tinha a vida inteira pela frente. Agora estou ostentando um corte ensanguentado que ganhei de presente numa experiência de quase morte. Da próxima vez, talvez não seja um *quase*.

— É aqui — anuncio, procurando as chaves.

— Bem ao lado de uma pizzaria — comenta Orion, apontando para o estabelecimento fechado antes de colocar a mão de volta no bolso da calça jeans skinny. — Já foi lá comprar uma fatia?

— Não, eu estava com pressa de ir para a Times Square.

Não preciso dizer mais nada. Nós dois sabemos que fim isso levou. Será que eu teria recebido a ligação de Dia Final se não tivesse saído de casa? Se eu pudesse viajar no tempo, acho que teria agido diferente. Teria ficado no conjugado, arrumado minhas coisas e ido dormir cedo, para descansar para a sessão de fotos do dia seguinte. Aí eu viveria para ver os frutos do meu trabalho e meus sonhos se realizando.

— Eu devia ter ficado em casa — murmuro.

Orion assente.

— E pedido uma pizza.

Checo meus bolsos de novo, e percebo que minhas chaves não estão em nenhum deles.

— Só pode ser brincadeira.
— O que foi?
— Acho que perdi as chaves.
—Você *acha*?
— Tenho certeza.
— E seu celular. Cara, desculpa falar, mas, tipo, sua calça é linda, só que os bolsos são uma bosta.

Isso sem dúvida não vai ser a pior parte do meu dia, mas mesmo assim não é uma boa sensação. Estou exausto, só quero me deitar um pouco.

— Será que é melhor a gente voltar para o hospital?
— Não, liga para o proprietário. Ah... — Os olhos de Orion encontram o interfone. —Você sabe o número do apartamento dele? Liga pra lá.
— Ele disse para não incomodar fora do horário comercial. Não quero irritá-lo.
— Ele não vai ser um problema por muito tempo. Finge que vai se mudar.Você não tem nada a perder.

É verdade. Não tenho nada a perder. Frankie já não vai com a minha cara, e não tem por que tentar dar um jeito nessa relação. Nem mesmo por Scarlett, já que ela não vai ter a menor dificuldade em confrontá-lo quando ele passar dos limites. Só me sinto mal por incomodar a família dele, mas é uma emergência. Meu dia todo é uma emergência, e é assim que preciso encará-lo.

Paro diante do interfone quando percebo que nunca vou ver meu nome ali. Aperto o botão do apartamento de Frankie. Depois de um minuto, Orion o aperta de novo, segurando-o pelo triplo do tempo.

— Ele vai te matar — aviso. — Quer dizer, é mais provável que *me* mate.

— Vai nada.

Ouço a estática vindo do interfone antes de a voz de Frankie surgir.

— Quem é?

— Oi, Frankie. É Valentino Prince. Me desculpa por ligar. Estou preso aqui fora.

— Onde você enfiou suas chaves, cacete?! — grita Frankie.

Me arrependo na mesma hora.

— Eu perdi.

Ouvimos o barulho do interfone sendo batido de volta na base.

— Tá, talvez ele te mate mesmo — murmura Orion.

A julgar pela cara de Frankie quando aparece descendo a escada, eu diria que estamos certos. Não é tarde demais para sair correndo. Frankie abre o portão e olha para a minha testa cheia de sangue. Fui idiota de pensar que isso conquistaria alguma compaixão dele. Seu olhar simplesmente fuzila a mim e a Orion.

— Foi mal mesmo por ter te acordado — digo.

Frankie bloqueia a passagem.

— Você perdeu suas chaves no primeiro dia. Que tipo de pessoa faz isso?

Não vou relatar tudo que passei desde que descobri que sou um Terminante. Não sou problema dele, e ele nem daria a mínima.

— Foi mal — repito.

Frankie ajusta o roupão.

— Você perdeu os dois molhos de chave?

— Não, o outro está no apartamento. Eu não levei os dois para...

— Ah, que bom, pelo menos você tem um pouco de bom senso.

— Uau! — exclama Orion. — É assim que você trata seus inquilinos?

Frankie encara Orion de cima a baixo, e depois desvia o olhar para mim.

— São três da manhã. Vocês têm é sorte de eu ter descido.

— Pode, por favor, deixar a gente entrar? — peço.

— Só porque já recebi o seu aluguel. — Frankie dá um passo para o lado. — Não deixa o sangue sujar o piso.

Fico imaginando como ele destilaria comentários ainda mais desumanos se soubesse que sou um Terminante.

O prédio ainda está abafado, mas tem algo diferente no ar. Não vou passar por esse saguão para buscar cartas, cartões de aniversário ou boletos na minha caixa de correspondência. Os lances de escada não vão ser meu treino de perna diário. E, assim que Frankie destranca a porta do apartamento, sei que esta é a primeira e provavelmente a última vez que volto para cá.

Antes mesmo que eu possa agradecer e pedir desculpas de novo, Frankie sai em direção ao seu apartamento.

— Cara legal — zomba Orion, fechando a porta.

Acendo as luzes e me arrependo no mesmo instante. Está tão vazio.

— Fique à vontade para se sentar em qualquer caixa.

— Só depois de darmos um jeito nesse corte — responde Orion, colocando o boné em cima da bancada. Ele abre a torneira da pia e verifica a temperatura da água. — Tem papel-toalha?

Vasculho a mala e jogo para Orion o rolo de papel higiênico, que trouxe porque não sabia quais lojas estariam abertas, já que meu voo chegaria tarde. Sem falar em todas as pessoas estocando papel higiênico no país inteiro, se preparando para o fim do mundo. Vou fazer compras com Scarlett de manhã para garantir que ela tenha pelo menos os itens básicos.

Vou até Orion, perto da pia da cozinha.

— A água está morna — avisa ele.

Orion coloca a mão no meu ombro. Com a outra, dá leves batidinhas no corte. Estremeço, mas logo relaxo. Manter os olhos fechados enquanto ouço a água cair me faz sentir como se estivesse num spa. Estou muito perto de dormir em pé, então me apoio na bancada.

— Prontinho — diz Orion.

— Obrigado, doutor...

— Pagan.

— Obrigado, dr. Pagan.

— Já volto, vou só dar um pulo no apartamento de Frankie e ver se ele tem um band-aid. Com certeza ele vai ficar superfeliz de ajudar o inquilino favorito.

Orion reprime uma risada ao se virar para sair, então eu o puxo para um abraço, rindo também. Estou rindo mais do que achei que fosse possível no dia em que vou morrer.

FRANKIE DARIO
3h31

Frankie seria capaz de matar o novo inquilino.

De onde Valentino tirou que pode perturbá-lo no meio da madrugada? Ainda mais em seu primeiro dia no prédio! Que audácia...

Pouco importa que Frankie já estivesse acordado. Isso não faz diferença. O que *de fato* importa é que Frankie fez seu trabalho de entregar ao inquilino dois molhos de chave, como previa o contrato, e ainda assim Valentino ficou preso do lado de fora. Provavelmente tinha perdido as chaves no beco onde encontrou aquele garoto que trouxe para casa. Valentino Prince? Está mais para Valentino *Princesa*.

Frankie vai manter Paz bem longe de Valentino. Já há muitos sinais preocupantes na forma como Paz age, e ai dele se tentar aparecer em casa com outro garoto. Frankie irá rapidinho até o armário pegar sua...

Ele respira fundo.

Para ser sincero (e Frankie é, pode apostar), o que realmente o está incomodando é que Rolando ainda não deu as caras. Será que ele ainda está atrapalhando a vida dos outros? Da próxima vez que Rolando precisar de um favor, Frankie vai enrolar da mesma forma, pode apostar nisso também.

Ele joga o resto do café na pia e olha pela janela da cozinha, sentindo falta de quando quem morava no apartamento em frente era uma moça linda e caótica. Ela sempre ficava acordada até tarde com homens e mulheres de sorte. Mas se mudou, e Valentino tomou seu lugar. Agora ele está abraçando aquele garoto perto da janela. Frankie fecha as cortinas, não tem mais interesse no que se passa entre aquelas paredes.

Ele pega uma cerveja da geladeira e bebe, torcendo para conseguir afogar suas muitas frustrações.

Tudo o que quer é uma pista sobre algum Terminante, para que ele possa ficar na cola.

É tão difícil assim?

ORION
3h33

Não era assim que eu imaginava ir parar na casa de um garoto.

Para começo de conversa, achei que primeiro eu ia fazer os pais ou guardiões dele gostarem de mim, talvez até os irmãos e amigos também. Eu seria honesto pra caramba, mas não deixaria de enaltecer minhas qualidades, como ser bom na escrita e minha tenacidade em continuar vivendo mesmo com um coração que sempre tenta me parar. Depois, todos íamos rir ao redor da mesa de jantar antes de confiarem em mim a ponto de me deixarem ir até o quarto do garoto, onde ele passa a maior parte do tempo.

Em vez disso, estou dando uma de médico com um Terminante num conjugado.

Mas o abraço de Valentino é bom demais. Aproveito enquanto dura e, por mais que eu queira continuar encarando seus olhos azuis e os lábios em formato de coração, me afasto para ele não ficar com a ideia errada. Eu vim para ajudá-lo, não para tirar proveito da situação.

É um pensamento meio sombrio, mas aposto que algumas pessoas vão começar a ir atrás de Terminantes para uma rapidinha e depois seguir com a vida, sem compromisso. Preciso me lembrar de dizer a Dalma para não criar um aplicativo assim.

— Então, por onde a gente começa? — pergunto.

— Acho que vou arrumar as caixas. São só roupas.

— Você pode escolher um look para a sessão de fotos.

— A RainBrand vai me arrumar algo deles.

— Ah, sim, mas de qualquer jeito você precisa chegar bonitão.

— Você tem razão, Orion. Com certeza quero causar uma boa impressão para que eles me contratem de novo no futuro, né?

Paro de arrumar a bancada da cozinha para verificar se não acabei de vez com a animação de Valentino.

— Sério, se precisar que eu dê uma segurada no meu otimismo e deixe você lidar com seus sentimentos, me avisa. Levo meu otimismo lá fora e cavo um buraco para enterrá-lo.

— Eu gosto do seu otimismo. É bem melhor do que fingir que nada está acontecendo. Continua agindo assim, por favor — pede Valentino com um breve sorriso antes de rasgar a fita de uma caixa com facilidade.

— E o otimismo sobrevive a mais um dia.

Entro no banheiro pequeno, coloco o rolo de papel higiênico no suporte e dou descarga nos pedaços de papel sujos de sangue. Olho meu reflexo no espelho e, se eu achava que minha aparência estava uma bosta na selfie que Dalma tirou da gente antes de conhecermos Valentino, queria voltar no tempo e dizer para o infeliz do Orion do Passado como ele estava lindo. Minha boca está mais ressecada do que o normal, meus cachos se rebelaram. Tudo em meu rosto berra morte.

E ainda assim...

Não posso ficar triste, não quando é meu dever manter Valentino otimista.

Então, voltando. Lavo o rosto e dou um jeito nos lábios antes de sair do banheiro.

Encontro Valentino ajoelhado no meio de um monte de roupas enquanto tira a camisa, revelando um peitoral forte e um tanquinho trincado que eu nunca vi na vida real. Horrível, cinco estrelas. Parece até que eu quebraria o punho se desse um soco no peito dele.

— Tá de parabéns, hein? — digo, gesticulando para o corpo dele.

— Obrigado — responde Valentino com uma risadinha, vestindo uma camiseta branca menos justa. — Eu queria muito que esse corpo não fosse um pré-requisito para o meu trabalho. Sabe-se lá quantas horas dediquei aos treinos só para virar um cadáver bombado.

— E muitas horas se depilando também.

Valentino ri.

— É. Um cadáver bombado e lisinho. — Ele dobra as camisetas e as empilha perto da parede. — Pensando bem, não gosto do tanto de gente que estava mandando na minha vida. Ninguém se importava comigo. Só queriam que eu fosse outra pessoa.

— Bem, pelo menos agora ninguém mais vai mandar em você.

— Falando nisso... espero que eu não tenha te colocado numa situação ruim com a Dalma.

— Fica tranquilo, está tudo bem. Dalma é muito pragmática, e eu não queria que ela te pressionasse sobre quando você deveria morrer no seu Dia Final. Isso não é sobre a gente. É sobre você, só isso.

Valentino solta um suspiro enquanto tira casacos e blusas de uma caixa.

— Agradeço por isso, mas, só para não ficar um clima estranho, eu não a vejo como inimiga. Na verdade, entendo o ponto de vista dela. Eu teria agido da mesma forma se você tivesse um órgão mágico que poderia salvar a vida da minha irmã.

Se estivesse no lugar dele, gosto de pensar que faria exatamente o que Valentino está fazendo por mim. Talvez, eu possa ser o herói de Scarlett se um dia ela precisar ser salva. Se um dia ela precisar de um coração e eu tiver o do Valentino, ele será todo dela, sem pensar duas vezes.

Abro a caixa do colchão inflável e percebo o quanto essa mudança é um novo capítulo para Valentino. Ele nem tem uma cama de verdade para dormir. Não é como quando me mudei do apartamento onde cresci para a casa dos Young. Eu tinha opções entre o sofá-cama, na sala de estar, os sacos de dormir que Dayana e Floyd tinham por conta das viagens que faziam para acampar e, obviamente, o quarto de hóspedes que acabou virando meu. Mas Valentino tem o colchão inflável mais barulhento do mundo. Quase o tiro da tomada, porque não quero incomodar os vizinhos a essa hora, mas não me importo. Valentino merece dormir com algum conforto no seu Dia Final, mesmo que essa cama seja só uma bolha de ar.

Em um mundo que não vê problema em ter pessoas dormindo nas ruas, já fico nervoso só de pensar na forma como os Terminantes serão tratados com o passar do tempo.

É até bom que Valentino não tenha que sofrer com esse absurdo.

VALENTINO
3h41

A última caixa está cheia de calçados que nunca vou usar em Nova York.

Minhas botas da Timberland serviram com perfeição hoje, mas, na verdade, eu estava ansioso para sair com meus sapatos favoritos, o oxford, o All Star azul e os mocassins. Também queria muito ir correr de manhã com meus tênis da Nike e explorar o Central Park. Em seguida, pego dois pares de tênis brancos, um detonado de tanto ser usado e outro exclusivo para festas que exigem um look despojado mas elegante. Meus pais sempre me acharam ridículo por ter dois pares de tênis idênticos para situações diferentes, mas, ao contrário de mim, eles não se preocupam tanto com a aparência. Quando acho que estou bem-vestido, me sinto bem. Defendo com convicção minhas escolhas de moda, mesmo que agora talvez pareça besteira eu proteger tanto esses calçados que nunca vão ver a luz do dia.

Pelo menos não comigo. Vão encontrar novos lares nos pés de outra pessoa.

Até o momento chegar, vou deixá-los enfileirados próximos à porta.

— Tudo pronto — aviso.

Não é lá grande coisa, mas ao menos criei a ilusão de que alguém mora aqui.

— O que vamos fazer agora? — pergunta Orion, bocejando.

Dou uma olhada no relógio de pulso.

— Scarlett deve estar embarcando agora. Você se importa se eu ligar para ela?

— Nem precisa pedir — responde Orion, deslizando o celular pelo chão até mim. — Fique à vontade.

Usei o celular dele pouco antes de sairmos do hospital para mandar uma mensagem para Scarlett, avisando que era para ela entrar em contato comigo naquele número, se precisasse, porque eu não estaria mais com Dalma. Ela respondeu logo em seguida, o que me deixou nervoso, porque não quero que minha irmã mexa no celular enquanto dirige. Mas Scarlett é responsável, então tinha estacionado antes de verificar a notificação de outro número desconhecido. Mesmo estressada, ela continua sendo cuidadosa, o que é ótimo considerando que ainda temos uns vinte minutos antes da certeza de que ela não vai morrer hoje.

Acesso o histórico de chamadas de Orion e clico no número recém-adicionado de Scarlett. Ela só leva alguns segundos para atender à chamada de vídeo.

O rosto e os olhos dela estão vermelhos, e minha irmã suspira de alívio assim que me vê.

— Estava com tanto medo que não fosse você me ligando.

— Cheguei em casa — aviso, virando a câmera num ângulo em que ela veja o apartamento um pouco mais arrumado e Orion no canto.

— Que bom. Fique longe de qualquer coisa que possa te matar. Tipo o fogão ou quinas pontudas. A janela tem tranca? Se tiver, fecha tudo para ninguém invadir o apartamento.

Se fosse uma ligação comum, eu talvez dissesse que está tudo sob controle. Mas, nessa situação, quero deixá-la despreocupada, e também vou precisar que ela me tranquilize. Então ando pelo conjugado e mostro que tudo está à prova de morte.

— Prontinho — digo.

— Obrigada. Não desliga ainda.

— Tudo bem.

Me sento no colchão inflável, que está firme o bastante para me ajudar a dormir por algumas horas. Assisto a Scarlett passando pelo portão de embarque e respirando fundo. Ela só viajou de avião duas vezes, e não curte muito. Agora, mais do que nunca, me arrependo de ter vindo antes dela. O sinal vai ficando mais fraco à medida que ela segue pela ponte de embarque para entrar no avião, porque, apesar de toda a propaganda dizendo que vão disponibilizar Wi-Fi durante o voo, não conheço ninguém que já tenha visto isso implementado.

— Scar — chamo, mas o rosto dela se torna um emaranhado distorcido de pixels, travando de maneiras que ela odiaria.

Desligo e mando uma mensagem, torcendo para que chegue a tempo: O sinal está péssimo. Me avisa quando for decolar. Te amo, Scar.

— Ela está embarcando — conto para Orion. — É melhor eu ir dormir. Quero estar bem descansado quando ela chegar.

— É bom mesmo que você tenha seu sono de beleza antes da sessão de fotos — diz ele.

— Tenho um corretivo maravilhoso que vai conseguir esconder as olheiras e o corte.

— E lençóis, você tem? — pergunta Orion.

Balanço a cabeça.

— Pelo visto, eu estava mais preocupado em trazer um milhão de sapatos.

— Relaxa, já dou um jeito nisso.

Então Orion dá um salto, disposto a resolver o problema. Ele pega algumas roupas que levei um tempo para dobrar e traz até o colchão. Faz dois travesseiros enfiando casacos dentro de camisetas de algodão, para que a lã não pinique o rosto. Em seguida, Orion estende uma toalha no colchão e coloca um sobretudo preto como cobertor.

— Se eu ainda estivesse com meu celular, tiraria uma foto disso — comento.

É muito impressionante.

— Eu meio que adorei também — concorda Orion.

Ele coloca um dos travesseiros improvisados no chão e começa a criar um saco de dormir com outra blusa e uma jaqueta de camurça bege.

— O que você está fazendo?

— Arrumando minha cama. Tudo bem se eu ficar? Vou me cobrir com a sua jaqueta, para ela não ficar no chão.

— Relaxa, não me importo com isso. Mas você não precisa dormir no chão.

— Eu não ligo, sério. Fico feliz por você deixar um completo desconhecido passar a noite no seu apartamento.

— Você não é um completo desconhecido. Se vamos dividir um coração, podemos dividir uma cama.

Orion faz uma careta.

— Bem, na verdade, você vai me dar seu coração. Não vamos dividi-lo. Mas vou deixar isso…

— Você vai ignorar o desejo de um homem à beira da morte? — interrompo.

— Ei, você está botando palavras na minha boca.

Orion joga o travesseiro e os cobertores improvisados na cama. Em seguida, tiramos os sapatos. Em geral durmo de cueca, mas não quero tornar a situação constrangedora, então fico de calça de moletom. Orion ajusta o alarme do celular e depois usa meu carregador. Formamos uma equipe perfeita. Apago as luzes e me deito no colchão, onde Orion já está se aconchegando. O quarto está escuro mesmo sem cortinas, mas não numa escuridão total, já que as luzes da cidade mantêm a rua acordada. Acho que vou comprar as cortinas amanhã, porque é importante dormir bem a noite toda, ainda mais nos dias em que eu for trabalhar. Então a ficha cai. Isso não vai ser mais um problema.

Quantas vezes vou pensar em coisas assim antes de aceitar que estou morrendo?

Espero que muitas, pois isso significa que ainda estou vivo.

É a primeira vez que divido a cama com outro garoto. Não estamos fugindo da situação, com as cabeças em pontas opostas e os pés na cara um do outro. Deitamos na mesma direção e nossos olhos encaram o teto. É tão bom. É o tipo de vida que eu planejava ter em Nova York. Já dei sorte conversando com garotos lá em Phoenix, mas nunca chegou nem perto de algo nesse nível. Tudo sempre parecia muito complicado, já que eu precisava esconder os sentimentos dos meus pais. Além disso, nem sempre me sentia seguro fazendo coisas românticas enquanto passeava por um lugar tão conservador. Eu também nunca me senti muito envolvido com outro garoto; alguém por quem teria valido a pena enfrentar todas essas adversidades.

Tudo está tão silencioso que é como se meu coração estivesse retumbando, esperando algo acontecer.

Orion quebra o silêncio:

— Tenho uma pergunta.

— Não precisa sussurrar.

— Eu não sabia se você ainda estava acordado.

— Você saberia. Eu ronco bem alto.

— Não dá para roncar alto e morar com outra pessoa num conjugado.

— Ah, meu ronco já virou som ambiente para a Scarlett. — Me viro para olhar Orion, que continua encarando o teto. — Por favor, não me sufoque durante a noite.

— Só não vou fazer isso porque você tem algo que eu quero muito — brinca Orion, me olhando de relance antes de se virar de novo. — Era sobre isso que eu queria falar. Sua irmã já sabe sobre o lance do coração?

— Ainda não. O Dia Final já foi informação demais, então não quis jogar mais isso nela. Como Scarlett também se registrou para ser doadora de órgãos, vai apoiar minha decisão. Retirar o coração do meu cadáver não é o que vai fazê-la sentir como se a vida estivesse incompleta.

Solto um gemido quando uma imagem horrível surge em minha mente.

— O que foi? — pergunta Orion.

— Ah, é que pensar nessa história de órgãos me fez imaginar Scarlett morrendo num acidente de avião, sabendo que seus órgãos não vão poder ser doados como ela quer. Seria terrível.

Não consigo tirar isso da cabeça. Os gritos, o caos, o fogo, a fumaça...

Orion se senta, apoiando a mão no meu ombro.

— Não se preocupa com isso. Ainda faltam alguns minutos para o avião decolar, então, a menos que a Central da Morte esteja prestes a ligar para todos os passageiros desse voo, Scarlett vai ficar bem.

SCARLETT PRINCE
00h59 (Fuso horário das Montanhas Rochosas)

A Central da Morte não ligou para Scarlett Prince para notificá-la de que vai morrer hoje, mas, à medida que a última hora em que ainda podem fazer isso se aproxima, ela segura o celular com tanta força que os nós dos dedos ficam brancos. Scarlett não sabe se prefere compartilhar seu Dia Final com o do irmão ou encarar a vida sem ele.

Toda essa ansiedade não é novidade, considerando que ela quase havia morrido em maio.

Apesar de por um milagre não ter ficado com medo de dirigir, nem mesmo ao passar pela rodovia onde o motorista negligente bateu nela com tudo, há uma dor inegável que acompanha Scarlett desde o acidente. Não é a lembrança do sangue escorrendo quando ela estava de cabeça para baixo em seu Mini Cooper capotado, ou o cinto de segurança apertando seu peito, nem os cacos de vidro da janela do passageiro cortando sua pele, deixando leves cicatrizes na bochecha, no pescoço e nos braços. O que mais lhe doía era a tristeza profunda de morrer sozinha, já que não havia sido assim que sua vida começara.

A sensação de estar com o coração partido ainda a sufoca sempre que Scarlett se lembra daquela dor, uma dor que seu irmão nunca vai conhecer porque ela estará bem ao lado dele, mesmo se isso significar ser testemunha de uma morte horrível que Valentino não merece.

— Antes de desmaiar, um pensamento me passou pela cabeça — contara Scarlett ao irmão enquanto estava de repouso na manhã após o acidente. — Já que eu fui a última de nós dois a chegar nesse mundo, eu seria a primeira a ir embora. Como se a vida estivesse superlotada e algumas pessoas precisassem ser demitidas.

— Você está fazendo a morte parecer mais poética do que de fato é — respondera Valentino.

— É a artista em mim falando. Ainda bem que eu estava errada.

Mas agora, Scarlett não está mais aliviada por estar errada.

Valentino foi o primeiro a chegar e será o primeiro a partir.

A menos que eles partam juntos, como um avião decolando rumo a seu destino, em uma viagem só de ida.

Scarlett levanta a cabeça e percebe que todos em sua fileira estão com o celular na mão, como se esperassem para saber se as próximas 24 horas serão as últimas de suas vidas. Então ela tem uma visão terrível, toques de celular se espalhando pelo avião, condenando a todos antes mesmo da decolagem. Ela não quer deixar esse pensamento dominá-la, mas, quando ouve o som, é tarde demais.

O toque da Central da Morte.

Estão ligando para alguém no avião.

O celular de Scarlett continua em silêncio, com a tela apagada, e ela logo se vê consumida pela sede de resolver o mistério de quem é o Terminante azarado. De sua poltrona na sétima fileira, Scarlett ouve o badalar de sinos vindo da frente da aeronave, provavelmente do celular de alguém na primeira classe. No entanto, todo mundo ali também está olhando para a frente, com os olhos grudados na cabine.

O piloto do avião vai morrer hoje.
O que vai acontecer com todo mundo?

COMANDANTE HARRY E. PEARSON
1h00 (Fuso horário das Montanhas Rochosas)

A Central da Morte liga para o comandante Harry E. Pearson para notificá-lo de que vai morrer hoje momentos antes de ele começar a preparar a aeronave para o centésimo voo.

O copiloto, a tripulação do voo e até mesmo os passageiros encaram o comandante. Esse é o tipo de atenção que se deseja atrair durante as demonstrações de medidas de segurança antes da decolagem, quando as pessoas ficam muito ocupadas com revistas e celulares para se importarem. Mas agora todos estão intensamente absortos, se perguntando quando o comandante Pearson vai atender a ligação de Dia Final. Ele está prestes a fazer isso quando é tomado por um pavor incontrolável, como o que sentia ao assistir a filmes de terror e precisava desligar a TV, porque seu coração não aguentava mais o suspense e os sustos. O comandante Pearson de repente começa a desconfiar de todos a bordo.

Se a Central da Morte está ligando antes mesmo de ele decolar, significa que alguém no avião vai tentar matá-lo? Talvez um terrorista com a intenção de sequestrar a aeronave? Não pode ser uma bomba, senão todo mundo seria Terminante, certo? Quem garante que todas essas pessoas também não vão receber a ligação de Dia Final? Isso tudo é novidade.

Aflito, o comandante Pearson toma uma decisão impetuosa que vai contra as regulamentações, porque aquelas diretrizes foram estabelecidas num mundo sem a Central da Morte. Antes, os pilotos deviam se preparar para a ocasionalidade de perigo, agora seriam obrigados a aceitar o inevitável. Se é para ele salvar os passageiros de um sequestro, então não deve confiar em ninguém, nem mesmo em seu copiloto. O comandante Pearson o empurra para a primeira classe e nem espera o homem cair antes de se trancar na cabine, desolado por não dar início ao seu centésimo voo, mas orgulhoso de seu compromisso com a segurança em primeiro lugar.

Ele se senta na poltrona do piloto e atende à ligação da Central da Morte enquanto olha para o céu.

SCARLETT PRINCE
1h02 (Fuso horário das Montanhas Rochosas)

Será que o piloto vai matar todo mundo no avião?

A única certeza de Scarlett é que, assim que o piloto se tranca na cabine, o caos se instaura. Muitos passageiros agem como animais ferozes libertos de suas jaulas, se aglomerando na parte da frente da aeronave e exigindo que os deixem sair. Scarlett quer fazer o mesmo, mas tem medo de ser esmagada, então se encolhe, de costas para a janela. Será que o piloto atacou o copiloto porque ele quer nos matar? Ou tem alguém na tripulação que é uma ameaça ainda maior?

É difícil defender a Central da Morte quando eles incitam surtos tão grandes assim.

E se estiverem cometendo erros no lançamento do serviço?

Scarlett tenta ligar para o celular daquele garoto, Orion, para falar com Valentino, mas está sem sinal.

Talvez consiga enviar uma mensagem: A Central da Morte ligou pro piloto.. Ela digita com rapidez, pouco se importando em usar a pontuação correta. N ligaram pra mim mas tá td mundo histérico.

As mensagens não são enviadas.

Tô com medo, Val, digita ela, mesmo assim.

De todo jeito, ela vai ter que se acostumar com o fato de as conversas com o irmão se tornarem monólogos daqui em diante.

ORION
4h04

Valentino liga para Scarlett de novo, mas cai direto na caixa postal.

— E se ela estiver falando com a Central da Morte? — diz ele, largando o celular.

Se Scarlett estiver recebendo sua ligação de Dia Final, não há nada que a gente possa fazer em relação a isso. Só posso oferecer apoio a Valentino para que ele não perca de vez a cabeça.

— Se a Central da Morte estiver falando com ela, aposto que você será a primeira pessoa para quem sua irmã vai ligar. — Encontro os olhos dele no escuro, vendo que ele entendeu. — A Scarlett ainda deve estar sem sinal.

—Você está coberto de razão. Demorou uma eternidade para a minha mensagem ser enviada mais cedo, quando meu voo estava quase decolando. Só chegou pouco antes de eu precisar colocar o celular no modo avião, e ainda nem existia as ligações de Dia Final.

— Exatamente — concordo, apesar de não achar que Valentino acredita no que disse. Está tentando se convencer de que é verdade, e respeito isso.

Ele apoia a cabeça no travesseiro improvisado, mas logo se levanta de novo.

— E se a falta de sinal impedir que a Central da Morte consiga ligar para Scarlett? Ou para mais alguém no avião?

Eles podem estar prestes a decolar, sem saber que estão condenados a morrer. Não é como se a Central da Morte pudesse avisar as linhas aéreas e impedi-las de liberar os voos, já que não estão rastreando os Terminantes, ao contrário do que os teóricos da conspiração acreditam. Só que, nesse caso, ajudaria muito saber se o avião está mesmo cheio de Terminantes.

Deixo Valentino despejar cada palavra, e ele me faz pensar em meus pais e nas outras vítimas do 11 de setembro.

Se a Central da Morte existisse naquela época e tivesse ligado para as milhares de pessoas que morreram nas torres, nos aviões e em terra, será que elas teriam sobrevivido? O discurso de Joaquin Rosa deu a entender que todos morreriam de um jeito ou de outro, mas será que eu teria tido a chance de vê-los mais uma vez naquele dia? Será que eu teria presenciado a morte deles em vez de ter passado horas sem saber que haviam partido? Tem um milhão de perguntas que eu poderia fazer, como acontece toda vez que assisto a filmes com grandes paradoxos de viagem no tempo, mas, a menos que eu possa voltar para aquele dia, nunca vou ter minhas respostas.

— São em momentos assim que eu queria ainda ter o hábito de rezar — comenta Valentino. — Eu rezaria pela segurança de Scarlett.

Nunca fui muito religioso, mas respeito a crença dos outros contanto que me respeitem. Tipo, sempre que estamos em casa e vamos fazer uma refeição, o time Young tira um tempo para rezar antes de começarmos a comer e eu fico na minha. E tudo bem.

—Você parou de rezar por causa dos seus pais? — pergunto, curioso.

— Tenho plena noção de que minha história é tão velha quanto a própria Bíblia, mas meus pais deixaram bem claro que eu era um pecador quando contei que sou gay. Para mim, foi como se eu estivesse banido de rezar.

Tem algo que mexe muito comigo quando Valentino diz que é gay. O quarto deveria ter se enchido de arco-íris brilhantes para que eu pudesse ver a palavra sair de sua boca em formato de coração. Mas, para ser sincero, a escuridão faz sentido, como se houvesse uma tempestade seguindo Valentino aonde quer que ele vá, por ter pais que lhe negam o amor que merece. Eu não venceria a briga, mas mesmo assim partiria para cima de alguém se precisasse defendê-lo.

— Sabe que isso tudo não passa de um monte de besteira, né?

— Parte de mim sabe.

— Olha, eu não me meto com religião, mas quero que vá à merda qualquer um que desrespeite gays com base nas lorotas que *supostamente* estão na Bíblia.

— Gosto do jeito como você xinga com tanta naturalidade, nem chega a parecer irritado.

— É um dom, sabe.

— Obrigado pelas palavras. Tem sido difícil, depois de contar com a minha fé por tantos anos. Inclusive pedi a Deus que meus pais não deixassem de me amar e, no fim das contas, quebrei a cara. — Valentino leva as mãos ao peito e respira fundo. — Me afastar deles foi um dos motivos de eu me mudar. É importante para o meu trabalho me sentir confiante do jeito que eu sou. Ter confiança no meu corpo. Como eu conseguiria ser assim se não podia nem ser eu mesmo dentro de casa?

E agora ele está aqui, deitado ao lado de outro garoto em sua primeira noite em Nova York.

— Não contei para os meus pais que eu vou morrer — confessa ele.

Tudo que Valentino diz me pega de surpresa. Para mim, o mais surpreendente é que *eu* esqueci que ele está no seu Dia Final. Fiquei tão absorto na história e torcendo pelo futuro dele que sinto como se tivesse sido sugado para um universo alternativo em que ele vai ter sua jornada de autoconhecimento do jeito que sonha. Mas isso não vai acontecer, porque Valentino vai morrer hoje, e seus pais, que o afastaram, não fazem ideia disso.

—Você vai contar para eles? — pergunto, embora não pareça um bom sinal ele ainda não ter dado a notícia.

— De que adianta? O padre da igreja deles os convenceu de que apenas Deus é onisciente e que a Central da Morte é coisa do diabo.

Quase acendo as luzes só para que Valentino me veja revirando os olhos.

—Talvez eles estejam acompanhando as notícias e agora tenham mudado de ideia — digo.

— Não sei... Você provavelmente vai me achar um monstro se eu acabar não contando, né?

— Nem ferrando! Por que você acha isso?

Ele fica inquieto.

— Sei lá. Você perdeu sua família de maneira inesperada, e tenho certeza de que tem muitas coisas que você teria dito aos seus pais se tivesse sido avisado sobre a última vez que os veria. Você conversou com eles sobre o seu coração?

— A doença no meu coração só apareceu quando eu tinha dezesseis anos, lembra?

—Ah, não fui claro, desculpa. Eu não estava falando disso. Quis dizer o que mexe com o seu coração, ou melhor, quem.

Apesar de nunca ter falado abertamente sobre isso, fico feliz que Valentino saiba que sou gay. Ou ao menos que não sou hétero. Sim, eu estava flertando com ele na Times Square e estou dividindo a cama com ele agora. Tenho muito orgulho da forma como lido com tudo isso. Não é por nada, mas viver assim pode ser realmente assustador. Ainda mais no Bronx, onde nunca vi dois caras de mãos dadas e a palavra *gay* é usada como xingamento. Mas faz anos que sei que não vou ter muito tempo para ser honesto sobre quem eu sou, então voei para fora do armário assim que pude.

Só sempre vou me arrepender de não ter feito isso antes.

— Não cheguei a conversar sobre isso com meus pais — admito.

—Você acha que eles teriam aceitado numa boa?

— Aceitado que eu sou gay?

—Aham, aceitado que você é gay — repete ele. — Não precisa deixar de falar sobre isso só porque *meus* pais não foram legais comigo.

—Tem certeza?

—Tenho certeza.

— Meus pais sempre quiseram que eu fosse feliz. Acho que sempre se sentiram culpados por não terem mais dinheiro para gastar comigo, então eles tentavam compensar no resto. Tipo fazendo um cartão da biblioteca para mim quando eu precisava de livros novos, ou roubando papel da impressora do trabalho para eu escrever meus contos. Por isso, acho que eles estariam pouco se lixando para quem eu levasse para casa, contanto que a pessoa me fizesse feliz.

Valentino levanta o punho.

— Arrasaram, pais do Orion. Não é de se espantar que você seja incrível assim.

Ao ouvir isso, coro na escuridão do quarto.

— Mas também preciso dar os devidos créditos para Dayana e Floyd. Eles são inacreditáveis como guardiões. Depois de tudo que aconteceu, não tinha lugar melhor para eu ir do que a casa da melhor amiga de infância da minha mãe. Passamos pelo luto juntos, e Dayana sempre me deixa tomar minhas próprias decisões e cometer meus próprios erros, mesmo quando quer intervir. Como na ida à Times Square.

— Ela não queria que vocês fossem?

— Não mesmo. Os pais de Dalma queriam que ficássemos em casa, mas eu estava doido para ir atrás de uma aventura.

— Uau. Se você não estivesse lá...

— Sim, sim. Eu salvei sua vida. Sou o herói da nação. Já entendi.

— Eu ia falar que, se você não estivesse lá conversando comigo, talvez eu não tivesse perdido meu celular — provoca Valentino, e consigo sentir seu sorriso.

Ele me dá um empurrãozinho com o ombro e ri. Sinto como se estivéssemos a um milésimo de segundo de brincar de luta neste colchão inflável, dizendo "Sem viadagem!", apesar de nós dois sermos gays.

— Fico feliz por você ter ido à Times Square. Como você sabe, não foi meu melhor momento, mas poderia ter sido bem pior — continua ele.

—Você também poderia ter perdido sua carteira.
— E minha vida — completa Valentino, sério.

É só o primeiro dia da Central da Morte e já me sinto desnorteado.

Num minuto, o Terminante que salvei está com o melhor humor do mundo; no outro, está completamente aterrorizado.

Talvez essa seja a maior vantagem de como a vida era antes: não se perde tempo vivendo o próprio luto, já que ninguém espera morrer.

— Sério, fico feliz que você esteja vivo. Vou te salvar quantas vezes eu puder.

— Feliz — ecoa Valentino.

Tem algo triste na voz dele ao dizer *feliz*.

Talvez Valentino esteja cansado. Está tarde pra caramba. São quatro da madrugada para mim, uma da manhã para ele. Mas acho que é a exaustão da vida que está pesando agora.

—Valentino?
— Oi?
— Não curto seus pais. Sério mesmo. Se eles não conseguem te aceitar do jeito que você é, problema deles. Azar, sabe? Porque você é legal pra cacete. Se acha que tem algo a ganhar falando com eles uma última vez, eu apoio. Mas por favor, por favor, por favor, só faça isso por si mesmo. Você não deve nada a quem não quer sua felicidade.

Valentino se mexe e aperta meu braço.

— Bem, estou muito feliz mesmo por ter conhecido você. É bom saber que meu coração vai para uma boa pessoa.

— Só "boa"? Você me chamou de "incrível" agora há pouco. Como posso recuperar esses pontos?

— Deixa eu pensar... — diz ele.

Se Valentino me pedisse um beijo, antes de ele piscar meus lábios já estariam nos dele.

É difícil ficar próximo assim e não *ficar* com ele.

Sinto que estamos nos conectando de verdade, não é só uma história que estou contando para mim mesmo. Se a Central da Morte não tivesse ligado para Valentino, eu teria passado meu número para ele e nós teríamos feito planos de sair (talvez até chamássemos de encontro logo de cara). Teríamos nos conhecido melhor, num ritmo rápido e constante. Mas não temos um amanhã; mal conseguimos garantir o hoje. Em breve a irmã dele chegará a Nova York, e eles vão passar o máximo de tempo juntos. Se tudo correr bem, vamos nos encontrar de novo no hospital para a cirurgia, mas será tarde demais para viver como estamos fazendo agora: dois caras dividindo a cama no meio da madrugada, abrindo o coração um para o outro, como quando nos conhecemos.

Não quero me arrepender de não dizer algo, de não tomar uma atitude.

— Valentino? — sussurro.

Espero ele dizer meu nome de volta, mas a única resposta é um ronco baixo, um ronco que, reza a lenda, logo vai ressoar por esse apartamento. Fico acordado pelo máximo de tempo que consigo, ouvindo Valentino dormir antes de eu também apagar.

SCARLETT PRINCE
1h09 (Fuso horário das Montanhas Rochosas)

Era para o avião decolar agora. Em vez disso, a aeronave permanece em terra com o comandante trancado na cabine — e as forças armadas ao lado de fora. Scarlett presume que o próprio piloto alertou as autoridades. Antes que alguém pudesse escapar pela saída de emergência, seguranças e policiais cercaram o avião, instruindo que todos permanecessem em seus lugares enquanto investigam a ameaça.

— Mantenham a calma — pedira o piloto depois de aplacar a preocupação de matar todo mundo nesse voo.

Mas como as pessoas podem continuar tranquilas se nunca estiveram em paz com a situação?

Os passageiros agora batem nas janelas e ameaçam o copiloto e a tripulação.

Scarlett teme por sua vida, mas sabe que não precisa.

Se fosse morrer, a Central da Morte teria ligado.

NAYA ROSA
4h30

A Central da Morte não ligou para Naya Rosa, porque ela não vai morrer hoje. Mas como alguém pode ter certeza depois de um Terminante ter passado despercebido pelo sistema?

E então mais um, e outro, e mais outro.

Quatro vidas perdidas sem um aviso prévio. Esses são os únicos casos relatados até agora. Quantas histórias vão surgir até o dia amanhecer? Quantas pessoas terão seguido em frente sem que alguém as avisasse sobre seu encontro prematuro com a morte?

O nascimento da Central da Morte era para ser o fim da preocupação.

Mas preocupação é tudo o que Naya está sentindo.

Seu filho está a salvo? Seu marido? E quanto a ela própria?

E os funcionários dedicados que ainda estão trabalhando nas ligações, finalizando a última hora de trabalho ao entrarem em contato com os Terminantes da Costa Oeste? Naya também está preocupada com a saúde mental deles. Quantos podem estar prestes a ceder ao peso do luto?

Num primeiro momento, o governo havia sugerido que a Central da Morte fosse operada com ligações automáticas, para garantir a eficiência. Joaquin estava a um triz de concordar, mas Naya interveio. Da mesma forma que médicos dão pessoalmente a notícia de um diagnóstico desfavorável a seus pacientes, Naya acreditava que ligar para as pessoas para avisá-las que vão morrer exigiria uma abordagem humana. Descobrir que sua vida está no fim com uma mensagem pré-gravada seria de extrema frieza.

Ao advocar pelos Terminantes, Naya sabia que também deveria cuidar dos mensageiros.

A princípio, ao planejar o design de interiores da Central da Morte, ela fez uma planta aberta para proteger o bem-estar dos mensageiros, evitando que ficassem isolados em escritórios particulares ou divididos em cubículos. Há quatro longas mesas brancas e reluzentes, cada uma com espaço para cinco pessoas. Todos são encorajados a personalizar o próprio espaço de trabalho com fotos alegres de seus entes queridos, animais de estimação e qualquer coisa que os ajude a se aterem com firmeza às próprias vidas, para que nunca percam a esperança. Apesar de ter contemplado a ideia de colocar pequenos alto-falantes pelo call center para tocar músicas relaxantes, Naya decidiu, por fim, instalar chafarizes para manter todos conectados com a natureza durante o expediente.

Quando as ligações de Dia Final fossem concluídas, todos os funcionários (tanto os mensageiros quanto os representantes do serviço de atendimento ao cliente) teriam terapia em grupo obrigatória, com a opção de sessões particulares também. Naya ainda se colocará à disposição para receber feedbacks a respeito de como a empresa pode atender às necessidades dos funcionários.

Naya torce para que a empresa permaneça de pé depois desta noite.

Ela sai do call center e se junta a Alano e Bucky numa das cabines reservadas aos mensageiros que precisem de uma pausa após alguma interação que os tenha angustiado. Ela não sabe quem está mais agitado, seu filho ou o cachorrinho, mas vê-los brincando lhe provoca um grande sorriso.

—Você deveria voltar a dormir — sugere Naya.

— Gosto de ficar acordado até tarde — rebate Alano.

— Não se acostume com isso. Amanhã, nada de passar do horário.

Isso serve para ela também. Está desesperada para dormir na própria cama.

O ano tem sido mais do que extenuante. A Central da Morte foi anunciada ao público no dia 1º de julho, mas muito trabalho foi desenvolvido nos bastidores antes disso. Tudo precisava ser feito com discrição. Por exemplo, os arquitetos achavam que estavam construindo um call center para um novo celular que seria lançado. Essa ideia já faz parte dos planos da Central da Morte, mas ainda vai levar alguns anos para ser colocada em prática.

Quando a notícia saiu, as coisas começaram a pesar para os Rosa. Amigos próximos se frustravam por Joaquin e Naya não compartilharem o segredo por trás das previsões da empresa e achavam uma afronta que eles tivessem tido acesso a essa preciosidade há anos e, ainda assim, mantido segredo. A própria família de Naya se voltou contra Joaquin, enxergando o empresário bigodudo como um supervilão ambicioso por não oferecer o serviço de forma gratuita. Vizinhos e desconhecidos viravam a cara para eles, por acreditarem que a família estava organizando um golpe que em alguns anos serviria de inspiração para um filme digno do Oscar. No entanto, o que de fato parte o coração de Naya é a frequência com que Alano passou a sofrer bullying dos amigos e até mesmo foi hostilizado por alguns pais no parque. Terem decidido adotar Bucky, na semana passada, não seria a solução de todos os problemas do filho, mas o cachorro se mostrou uma distração maravilhosa e fez Alano parar de chorar à noite.

Cometer falhas nas previsões não vai ajudá-los a ganhar a confiança do público.

Naya não admitiria em voz alta, mas, se Joaquin fosse pressionado a fechar a empresa, ela mergulharia no luto pelo que a Central da Morte poderia ter feito pela humanidade. Ao mesmo tempo, comemoraria a volta da vida de sua família à normalidade.

Esse é seu propósito de vida.

Mesmo se, infelizmente, não for o do marido.

JOAQUIN ROSA
5h00

As primeiras ligações de Dia Final se encerram nos Estados Unidos continentais.

Joaquin fica chateado por não poder estar com sua equipe para comemorar esse momento, mas ele ainda está investigando o problema. Se não conseguir resolvê-lo até a hora em que os mensageiros forem liberados da terapia em grupo, oferecendo hora extra a quem se dispor a ficar, ele simplesmente terá que trabalhar sozinho no call center.

Sob sua supervisão, nenhum outro Terminante vai morrer sem ser alertado.

NAYA ROSA
5h11

Quando o mensageiro termina a ligação, a sala fica em completo silêncio.

Essa foi a última chamada de Dia Final desta noite.

Naya está prestes a encorajar que todos respirem fundo quando a amável engenheira de sucesso do cliente, Aster Gomez, surge do nada e tenta incitar uma rodada de aplausos pelo trabalho bem feito. Os mensageiros continuam em seus lugares, paralisados. Todos, exceto uma. Andrea Donahue não perde tempo ao ir para a sala de bem-estar. Ela vai ter que esperar pelo restante do grupo, já que a terapia é coletiva, mas Naya confia que cada um dos funcionários saiba de suas necessidades. Para Andrea, talvez tenha sido se retirar da mesa onde passou as últimas cinco horas dizendo a inúmeras pessoas que elas vão morrer. Para os outros dezenove mensageiros, parece ser ficar em silêncio por um, dois ou cinco minutos.

— Além de não ser simples, o trabalho de vocês é muito relevante — anuncia Naya ao subir numa cadeira, de onde pode ser vista por todos. — Agradecemos por serem a voz da empresa.

Ainda assim, ninguém diz nada.

Nem mesmo quando se dirigem à sala de bem-estar e trocam apertos de mão com Naya, que olha cada funcionário nos olhos e os agradece chamando pelo nome. Todos parecem aterrorizados, como se estivessem sendo perseguidos pelos fantasmas dos Terminantes que contataram esta noite. Talvez seja bom que eles não saibam sobre os Terminantes que morreram e os que vão morrer sem serem alertados hoje.

Cada uma dessas pessoas se tornará um fantasma da Central da Morte.

FRANKIE DARIO
5h16

Frankie está de volta à cama, assistindo às notícias na TV.

Ele segura o controle numa mão e o celular na outra. Descobriu que apertar botões evita que soque paredes e outras pessoas quando está irritado. E Frankie já passou e muito da irritação — ele está puto. Rolando ignorou todas as dezessete ligações. Se estiver morto, Frankie não vai ficar de luto por ele. Afinal de contas, nunca gostou do cara, mas, se Rolando estiver vivo e não tiver se dado ao trabalho de responder a uma mensagem sequer, Frankie vai arrancar os dentes dele no soco, pode apostar. Valeria a pena passar uma noite na cadeia por toda a fortuna e todos os prêmios que Rolando o fez perder.

O noticiário mostra um tiroteio que aconteceu mais cedo na Times Square, pouco depois da meia-noite. Tem que ser um tipo muito especial de idiota para estar naquela multidão e, apesar de o mundo aparentemente ter perdido alguns idiotas hoje, Frankie queria ter sido esperto o bastante para ter ido às comemorações da inauguração da Central da Morte. Óbvio que algo assim ia acontecer! Se ele tivesse estado no local, poderia ter tirado fotos brutais e devastadoras que o fariam melhorar de vida.

Gloria se mexe embaixo do cobertor e encara Frankie e a TV ligada.

— Dá pra abaixar o volume?

— Eu até poderia, se o Rolando tivesse atendido às minhas ligações.

— Está ligando para ele a essa hora? Ele começou a trabalhar na Central da Morte — avisa ela, com a voz sonolenta.

Ela acha que Frankie é idiota?

— Ah, não brinca! Eu sei, porra, mas precisava da ajuda dele.

— Com o quê?

— Não se preocupa com isso.

Ele nunca está no clima para ouvir um sermão, muito menos às cinco da manhã depois de passar a madrugada em claro. A esposa nunca lhe deu apoio quando se trata de seus sonhos. Isso porque ela não tem um olhar artístico de verdade, a habilidade de ver a alma de suas fotos. Pelo contrário, Gloria quer que Frankie seja mais pragmático. Como se o sonho dele fosse consertar radiadores, desentupir privadas e lidar com inquilinos que enchem seu saco às três da manhã.

Enquanto isso, a mulher brinca de empresária, empurrando Pazito para todo teste que aparece. A questão é que se Pazito fosse mesmo um excelente ator, ele conseguiria vários trabalhos depois de aparecer num daqueles filmes do Scorpius Hawthorne. Um papel pequeno no que pode ser a maior franquia de fantasia dos últimos tempos deveria ter levado a mais oportunidades. Se isso não foi o bastante para alçá-lo ao estrelato, então o garoto nunca vai brilhar.

Talvez Gloria devesse fazer o filho de nove anos desenvolver habilidades mais práticas o quanto antes, para que Pazito não vire "um adulto distraído por sonhos grandes demais", como certa vez ela descreveu Frankie, quando ele se esqueceu do aniversário de casamento sem amor deles.

Frankie já está irritado demais até para prestar atenção na TV. Então levanta da cama, deixa o controle no quarto, e vai com o celular para a cozinha, onde tenta ligar para Rolando de novo enquanto se delicia com outra cerveja.

Ele sabe que este Dia Final é sua chance de deixar para trás as dívidas e, se tiver sorte, essa família.

GLORIA DARIO
5h19

A Central da Morte não ligou para Gloria Dario, porque ela não vai morrer hoje. Não que sequer pudesse receber a ligação, já que o marido não quer a família registrada no serviço. Mesmo assim, ela inscreveu os três pelas costas dele.

Gloria sempre foi o tipo de pessoa que se planeja para tudo.

Ela acorda todos os dias sabendo o que vai fazer de café da manhã, almoço e janta. Sempre confere a previsão do tempo e separa as roupas para o dia seguinte. Faz inúmeras listas em blocos de anotações que compra na loja de 1,99, para não se perder em sua organização, e praticamente vive só pela emoção de ticar as tarefas concluídas, seja qual for o grau de importância delas. Gloria chega a todos os compromissos com pelo menos 45 minutos de antecedência, porque sabe que o metrô pode ser imprevisível. Apronta a fantasia de Halloween de Pazito em agosto, faz os ajustes em setembro e o último teste de figurino acontece ainda na primeira semana de outubro. (Por sorte, Pazito nunca mudou de ideia no último minuto, mas ela tem um cesto de tecidos e materiais de costura no armário para o caso de isso acontecer.) E, apesar de ser uma tarefa um pouco mórbida e ela não ter muito o que deixar, Gloria preparou seu testamento durante o primeiro ano de maternidade e obrigou

Frankie a fazer o mesmo, para garantir que Pazito tenha recursos quando os dois morrerem.

Planejar a vida sempre fez com que Gloria se sentisse no controle. Mas a morte nunca foi algo que ela pudesse planejar com tanta precisão, pelo menos não até agora.

Ela chorou enquanto preenchia os formulários no site da Central da Morte, tentada a fechar a página depois de responder a cada pergunta, com medo de que Frankie descobrisse e a atacasse com insultos, ou pior, por fornecer dados pessoais que já foram dados a outras instituições, como hospitais e a empresa de TV a cabo. Gloria sabia que ele estava reaproveitando teorias da conspiração de outras pessoas, e há muito já havia desistido de tentar fazer o marido pensar de forma racional. Frankie perdia a paciência e soltava os cachorros sempre que eles discordavam. E foi por isso que Gloria chorou ao se inscrever na Central da Morte. Sim, ela fica desolada sempre que pensa em como vai passar seu Dia Final com Pazito, sabendo que mesmo uma planejadora de primeira como ela não seria capaz de viver tudo o que idealizava ao lado do filho. Porém, mais do que isso, Gloria fica de coração partido porque sabe que o marido é o mais propenso a matá-la.

Ela conversou sobre o assunto com Rolando (seu melhor amigo nesta vida e seu verdadeiro amor em uma outra), que, com toda razão, odeia Frankie e só finge ser legal com ele para protegê-la.

— Por que você não o larga? — perguntara Rolando um milhão de vezes com o passar dos anos, a mais recente quando ela confessou que tinha se registrado na Central da Morte. — Parece que você só aceitou que ele vai te matar um dia.

Se Gloria se colocasse como prioridade em sua vida, teria deixado o marido há anos. Ela teria pegado as coisas enquanto Frankie estivesse fora de casa e teria dado no pé, simples assim. A única prova de que um dia estivera ali seria um bilhete assinado dizendo o quanto ele era um monstro. Quem diria que ela enfrentaria tudo isso? Ela conheceu muitas mulheres fortes ao longo da vida, inclusive a própria mãe, que permaneceram em relações assim por motivos pessoais. Para a mãe dela, a razão era a segurança financeira para criar Gloria e suas irmãs. Por sua vez, Gloria não deixa Frankie porque o filho não vê o pai como um monstro. Como ela poderia levar Pazito para longe de Frankie, ainda mais sendo tão novo?

Conforme os anos passavam, o momento de ir embora nunca pareceu certo.

Primeiro, Gloria achou que tudo mudaria quando ela engravidasse.

E se enganou.

Achou que tudo mudaria quando o filho nascesse.

E se enganou.

Achou que tudo mudaria quando o filho conseguisse dormir a noite toda.

E se enganou.

Achou que tudo mudaria quando o filho começasse a falar.

E se enganou.

Achou que tudo mudaria quando o filho entrasse na escola.

E se enganou.

Achou que tudo mudaria quando o filho conseguisse um papel em um filme.

E se enganou.

Gloria ainda acha que tudo vai mudar.

E espera não estar enganada.

Mas, graças à Central da Morte, está se planejando para o caso de estar errada.

Pouco depois de Frankie sair do quarto, irritado com Rolando mais uma vez por alguma razão misteriosa, Gloria sente dificuldade de voltar a dormir. Ela ouve as notícias na TV, que ainda exibe a cobertura das mortes na Times Square. Tinha ficado acordada com Pazito assistindo à comemoração quando ouviu os tiros. Levantando-se num pulo, Gloria desligou a TV e disse ao filho que o barulho era de fogos de artifício. Quando ele pediu para ficar acordado por mais tempo para assistir ao espetáculo (o menino ama fogos de artifício), ela negou e pediu que fosse para a cama. Gloria quer garantir que o filho curta a infância pelo máximo de tempo possível, não quer forçá-lo a crescer cedo demais. Vai saber o tipo de coisa traumática que ele poderia ter visto na TV?

Agora Gloria sabe a resposta. As equipes de filmagem enviadas ao local por conta da festa conseguiram registrar cenas perturbadoras, incluindo a de um rapaz com sangue escorrendo do pescoço depois que um homem de máscara de caveira atirou nele. Um garoto escapa por pouco quando outro se joga por cima dele para salvá-lo, e os dois caem no chão. Que herói. Os repórteres então mostram a imagem do homem mascarado que realizou os disparos, e informam que até o momento ele não foi identificado ou capturado.

Gloria estremece e muda de canal. Outro jornal noticia que um avião não levantou voo no Arizona porque o piloto recebeu a ligação da Central da Morte minutos antes de decolar. Ela se solidariza com a família daquele Terminante, mas fica aliviada por a Central da Morte ter potencialmente salvado a vida de todos os passageiros a bordo. Não há como saber se mais pessoas teriam morrido se o piloto tivesse seguido viagem; é difícil afirmar sem saber como a Central da Morte prevê quem vai morrer, mas Gloria escolhe acreditar que se trata de um milagre.

Antes de virar para o lado de novo, torcendo para conseguir descansar um pouco, já que vai ter que sair para levar Pazito a mais um teste para um comercial, Gloria pega o celular para garantir que não dormiu tão pesado a ponto de não ouvir o toque que prenunciaria sua morte. Dizem que é impossível não acordar com o som, a menos que você já esteja morto. Mas não tem nenhuma notificação da Central da Morte.

Ela não vai morrer hoje.

Infelizmente, isso não a deixa em paz como deveria. Não morrer não significa que não possa se machucar, e o pavor disso permanece vivo e intacto. Pode não ser assim para sempre.

Gloria acha que tudo vai mudar.

E espera não estar enganada.

NAYA ROSA
5h55

Naya não pode falar por todos, mas ela, em particular, achou a sessão de terapia coletiva bastante tranquilizadora.

Por outro lado, ela não fez nenhuma ligação de Dia Final.

A psicóloga propôs uma meditação guiada para o grupo, usando sua voz suave. Distribuiu giz de cera e papel e pediu a todos que desenhassem uma lembrança feliz. Embora Naya notasse que alguns mensageiros, em especial Andrea Donahue, resistiam a fazer o exercício, eles acabaram cedendo, e agora Andrea parece ter orgulho da arte que produziu, um desenho do primeiro aniversário de sua filha. Se até desenhar incomodou algumas pessoas, Naya nem consegue imaginar como teriam reagido se a proposta fosse uma festa com uma pista de dança, como haviam planejado no começo. Os mensageiros que já estão considerando não dar as caras no próximo expediente teriam, sem dúvida, surtado de vez.

Naya assume o comando do evento final, que Joaquin planejava ele mesmo ministrar.

— Antes que eu libere vocês, gostaria de ler o nome dos primeiros Terminantes, de modo a eternizá-los e também celebrar todos vocês, por darem a eles a oportunidade de viver antes de morrer.

Ainda não foi decidido se isso será realizado ao final de cada turno, mas celebrar os primeiros Terminantes parecia importante para reconhecer que a Central da Morte, enquanto empresa, não pode existir sem eles.

— Valentino Prince, Rose Marie Brosnan, Max Foster, Jacqueline Eagle, Chris Van Drew...

Quando Naya termina a lista, pede um minuto de silêncio, que usa para pensar nos Terminantes que morreram sem receberem o alerta desses mensageiros tão dedicados.

— Que todos vivam enquanto podem, e então descansem em paz.

ROLANDO RUBIO
6h06

Assim que consegue, Rolando joga fora o desenho que fez.

A sessão de terapia em grupo tinha boas intenções, ele sabe disso. Só que Rolando não tem o menor interesse em guardar recordações do que provavelmente foi a pior noite de sua vida. De um ponto de vista lógico, ele está certo de que mudou a vida de muitas pessoas hoje, mas, de certa forma, também se sente responsável pelas mortes delas, como se ele mesmo tivesse tirado nomes de uma cartola e decidido quem iria morrer. E nada aliviaria tanto o luto como desenhar o dia em que foi à praia com Gloria e Paz! É de fato uma lembrança feliz, já que Frankie não estava presente; ainda assim, não faz nada pelo bem-estar mental de Rolando, ou melhor, mal-estar.

A caminho da sala de repouso dos funcionários para pegar seus pertences, Rolando vai até o fim do corredor e vê Naya e Aster, e a conversa das duas se transforma em sussurros.

— Podemos conversar, sra. Rosa? Em particular?

Aster se afasta, voltando à área de atendimento ao cliente.

— Por favor, me chame de Naya — pede ela, olhando por cima do ombro para o filho deitado no tapete com o cachorrinho. — Como posso ajudá-lo, Rolando? Quer agendar uma sessão particular com a psicóloga?

— Ah, não, de jeito nenhum.

Naya não consegue esconder a surpresa, mas se permite dar um rápido sorriso.

— Sei que a terapia coletiva não serve para todo mundo.

— Pois é, não serve. Parece coisa de seita passar a noite dizendo às pessoas que elas vão morrer e depois tentar superar tudo isso com um pouco de meditação e uma tarefa artística, como se estivéssemos no jardim de infância.

— Estou aberta a sugestões de como acha que deveríamos operar.

— Não faço ideia, sra. Rosa... Naya. Mas não assim. Aquilo foi horrível.

Naya assente, apesar de a crítica de Rolando não ter sido nada construtiva.

— Entendo que você teve algumas dificuldades esta noite — comenta ela.

Ele a encara com um olhar vazio.

— Sim... foi difícil contar às pessoas que a vida delas está no fim.

Há uma pausa, como se Naya esperasse que Rolando se desculpasse ou se corrigisse por estar cansado demais ou algo assim, mas ele não é do tipo que mente. E continua:

— Se o expediente não foi complicado para os outros mensageiros, não sei o que dizer. Talvez o pessoal estivesse no automático falando com os Terminantes ao telefone, enquanto eu estava levando bronca por confortar um senhor muito gentil.

— Sua compaixão é o motivo de termos contratado você, Rolando. Só que temos mais Terminantes para...

— Sim, mais Terminantes para alertar. Como a adolescente que tinha feito planos para o primeiro encontro, só que vai morrer antes disso. Ou o marido que não vai ver a esposa voltando para casa no mês que vem depois de servir o Exército, porque até lá ele já vai estar morto há muito tempo. Eu não pedi a ninguém que me contasse sua história, mas eles contaram mesmo assim.

— Isso é devastador. De verdade — lamenta Naya, com lágrimas nos olhos. — Tem certeza de que não quer conversar com a psicóloga?

— Tenho.

No fundo, Rolando sabe que é a melhor ideia, mas ele não está em suas melhores faculdades mentais no momento. Como alguém poderia estar, depois do tipo de trabalho que ele fez esta noite? Depois do tanto de pessoas que pediram a ele que as ajudasse a sobreviver, como se ele já não tivesse feito tudo que podia por elas? Mais do que qualquer coisa, queria dizer aos Terminantes que talvez a Central da Morte estivesse errada, no entanto, não existem provas que embasem essa teoria. Portanto, só estaria mentindo e dando esperança aos Terminantes, que morreriam achando que iam ver o dia seguinte, tudo porque Rolando as iludiu.

— A Central da Morte tem um propósito lindo, mas esse trabalho é insalubre — revela ele. — Não quero ficar indiferente à ideia de pessoas morrendo. Eu me demito.

E, fácil assim, Rolando consegue sentir sua alma aos poucos retornando para o corpo, como se ele fosse um fantasma finalmente desaparecendo.

Foi a decisão correta.

Nenhum desenho ia salvar a vida dele.

DALMA YOUNG
6h16

A Central da Morte não ligou para Dalma Young, porque ela não vai morrer hoje, mas Dalma viu o primeiro Terminante receber sua ligação de Dia Final. Aquele momento vai ficar gravado pelo resto da vida em sua memória.

Quando ouviu o toque da Central da Morte na Times Square, seu primeiro instinto foi ter medo, achando que estavam ligando para seu melhor amigo de infância, Orion Pagan. Só Deus sabe o quanto aquele garoto está a um ataque cardíaco grave de se juntar aos próprios pais e ao pai de Dalma no céu. Em vez disso, o mensageiro estava ligando para Valentino Prince, o lindo desconhecido que os dois haviam conhecido menos de uma hora antes. Embora estivesse triste por ele, Dalma ficou aliviada por não perder o melhor amigo. Na verdade, Valentino foi muito gentil e ofereceu doar seu coração para manter Orion vivo.

Infelizmente, toda a esperança que ela tinha para o transplante foi por água abaixo, como se o coração fosse incompatível.

Então, Dalma vai continuar vivendo com medo de que Orion morra de uma hora para outra. Que maravilha.

Ela não é de fazer pirraça, já tem muito com o que se preocupar para ficar guardando rancor. Mas Orion sacrificar a segunda oportunidade de ter uma vida mais simples só para cuidar de alguém que já está por um fio? Isso é irresponsável e uma baita falta de consideração. Dalma não sabe se um dia vai perdoá-lo completamente por isso. E se pergunta se é culpa dela. Afinal, passou os últimos anos protegendo Orion do que ela sentia para não botar ainda mais pressão no coração dele. O amigo não faz ideia do quanto é raro ela passar uma hora inteira sem se preocupar se ele está tendo um ataque cardíaco, se está enfrentando a situação sozinho — ou se ao menos vai vencer essa batalha. Orion não sabe que as notas dela caem toda vez que ele fica internado, porque Dalma finge que dá conta de tudo. E não sabe que ela não faz ideia de como vai viver se ele morrer.

Dalma é da família. Valentino é um estranho.

Ainda assim, Orion escolheu o estranho em vez de sua família.

Em vez até de si próprio.

Ela ficou chocada quando Orion, que sempre quis a companhia dela, lhe pediu que o deixasse em paz. Mas Dalma nunca vai poder pagar na mesma moeda, porque, se um dia ela escolher outra pessoa — até ela mesma — em vez de Orion, corre o risco de se arrepender caso ele caia morto enquanto ela está longe.

E aqui está ela: em seu quarto, cansada, mas irritada demais para conseguir dormir.

Dalma está deitada com Moon Girl, sua boneca de quando era criança, que tem botões brancos no lugar dos olhos e pele marrom como a dela. Dalma sempre amou o espaço sideral. Toda noite, dorme sob as luzes da galáxia e sonha sobre uma fronha com estampa de constelações. As paredes do quarto são brancas, a não ser pela que fica atrás da cama, que é coberta com papel de parede de estrelas brancas. E seu objeto favorito é o telescópio refrator, que ela ganhou na feira de ciências do último ano do ensino médio graças a um camundongo mumificado. Talvez Dalma devesse passar mais tempo olhando as estrelas do que se preocupando obsessivamente com o sr. Constelação e suas péssimas decisões.

Ou lendo no celular matérias sobre o tiroteio que ele presenciou.

Então Dalma se levanta da cama e coloca o aparelho para carregar na escrivaninha.

O móvel é um projeto antigo que ela fez com um baú de gavetas de ébano que seu padrasto, Floyd, encontrou numa venda de garagem. Ele tentou ajudá-la para que passassem algum tempo juntos, mas Dalma estava determinada a botar a mãos na massa sozinha. As mulheres de sua família gostam de criar coisas. Sua avó era costureira no Upper East Side, e Dalma não quer insinuar que as pessoas começaram a andar por aí com mais furos nas roupas depois que ela se aposentou, mas é de fato uma grande coincidência. Sua mãe, Dayana, tem um pequeno negócio, no qual desenvolve sites para grandes empresas. A princípio, Dalma se apaixonou pelo desenvolvimento de interface do usuário por ter passado muito tempo sentada vendo a mãe programar e fazer da internet um ambiente virtual mais bonito. A própria Dalma vai se tornar uma programadora famosa em todo o mundo quando tiver a ideia certa. Dahlia, por sua vez, ainda não tem ideia do que vai fazer, mas Dalma acredita que a irmã mais nova vai se encontrar com o tempo; seja criando, como as outras mulheres da família, curando os outros, como o pai dela, ou algo muito diferente. Independentemente do que acontecer, Dalma vai apoiá-la.

Porque é assim que se trata a família.

Mas já que Orion rejeitou sua ajuda e ela está sozinha em casa, Dalma vai escolher a si mesma.

Então, abre o notebook, um presente da mãe e do padrasto por ter sido aceita na Hunter College. Foi o melhor presente do mundo, porque o computador da família jamais aguentaria tudo que ela precisava. No notebook, ela tem um pacote básico bastante satisfatório para programar e fazer o design de seu futuro aplicativo, e seu foco está cem por cento nisso. Ela reprime um bocejo, mas trabalhar à noite toda não é novidade. Vai ser produtivo.

Já que a Central da Morte está tão em alta, Dalma quer criar um aplicativo que interaja com o serviço, sabendo que esse é o jeito mais inteligente e rápido de atrair a atenção do público. Seja como for, vai ser gratuito. Ela não quer explorar os Terminantes, mesmo que não precisem mais guardar dinheiro.

Dalma rói as unhas, pensativa.

Sua primeiríssima ideia era criar um feed contínuo, como o Twitter, mas para que os Terminantes compartilhassem seus pensamentos sobre como está sendo o Dia Final. Achou que seria uma maneira respeitosa de humanizá-los em suas últimas horas. Só que se lembrou de que as redes sociais são tóxicas e que, se as pessoas já agem de um modo horrível no dia a dia, como se comportariam se tivessem certeza de que não vão sofrer consequências a longo prazo? Dalma sabe que alguém vai criar um aplicativo assim e ganhar rios de dinheiro em cima disso, mas ela não vai dar palco para discursos nocivos. Muito menos depois de tudo que já teve que aguentar sendo uma mulher afro-latina no ramo da tecnologia.

Então poderia desenvolver algo com uma pegada voltada para a caridade. E se um Terminante indicasse algo que sempre quis e as pessoas o incentivassem com doações? Seria parecido com o que as pessoas fazem para os atletas em maratonas. Todos os ganhos seriam repassados à família dos Terminantes ou a uma instituição de caridade da preferência deles. Isso poderia funcionar.

E se existisse um aplicativo que fosse basicamente para Terminantes desapegarem de seus móveis? Se bem que, pensando melhor, o que impede essa função de ser incorporada a aplicativos que já existem? Nada.

Melhor seguir para a próxima ideia, então.

Uma coisa que seria útil para o público geral é saber onde se darão as aglomerações de Terminantes, para que as pessoas possam evitar esses lugares, caso não queiram correr o risco de estar no meio de uma explosão que até pode não matá-las, mas vai feri-las gravemente. Ai, não. Dalma odeia tudo a respeito dessa ideia. Isso não só significaria rastrear Terminantes, tirando a privacidade deles, como segregaria as pessoas como se fossem leprosas. Nossa, Dalma odeia tanto a ideia que deleta cada caractere do que digitou, letra por letra. Ia odiar se morresse e a família encontrasse o arquivo, porque pensariam mal de quem ela tinha sido em vida.

Talvez Dalma precise pensar em algo mais simples para o aplicativo, como uma lista de afazeres para os Terminantes. Mas o que isso teria de diferente de outros aplicativos? A sensação de dever cumprido é boa, lógico, e deve ser ainda mais forte para Terminantes, mas não é algo tão especial. Qualquer um poderia ter tido essa ideia.

Quando Dalma começa a se perguntar se seria interessante criar um aplicativo quiz para descobrir qual personagem de Scorpius Hawthorne a pessoa é, com base no seu Dia Final, ela percebe que está na hora de dormir.

Então olha pela janela, e os primeiros raios do sol surgem para acordar a vizinhança no Bronx.

É o começo de um novo dia... e o início do Dia Final de um estranho.

VALENTINO
6h30

O alarme me acorda com um susto; é como se eu estivesse recebendo a ligação da Central da Morte de novo.

Teria sido legal acordar e achar que meu Dia Final é só mais um sábado como qualquer outro, mesmo que por alguns minutos, mas isso não aconteceu. Ao menos consegui dormir por umas horinhas, sem precisar me preocupar com a morte. Nada de sonhos estranhos ou pesadelos também. Desligo o alarme e me viro, encontrando Orion ainda imerso no sono, com a boca entreaberta. Deixo-o descansar mais um pouco.

Eu me levanto da cama com o celular de Orion, esperando encontrar alguma mensagem ou chamada perdida de Scarlett quando me lembro de que ainda vai levar algumas horas para ela pousar. Tem mensagens de Dalma e Dayana perguntando se Orion está bem, mas não me atrevo a respondê-las por ele.

Costumo começar minhas manhãs colocando isotônico em pó na minha garrafinha de água e, em seguida, saindo para correr. Sinto meu corpo pronto para o exercício físico, mas com o tempo que tenho até a sessão de fotos, isso não está na minha agenda de hoje. Meu corpo também quer comida, mesmo se for algo simples como um punhado de amêndoas, mas de acordo com Dalma eu não deveria comer nada para não prejudicar a cirurgia. Por um lado, acho que é bom que minha geladeira esteja vazia, porque assim não fico tentado a beliscar nada. Vou ao banheiro e escovo os dentes, depois entro no banho frio, o que é ótimo para a circulação, mas sempre preferi banhos quentes, então aproveito isso enquanto ainda posso. Troco da água fria para a quente, e fico surpreso com a eficiência do chuveiro, considerando que muitas outras informações que recebi sobre esse prédio acabaram sendo mentira.

Saio da ducha e limpo o vapor do espelho. Passo o corretivo, como sempre faço para esconder minhas olheiras e ficar com uma aparência mais saudável. Só que a questão é justamente essa. Quando olho meu reflexo, não vejo um Terminante me encarando de volta. Pareço estar vivo e bem, porque de fato estou vivo e bem. O único indício de que tem algo errado é o corte na minha testa por ter batido a cabeça no meio-fio, mas não é como se eu tivesse sangrado até a morte na rua ou enquanto dormia. Estou bem. Então por que estou vivendo um dia em que minha irmã está a caminho para se despedir de mim e o garoto na minha cama quer meu coração? Por que, em vez de me concentrar em todo o esforço que me trouxe a essa sessão de fotos, estou triste porque a minha vida tem outros planos para mim? Não sei por que ela me quer morto.

É um jeito ruim de começar o dia, mas talvez isso só se aplique a dias comuns, não a um Dia Final. Nesses, não há regras, então você pode se irritar e socar o espelho para ver seu reflexo em pedaços e parecer alguém que está um caco. Mas talvez eu esteja errado. Talvez haja, sim, regras para o Dia Final e eu não tenho como saber porque sou o primeiro Terminante da história, e não vou estar aqui para ver se isso vai mudar ao longo do tempo.

Enrolo uma toalha ao redor da cintura e saio do cômodo, pingando, para ir me vestir. Me agacho perto das roupas dobradas e tento escolher qual será meu look de Dia Final (pelo menos até que eu precise trocá-lo pelas roupas da RainBrand para a sessão de fotos, e depois pelas vestes do hospital para a cirurgia). Só usei essa camiseta preta lisa uma vez, mas é possível que o tecido me faça passar muito calor. Minhas roupas esportivas são confortáveis, mas e se eu morrer e me tornar um fantasma com agasalho de corrida? Não é assim que quero partir. Tenho algumas camisetas de marcas como a Supreme e a OriginalFake, mas elas não passam muito a energia que estou buscando. No fim, escolho uma camiseta branca que valoriza meus ombros, peitoral e braços, e vou usá-la por dentro de uma calça jeans preta. Para combinar, os tênis brancos que mal viram a luz do dia; preciso usá-los enquanto ainda posso.

No caminho de volta para o banheiro, escorrego em uma poça de água e caio de costas.

A queda me faz perder o fôlego, mas consigo respirar de novo.

Não morri.

Orion grita meu nome, provavelmente pensando que estou morto.

— Tudo bem? — pergunta ele.

— Estou vivo.

— É um ótimo começo. Mas você está *bem*?

Sinto uma dor de cabeça, mas de repente percebo que só estou usando uma toalha. Em todos os meus trabalhos como modelo, só fiquei sem camiseta uma vez, mas nunca precisei ficar só de cueca. O que significa que isso é o máximo que já me expus na frente de outro garoto. Com um impulso rápido, ergo o torso do chão, contraindo a barriga como se eu fosse fazer abdominais, e confiro se minha toalha está tampando o que deve. Por sorte, está.

— Vai ficar aí no chão o dia todo? — questiona Orion.

— Talvez. É meu Dia Final, posso fazer o que eu quiser — respondo.

— Justo. — Orion se abaixa e ficamos lado a lado, como se estivéssemos na cama de novo. — Como está se sentindo?

Sinto os tacos de madeira gelados nas minhas costas, mas é uma sensação que melhora quanto mais fico deitado aqui.

— Vou ficar bem. Minha cabeça já está doendo menos do que ontem.

— Que bom. E de resto?

— Tá falando do meu Dia Final?

— Aham.

— Tem sido uma manhã difícil. Acordar me pareceu algo definitivo mesmo. Nada me matou na noite passada, mas hoje com certeza é o dia. E aí eu quase morri agora há pouco porque não sei me enxugar depois do banho. Dá pra acreditar? O primeiro Terminante morrendo por causa de uma poça d'água?

— Não tenho dúvidas de que entraria para os livros de história, mas não é por isso que você quer ser lembrado.

A situação quase chega a ser engraçada.

— Alguém vai fazer rankings de mortes estúpidas de Terminantes, né?

Orion vira de lado, ficando um pouco mais alto do que eu.

— Se você morrer de um jeito estúpido, vou contar para todo mundo que você morreu salvando o mundo.

— Ou algo mais realista, como morrer salvando crianças de um ônibus escolar em chamas.

— Não tem nada realista em crianças num ônibus escolar em pleno sábado.

— Muito menos em morrer salvando o mundo!

Orion ri e se levanta.

— Certo, podemos pensar em mais jeitos brilhantes para você morrer enquanto estamos aproveitando sua vida.

Pego a mão dele enquanto ainda seguro a toalha. Orion me ajuda a ficar de pé. Quando nossos olhos se encontram, o sorriso dele desperta um meu. Ele já conseguiu me tirar do meu estado mental deprimente. Então, quebro o contato visual e olho a camiseta branca dele, que traz TENHA UM ÓTIMO DIA FINAL! estampado em letras pretas. É o tipo de coisa de que preciso para aguentar o dia de hoje.

— Já que vai ficar com meu coração, posso pegar sua camiseta emprestada?

Orion olha para baixo, como se tivesse se esquecido de qual roupa estava usando.

—Tem certeza? Quer ser um Terminante que anda por aí usando uma camiseta de Dia Final? Isso não é emo demais?

— Acho melhor eu guardar essa mensagem bem perto do coração.

— Literalmente?

— É, acho que literalmente.

— Se você diz... — Orion tira a camiseta, e bem quando acho que vou ver seu abdômen, reparo que ele está com outra blusa por baixo.

Que pena.

Vou ao banheiro me vestir e admiro meu reflexo com a camiseta de Dia Final.

Volto para a sala para deixar Orion ir ao banheiro e luto para calçar meus tênis brancos, tão novos que ainda não alargaram. Tenho certeza de que quem mora no apartamento abaixo do meu está irritado, com razão, por me ouvir pisar com força às 6h45 da manhã, mas não deve me odiar mais do que o proprietário. Mas não preciso me preocupar com essas pessoas. Este é *meu* Dia Final. Sei que um modelo autocentrado não tem nada de inovador, mas no meu caso faz sentido. Preciso cuidar de mim e de quem eu amo. Mesmo se isso significar aborrecer os vizinhos de baixo enquanto ando pelo apartamento para arrumá-lo para Scarlett. Deixo a cama como está, já que vamos sair para comprar lençóis novos, e também porque, particularmente, gosto da ideia de deixar a lembrança de minha última noite de sono viva por mais algum tempo.

Orion sai do banheiro aplaudindo meu visual.

— Espero que estejam te pagando uma nota, porque você faz uma camiseta de vinte dólares parecer de grife.

O cachê do trabalho é ótimo, e preciso checar se eles podem fazer a transferência direto para a minha conta, assim Scarlett consegue resgatar. Talvez eu possa até pedir para me pagarem em dinheiro vivo.

— Bondade sua. Valeu — agradeço.

— Meu aplicativo de previsão do tempo diz que está geladinho agora pela manhã. Talvez seja melhor você vestir algo por cima.

— Então você também precisa.

— Ah, eu com certeza vou roubar algo seu. Eu não passo frio nem ferrando.

Vasculhamos as roupas, e Orion escolhe um moletom azul-marinho com capuz. Eu visto minha camisa cinza e deixo os botões abertos, para não esconder a mensagem de Dia Final.

Então, coloco o pé fora do apartamento.
Uma viagem seis lances de escada abaixo.
E paro na porta do saguão.
Da última vez que saí desse prédio, achei que tudo estava só começando. Eu tinha toda a esperança do mundo, além de sonhos de anos que eu me esforçaria para realizar. Agora, abrindo o portão do prédio, me armo da coragem necessária para enfrentar o que espero que seja o melhor Dia Final que um Terminante possa viver.

ROLANDO RUBIO
6h56

Rolando está exausto quando sai do prédio e deixa a Central da Morte para trás.

Não tem ideia do que vai fazer agora. Podia tentar implorar pelo antigo emprego na escola. Se não o recontratarem, ele pode se mudar de volta para Staten Island e passar um tempo com a mãe. Desde que o pai dele morreu, ela anda bem sozinha, e ter companhia ia cair bem. Mas nem que pagassem uma fortuna ele voltaria para o call center da Central da Morte, isso nunca.

Sem saber os próximos passos, Rolando respira o ar gelado da manhã. Não quer voltar para o apartamento deprimente em que mora, ainda mais depois de uma noite deprimente também. Ia adorar encontrar Gloria e Paz para celebrar a vida enquanto pode. Vai saber quanto tempo lhe resta até a Central da Morte ligar, como ele próprio telefonou para tantos Terminantes. Outra parte dele quer tentar encontrar aquele idoso, Clint Suarez. Ninguém deveria ficar sozinho em seu Dia Final.

Rolando confere o celular, e há mais de vinte chamadas perdidas de Frankie. Ao ver aquilo, fica nervoso e imagina o pior. Então se lembra de que não tem como Gloria e Paz estarem mortos, já que seus nomes não foram lidos em voz alta durante a cerimônia de comemoração naquela madrugada. Só que a Central da Morte não liga para as pessoas que não vão morrer por um triz. E se Frankie espancou Gloria a ponto de ela ter sido hospitalizada? Não seria a primeira vez, e Rolando não sabe quando será a última.

Ele decide encarar o problema de uma vez e liga para Frankie.

— Até que enfim! — exclama Frankie. — Por que demorou tanto?

— Estava trabalhando. O que houve? Está todo mundo bem?

— Preciso da sua ajuda num projeto que vai ser muito importante para mim e para a minha família.

Rolando revira os olhos. Tem certeza de que vai ser igual àquela vez em que Frankie queria dinheiro emprestado para comprar um carro "para a família", com o objetivo de "proteger Gloria e Paz dos perigos do metrô", ou porque "assim poderiam viajar mais vezes para a praia". No fim das contas, ele torrou toda a grana apostando em Atlantic City. Se Rolando tivesse economias, jamais confiaria em Frankie de novo.

— Que projeto é esse? — pergunta Rolando, já pensando em desculpas para não ter que ajudar.

— Quero fotografar os Terminantes.

Rolando espera por mais informações, mas Frankie fica em silêncio.

—Você quer oferecer esse serviço? É isso?

Não seria surpresa alguma se Frankie estivesse querendo se aproveitar de Terminantes que não sabem direito o que fazer com suas economias.

— Não, eu não cobraria nada. Só quero ficar por perto e registrar os momentos finais deles.

Sem dúvida há alguma intenção horrível por trás disso. Rolando para de andar.

— E como é que isso vai ajudar sua família?

— Ah, faz o favor. É óbvio. Fotos de Terminantes do primeiro Dia Final podem ser vendidas por uma nota. Os únicos Terminantes que eu conheço já morreram. Preciso dos nomes para achá-los logo e começar a segui-los.

— Então você está querendo perseguir os Terminantes.

Frankie fica em silêncio. É assim que age antes de explodir. Só que não é Rolando que vai acabar se machucando. Se Gloria contou a verdade, Frankie nunca encostou um dedo em Paz, mas Rolando tem medo de que esse dia esteja se aproximando. Então uma ideia surge. Em vez de deixar Frankie ser o explosivo, Rolando pode guiá-lo até uma explosão, à morte de um Terminante, exatamente como ele quer. Talvez Frankie se machuque, então nunca mais será capaz de fazer mal a Gloria.

— Beleza, eu vou te ajudar — anuncia Rolando, com o coração martelando.

Ele está violando a vida de todos esses Terminantes que se cadastraram por vontade própria. E vai deixar a ética de lado se isso significa proteger uma mulher e uma criança que estão em risco por causa do homem com quem moram. Rolando não quer mandar Frankie até Clint Suarez, o Terminante idoso com quem conversou por quase uma hora. Aquele homem não viveu tantos anos para bater as botas na companhia de Frankie. Rolando volta a pensar na cerimônia na Central da Morte, ainda recente em sua cabeça. Havia muitos nomes chamativos, mas nenhum como aquele primeiro, aquele que era encantador demais para ser de uma pessoal real.

— Foi Joaquin Rosa quem ligou para o primeiro Terminante. Não sei se ainda está vivo, mas o nome dele é Valentino Prince.

FRANKIE DARIO
7h01

Frankie quase deixa o celular cair.

Será que ouviu direito? Seu novo inquilino é um Terminante? O primeiro Terminante da história? Aquele que recebeu uma ligação do próprio Joaquin Rosa? Esse vai ser o melhor dia de sua vida. Da vida de Frankie, lógico, não da de Valentino. Embora não vá ficar de luto por ele, está mais do que pronto para tirar proveito da morte do garoto. O novo inquilino será seu passaporte para longe daquele prédio.

Fotos do primeiro Terminante com certeza não vão valer menos do que milhões de dólares.

Frankie encerra a ligação com Rolando, corre para a janela imediatamente e puxa a cortina para observar o apartamento de Valentino. As luzes estão apagadas. Ele ainda deve estar dormindo. Ou talvez tenha sido assassinado por aquele garoto que tentou bancar o espertalhão para cima de Frankie. Bem feito, afinal, ninguém mandou ficar dando corda para desconhecidos na rua. Frankie vai depressa para o corredor e bate na porta do apartamento de Valentino.

— É o Frankie!

Nada.

Silêncio é um bom sinal. Significa que Valentino não está vivo para responder.

Frankie volta para seu apartamento e pega a chave do 6G, recém-usada no meio da madrugada quando o garoto se trancou ao lado de fora.

— O que aconteceu, papai? — pergunta Paz, comendo cereal à mesa.

Frankie sai sem responder. Destranca a porta de Valentino, e, se alguém vier encher o saco por causa da invasão, ele vai dedurar Rolando por ter compartilhado o nome do Terminante. Frankie vai contar às autoridades que ficou muito preocupado com o bem-estar de seu inquilino. Mas, ao abrir a porta, tudo que Frankie mais quer é encontrar uma cena de crime.

Nada, de novo.

Apenas um colchão inflável, roupas e sapatos.

Ele xinga baixinho e volta para casa.

Gloria o olha de cima a baixo, finalmente interessada.

— O que está acontecendo?

Frankie encontra o número de Valentino e liga para o garoto, mas a linha fica apenas chamando e chamando.

— Por que essa gente tem telefone se nunca atende?!

— Por quê, papai? — questiona Paz, sem entender que é uma pergunta retórica.

Frankie arrasta uma cadeira da mesa de jantar (o chão já está todo arranhado faz um tempão e, no fim das contas, falta pouco para ele dar o fora dali) e apoia a cadeira contra a porta da frente de Valentino para garantir que vai ouvir o garoto chegando.

Esse Terminante vai mudar a vida de Frankie.

VALENTINO
7h06

Eu amo a sensação do sol da manhã tocando minha pele, mas é só quando descemos para o metrô que me sinto vivo de verdade, como se estivesse num mundo completamente novo. Orion não está tão fascinado quanto eu por, de repente, estarmos debaixo da terra. Precisamos comprar nossas passagens, então fico olhando do balcão para a máquina de venda automática como se essa fosse minha última chance de viver isso.

— Não consigo decidir.

— Prefere humano ou robô? — pergunta Orion.

— A maioria dos humanos foi bem grossa comigo desde que cheguei aqui.

— Então vamos escolher o robô, só para garantir — sugere Orion.

— Ainda bem que vou cair fora daqui antes do apocalipse robô.

Já imaginei vários cenários criativos para a minha morte, mas ser despedaçado por um ciborgue não é um deles.

Vamos até a máquina e há várias opções, desde uma viagem única por 2,25 até um tíquete ilimitado por 89 dólares.

— Acho que um passe só para hoje é suficiente, mas vou comprar o mensal. Posso deixar o cartão para Scarlett como uma forma de incentivá-la a sair por aí em vez de ficar trancada no apartamento.

Seleciono as opções e meu primeiro cartão de metrô desliza para fora da máquina. É amarelo com letras azuis. Parece ser a fonte Helvetica, a mesma que usei em várias apresentações de PowerPoint na escola. Eu tinha planejado emoldurar o cartão junto de outra lembrança de Nova York. Espero que Scarlett faça bom proveito dele.

Passo pela catraca devagar.

— Que talento! — comenta Orion.

Esperamos na plataforma com outros passageiros. Há vigas com a pintura lascada e cartazes pelas paredes que foram grafitados por algum artista obcecado por pênis. Uma lixeira transbordando lixo. Fico surpreso de não ver ratos esperando para pegar o metrô também, então me lembro de que a maioria deles deve ficar nos trilhos. Quero dar uma olhada mais de perto ali embaixo, mas não sou idiota a ponto de, como Terminante, ignorar as faixas amarelas na plataforma, que sinalizam a distância mínima a ser respeitada devido ao risco de cair na via. Grudo as costas na parede, assim ninguém pode me derrubar sem querer; nem por querer. Depois de terem atirado na minha direção, não duvido de mais nada.

— Será que eu devia ter ficado em casa?

Orion nem parece ficar intrigado.

— A gente pode voltar, se você quiser.

— Não quero, mas acho que é a escolha mais inteligente.

— Então vamos.

Volto devagar até as catracas, pensando em como dá para chegar em casa em cinco minutos. Paro no portão da saída de emergência.

— Estou surtando.

— Eu entendo.

Quase respondo que não entende coisa nenhuma, só que ele entende, sim. Orion tem vivido com esse pânico por anos. Quer dizer, ele nunca teve certeza do dia da morte, mas isso não significa que cada pequena escolha que fez não tenha sido questionada.

— De que adianta receber uma ligação da Central da Morte se a gente fica assustado demais para viver?

Orion não tem nenhuma piadinha na ponta da língua. É como se houvesse algum detector interno que o avisasse quando eu preciso ser distraído e quando preciso ser encorajado.

— Hoje é o seu Dia Final, Valentino. Só você pode decidir o que fazer.

O metrô ruge conforme se aproxima da estação.

— Como vou saber o que vale a pena? — pergunto.

Ele toca a mensagem de Dia Final na minha camiseta.

— Pergunte para si mesmo o que vai te fazer feliz e o que vai te deixar arrasado se não fizer.

Quando estiver no leito de morte, pensando na vida, no Dia Final, quero sentir que aproveitei ao máximo, que realizei meus sonhos e consegui vivê-los antes de morrer. Eu deveria honrar quem sou antes de ter o coração arrancado do peito.

As portas do metrô se abrem, então dou meia-volta e corro direto para o vagão enquanto grito para Orion me seguir. Nós nos espremmos para entrar quando as portas já estão quase se fechando. Se tivesse espaço para pular e dar um soquinho de comemoração, eu não hesitaria. As palavras de Orion me deram muita força. Mas antes de eu conseguir agradecê-lo, sinto um cheiro horrível. Olho em volta para identificar a origem do fedor e então entendo por que está tão lotado. Todos os passageiros se amontoam nessa parte do vagão, pois do outro lado há uma poça gigantesca de vômito, provavelmente uma cortesia de alguém que passou mal depois de perder a linha na inauguração da Central da Morte. Fico enjoado na mesma hora, e meu apetite desaparece. Seguro minha camisa cinza contra o nariz e respiro devagar o perfume Hugo Boss que passei lá no Arizona; a fragrância é de ameixa e frutas cítricas.

— Bem-vindo a Nova York — diz Orion com um sorriso, antes de tapar o nariz com o moletom.

Para ser sincero, essa não é uma experiência em que eu estava interessado.

Infelizmente, o metrô segue o trajeto sem paradas e nos deixa nessa situação de cativeiro, até que as portas se abrem na 68th Street. Saímos para tentar trocar de vagão. Orion quer distância do fluxo que vai direto para o vagão seguinte, então corremos pela plataforma e pulamos de volta para o interior da composição antes de as portas se fecharem. Dessa vez, conseguimos nos sentar e ficamos de costas para um mapa da cidade com linhas azuis, vermelhas, verdes, laranja, amarelas, roxas, marrons e cinza, representando os diferentes trajetos.

—A gente está na linha verde — comenta Orion, apontando de onde partimos até a Union Square. — E é aqui que vamos descer.

Gesticulo para o mapa.

— Acha que eu consigo viajar tudo isso num dia só?

— Sei lá, mas, sendo sincero, pra quê? Os trens são nojentos pra caramba. Aquela pocilga de onde a gente acabou de escapar é bem comum.

— No começo, meu sonho era visitar cada cantinho de Nova York. Pelo menos de metrô eu posso dizer que passei pela cidade inteira.

— Mas as melhores partes da cidade ficam lá fora, na rua.

— Tipo quando atiraram em mim?

— Tipo quando atiraram em você!

— Assustador.

— Assustador pra cacete.

Tomara que peguem aquele cara.

Minutos depois, o metrô para na 42nd Street, perto da Times Square, o lugar em que tudo mudou. As portas ficam abertas por muito tempo, e me arrepio pensando que aquele homem com máscara de caveira pode ser um dos passageiros. O sujeito podia achar que eu o reconheci e decidir terminar o serviço. Abraçar as possibilidades desse jeito, em vez de ficar em casa, não faz com que as coisas sejam menos apavorantes. Mas tudo o que posso fazer é torcer pelo melhor.

Conforme nos aproximamos da Union Square, observo o vagão de cima a baixo. As pessoas se seguram nas barras de apoio enquanto leem algum jornal ou usam o celular. Há alguém cochilando e, quando o queixo toca seu peito, a pessoa levanta a cabeça com tudo. Outros estão sentados, quietos, a caminho de seus trajetos. Mas, na verdade, eu esperava que fosse rolar alguma coisa diferente, como jovens transformando o metrô em trepa-trepa, se balançando nas barras ou dando cambalhotas com uma caixa de som nas alturas. Chegamos na nossa estação e, antes de sair para a plataforma, espero um pouco para ver se há algum espetáculo prestes a começar, mas não acontece nada.

— E aí, o que achou da sua primeira viagem no metrô de Nova York? — pergunta Orion enquanto subimos as escadas.

— Mais comum do que eu imaginava. Onde foram parar todos os dançarinos? Está muito cedo?

— Que nada, eu os via direto quando pegava o metrô de manhã indo para a escola. O pessoal ficava muito irritado. Talvez tenham se apresentado ontem à noite. — Ele dá um apertozinho no meu braço quando saímos da estação. — Aposto que você vai conseguir vê-los na volta.

— Tomara.

Não consigo me imaginar no leito de morte megatriste porque não vi gente dançando no metrô, mas essa é uma daquelas coisas de Nova York que fantasiei por tanto tempo que parece estranho não ter conseguido vivê-la logo de cara. Ainda mais com um tempo tão curto. Isso só prova que, não importa o que esteja acontecendo, o mundo não gira ao nosso redor.

Mesmo assim, a Union Square é como um sopro de ar fresco. Há jogadores de xadrez sentados em cima de caixotes, tomando sol. Uma mulher está com o maior sorriso enquanto passeia com oito cachorros. Duas moças caminham de mão dadas, segurando seus cafés, e entram nesse pequeno parque que podia, inclusive, ser um ótimo lugar para um ensaio fotográfico aconchegante de outono. Consigo até me imaginar num banco com meu casaco de lã cinza aberto, revelando uma camiseta branca e... Paro de planejar o look que não vou poder usar.

Ficamos esperando para atravessar na faixa de pedestres, e eu olho para o céu. Há um avião passando sobre nós. Não vejo a hora de Scarlett chegar.

— Você já andou de avião? — pergunto enquanto atravessamos.

— Nunquinha.

— Por que não?

Então paro no meio da rua, as mãos tapando a boca. Acabei de perguntar a Orion por que ele nunca viajou de avião, sendo que os pais dele morreram por causa do sequestro de uma aeronave e isso virou a vida dele de cabeça para baixo. Quanta estupidez e desatenção.

Orion olha para trás e percebe que não o estou seguindo no mesmíssimo segundo em que me lembro de que sou um Terminante e que posso ser atropelado a qualquer momento. Nem olho para os lados, o que provavelmente é tão idiota quanto parar no meio da rua. Eu seria péssimo naqueles jogos em que é preciso desviar dos carros. Mesmo assim, por algum milagre, consigo chegar inteiro no próximo quarteirão.

Orion agarra meus ombros.

—Você tem que tomar cuidado!

— Foi mal.

— Tudo bem. Mas não importa que os carros tenham parado, você precisa pensar que pode haver algum idiota dirigindo.

— Eu sempre faço isso — comento, me lembrando do babaca que quase matou Scarlett. — Mas desculpa por ter me esquecido da situação dos seus pais. Não vou nem justificar falando que estou cansado ou que é meu Dia Final. Só não pensei direito.

Orion dá de ombros.

—Você não é o primeiro. Não tem problema.

Balanço a cabeça.

— Ah, tem sim. Mas vou pensar direito a partir de agora. Seja lá quanto tempo eu ainda tenha.

As mãos de Orion pousam nos meus ombros de novo, de um jeito mais gentil dessa vez.

— Se você realmente quer consertar as coisas, é só não entregar sua vida de bandeja para qualquer um.

7h38

Chegamos ao escritório da Agência Futuras Estrelas.

É uma agência nova que promete representar os rostos mais disputados do mundo dos modelos. Estou muito grato por terem visto meu potencial depois de avaliarem meu portfólio on-line; e as fotos de que mais gostaram foram tiradas por Scarlett. Depois de uma única entrevista descontraída pelo Skype, assinei o contrato. A empresa fica num prédio comercial simples, e gosto de pensar que vão conseguir cumprir a promessa e transformar artistas em grandes astros.

Embora a Agência Futuras Estrelas seja nova no mercado, eu esperava que o escritório fosse chique e cheio de revistas espalhadas numa mesinha de centro de vidro. Em vez disso, parece que o lugar não passou por nenhuma reforma desde que a firma anterior desocupou o espaço. Acho que era um consultório odontológico antes, já que ainda tem aquele cheiro típico, do qual lembro bem, porque precisei lixar um dente antes de restaurá-lo para combinar com os outros.

O que mais me decepciona é que eu tinha certeza de que haveria um recepcionista de fone que me reconheceria de cara. Mas esse aí não faz a mínima ideia de quem eu sou. Há vários retratos na parede, embaixo da logo da empresa, mas não encontro uma foto minha. Será que era para eu ter trazido uma? Não, sou o cliente. Também há uma impressora enorme no canto. Eu agendei uma campanha gigantesca com eles, então qualquer um pensaria que valeria a pena colocar meu rosto em destaque. Mas, pelo visto, as coisas não funcionam assim.

Sou um zé-ninguém que não vai ter tempo de se tornar alguém, então não vou ser tratado como uma estrela.

— Bom dia. Hoje estamos abertos apenas para reuniões particulares — informa o recepcionista.

— Me chamo Valentino Prince. Sou um dos modelos da agência. Laverne me mandou vir para cá fazer uma prova de roupas.

O recepcionista assente devagar.

— Entendi. — Como nos velhos tempos, ele tecla um número no telefone fixo. Nada de fone de ouvido. Consigo escutar o toque da ligação a duas portas daqui. — Oi, Laverne. Tem um tal de Valentino Prince aqui para ver você. — Uma voz abafada soa em resposta, e ele diz: — Aham. Aham. Certo. — E desliga. — Laverne vai chegar em um minuto. Pode se sentar, se quiser.

Tenho certeza de que as três poltronas junto à parede não são novas, porque estão gastas demais para uma empresa que acabou de abrir as portas. Orion e eu decidimos nos sentar mesmo assim, e ele faz carinho no meu joelho.

— Isso é tão empolgante — comenta ele.

— É mesmo.

— Nossa, você não parece muito animado.

— Não é isso, estou animado, sim. Só estou tentando me controlar.

— Por quê?

Abaixo a voz para que o recepcionista não escute, embora ele esteja a mais de dois metros de distância.

— Sempre que imaginava esse momento, eu dizia para mim mesmo que precisava ficar de boa, porque é melhor lidar com algo tão importante assim com tranquilidade. Quero passar uma boa imagem profissional para que me contratem de novo.

Orion assente.

— Tá, entendi, mas... sabe como é. É melhor ficar animado enquanto ainda dá tempo.

— O que eu faria sem você, Orion?

— Provavelmente nada — responde ele, com um sorriso digno de estar naquela parede.

Uma porta se abre, e Laverne vem na minha direção. Minha agente é uma mulher branca de meia-idade, com mechas grisalhas em meio ao cabelo preto. Ela usa um suéter azul-arroxeado e calças jeans, um traje casual para um sábado numa agência de modelos.

— Valentino, Valentino. Que maravilha conhecer você pessoalmente — cumprimenta ela, me puxando para um abraço.

— Digo o mesmo! — respondo, entusiasmado. — Muito obrigado por acreditar em mim.

— Ah, até parece. Seus pais te deram uma boa base, mas o restante da sua beleza foi você quem construiu.

É estranho dar qualquer crédito aos meus pais depois da forma como me trataram. Mas ela não está errada. Tenho os olhos do meu pai e o formato do rosto, nariz e lábios da minha mãe. Não tem como negar que sou filho deles. Mas não vou dar aos dois qualquer crédito pelo meu corpo. Foi meu esforço que me trouxe aonde cheguei.

— Laverne, esse aqui é meu amigo Orion.

— Que nome lindo — elogia ela, olhando para o cabelo dele. — E que cachos lindos! Para que esconder o cabelo embaixo desse boné?

— Era do meu pai — responde Orion.

—Você é modelo também? Eu te arranjaria um comercial de xampu num piscar de olhos.

Orion balança a cabeça.

— Não é muito a minha praia, mas valeu. — Ele aperta meu ombro. — Mas esse cara aqui está pronto para mandar ver no ensaio fotográfico.

Laverne parece desconcertada.

—Você não recebeu a mensagem?

Será que estou prestes a descobrir que fui demitido? No meu Dia Final?

— Perdi meu celular ontem à noite.

— Ah, sinto muito por ter que te contar assim, mas o ensaio teve que ser adiado.

— Para quando? Daqui a algumas horas?

— Um pouco mais. Precisamos encontrar um novo fotógrafo.

— O que aconteceu com William?

Laverne suspira.

— Infelizmente William foi assassinado ontem à noite na Times Square.

Caio de volta na poltrona. A mão de Orion voa para a boca, tentando esconder o choque. Me sinto transportado de volta para a Times Square. Os tiros... Nunca, nem em um milhão de anos, em uma cidade com milhões de habitantes, pensei que fosse conhecer a pessoa que morreu.

Será que ele tinha se inscrito na Central da Morte?

— Que horror! — exclama Orion, se virando para mim. — Na verdade, a gente também estava na Times Square ontem à noite.

Laverne arregala os olhos.

— Nossa. Que bom que vocês estão bem.

Orion fica em silêncio. Assim como no hospital, ele não conta a minha história.

— Não estou tão bem assim. A Central da Morte me ligou.

O recepcionista, chocado, espia de trás do balcão.

Laverne dá uma risada.

— Você vai ficar bem — anuncia ela, desviando da enorme bomba que acabei de lançar como se não fosse nada importante. — Vocês acreditam mesmo que esse pessoal da Central da Morte sabe quando alguém vai morrer?

— Acreditamos — responde Orion. — Eles acertaram as previsões.

— Ainda nem passou um dia inteiro. Há muitas chances de as previsões se provarem falhas.

— Valentino não pode arriscar ficar sentado esperando — rebate Orion. — Tem alguma coisa que a gente possa fazer para o ensaio acontecer hoje?

Laverne não está mais tão encantada com Orion. Ela se vira para mim.

— Se você acredita que a tal da Central da Morte está certa, por que quer fazer essas fotos?

— Me esforcei muito para conseguir essa campanha.

— Mas você não vai estar aqui para colher os frutos.

— Gosto de saber que meu trabalho ganhou o mundo. Que eu fui visto.

Laverne assente devagar.

— Eu entendo. Felizmente, vou ter um novo fotógrafo na segunda-feira. Terça, no máximo. Aí a gente realiza o seu sonho.

Orion está prestes a lutar com unhas e dentes por mim, mas agarro a mão dele. Nós nos encaramos.

Deixa comigo, digo com o olhar.

Se você não fizer alguma coisa, eu faço, Orion parece responder.

Então observo Laverne. Ela não parece conseguir ler minha mente, embora tenha dito uma vez que enxergava minha alma através dos meus olhos.

— Segunda eu vou estar morto.

Ela se senta ao meu lado.

—Você está com medo. Eu entendo. O presidente mentiu para a gente sobre a Central da Morte e está fazendo o povo surtar. Mas já passei por isso lá nos anos 2000. Falaram que esse tal de bug do milênio ia afetar todos os sistemas de computador e resultar em bancos fechando as portas, dados do governo sendo vazados, pessoas ficando presas em elevadores e na tecnologia se virando contra nós. Eu fiquei apavorada... até que o relógio marcou meia-noite e tudo continuou a mesma coisa. Você também vai ficar bem, porque a Central da Morte está nos enganando.

Estou tão decepcionado. Ver pessoas na Times Square que não acreditavam na Central da Morte é uma coisa, mas ouvir isso de alguém a quem confiei minha carreira e minha vida é outra.

— Pouco depois de receber a ligação, quase fui morto na Times Square. Provavelmente pelo mesmo sujeito que matou William.

— Então foi quase uma coincidência trágica — comenta Laverne. — Fico aliviada que você tenha sobrevivido, e que vai continuar vivo. Vamos fazer um ensaio incrível semana que vem.

Não dá para mudar o que os outros pensam. O único jeito de provar que ela está errada é morrer, e não quero que isso aconteça antes da hora só para provar que estou certo.

— Não tem mesmo como a gente fazer as fotos hoje? Minha irmã vai chegar em Nova York daqui a pouco. Scarlett é fotógrafa. Você adorou o trabalho dela. A equipe da RainBrand também.

Não sei em qual estágio do luto a barganha se encaixa, mas com certeza é isso que está acontecendo. Estou desesperado para que dê certo de qualquer jeito.

— Scarlett tem um olho maravilhoso, mas ela não está aqui — responde Laverne.

— Eu posso fotografar — oferece Orion. — Não deve ser muito difícil, né?

— É mais do que difícil — afirma Laverne. — E a campanha da RainBrand precisa de um veterano no comando. Vai ser um prazer apresentar você a esse profissional nos próximos dias. Ainda não sabemos quem vai ser.

Estou travando uma batalha perdida, então decido recuar.

— Obrigado por me receber — agradeço. — Sinto muito por não ter dado certo hoje.

— Eu também. Tem algum número em que possamos falar com você por enquanto? O de Scarlett, talvez?

— Não vai ser necessário. Obrigado pelo seu tempo.

Dou uma última olhada na parede cheia de retratos e aceito o fato de que essa agência nunca vai me transformar numa estrela.

Nem mesmo depois que as luzes se apagarem e tudo ficar escuro como um céu sem estrelas.

SCARLETT PRINCE
5h00 (Fuso horário das Montanhas Rochosas)

Scarlett Prince finalmente consegue sair do avião.

Ainda há investigações a serem conduzidas, mas a polícia quer a aeronave vazia para dar prosseguimento às buscas enquanto faz uma varredura por bombas ou armas e conduz o piloto a algum lugar seguro. Isso significa que Scarlett terá que voltar para o aeroporto sem as malas, mas pelo menos vai ter sinal no celular. Mais de uma dezena de mensagens escritas para Valentino nas últimas horas serão imediatamente enviadas para o aparelho de Orion. O monólogo com o irmão não foi o bastante para acalmá-la. Ela não conseguia parar de sentir o mesmo medo de quando ficou de cabeça para baixo logo depois que seu carro capotou, apavorada com a ideia de morrer sozinha. Ela teme que Valentino passe pela mesma situação.

Assim que sai do avião, Scarlett luta contra todos os instintos que querem fazê-la surtar.

O tempo é valioso, e ela precisa passar o que ainda resta com o irmão.

VALENTINO
8h00

Sonhos não se realizam no Dia Final.

Tudo que aconteceu na agência teria sido diferente se Laverne acreditasse na Central da Morte. Ligações teriam sido feitas para mover céu e terra e me ajudar a realizar o sonho da minha vida. Mas tudo o que recebi foram palavras de alguém que não vai nem chorar por mim, porque acredita que vamos nos ver em alguns dias. Eu adoraria que ela estivesse certa, mas sei que não está.

Não olho para trás quando saímos do prédio. Nem sei para onde estou indo. Só ando pela calçada, tentando ficar o mais longe possível desse lugar.

— Calma aí — chama Orion.

Mas não paro.

Sigo em frente.

— Me espera!

A voz dele soa distante. Já não está tão forte. Eu me viro e vejo Orion recostado numa parede, os olhos fechados e a mão sobre o peito. Deixo a tristeza pra lá e volto para perto dele.

— Você está bem?

— Aham, eu só... — Orion respira fundo uma vez, e de novo, e de novo. — Ter um pico de pressão alta e depois sair correndo não foi uma boa combinação.

— Foi mal.

— A culpa não é sua. Não toda, pelo menos. Estou puto com o que aconteceu lá na agência.

— Aquilo foi cem por cento decepcionante.

— E irritante pra cacete.

Há um banco vazio no ponto de ônibus alguns metros à frente, mas Orion desliza pela parede e se agacha. Me junto a ele, mesmo com as pernas doloridas por causa da corrida de ontem, do treino e das divertidíssimas idas e vindas pelos seis lances de escada. Fico em silêncio enquanto Orion recupera o fôlego e luta contra sua tempestade interna.

Quero agradecê-lo por ter me apoiado, mas então o celular dele toca no meu bolso. A Central da Morte me deixou traumatizado, mas esse é um toque normal, então consigo me acalmar antes que meu coração reaja tão mal quanto o dele.

— É a Scarlett — anuncio.

Atendo à chamada de vídeo na mesma hora. Ela está chorando de soluçar. Começo a lacrimejar no mesmo instante. Dá para ver que minha irmã está no aeroporto.

— Já pousou? — pergunto.

Scarlett não consegue responder. O choro é interrompido quando várias notificações começam a chegar; as mensagens são todas dela. Descarto as notificações para conseguir falar com minha irmã.

— Scar? O que está acontecendo?

— Ainda estou no Arizona.

— Como assim?

— O piloto recebeu a ligação de Dia Final antes de decolar.

Ela começa a me contar sobre como os passageiros surtaram no avião e a polícia está investigando o problema, e eu tremo pensando no que poderia ter acontecido se o piloto tivesse decolado e condenado todo mundo à morte. Não dá para saber se isso teria acontecido, mas tenho certeza de que Orion já passou por essa situação incontáveis vezes, imaginando como teria sido o 11 de setembro num mundo com a Central da Morte.

— Eles não ligaram para você, né? — questiono.

Scarlett meneia a cabeça.

— Não, mas o sinal estava péssimo no avião, aí eu não consegui ligar para você mais cedo e fiquei com muito medo de você já...

— Ainda não. Qual é o plano agora? Você vai procurar outro voo?

— Assim que concluírem que os passageiros não eram uma ameaça ao piloto. Vou deixar a bagagem pra lá, não me importo.

—Você contou que é meu Dia Final?

— Eles estão cagando e andando. Só o piloto importa.

Uma grande mudança terá que acontecer nas companhias aéreas. Agora nenhum voo poderá decolar a menos que tenham certeza de que o piloto não é um Terminante. O mesmo vale para os passageiros. Assim resolveriam todos os acidentes, né? Isso presumindo que todos se inscrevam no serviço, para começo de conversa.

— Desculpa — diz Scarlett. —Vou continuar tentando.

Se um par de asas surgisse em suas costas, ela viria para o outro lado do país num piscar de olhos. No entanto, mesmo nesse mundo em que é possível prever a morte, as pessoas ainda não podem voar, então ela continua presa no aeroporto. Penso em outras coisas impossíveis, como Scarlett dirigir do Arizona até Nova York, embora a viagem dure mais de 35 horas. Só porque a Central da Morte não ligou não significa que Scarlett esteja a salvo de outro acidente enquanto se esforça para chegar aqui. No fim das contas, outro voo é a única opção.

Só queria que o impossível se tornasse possível no meu último dia de vida.

Será que é pedir demais?

Pelo visto, sim.

— Como você está? — pergunta ela. — Está na rua por quê?

Com a menor quantidade de palavras possível, conto sobre o ensaio que não aconteceu.

— E agora você vai para onde?

— Para casa, acho. Esperar você.

— Não! — grita Scarlett, se virando com cara de culpada para uma mulher ao seu lado. — Você não se mudou para Nova York para ficar sentado me esperando. Vai explorar a cidade, mas tenha cuidado. Daqui a pouco eu chego.

— Promete?

— Prometo.

Quando desligamos, nós dois sabemos que não temos como manter essa promessa, mas pelo menos é algo a que podemos nos agarrar. Scarlett vai fazer tudo que puder para chegar aqui. Ela poderia subornar alguém para desistir do próximo voo, só para que a gente possa passar mais tempo juntos, ou então entrar escondida no compartimento de carga e ser esmagada pelas malas por cinco horas seguidas. Não sei o que ela vai inventar, mas estou certo de que vai dar um jeito.

Com a mesma certeza de que vou encontrar meu reflexo ao me olhar no espelho, sei que vou ver minha irmã antes de morrer.

Esse é o sonho mais importante. E precisa se realizar.

ORION
8h12

Hoje é a primeira vez que tenho certeza de que vou viver, independentemente do que aconteça, mas nunca achei que a sensação seria tão horrível.

Não entenda mal, não quero morrer, só está sendo difícil acompanhar Valentino viver seu Dia Final. É impossível não pensar que o autor da história dele é um filho da mãe cruel que não quer deixar nada dar certo. Ele já poderia ter morrido de tantas formas — tiro, surra com taco de beisebol, bater a cabeça no meio-fio, cair no apartamento, atropelado —, mas ainda está aqui, vivo. E tudo isso para quê? Para ficar decepcionado com a própria agente e descobrir que a irmã ainda está em outra cidade? Não dá para celebrar minha vida sabendo que as horas finais de Valentino estão acabando com ele.

— Esse Dia Final não tem como ficar pior, né? — pergunta Valentino com um olhar vazio, lutando contra as lágrimas. — Que pergunta idiota. Lógico que tem, e lógico que vai ficar pior. A Central da Morte errou feio quando afirmou que os Terminantes estão em uma viagem de navio rumo ao destino final. Tudo que aconteceu hoje mostra que não estou conduzindo a embarcação coisa nenhuma. Parece que perdi o controle do leme e vou bater num iceberg a qualquer momento. Vou acabar naufragando. — Valentino se descontrola e começa a chorar copiosamente. — Eu devia cair morto agora mesmo.

Toda essa droga me deixa de coração partido.

Tento passar o braço ao redor do ombro dele, mas Valentino me afasta.

— É melhor você ficar longe de mim — diz ele, se levantando do chão. — Você não morrer hoje não descarta a possibilidade de eu ser um veneno. Só acontece coisa ruim comigo. Meu coração deve ser perigoso também. Sei lá, Orion, acho que você devia pensar em outra solução ou achar outro doador.

— Tá legal, então, caguei para o seu coração! Não estou nem aí. Você não é um veneno, nem um navio prestes a naufragar, nem qualquer outra analogia que você pretenda jogar na minha cara para tentar me afastar. Eu sou seu amigo, Valentino, e não vou te deixar sozinho no seu Dia Final.

Ele passa as mãos pelo cabelo e inspira, expira, inspira, expira, inspira, expira. Fica olhando a parede de tijolos como se quisesse socá-la, mas o exercício de respiração faz com que seus punhos continuem imóveis. Valentino está surtando, mas vamos superar mais essa juntos.

— Tem milhões de coisas que não dá para controlar — começo, enquanto ele respira fundo outra vez. — Mas você ainda pode retomar o comando desse navio e se acalmar... Desculpa, vou parar com essa metáfora. Estou começando a achar que a gente está mesmo em mar aberto. — Dou um passo na direção dele para provar que não tenho medo de nos machucarmos das piores maneiras possíveis. — Não tem como ressuscitar o fotógrafo nem fazer sua irmã aparecer aqui de uma hora para outra. Esse tipo de coisa não tem como controlar. Mas tem muitas coisas que dá.

Valentino ergue seus olhos de maresia para mim.

— Tipo o quê?

—Você que me diz. O que mais você não via a hora de fazer quando chegasse a Nova York?

— O ensaio fotográfico estava no topo da lista.

— Então pronto. Vou ser seu fotógrafo.

— Não vão aceitar. Você ouviu minha agente.

— Que se dane a agência. A gente vai fazer o seu. Pode ser uma série de fotos sobre a sua vida aqui na cidade.

—Vai ser um ensaio bem curto, pelo visto.

— Eu aposto que dá para tirar foto pra caramba num dia só.

— Faz sentido. Em uma hora de ensaio são centenas.

— Centenas? Eu pensei em, tipo, umas vinte. Mas tudo bem. Aceito o desafio.

Ele enxuga as últimas lágrimas e dá um sorriso.

— Quem sabe não registramos vários primeiros momentos meus em Nova York?

— Isso! — Fico animado de vê-lo comprando a ideia. É como se Valentino estivesse voltando à vida, mesmo que há pouquíssimo tempo tenha dito que devia cair morto. — Eu sei que esse seu rostinho lindo devia estar por toda a Times Square, e também sei que agora o cenário é outro. Mas só porque o mundo inteiro não vai ver essas fotos, não quer dizer que as pessoas do seu mundo não vão.

— Amei, de verdade. Posso mostrar tudo para Scarlett quando ela chegar.

—Também amei. Quer dizer, a ideia foi minha, mas eu curti.

Valentino está perdido em pensamentos, e fico com medo de que ele desanime.

—Tenho uma condição.

— Qualquer coisa — digo, com toda a sinceridade.

— Se você vai ser meu fotógrafo, a gente precisa de uma câmera boa de verdade. Nada de celular.

— Combinado. Com uma câmera boa de verdade.

Vamos dar uma guinada nesse Dia Final.

Não como numa porcaria de navio, mas como dois garotos determinados a fazer cada momento valer a pena.

— Obrigado por não me deixar sozinho, Orion.

Meus olhos passeiam até seus lábios em formato de coração. Quero beijá-lo agora mesmo.

—Vou ser seu amigo até o fim, Valentino.

VALENTINO
8h38

É meu Dia Final, e tudo ainda está fechado.

As lojas de departamento também parecem estar contra mim, mas sei que morrer num sábado não ajuda muito. Não posso me dar ao luxo de esperar até as dez ou onze horas para comprar uma câmera. Ainda bem que algumas empresas estão planejando estabelecer horários noturnos para atender os Terminantes, já que eles não vão começar o dia ao amanhecer como as demais pessoas.

— Acho que encontrei um lugar — anuncia Orion, lendo alguma coisa no celular. — É uma loja de penhores que funciona 24 horas. Não sei se vai ter uma câmera, mas vale a pena dar uma olhada.

— Fica longe?

Já estou pensando em voltar para o metrô. Vai que dou sorte e consigo ver alguma apresentação?

— Fica a três quadras daqui.

Enquanto Orion indica o caminho, leio todas as mensagens de Scarlett que narram o que aconteceu no avião. Minha irmã estava em pânico, com medo de que o piloto matasse todo mundo a bordo, que ela se tornasse a prova de que a Central da Morte é uma farsa e que eu morresse antes de nos vermos uma última vez. Todas as palavras e cada erro de digitação por causa do pavor ficam marcados na minha mente. Odeio que ela tenha sentido tanto medo. Quero me desculpar, como se eu tivesse culpa por estar morrendo. E talvez eu tenha mesmo, caso seja uma opção morrer em segurança em prol do transplante de coração.

Scarlett não vai querer que eu leve a cirurgia adiante.

— Você está se enterrando vivo — acusará ela.

E então vou responder:

— Vou morrer de qualquer jeito.

— Mas e se a Central da Morte estiver errada? — perguntará minha irmã.

Aí é que está. Se eu arriscar e morrer mesmo assim, então Orion talvez morra também.

Eu quero viver, mas não posso arriscar a vida dele, posso?

É lamentável que meu Dia Final seja logo no primeiro dia de existência da Central da Morte. Afinal de contas, se tivesse mais informações a respeito da assertividade das previsões, eu teria como saber se minha ligação foi um equívoco. Mas não tenho, nem vou ter. É apenas mais um dos motivos de por que minha morte veio na hora errada.

NAYA ROSA
8h40

Já há registros de onze Terminantes que morreram sem terem recebido a ligação da Central da Morte.

De volta à suíte particular no escritório na empresa, Naya descansa no sofá enquanto Alano usa seu colo como travesseiro e Bucky dorme aos pés dela. Não dá para se mexer sem acordá-los, e Naya não sabe para onde iria se desse. O futuro da empresa está em risco, e não será ela a responsável por resolver a situação. Está ali sentada e com medo, se sentindo como o avô nas muitas histórias que ele contou sobre como era esperar a avó de Naya voltar da guerra. Ela quer que a porta se abra com tudo e Joaquin apareça, mesmo que não tenha conseguido resolver o problema, mesmo que tenha perdido a guerra. Tudo o que deseja é que o marido sobreviva.

Mas e se Joaquin estiver entre os Terminantes que morreram sem receber o aviso?

VALENTINO
8h51

A loja de penhores tem um toldo em que está escrito RARIDADES IRRESISTÍVEIS com lâmpadas coloridas.

Parece mais uma daquelas lojas de lembrancinhas da Broadway que vendem ímãs com nomes de pessoas do que um lugar onde posso encontrar uma câmera. Mas, levando em consideração que fica espremida entre uma farmácia e um Domino's, a loja de penhores até que faz um belo trabalho para se destacar, como um broche em uma blusa que, sem ele, seria bem sem graça. E, diferente dos comércios vizinhos, a Raridades Irresistíveis também se destaca porque há uma pilha de cacos de vidro onde antes ficava a porta.

— Bem, aberto com certeza está — observo.

— Quer eles queiram ou não — acrescenta Orion. — Vândalos de merda.

Vejo um homem varrendo lá dentro. Ele deve trabalhar aqui, porque não consigo imaginar algum invasor limpando a própria bagunça.

Orion tenta me puxar para longe, mas firmo os pés.

— Você devia se afastar. Só para garantir — diz ele.

— Para garantir o quê?

— Não sei, mas não acho que você queira descobrir.

— Então vamos embora. Não vale a pena se arriscar por uma câmera.

— Vale, sim — rebate Orion, me encarando. Ele se importa comigo de verdade. — Olha, a gente sabe que hoje não é meu Dia Final, então a solução é eu usar essa vantagem como se fosse um superpoder.

— Só que você não é invencível.

— Não, mas estou mais forte. Fica um segundo lá na esquina.

Aceito a derrota, mas me recuso a ficar escondido na esquina. Vou esperar bem aqui.

As botas de Orion trituram o vidro enquanto ele vai até a loja e bate na porta.

— Oi, bom dia — cumprimenta ele.

O sujeito para de varrer e se aproxima.

— Estamos fechados hoje.

— Tudo certo aí? — pergunto da calçada.

Ele me encara como se fosse óbvio que não. É difícil manter contato visual, porque, mesmo sendo mais velho, o cara é um gato. Tem uma barba grisalha que cobre a mandíbula definida. O cabelo é preto, com um topete e mechas também grisalhas na lateral. Os braços fortes e torneados têm veias à mostra sob a pele marrom, algo que é celebrado na academia como se fosse a única prova de que a pessoa realmente malha. O peitoral está marcado pela camiseta preta com mangas dobradas e há marcas de suor nas axilas. Como eu nunca pude fazer tatuagem para não perder oportunidades de trabalho com as agências de modelo, adorei as luas brancas tatuadas nos bíceps dele. O desenho completa o visual desse homem que com certeza poderia estar nas capas de revista.

— Invadiram a loja hoje cedo — explica o sujeito. — Pelo visto andam querendo roubar tralha em vez de massa de pizza.

Eu me sinto seguro para chegar mais perto. Não acho que o cara vai me espancar até a morte com uma vassoura.

— Sinto muito.

—Você não tem culpa. A não ser que seja um dos vândalos.

— Não somos, mas essa gente tem mais é que se ferrar. E se ferrar pra cacete — opina Orion.

— Concordo cem por cento. Gostei do seu jeito — diz o homem, trocando um toca-aqui com Orion.

Meu amigo dá um sorriso.

— Tudo bem se a gente entrar rapidinho? Estamos atrás de uma câmera.

O homem suspira.

— Roubaram muita coisa noite passada. Nem sei o que restou. Vocês podem voltar amanhã quando a gente reabrir. Vou reservar qualquer câmera que eu achar aqui.

Ele começa a se virar.

— Espera.

Orion me olha.

Ele sempre respeita minhas decisões, até mesmo quando envolvem desconhecidos que nunca voltarei a ver. Depois preciso fazê-lo saber como seu apoio me deixa feliz.

— Amanhã não vou estar aqui — revelo.

—Você não é da cidade? — indaga o sujeito.

— Sou um Terminante — respondo.

E, então, temos o momento da verdade: será que ele vai questionar a veracidade da Central da Morte ou acreditar que estou à beira da morte?

O homem balança a cabeça.

— Que tragédia. Sinto muito. Você é tão novo...

Fico aliviado por ele se importar, mas é claro que isso não faz a verdade ser menos pior.

— Entrem. Podem dar uma olhada. — Ele nos cumprimenta com apertos de mão. — Meu nome é Férnan.

—Valentino. E esse é o Orion.

— É um prazer conhecer vocês. Orion, só toma cuidado para não exagerar nos palavrões, por favor, caso meu filho apareça por aqui. Ele tem dez anos e já xinga como eu quando os Mets estão perdendo.

— Então ele xinga pra cacete — brinca Orion, dando uns tapinhas em seu boné dos Yankees.

Parece que estamos entrando numa cena de crime. O balcão de vidro foi destruído e todas as caixas de joias foram esvaziadas. Os halteres estão intactos, então acho que os ladrões não eram marombeiros. Há duas bicicletas na parede, uma amarela e outra cinza-metálica. Um micro-ondas está de cabeça para baixo, deve ter sido jogado no chão durante a invasão. Vejo prateleiras cheias de tênis com avarias mínimas, o que deve ser ótimo para quem quer fingir que acabou de comprar um sapato novo, mas que já desgastou um pouco pelo uso, igualzinho aos tênis brancos que estou usando. O chão está cheio de coisas, como bonecos, bonés de beisebol, ferramentas, videogames, aparelhos de DVD, guitarras com cordas arrebentadas, discos de vinil rachados e mais um monte de objetos que devem ter suas próprias histórias. Itens que foram trazidos aqui para ajudar alguém a se dar bem no mundo lá fora. Como se o roubo já não fosse criminoso por si só, penso em todos os tesouros furtados que os donos nunca mais poderão recuperar. Essa é a pior parte desse crime.

— Faz quanto tempo que você tem essa loja? — pergunta Orion.

— Uns anos já, mas estou pensando em largar tudo em breve — responde Férnan.

— Como assim? Por causa disso?

Férnan meneia a cabeça.

— Com certeza o que aconteceu não ajuda. Mas eu não tenho emocional para esse tipo de trabalho. Odeio precificar bens de valor inestimável para alguém. Já perdi a conta de quantas pessoas penhoraram as alianças em troca de grana.

Pelo menos essas pessoas se casaram, o que significa que tiveram a chance de se apaixonarem.

Algo impossível de acontecer num Dia Final.

Continuo à procura de uma câmera, me lembrando de que essa situação é algo que posso controlar. Há dezenas de livros caídos no chão; acho que os vândalos também não eram leitores. Não havia nenhuma câmera embaixo dos livros. Eu os ajeito numa pilha organizada, para ajudar Férnan. Olho embaixo dos frisbees e atrás de uma impressora quebrada, mas não acho nada.

A porta dos fundos se abre, e um garotinho surge. Ele parece uma versão mais nova de Férnan, sem o cabelo grisalho, a barba e as tatuagens. Está usando um casaco azul. O menino dá a última mordida em um lanche do McDonald's, limpa a gordura da boca e diz:

— Pensei que a gente estava fechado, papai.

Férnan está agachado atrás do balcão estilhaçado.

— E estamos. Só que esses jovens foram muito gentis, então decidi abrir para eles. Viu como ser educado funciona?

— Ahaaam.

— Por que você não os ajuda a encontrar uma câmera?

— Se eu ajudar, posso finalmente ficar com aquela bicicleta? — pergunta ele, apontando para o modelo cinza-metálico na parede.

— Ainda não está à venda.
— É só dizer que roubaram, papai.
— Rufus...
O garoto faz uma careta e pergunta:
— O que foi?!
Férnan dá a volta no balcão e o garotinho, Rufus, cruza os braços.
— Vai lá para trás me esperar.
— Eu não fiz nada.
— Você fica me respondendo como se eu fosse um dos seus amigos.
— Então a gente não é amigo, papai?
— Para de bancar o espertinho.
— Se eu não posso ser esperto, então para de brigar comigo quando eu tiro nota baixa.
— Rufus, vai me esperar lá atrás. Agora.

Há uma troca de olhares tensa antes de Rufus fazer uma careta de novo. Para piorar, ele chuta um caixote que voa até a parede. Fica tudo em silêncio. Orion e eu ficamos imóveis, como se só agora percebêssemos que estamos num campo minado. Um passo errado e vamos explodir. Mas o único explosivo no recinto é o temperamento de Rufus. Então, antes de qualquer repreensão de Férnan, o menino parece se acalmar e seus olhos brilham de surpresa.

— Achei! — grita ele, pegando a câmera em seguida. O pai estende a mão, mas Rufus passa por ele e vem direto até mim. — Aqui, olha.

É uma câmera digital, uma Canon PowerShot. Não entendo muito desse modelo, mas deve dar conta.

— Muito obrigado, Rufus.

— Imagina!

Em seguida, o menino volta com calma para os fundos da loja.

Férnan respira fundo e retorna para trás do balcão.

— Nunca tenham filhos.

— Seu desejo é uma ordem — respondo, entregando a câmera.

O homem procura o objeto no registro de estoque quando, de repente, me encara com os olhos arregalados.

— Me desculpa, Valentino. Eu esqueci.

— Tudo bem — digo.

— Me desculpa mesmo assim. Eu amo Rufus, e ele é um ótimo filho. O temperamento é que às vezes fala mais alto. Eu era igualzinho quando tinha a idade dele. Vai passar com o tempo. — Férnan enxuga o suor da testa. — Estou só piorando as coisas, né? Desculpa. É a primeira vez, e não sei como... ainda mais você sendo tão jovem e...

Orion põe o braço no meu ombro, tentando trazer uma casualidade para o momento.

— Está todo mundo aprendendo. Ficamos agradecidos por Rufus ter achado a câmera. Vamos registrar o Dia Final do Valentino.

Com os olhos marejados, Férnan dá uma olhada rápida em mim. O que ele vê é alguém jovem. Rufus vai ter minha idade daqui a alguns anos, e talvez Férnan tenha medo de como seria ver o filho passando por um Dia Final. É algo que não desejo para essa família.

— Há quanto tempo vocês são amigos? — pergunta Férnan.

Orion conta baixinho.

— Há umas dez horas, mais ou menos.

Férnan tem muitas perguntas, mas não faz nenhuma. Apenas termina de conferir o modelo da câmera nos documentos e informa:

— Essa aqui foi vendida, não penhorada. Então é toda sua.

Pego a carteira, que por algum milagre não perdi, como aconteceu com o celular e as chaves.

— Que bom. Quanto fica?

Ele me entrega a câmera.

— De graça.

— Nossa... valeu, cara... — agradece Orion.

— Não — interrompo. — Quero pagar. Ainda mais depois de terem invadido sua loja.

— É muito nobre da sua parte, mas essas cem pratas não vão salvar o negócio. Prefiro saber que você vai estar lá fora fazendo lembranças incríveis.

O desconto para Terminantes não faz com que eu me sinta muito bem. Parece que estou roubando uma loja que já teve prejuízo suficiente.

— Tudo bem. Aceito a câmera se você me deixar comprar a bicicleta para o seu filho. Posso deixar o dinheiro, aí quando ficar disponível para venda você...

— Já está disponível — responde Férnan. — Só fico dizendo que não está porque ele pisa na bola. Mas por que dar aquela bicicleta para o Rufus é importante para você?

Orion também parece confuso, mas acompanha meu raciocínio.

— Meus pais não eram os melhores do mundo. Então seria legal saber que um pai que ama o filho vai mostrar esse amor de verdade.

Férnan encara a bicicleta, como se estivesse imaginando as recordações que vai criar com Rufus.

— Combinado.

Acertamos o preço. Ele tenta vender mais barato, eu tento comprar mais caro. É a negociação mais sem pé nem cabeça que já vi na vida. Encontramos um meio-termo e fechamos o negócio. Férnan tem um aperto de mão firme, e sinto que está me dizendo para ser forte mesmo sem usar as palavras.

Olho para a bicicleta e imagino Rufus nela, com o pai ao lado, incentivando-o. É um pensamento reconfortante.

— Tenha um bom dia — digo ao sair.

— Vocês também — responde Férnan, e se encolhe quando vê minha camiseta. — Isso mesmo. Que seu Dia Final seja ótimo, Valentino.

— Valeu, Férnan.

Saímos da loja.

Ligo a câmera. Não está completamente carregada, mas deve durar até o fim do dia. Entrego-a para Orion.

— Você se importa de tirar uma foto? Acho que a primeira tem que ser do lado de fora da loja onde comprei a câmera.

— Tiro com prazer!

Faço uma pose e coloco as mãos nos bolsos. Parece estranho sorrir em frente a uma loja de penhores que foi roubada, mas foi assim que encerramos esse capítulo do meu Dia Final, e é assim que o momento deve ser eternizado.

Orion tira a primeira foto.

A primeira de muitas, espero.

FÉRNAN EMETERIO
9h09

A Central da Morte não ligou para Férnan Emeterio, porque ele não vai morrer hoje, embora tenha sido pego de surpresa pela generosidade de um jovem que vai.

De todas as lojas em que Valentino poderia ter entrado naquela manhã, ele escolheu a de Férnan, horas depois de ela ter sido invadida por pessoas que temem o fim do mundo. Férnan não sabia por que, dentre tantos lugares, a Raridades Irresistíveis tinha sido a escolhida, mas tem certeza de que sua mãe (que ela descanse em paz) diria que foi obra do destino. Até morrer, alguns anos atrás, ela foi muito supersticiosa. Não havia um único cílio que não soprasse, uma bolsa que deixasse no chão, com medo de seu dinheiro desaparecer, ou uma virada de ano em que não comesse doze uvas — uma tradição verdadeiramente cubana. Férnan acredita que Valentino foi empurrado para cruzar seu caminho, com um dedinho de sua mãe lá no céu.

E isso não poderia ter acontecido em melhor hora.

Férnan e Rufus têm se estranhado bastante nos últimos tempos. Ele também tem dificuldades com a filha mais velha, Olivia, mas ela gosta de privacidade e costuma ficar ouvindo música clássica no quarto sem incomodar ninguém. Só que Rufus, aos dez anos, está tentando virar o homem da casa. O garoto quer comandar tudo, assim como faz na escola e no parquinho com os amigos. Ele parece respeitar mais a mãe, mas Férnan acredita que deva ser porque os dois não passam tanto tempo juntos, já que Victoria é uma cirurgiã cardíaca que trabalha oitenta horas por semana, quase sempre no turno da noite. Ela, inclusive, ficou de plantão porque está tentando conseguir a atenção do conselho para um transplante especial. São as férias de verão que estão deixando Rufus tão agitado. O garoto está longe dos amigos e preso com os pais, a quem ele não respeita, e com a irmã, que não quer saber dele. Férnan olha para a bicicleta, pensando que talvez essa seja a forma de liberar a enorme energia acumulada de Rufus.

Uma conversa de pai para filho daria conta de colocar o pingo nos is. O que não parece ser o caso de Valentino com os pais. Férnan prefere brigar com o filho todo dia a lhe virar as costas. Será que os pais de Valentino sabem que ele está morrendo? Ou Valentino se conformou em passar o tempo que lhe resta com um garoto que conheceu há dez horas? Os momentos finais de alguém deveriam ser passados com a família. Férnan não consegue nem imaginar Rufus passando o Dia Final com um desconhecido. Ele vai garantir que o filho jamais passe por uma situação tão desoladora como essa.

Férnan pega o dinheiro da bicicleta e põe num espaço vazio do caixa.

Encara as contas enquanto pensa na mãe de novo. Estava indeciso quanto ao trabalho, dividido entre continuar como técnico ou abrir o próprio negócio. Então a mãe morreu, e ele ficou pensando com frequência nas muitas superstições que ela tinha. A coceira na palma da mão era uma delas. Significava que teria sorte e que receberia dinheiro muito em breve. A ideia de ter uma loja de penhores veio logo em seguida, pois sabia que podia honrar o espírito da mãe vendendo objetos que atrairiam as pessoas, se tornariam irresistíveis e lhes trariam sorte em momentos difíceis. Por tudo o que fez, hoje alguém lhe trouxe dinheiro.

É um sinal para reconstruir seu negócio e suas relações.

Férnan fecha o caixa e pega a bicicleta da parede.

A família vem em primeiro lugar.

ORION
9h39

Fotografar as primeiras vezes de Valentino é divertido pra caramba.

A primeira vez comprando um chá preto quente que o despertasse e forrasse o estômago. Ele até brincou com um gatinho, mas só depois de eu confirmar que não havia alergias com as quais se preocupar. Vai que Valentino cai morto ao lado da caixa de areia!

A primeira vez vendo um orelhão que, segundo ele, era diferente dos que havia no Arizona. Ele fez pose ao lado do telefone público como se estivesse numa ligação, a cabeça meio inclinada para baixo, mas com os olhos de um azul intenso voltados para mim. Esse olhar mexeu com meu coração. E com meu... pau. É tudo que tenho a declarar.

A primeira vez comprando um sanduíche de bacon, ovo e queijo de uma barraquinha na rua. Valentino continua se recusando a comer por causa da possível cirurgia, o que me deixa irritado, ainda mais depois de ele sentir o cheiro delicioso. Dá para perceber a vontade do coitado de rasgar o papel-alumínio e devorar a comida numa mordida só, mesmo com o sanduíche estando tão quente que talvez queimasse tudo por dentro. Em vez disso, o lanche é doado para uma mulher que está pedindo dinheiro para comer. Dessa parte a gente não tira foto, óbvio.

A primeira vez passando pela lendária livraria Strand, onde Valentino tem vontade de se enfiar em algum canto para ler um último livro.

E agora a primeira vez comprando um exemplar do *New York Times* numa banca. Seu semblante fica mal-humorado. Chego a pensar que ele vai começar a agir de um jeito mais intenso, reflexivo, mas então leio a manchete do jornal: OS DIAS FINAIS CHEGARAM. A foto de capa exibe Joaquin Rosa ao telefone no call center da Central da Morte.

Quase deixo a câmera cair quando percebo o que isso significa.

— Foi quando ele me contou que minha vida ia acabar — observa Valentino.

— Você está bem?

— É estranho ver o outro lado dessa ligação. Ainda mais no jornal.

— Faz parte da história, acho.

Valentino destrói o exemplar.

— Só que eu não sou história, Orion. Estou bem aqui.

E, de repente, não está mais, porque sai andando para longe de mim.

— Desculpa, não foi isso que eu quis dizer. Eu só... Bem, eu só meio que passei por algo parecido quando meus pais morreram. O jornal já tinha saído, mas publicaram outro ao longo do dia mesmo assim. O *New York Times* trouxe uma manchete sobre os Estados Unidos estarem sendo atacados e falou dos aviões sequestrados que destruíram as Torres Gêmeas, nunca vou esquecer. Bem na capa estavam as torres em chamas. A fumaça e o fogo... Me lembro de apertar os olhos com força, com muita força mesmo, porque pensei que talvez eu fosse ver meus pais em alguma janela.

Valentino para e olha para mim.

— Eu tinha nove anos e era idiota, está bem? Vai, pode me julgar.

— Não estou te julgando. Isso é tão triste.

— Pois é. É a mesma coisa agora com você e a foto de Joaquin. Todo mundo acha que aquele momento faz parte só da história da Central da Morte, mas faz parte da sua também.

— Assim como o 11 de setembro faz parte da sua.

— São provas de como nossas vidas mudaram. O registro disso bem na primeira página.

— Só que não dá para ver nossos rostos.

— Não ligo. Eu fiquei um caco aquele dia. Você, por outro lado, está lindo pra cacete.

Valentino fica com as bochechas coradas ou então o sol queimou seu rosto.

— Mesmo com a testa machucada?

— Vai por mim, por causa de você, ter uma cicatriz na testa vai virar moda.

— Valeu, Orion. — Ele passa o braço ao redor dos meus ombros, e o que me quebra é o jeito como nossos corpos estão perto. — E agora?

— Você quem manda.

— Estou passando essa decisão para você. Leva a gente para um lugar maravilhoso pouco conhecido, uma raridade em Nova York.

Levo um tempo para pensar, porque ainda não superei o contato físico de Valentino. Além disso, é muito mais libertador explorar um espaço como esse aqui, no centro de

Manhattan, do que seria no Bronx. Então me lembro de um lugar que ainda não conheço, um lugar que podemos descobrir juntos.

Uma primeira vez para nós dois.

ROLANDO RUBIO
9h47

Rolando está numa cafeteria, torcendo para conhecer seu primeiro Terminante.

Nada disso foi planejado. Na verdade, os guias da Central da Morte deixam explícito que mensageiros não devem se encontrar com Terminantes. A empresa estabeleceu essa barreira entre mensageiros e Terminantes como se eles fossem terapeutas e clientes que não devem ser amigos, mas Rolando não compra a ideia de que é tudo uma simples questão de profissionalismo. Suspeita que Joaquin não quer que nenhum de seus funcionários se torne refém de algum Terminante ou dos membros de sua família, desnorteados em meio ao luto; essas pessoas não têm nada a perder, mas podem ganhar alguma coisa caso descubram como funciona a Central da Morte. Como se Rolando soubesse como o sistema funciona. A questão é que a Central da Morte não revelaria seu segredo para salvar a vida de um membro da equipe. E isso com certeza pegaria muito mal na imprensa.

Para a sorte deles, Rolando já não trabalha mais lá.

E ele também tem sorte, pois não precisa continuar vivendo de acordo com as regras da Central da Morte. Sobretudo no que diz respeito ao primeiro Terminante para quem ligou à noite e com quem conversou por um bom tempo; por tempo demais, caso alguém pergunte a Joaquin, Naya, Andrea ou qualquer outra pessoa. Mostrar-se um bom ser humano fez dele um mau funcionário. Ainda bem que aprendeu bastante a respeito de Clint Suarez durante a ligação. Descobriu que o idoso ama dançar. Que era um investidor. Que uma vez ganhou 800 mil dólares na loteria quando apostou com os números do aniversário da mãe. E que toda manhã de sábado, às dez horas em ponto, ele vai até o Carolina's Café, na Union Square, onde gosta de se sentar perto da janela e aproveitar um café da manhã tardio enquanto observa as pessoas.

Então Rolando se senta perto da janela e aproveita um café da manhã tardio enquanto observa as pessoas. Nada de interessante acontece por um tempo. Há uma mulher passeando com vários cachorros e um floricultor tentando vender buquês no semáforo. Há também dois adolescentes. Um fotografa o outro, que comprou um exemplar do *New York Times*, e a cena é particularmente desinteressante para Rolando. Nada de muito relevante acontece até que um dos rapazes avista a foto de Joaquin Rosa na capa e, logo depois, destrói o jornal inteiro. Enquanto os garotos se afastam, Rolando continua observando o movimento, à espera de alguém que possa ser Clint. É nessa parte do plano que a esperança entra em ação. É bem possível que a rotina de Clint não seja mais a mesma porque ele está morto.

Até que, faltando um minuto para as dez, a porta da cafeteria se abre e um senhor de cabelo grisalho entra, com um jornal enfiado debaixo do braço. Será que esse pode ser Clint? Se for, por que alguém prestes a morrer se importaria com as notícias?

— Bom dia — diz o homem para os funcionários da cozinha.

Rolando reconhece a voz do idoso com essas duas únicas palavras. Nem foi necessário ouvir todos responderem:
— Bom dia, sr. Clint!
Ele é mesmo um freguês de carteirinha. O idoso olha as mesas perto das janelas, porém não encontra nenhuma vazia. Ele franze levemente o cenho de seu rosto enrugado, mas não parece ficar cem por cento desanimado.
Rolando se levanta.
— Com licença, o senhor gostaria de se sentar aqui?
Será que Clint vai reconhecer sua voz? Parece que não.
— Ah, não precisa.
— Por favor, eu insisto.
Clint cede, se senta e põe o jornal sobre a mesa.
— Muito obrigado — agradece o senhor.
Rolando se sente estranho, como se estivesse atravessando uma fronteira proibida, mas ele só quer ajudar.
— O senhor pode achar estranho... mas meu nome é Rolando Rubio. Eu estava trabalhando na Central da Morte. Noite passada.
Clint ergue o olhar marejado.
— Rolando. Rolando! Sente, sente.
Rolando fica aliviado por sua presença ser bem-vinda e se senta.
— Desculpe aparecer assim. Não gostei da ideia de o senhor passar seu Dia Final sozinho e queria ver se está tudo bem. O senhor tinha mencionado essa cafeteria e...
— Cabeça boa, hein? — diz Clint.
Rolando fica pensando no quanto a memória de Clint deve ser ruim para ele achar impressionante alguém se lembrar de algo que aconteceu menos de doze horas atrás.
— Isso faz parte de algum pacote da Central da Morte?

— Não, na verdade... — Rolando decide não contar que se demitiu. — É coisa minha mesmo.

— É muita gentileza sua. Tem uma coisa que eu gostaria que fizesse por mim.

— E o que é?

— Que você tomasse café da manhã comigo.

Rolando torce que, caso seja sortudo para ter uma vida tão longa quanto a de Clint e azarado o suficiente para acabar sozinho, alguém apareça e ofereça a mesma gentileza em seu Dia Final.

VALENTINO
10h09

Já que preciso passar meu Dia Final em algum lugar, fico feliz de ser numa cidade onde é possível ir a pé para todo canto. Quanto tempo eu perderia dirigindo em Phoenix, com os olhos na estrada sem ver toda a beleza ao meu redor?

Comprei um Fitbit em março. Queria um desde o Natal. É um desses relógios que basicamente fazem contagem de passos. Foi ótimo ter um durante as corridas matinais, porque também me inspirava a atingir metas diárias. Claro que só fui lembrar que esqueci o aparelho no banheiro da casa dos meus pais quando Scarlett me deixou no aeroporto, mas ela garantiu que ia trazê-lo para mim. Agora é capaz de ela mesma nem chegar, que dirá a mala. Não é nada de mais, mas seria legal ver quantos passos foram necessários para ir do meu apartamento até a Times Square ontem à noite, ou até mesmo quanto andei em Manhattan nessa manhã, enquanto meu guia de turismo particular me mostra a cidade.

Isso me faz pensar.

—Tive uma ideia para uma invenção. Você pode fazer.

—E vou poder levar todo o crédito? — pergunta Orion.

—Só se quiser que eu volte para puxar seu pé.

—Não é uma ameaça tão terrível assim. Seria legal ter você por perto.

— Tá, mas depois, quando eu ficar batendo no seu ombro, não adianta querer mudar de ideia.

— É, tem razão. Eu teria que chamar um exorcista para ontem.

Há um lado reconfortante em virar um fantasma. Ainda mais porque não acho que Orion fosse tentar me exorcizar. Eu também poderia cuidar de Scarlett. Talvez até garantir que meus pais nunca mais tenham uma boa noite de sono.

— E qual é a invenção, bonitão? — indaga Orion.

— É basicamente um rastreador que mostra a jornada dos Terminantes durante o Dia Final. A família e os amigos podem refazer os últimos passos do ente querido e se sentirem mais próximos dele caso não consigam estar presentes.

Orion aponta a câmera e tira uma foto minha.

— Pra que isso?

— Queria documentar sua primeira ideia idiota.

Fico boquiaberto.

— Seu bocó.

— Bocó? Ah, faz o favor, me chama de babaca, escroto ou filho da puta. Você já saiu do ensino fundamental faz tempo.

— Não sou muito de falar palavrão. Tive uma criação católica.

Orion para na esquina.

— Perfeito. Você não é mais católico, né? Qual vai ser seu primeiro xingamento, palavrão ou seja lá como você queira chamar essa porra? Grita logo essa merda para o céu e acorda esse bando de filhos da puta que estão tentando dormir.

Faço as contas.

— Três palavrões em dez segundos. Arrasou.

— Isso não foi nada. E aí?

Para alguém que é tão aberto hoje, eu cresci muito enjaulado. Havia tantas coisas que eu não tinha permissão de dizer. Não podia xingar. Não podia questionar Deus. Não podia falar dos meus crushes. Então eu contei sobre minha orientação sexual, e meus pais quiseram me enfiar de volta no armário na mesma hora. Orion, por outro lado, não está me mandando filtrar meus pensamentos ou sentimentos. Está me mandando colocar tudo para fora.

Em uma esquina de Nova York, sinto as palavras borbulhando, abro os braços com tudo e grito:

— ESTOU LIVRE, PORRA!

Orion tira uma foto.

— Arrasou!

Antes de poder agradecê-lo, alguém abre uma janela lá em cima e um homem põe a cabeça para fora.

— Cala a boca, filho da puta!

A vergonha é tanta que chego a paralisar.

Orion tira outra foto antes de me arrastar dali, rindo.

— A primeira vez que alguém te chamou de filho da puta e te mandou calar a boca em Nova York. Agora você foi batizado como um verdadeiro nova-iorquino.

Talvez eu ache essa foto mais engraçada depois que meu coração desistir de sair pela boca.

Orion segura meu pulso conforme caminhamos pela rua e só me solta quando chegamos a um lugar que parece abandonado. Há algo suspeito na paz que reina ali. Nada além de carros vazios sob os trilhos suspensos da rede ferroviária. Orion começa a subir as escadas devagar, mas então pega velocidade. Tento fazê-lo ir mais devagar, mas ele me ignora. Parece estar curtindo esse momento em que uma simples atividade física não parece uma ameaça de morte. Mas ele não morrer de infarto não descarta a possibilidade de escorregar nos degraus e cair em cima de mim. Seguro o corrimão como se minha vida dependesse disso, e Orion me espera lá em cima com o maior sorriso.

Quando o alcanço, mal acredito no que vejo.

A estação é uma floresta. Arbustos de um verde reluzente e flores se aquecem sob o sol da manhã. Bem onde os trilhos deveriam ficar, há um caminho que foi calçado. Estou olhando para tudo aquilo, confuso, quando Orion tira uma foto de mim.

— Como é que essa estação funciona?

— Não é mais uma estação. É um parque chamado High Line.

O nome não significa nada para mim.

— Nunca ouvi falar.

— Abriu no verão passado. Ainda não está pronto, eles têm muitos planos para aumentar o parque. Achei que você devia ver o que já foi feito.

A cidade é tão enorme que nem mesmo alguém entusiasmado para se mudar para cá sabia desse lugar. Quantas outras maravilhas Nova York deve ter que nunca vou chegar a ver? E não só na cidade, no estado ou no país. No mundo inteiro. Eu meio que queria poder ir para o espaço e dar uma volta ao redor do planeta. Só então eu poderia dizer que vi tudo. Não consigo imaginar a NASA mandando um Terminante para o espaço a menos que seja para uma missão suicida, então vou aproveitar esse pedacinho do mundo que eu nem sabia que existia.

— É tão lindo — comento conforme seguimos pelo caminho pavimentado.

— E meio assustador também, né? Parece até que a gente está no cenário de algum filme pós-apocalíptico.

— O que fez você me trazer justo aqui?

— Não me bate, mas eu achei que podia te inspirar no seu Dia Final.

— De que jeito?

— No passado, esse lugar se chamava Death Avenue, algo tipo Avenida da Morte. Centenas e centenas de pessoas eram atropeladas pelos trens, um horror. Chegou a um ponto em que eles... não lembro quem *eles* eram, mas era *alguém*... enfim, foi preciso contratar caubóis para impedir o povo de tentar atravessar a bosta dos trilhos. Tipo, uns caras montados a cavalo, sério.

—Você está inventando isso!

— Não estou, não! Eles... repito, não sei quem *eles* eram... decidiram elevar os trilhos. Aí o resto da história é meio que um borrão.

— Desculpa o vocabulário, mas você é um contador de histórias de merda.

Orion ri.

— Não estou tentando vencer nenhum reality show de ganhar dinheiro, então tudo bem.

— O apresentador teria te expulsado por ficar respondendo tudo com palavrão.

— Puta merda, pior que é verdade.

Tropeço nos trilhos. As plantas crescem por eles como se estivessem em uma horta. Esse lugar é incrível mesmo.

—Você ainda não falou como esse lugar vai me inspirar.

— Olha, eu estava prestes a contar, mas aí você começou a xingar minhas habilidades de contador de histórias do nada.

— Peço desculpas por esperar que você fosse um sabe-tudo. Acho que todo mundo tem um defeito, né?

— Meu coração já é um defeito considerável.

— Não por muito tempo.

E então somos apenas dois garotos em silêncio enquanto continuamos a atravessar esses trilhos aposentados e pós-apocalípticos. Não há mais ninguém à vista. Parece até que o mundo quer que a gente viva o futuro. Ouço o vento e meus pensamentos, e os dois são tanto deprimentes como animadores. Talvez daqui a pouco eu não esteja mais aqui para continuar rindo, mas Orion, sim, se tudo der certo. E vai dar. Estou depositando toda a minha fé nessa cirurgia; seja lá o que fé signifique hoje em dia.

Orion para de andar e encara as plantas que emergem entre os trilhos.

— É minha primeira vez aqui também. Queria ter vindo no verão passado, quando ainda era tudo novo, mas meu coração atrapalhou. Em vez disso, passei o dia no hospital. Considerei como um sinal de que não devia ir a um lugar conhecido como Avenida da Morte. Só que estava pensando agora mesmo em como o High Line era para ter sido demolido. Devia ter desaparecido da cidade. Até que um pessoal do bairro lutou para que esse lugar ganhasse vida e conseguiram fazer esse parque incrível. — Orion me encara com seus olhos castanhos. — Odeio que você esteja morrendo, Valentino, mas quero que se lembre de que nem tudo está perdido só porque você é um Terminante. Vou continuar lutando contra tudo o que esse Dia Final jogar no seu caminho para transformar sua vida em algo lindo.

Não tenho dúvida de que Orion está sendo sincero em cada palavra.

— É quase como se, quando eu morrer e você ficar com meu coração, eu vá viver através de você — digo. — Uma nova vida incrível.

Sinto meu peito apertar quando Orion e eu trocamos olhares.

— Com certeza — concorda ele, rompendo o contato visual. Eu desvio o olhar também. — Vou virar um parque ambulante.

— O que você não tem de historiador, Orion, você compensa com metáforas.

— Sou escritor. Preciso fazer isso direito.

Paramos e apoiamos os braços no parapeito. Daqui, temos uma visão tranquilizadora do rio. Acho que deve ser o rio Hudson, mas, mesmo sendo um nova-iorquino recém-batizado, não adquiri subitamente todo o conhecimento sobre a cidade. Fico olhando a água e um barco vagar com lentidão pela superfície.

— Nunca entrei num barco — comento.

— É horrível. Por favor, não inventa de fazer isso ser uma das primeiras vezes.

— Vai cavalgar atrás de mim para me impedir, que nem um daqueles caubóis que você inventou?

— Tocando berrante, ainda por cima — diz Orion, com ironia. — Mas, falando sério, a vida é sua. Pode ser egoísmo, mas não queria arriscar ver você se afogando. Não estou nem aí para o que a Central da Morte diz, porque de jeito nenhum eu ia sobreviver a isso.

Da mesma forma que eu gostaria de viajar numa espaçonave, seria legal subir num barco e navegar pelo rio para viver algo pela primeira vez. Mas Orion tem razão. Se afogar parece um jeito horrível de morrer, e não quero testar essa teoria. E também não quero ninguém presenciando uma cena dessas. Seria apavorante demais.

É difícil viver quando a morte parece estar à espreita em qualquer esquina.

—Vou passar minhas últimas horas de vida vendo tudo de longe, né?

— Nada disso. Você vai viver tudo em primeira mão.

— Como?

— Fazendo tudo o que a gente puder. Se você não morrer feliz, então vou ter fracassado na minha missão.

— É uma tarefa difícil.

— E eu estou mais do que pronto.

Meio que espero que a gente troque um aperto de mãos para mostrar que concordamos. Em vez disso, ficamos vendo aquele barco navegar até sumir atrás de um prédio. Espero que a jornada dele seja tranquila. Orion dá um passo para trás e aponta a câmera para mim.

—Você também devia aparecer na foto — comento. — É sua primeira vez aqui também.

— Não, o protagonista do seu Dia Final é você. Já me meti demais com essa história de infarto e de doação de órgão.

— Sem você, esse Dia Final já teria acabado há muito tempo. Você faz parte da minha jornada.

Orion suspira, derrotado. Ele se encaixa sob meu braço e, com as nossas cabeças encostadas uma na outra, nos aproximamos. É difícil encontrar um bom ângulo sem nos vermos na tela de um celular.

— Como é que as pessoas tiravam selfies antes dos celulares? — pergunta Orion.

— Sorte. E, nossa, eu odeio tanto essa palavra. "Selfie". Será que vai durar muito?

— Espero que não. Essa palavra viver mais do que você é triste pra cacete.

— Sou obrigado a concordar.

Quanto mais demoramos para descobrir como tirar uma selfie na câmera, mais tempo ficamos grudados assim. O que não acho ruim de jeito nenhum.

—Vou só bater de uma vez — avisa Orion. — Se ficar uma merda, ficou uma merda e pronto.

Ele faz contagem regressiva começando do três e, em vez de olhar para a câmera, fico sorrindo para Orion, pensando nos momentos bons que podemos compartilhar lá no meu apartamento quentinho. Quando alguém olhar essas fotos, porém, tudo o que verá será um Terminante que teria tido o pior Dia Final de todos se não fosse por esse novo amigo que o forçou a agarrar a vida com as próprias mãos.

COMANDANTE HARRY E. PEARSON
8h05 (Fuso horário das Montanhas Rochosas)

Alguma coisa está muito errada.

Todos os passageiros do avião do comandante Pearson desembarcaram, então por que ele ainda se sente ameaçado? Há uma angústia em seu peito que parece ficar mais e mais forte desde que a Central da Morte ligou. Será que é uma crise de ansiedade? Ele não para de suar, mas quem não suaria? É estressante saber que havia quase trezentas pessoas a bordo que poderiam ter planejado sequestrar o avião. Talvez ele se sinta melhor depois de tomar um pouco de ar fresco.

Ao destrancar a porta da cabine do piloto e sair para a cabine principal, onde os policiais estão esperando para escoltá-lo em segurança até uma sala segura no aeroporto, o comandante Pearson desaba no chão.

É seu primeiro infarto.

E também o último.

ORION
11h06

Esse Dia Final não é sobre mim, mas me sinto sortudo por ter entrado nessa jornada.

Quando conheci Valentino, eu sabia que queria fazer parte da vida dele. Está bem, minha cabeça de baixo influenciou bastante, mas era mais do que isso, sempre foi mais. Ele tinha um brilho nos olhos e queria explorar a cidade, amadurecer… Nunca vai conseguir tudo isso, mas fico feliz pelas várias primeiras vezes conquistadas.

Nossa próxima primeira vez: o ônibus, já que o barco é perigoso demais. Quer dizer, isso se o ônibus chegar. Confiro a hora no celular para ver há quanto tempo estamos esperando e então percebo algo histórico a respeito desse mundo meu e de Valentino.

— Cara, já faz umas doze horas que a gente se conhece. Queria saber o minuto exato.

— Sério? — pergunta ele. — Parece que…

— Parece o quê?

— Eu ia dizer que parece que foi ontem.

— Provavelmente porque foi.

— E foi por isso que eu parei de falar.

— Não, não faz isso. Sua voz é perfeita e eu gosto das coisas que saem da sua boca — digo.

Tentei tirar o foco desse elogio sobre a voz dele, de como quero ouvi-la o dia inteiro e da saudade que ela vai deixar, mas não consegui esconder direito. Estou sentindo tanta coisa, e sei que não deveria porque não faz o menor sentido, mas esses sentimentos ficam brigando para virem à tona mesmo assim. Eu deveria escrever uma história sobre um zumbi apaixonado que se arrasta para fora da cova atrás de um coração, não para comer, para ter mesmo. Ah, espera aí, zumbis gostam mais de cérebros, não de corações, se bem que eles provavelmente comeriam qualquer parte de um cadáver fresco. Como se eu soubesse alguma coisa sobre essa bosta. Minhas habilidades como nutricionista de zumbis são tão boas quanto as de historiador.

— Você gosta das coisas que eu falo? — indaga Valentino. — O que mais você gostaria de ouvir a minha "voz perfeita" dizer?

— Deixa de ser escroto.

— Deixa de ser escroto — repete ele, com um sorriso.

— Se o ônibus chegar, vou empurrar você na frente dele.

Valentino se rende.

— Estou brincando. O que você quer saber?

— Tipo, muita coisa. Me lembro de pensar que eu gostei do seu nome.

— Do meu nome? Não é nada comparado a Orion.

— Até parece, eu amo seu nome. Dá para fazer um monte de apelidos. No meu caso tem "O", e acaba por aí. Ah, na verdade já teve gente que me chamou de "Oreo" no ensino médio. Péssimo.

— Bem ruim, mas pelo menos você não precisava aguentar os outros te chamando de São Valentino no Dia de São Valentim. Eu tinha que ficar mandando recados para os crushes dos meus amigos por causa dessa história, como se fosse o Cupido.

— Que droga, Cupido.

— Tá tudo bem, Oreo.

O ônibus finalmente chega e não, não empurro Valentino. Em vez disso, tiro uma foto dele pagando a passagem, e o motorista fica confuso pra cacete, sem entender por que vale a pena registrar isso. Depois tiro outra foto quando ele escolhe um dos únicos assentos disponíveis no meio do ônibus. Não temos nenhum destino em mente, mas achamos que seria legal dar uma olhada pela cidade. Além do mais, podemos descansar um pouquinho do sol e aproveitar o ar-condicionado.

— Me fala sobre "Valentino". Qual a história do seu nome?

Ele está olhando pela janela.

— Nunca contei isso para ninguém na escola, mas é porque minha mãe nasceu no Dia de São Valentim. Ela cresceu apaixonada por esse feriado, porque sempre recebia muito amor nesse dia, mesmo que não estivesse namorando. Então meu pai, tentando bancar o original, também a pediu em casamento no Dia de São Valentim. Minha mãe queria que a gente tivesse nomes que combinassem com a data. O meu é bem escrachado, mas Scarlett é por causa da cor do coração, escarlate.

— Que ódio, que ódio, que ódio. Essa história é terrível.

— E seria pior, viu? Scarlett quase foi Valentina.

—Valentino e Valentina... isso é coisa de psicopata. Quase tão ruim quanto eles serem homofóbicos. Aposto que sua casa deve ficar um horror no Dia de São Valentim.

— Pode apostar. É por aí mesmo. Sabe aquelas pessoas empolgadas demais com o Natal? Então, é tipo isso. Eles penduram um monte de serpentinas em todas as portas e a casa fica lotada de potinhos com aqueles doces em formato de coração.

— Daqueles que tem gosto de giz de cera?
— Esses mesmos.

Não consigo acreditar que um nome tão bonito tem uma história tão, mas tão bizarra assim.

— Espera aí... Quando é o seu aniversário? — indago.

Valentino balança a cabeça.

— Não quero falar.
— Puta merda. Não me diz que é no Dia de São Valentim.
— Não, é em 11 de novembro.
— E qual é o pro... — Quando faço as contas, estremeço ao perceber que novembro é nove meses depois de fevereiro. — Ah, então eles...

Valentino põe a mão sobre a minha boca.

— Não faz isso.

Não que importe, mas não fico nem um pouquinho bravo com a mão dele pressionando meus lábios. É igual a quando estávamos sendo perseguidos por aqueles caras mascarados com tacos de beisebol, só que dessa vez não é tão perigoso. Quando Valentino tira a mão, estou tão chocado com a revelação de que seus pais conceberam ele e Scarlett no Dia de São Valentim que fico em silêncio. Deixo meu rosto falar por mim.

— É um horror. Obrigado por me fazer reviver esse trauma no meu Dia Final.

Alguns passageiros no ônibus se viram e encaram Valentino como se ele fosse um alienígena.

— Sinto muito — lamenta uma mulher, segurando o filho ainda mais perto.

—Valeu — responde Valentino, como se alguém tivesse acabado de lhe desejar saúde depois de espirrar.

Não sei bem qual é a regra de etiqueta para quando uma pessoa diz que sente muito por descobrir que alguém está morrendo. Acho que vai demorar um pouco até a sociedade encontrar algo que pareça certo.

Valentino volta a olhar para mim e pergunta:

— E por que você recebeu seu nome? Pode ficar à vontade para ser um péssimo contador de histórias de novo, caso essa também envolva a sua concepção.

Dou uma cotovelada nele por me provocar outra vez.

— Então, o nome da minha mãe é Madalena, e minha avó achava que seria bonitinho o meu ser Jesus. Como se eu fosse o primeiro católico hispânico com esse nome. Sério, juro que aceitaria ser chamado de Oreo todo dia, o dia inteiro, só para não ter gente pedindo para eu transformar água em vinho ou dizendo que cada jantar é a Última Ceia porque estou presente. Que Deus abençoe os meus pais, porque eles desistiram da ideia. Depois eu quase fui Ernesto Júnior, mas meu pai também não achava justo.

— Ah, então seu pai ressuscitou também? — brinca Valentino.

— Sim, sim. Ele está em Porto Rico, levando uma boa vida. A gente se vê pelo Skype nos fins de semana. Enfim... meus pais queriam um nome que não tivesse nada a ver com a Bíblia ou com alguém da nossa família. Aquiles quase foi o escolhido por um tempo.

— Aí seu coração seria o calcanhar!

— Droga, essa aí é até boa, hein?! Nunca tinha pensado nisso.

O sorriso orgulhoso de Valentino me faz querer lhe dar um milhão de dólares. Acontece que eu mal tenho mil, e isso só porque Dayana foi, de fato, muito generosa no meu aniversário de dezoito anos. A questão é: não sou rico, mas assim como senti doze horas atrás, agora quero dar tudo o que tenho para esse cara. Mesmo que isso signifique que o dinheiro nem seja gasto depois de ele morrer; pelo menos Valentino ficaria sabendo o quanto significa para mim.

— E quando foi que pensaram em Orion?

— Minha mãe começou a pesquisar sobre constelações, e depois que viu Orion nada no mundo a faria mudar de ideia. Nem mesmo quando meu pai disse que meu nome queria dizer "morador da montanha". Ela não deu a mínima. Nem tudo precisa ter um significado. Às vezes algo bonito é só bonito.

— Queria que sua mãe pudesse ter dito isso para a minha.

— Vou dizer de novo: odeio a história, mas amo o seu nome.

— Valentino Prince não é meio demais para você?

Caio na risada.

— Merda, eu tinha me esquecido do Prince! Pois é, cara, se declarar príncipe é demais mesmo.

— Eu deixaria de ser Prince se pudesse.

Pelo jeito, a mulher que ofereceu seus pêsames continua prestando atenção na nossa conversa, porque parece confusa. E sua filha também, pois pergunta para a mãe por que Valentino não tem uma coroa se é um príncipe.

Falo mais baixo, para termos o máximo de privacidade possível no transporte público.

— Você pensou se vai ligar para eles?

— Um pouco. — Não é como se fosse possível deixar essa ligação para depois, caso essa seja a intenção dele. — Uma parte de mim quer ligar para ver eles se sentirem mal pela forma como me trataram. Mas e se não for bem assim? O fato de eu não saber se meus próprios pais vão lamentar minha morte mostra o quanto essa relação está errada. Queria ter pais como os seus.

— Eu também.

Sei que tive muita sorte com meu pai e minha mãe. Não tive tempo de contar que sou gay, mas me ajuda o fato de saber que eles aceitariam minha felicidade. Jamais me rejeitariam ou me deixariam ir embora, como os pais de Valentino.

— Eles têm algum memorial?

Sinto um aperto no peito.

— Aham, os dois tecnicamente ganharam lápides no cemitério, mas eu sei que não tem nada lá. A gente obviamente não tem os... — Não consigo dizer que não tínhamos nada para enterrar. — Nada *deles*.

— Você já foi lá? Onde tudo aconteceu?

— Não. Sempre acho que pode ajudar a cicatrizar a dor, mas também fico com medo de que, se eu passar por isso, talvez não sobreviva.

— A Central da Morte acha que você vai sobreviver, sim — diz Valentino, e então pega minha mão. — E eu também.

Tento não tirar nenhuma conclusão das mãos entrelaçadas, afinal, muita gente dá as mãos. Dayana dá a mão para Dalma e para Dahlia, e elas são familiares. Minha mãe dava a mão para mim também, até quando eu já não era mais tão pequeno; meu pai só às vezes, mas tudo bem. Agora, me arrependo de cada vez que afastei a mão dela por pensar que com oito anos eu já era crescido demais para andar de mãos dadas com a mãe. Quanta idiotice. E seria idiotice também comparar todas essas pessoas com Valentino, que está me encarando com seus olhos azuis de um jeito que o põe numa categoria totalmente diferente.

— Se quiser ir lá, eu ficaria feliz de te acompanhar — oferece ele.

—Vou repetir: seu Dia Final não pode ser sobre mim.

Valentino levanta minha mão, apertando-a enquanto a leva até meu peito. E depois até o dele.

— Estamos juntos nessa, Orion. Quero ajudar a curar o seu coração de todas as formas possíveis. Mas só se você estiver pronto.

Acho que eu poderia ter cem anos e mesmo assim não estaria pronto para pôr os pés no Ground Zero, onde meus pais e milhares de outras pessoas morreram. Só que ficar esperando pelo Dia Final para começar a viver significa não ter tempo para fazer tudo. A vida acaba se dividindo entre *primeiras vezes*, *últimas vezes* e coisas que *nunca* vão acontecer.

Não quero morrer sem pisar no último lugar em que meus pais estiveram.

Vou fazer com que essa seja uma primeira vez.

CLINT SUAREZ
11h12

A Central da Morte ligou para Clint Suarez na noite passada para dizer que ele vai morrer hoje, ou, para ser mais específico, foi o homem sentado em frente a Clint, em sua cafeteria favorita, quem lhe disse que sua vida chegou ao fim. E, assim como ontem à noite, o telefonista Rolando Rubio está ouvindo a história de vida do homem.

E é uma longa história.

Quando era um garotinho (aos onze anos, se não lhe falha a memória), Clint embarcou pela primeira vez num avião com a mãe. Não conseguia acreditar na rapidez com que as aeronaves pousavam. Eram de uma velocidade inacreditável, que ele só tinha visto no último volume do quadrinho do Super-Homem. Clint ficou tão empolgado com a aventura de ir para os Estados Unidos na época, que não entendeu direito que estava deixando a Argentina para que a mãe conseguisse escapar de seu pai. Conforme foi crescendo, sua adorável mãe o ajudou a entender melhor o porquê de terem precisado deixar aquele homem monstruoso para trás. Se algum dia chegasse a voltar a seu país de origem, Clint faria questão de dançar sobre o túmulo do pai.

A história parece mexer com Rolando.

— O que a fez ir embora de uma vez por todas? — pergunta ele.

— Minha mãe não queria que ele me criasse... caso alguma coisa acontecesse com ela.

— Quer dizer caso *seu pai* fizesse alguma coisa com ela?

Tantas décadas já se passaram, mas Clint continua furioso com tudo o que sua maravilhosa mãe teve que enfrentar. Ele pega o guardanapo e seca as lágrimas.

— Eu amo uma mulher — confessa Rolando.

— E ela te ama?

— Ela é casada.

— Não foi isso que eu perguntei.

Rolando beberica o café.

— Espero que sim. Acho que ama. Mas ela não larga o marido abusivo por causa do filho deles. Queria que Gloria tivesse o bom senso de deixá-lo que nem sua mãe fez. Morro de medo de que ele acabe matando-a.

— Já contou isso para ela?

— Tenho a impressão de que não tenho o direito de dizer isso.

— E vai falar quando? No enterro dela?

Os olhos de Rolando ficam marejados.

Clint pensa na viagem de avião de novo e quebra o silêncio:

— Acho que é hora de você ir embora, meu amigo.

— Eu disse alguma coisa errada?

— A questão não é se você disse algo de errado para mim, mas sim dizer a coisa certa para a pessoa que mais importa para você. Enquanto ainda há tempo.

Rolando tenta pagar a conta, mas Clint faz um gesto para que ele deixe pra lá.

— Deixa comigo — oferece o idoso, recusando o gesto de Rolando. Clint ganhou muito dinheiro e investiu em vários lugares, inclusive numa boate. — Vá ajudar Gloria.

— Tem certeza de que não tem mais nada que eu possa fazer pelo senhor?

— Seja um bom exemplo para o filho extraordinário da Gloria. Mostre para o garoto como é ter um pai de verdade.

Clint nunca teve filhos. Essa é uma história para outra pessoa.

— Boa sorte com o resto do dia, Clint. É uma pena perder o senhor.

— Espero que você tenha uma vida longa, Rolando.

Os dois se abraçam. Rolando corre para a rua e fica próximo da janela enquanto faz uma ligação.

Durante todos os anos em que observou as pessoas, Clint nunca se sentiu tão conectado com alguém do outro lado de sua janela.

Um ótimo exemplo de que, mesmo de saída desse mundo, ainda dá tempo de se abrir para as pessoas.

GLORIA DARIO
11h22

Gloria quer o melhor para o filho; é seu desejo eterno. Mas às vezes se preocupa com a carreira de Pazito. Desde sempre, há diversas histórias horrorosas sobre atores mirins com futuros brilhantes que viraram adultos infelizes, histórias sobre as várias maneiras como esses artistas tentam enterrar a infelicidade.

Quando Pazito conseguiu o primeiro papel, como Larkin Cano no último filme de Scorpius Hawthorne, ela não se preocupou que o filho fosse perder a infância, já que ele atuaria apenas numa cena de flashback como a versão mais nova de Howie Maldonado. Embora Howie interpretasse o vilão amargurado de Scorpius Hawthorne, ele foi para lá de adorável no estúdio de gravação, tanto com ela quanto com Pazito. Considerando que o sujeito cresceu em frente às câmeras, Gloria teve esperança de que o mesmo acontecesse com seu filho. Houve algumas oportunidades para Pazito interpretar personagens regulares em algumas séries de comédia, e Gloria jamais vai admitir em voz alta, mas se sentiu aliviada quando o filho não conseguiu os papéis, embora tenha ficado de coração partido na hora de dar a notícia a ele.

É tão errado que uma mãe queira que o filho seja criança até quando for possível?

Gloria não quer saber a resposta.

Não consegue encarar essa pergunta sem pensar nas diversas vezes em que falhou com o filho ao expô-lo aos horrores de casa.

Nenhuma criança deveria crescer vendo os pais brigando. Quer dizer, chega a ser uma briga se um dos lados nunca revida?

Não, não é. O nome disso é ataque.

Gloria segura as pontas; não quer chorar na frente dos adultos e das crianças na sala de espera. Sempre que está longe de Frankie, tenta não pensar nele. A distância significa que o marido não tem como machucá-la; que ela pode deixar o medo de lado.

O momento em que se sentiu mais aliviada desde que entrou nesse relacionamento foi quando viajou para o Brasil com o filho para a gravação de Scorpius Hawthorne. Todos foram muito receptivos. O elenco mostrou cada cômodo do castelo para Pazito, cenários em que ele não teria nem pisado, já que sua única cena se passava na biblioteca. Howie deu várias dicas ao pequeno, além de tê-lo encorajado e elogiado. A equipe garantiu que as restrições alimentares do menino fossem seguidas. E Pazito ficou surpreso quando Poppy Iglesias, uma mulher trans e *queer* responsável pela autoria da série original, apareceu no último dia das filmagens com um exemplar autografado do primeiro volume, o mesmíssimo livro que Gloria acredita ter sido fundamental no processo de autoconhecimento de Pazito, mesmo que ele ainda não tenha conversado sobre o assunto com a mãe. Ver o filho ser amado lhe trouxe uma paz que Gloria absorveu como água fresca nutrindo sua alma. A tentação de ficar no Brasil foi enorme, mas Pazito não parava de falar como não via a hora de mostrar para o pai o livro autografado e todas as fotos com os novos amigos que fizera no castelo, então Gloria entrou no avião com o filho, mesmo morrendo de medo a viagem inteira.

Alguém abre a porta e Pazito sai acompanhado de um adulto, que assente para Gloria e em seguida leva outra criança para a sala de testes.

— Como você está se sentindo? — questiona ela.

Gloria não gosta de perguntar como o filho se saiu no teste porque, como já aconteceu antes, ele fica triste caso acredite que tenha ido bem e mesmo assim não consiga o papel. Por outro lado, perguntar como Pazito se sentiu com o teste já levou a menos decepção.

— Foi superlegal!
— Que bom. Agradeceu pelo tempo deles?
— Aham! E eles me agradeceram também.
— Bom trabalho. Quer ir almoçar?
— Pode ser.

Gloria pega a bolsa, mas quando se levanta o celular vibra. Ela fica agoniada na mesma hora, quase como se alguém estivesse espremendo seu coração, mas não é Frankie quem está ligando. É Rolando, então ela volta a respirar.

— Alô?
— Gloria, oi. Tudo bem?
— Tudo, tudo bem, sim. Pazito e eu estamos saindo de uma audição.
— Ele é uma estrela.

Gloria brinca com o cabelo do filho.

— É mesmo. E você, tudo bem por aí?
— Está sendo um dia daqueles — admite Rolando com uma voz pesada, fazendo o coração dela chegar a doer. — Você e o Paz estão indo para casa agora?

— Na verdade, estamos indo almoçar. Aproveitar que viemos à cidade.

— Tem problema se eu for junto? Adoraria ver vocês.

Gloria congela.

—Você é mais do que bem-vindo. Pazito vai adorar te ver.

Rolando fica em silêncio por tanto tempo que Gloria se pergunta se falou alguma coisa errada. Antes que consiga perguntar, ele questiona:

—Vocês sabem onde vão comer?

— A ideia era McDonald's ou Burger King.

— E se a gente bater um rango no Desiderata?

O restaurante onde Rolando declarou pela primeira vez que a amava, na época em que eram calouros na faculdade. Gloria sabe que devia achar inapropriado, ou até mesmo inofensivo, já que Rolando não apenas sabe que ela é casada (o amigo inclusive foi o padrinho de casamento, já que Frankie não tem muitos amigos), como também sabe que Gloria jamais deixaria sua família.

Nem mesmo se quisesse seguir seu coração.

Mas e se ela mudasse de ideia?

E se em vez de ficar esperando para seguir seu coração, ela o pegasse nas mãos e o carregasse até onde quer ir?

— O Desiderata parece uma ótima pedida — responde Gloria. E, antes de desligar, acrescenta: — Eu também vou adorar ver você, Rolando.

ORION
11h33

Vou para o Ground Zero.

Mando a mensagem para Dalma e ela me liga na mesma hora. Não me surpreendo. Sempre imaginei que minha primeira visita ao memorial seria com o time Young, especialmente com Dalma, que também sabe como é perder um dos pais. Aposto que ela imaginava que fosse ser assim também.

— Oi — digo, sinalizando para Valentino que vou me afastar um pouco para falar ao telefone.

Ele se recosta na parede e eu continuo de olho só para o caso de surgir alguma encrenca.

— Nossa! — exclama Dalma. — É sério?

— Acho que sim... A gente está, tipo, a uma quadra de distância de lá. Ainda dá tempo de desistir, mas acho que não quero.

E então, silêncio. Mas a ligação não caiu. Estou até feliz que seja uma chamada de voz, não de vídeo, porque eu ia odiar ver a expressão de Dalma caso ela esteja se sentindo traída. Me sinto culpado. Só me resta assumir o controle da situação.

— Queria que você estivesse aqui. Está tudo acontecendo tão rápido, então estou tentando seguir o fluxo do mesmo jeito que incentivei Valentino a fazer.

— Tudo bem, O-Bro. Sabe que sempre vou deixar tudo de lado por você, né?

— Não tenho a menor dúvida.

— Então não tem problema. Depois me conta o que fez você mudar de ideia?

— Vou incluir todos os meus "hum", "aham", "ah", além das outras coisas típicas.

Ela dá uma risadinha, depois suspira.

— Como vocês estão?

Valentino continua contra a parede, encarando o vazio como se estivesse na beira de um penhasco.

— Nenhum dia é perfeito, mas a gente está tentando — respondo, consciente de que não preciso contar os detalhes a respeito das vezes em que quase morremos ou do ensaio de fotos cancelado. Isso eu deixo para... para quando o dia terminar. — Dalma, ele tem um coração tão bom...

— É bom que seja mesmo. Vocês são compatíveis.

— Você entendeu o que eu quis dizer.

— Estão tomando cuidado?

— Mais ou menos. A gente está curtindo, só que não o deixo entrar em barcos nem outras bostas assim. Mas a vida é dele, né?

— Que bom, mas não vou mais me meter nesse assunto. Quero saber se você está sendo cuidadoso com o quanto está se envolvendo.

— Aham, coloquei uma camisinha no coração, fica tranquila.

— É sério, Orion.

Meus olhos ainda estão em Valentino, e minha vontade é correr até lá e beijá-lo sem parar. Manter esses sentimentos dentro de mim é como afundar em areia movediça; quanto mais afundo, mais desesperado fico para respirar.

— Eu também estou falando sério. Só que está ficando cada vez mais difícil fingir que não sinto nada por ele. Cada minuto que passa faz eu gostar mais do Valentino.

— Você não acha que tudo pode estar mais intenso só porque é o Dia Final dele?

— Eu já estava sentindo tudo isso antes de saber que ele era um Terminante. Meu coração sabe o que está rolando.

— Então é melhor ir lá ficar com o garoto — incentiva Dalma, com toda a sinceridade. — Fala que eu mandei um oi.

— Pode deixar. Te amo, D.

— Também te amo, O.

Desligamos. Conforme me preparo para entrar no Ground Zero, me sinto mais calmo, como se houvesse menos um fardo nas minhas costas.

Volto para perto de Valentino.

— Dalma mandou um oi.

— Quando vocês se falarem de novo, diz que eu mandei um oi também. Ela está bem?

— Tudo certo. — Olho para o fim da rua, e sei que, quando virarmos a esquina, tudo o que evitei por anos vai vir à tona. — Ainda quer fazer isso comigo? Juro que não vou ficar ofendido se tiver outro lugar a que você queira ir.

— Ainda estou dentro. E você?

— Também — digo.

Não é cem por cento mentira, mas também não é cem por cento verdade.

Dou o passo mais importante: o primeiro. Os outros apenas acompanham. Não viro para trás nem por um segundo. Continuo em direção a essa cidade-fantasma estranhamente fria. Essa era para ser a cidade que nunca dorme, mas já é quase meio-dia e tudo continua quieto e escuro enquanto os enormes arranha-céus bloqueiam o sol. Então penso em escrever um conto sobre um garoto que segue o som de pegadas deixadas por espíritos invisíveis. Quando atingidos pela luz do sol, é revelado que os fantasmas são seus pais, que vieram para dar a ele a chance de finalmente se despedir. Sinto uma inveja singela e idiota desse garoto fictício que vai ter a chance de encerrar esse capítulo de sua história.

Quanto mais adentro a escuridão, mais sinistra ela fica.

— Estou começando a achar que você não devia ter vindo — comento.

— Daqui eu não saio — rebate Valentino.

Se ele morrer agora, não apenas nunca mais venho para cá, como também vou fugir dessa cidade como o diabo foge da cruz.

Mais um minuto se passa, e o cenário começa a parecer menos um cemitério, embora continue perturbador. Esse é o lugar em que nos últimos anos foi construído o memorial, e é muitíssimo vigiado. Há barricadas de aço, barreiras azuis de madeira, cercas feitas de corrente, blocos de concreto e policiais de pé ao lado de viaturas. Não passa ninguém. A segurança foi reforçada, como se alguém fosse dar início a outro ataque durante as obras. Isso me lembra de quando eu fazia castelos de areia na praia e tinha que cavar fossos para que as ondas não destruíssem tudo o que foi construído. Ainda não dá para ver nada do futuro memorial. Eu teria que subir num guindaste para conseguir uma espiadinha. Mas já sei o que há ali, e o que não há. É um buraco onde as Torres Gêmeas ficavam, e a sensação é de que estou sendo sugado como num turbilhão.

Por ser familiar de pessoas que pereceram na tragédia, recebo atualizações sobre todas as formas como querem homenagear as vítimas. Haverá chafarizes gêmeos no lugar em que estavam erguidas as torres, assim como a Árvore Sobrevivente que ficava nessa área e, bem, o nome meio que explica tudo. Alguns monólitos de mármore encrustados com aço das torres, recolhidos durante as limpezas. E, óbvio, serão gravados os nomes de todos os que morreram, desde aqueles que estavam nos aviões, nas torres e no Pentágono, inclusive os primeiros socorristas e paramédicos. Mas só vou poder ver essas coisas no próximo outono, no aniversário de dez anos da tragédia; isso se eu estiver vivo até lá.

Fantasio a ideia de perguntar para um policial se há algum lugar em que possamos ir para conseguir dar uma olhadinha nas obras, mas as coisas andam intensas demais por aqui. Já faz quase nove anos, e o simples fato de ainda haver policiais nos arredores mostra que a cidade não está para brincadeira. Ouvi histórias de moradores que nem puderam entrar em seus próprios prédios porque não tinham um comprovante de residência. Não quero ser expulso ou me expor ao perigo, ainda mais com um Terminante ao meu lado.

Alguma coisa parece estranha.

Não, não é alguma coisa.

É alguém.

E esse alguém sou eu.

Me sinto esquisito, como se o interruptor do meu coração tivesse sido ligado.

— Pensei que eu fosse chorar.

— É porque eu estou aqui? Posso te dar um pouco de privacidade.

— Não, eu quero você aqui.

— Tudo bem. O que foi, então?

— O vazio do Ground Zero me faz lembrar do enterro. — Continuo encarando o que é possível ver do memorial, à espera de sentir alguma coisa. — Eu não queria fazer o funeral, porque isso significava aceitar que meus pais tinham morrido em vez de me agarrar à esperança de que eles iam voltar. Se não tinha corpo, então não tinha provas. Tipo quando algum personagem morre num livro ou na TV e a gente fica esperando a reviravolta que vai explodir nossa cabeça. Eu ficava inventando umas doideiras, tipo minha mãe e meu pai não terem ido para as torres naquela manhã e, em vez disso, terem assumido novas identidades e ido viver felizes para sempre em algum outro lugar. E lógico que eles foram obrigados a me abandonar para me proteger, o clássico clichê dos pais que morreram, só que não.

Valentino está tentando ler meus pensamentos.

— Só que pensar que seus pais tinham abandonado você não foi muito reconfortante no fim das contas, né?

— Me convencer dessa história foi o que me ajudou a conseguir dormir naquela época.

Ainda me lembro de acordar de manhã tão descansado que nem cheguei a ficar confuso por ter acordado no quarto de hóspedes do time Young. Só achei que fosse mais uma das muitas vezes em que eu dormi lá. Foi uma conquista para todos, já que eu havia passado as outras noites gritando; a coitada da Dahlia precisou ir passar um tempo na casa da Abuela porque não conseguia pregar os olhos.

— Mas aí chegou um momento em que eu parei de contar essas histórias, mesmo que nunca tenham encontrado os restos mortais — acrescento.

Valentino olha para as obras do memorial.

— Sinto muito dizer isso, mas acho que seus pais morreram nas torres. Talvez seja porque não sou um contador de histórias como você, mas não consigo imaginar os dois vivendo uma vida diferente. A essa altura, já teriam voltado atrás de você. Só conheço você há doze horas, e jamais te abandonaria nesse canto escuro, gelado e cheio de polícia. Você é muito especial, Orion.

Esse garoto está tentando fazer meu coração explodir.

—Você só diz isso porque não quer ser assombrado pelos meus pais.

— Fantasmas podem assombrar outros fantasmas?

Só é preciso um segundo, um segundo insuportavelmente longo, para esquecer que ele vai morrer.

— Sei lá, mas, se vocês se esbarrarem qualquer dia desses, diga para eles que eu os amo.

—Vou dizer. Vou contar como você cresceu e virou um grande homem... que não sabe nada de história.

— Como se eles já não soubessem.

— Nesse caso, vou ter que descobrir outra coisa para fofocar, então.

Tá, isso pareceu muito um flerte, mas seja lá o que ele esteja matutando, não é algo que quero que seja discutido com minha mãe e meu pai.

Pego a câmera no bolso do casaco e tiro uma foto de Valentino.

— Por que a foto? — pergunta ele.

—Você é o primeiro cara que eu trouxe para conhecer meus pais.

Valentino está corando, e não tem nada a ver com bochechas queimadas de sol.

— E espero que não seja o último, Orion.

Por que seguir em frente é tão doloroso?

Ele não é meu namorado, e não estamos apaixonados.

Ele vai morrer hoje, e eu vou continuar vivendo.

Tudo isso responde à minha pergunta.

Nós não vamos ter a chance de ser namorados que se apaixonam.

A jornada dele termina aqui, e eu vou continuar a minha até quando puder.

Viver não parece tão empolgante agora.

Valentino pega a câmera das minhas mãos.

—Vamos tirar uma foto sua visitando seus pais.

Não me oponho. Essa vai ser uma recordação que vou poder compartilhar com Dalma e a família Young.

Viro para o memorial em obra e fico olhando naquela direção. Penso em como doze horas atrás eu estava na Times Square com Valentino, contando da minha relação com o 11 de setembro, e agora vim aqui pela primeira vez desde que minha vida mudou.

Na minha cabeça, reconstruo as torres, andar por andar e janela por janela, vejo os aviões que se chocaram contra os prédios sobrevoarem estáveis no céu e meus pais saírem pela porta da frente, voltando para casa junto de todas as outras pessoas que morreram.

É assim que aquele dia devia ter terminado.

Infelizmente, minhas lembranças são mais fortes do que a imaginação.

Muitos não foram para casa.

Os aviões não ficaram estáveis.

As torres desmoronaram.

E então minha vida foi se desemaranhando. Noites sem dormir. Gritos. Os pulos a cada vez que alguém tocava a campainha e eu pensava que seriam meus pais cobertos de cinzas. As histórias que contei para mim mesmo. As faltas na escola. O funeral com caixões vazios e o discurso fúnebre que nunca fiz. A raiva. Os documentos da tutela. A despedida da minha primeira casa. O recomeço numa nova residência. A tristeza. As amostras de DNA que forneci para fazerem testes com os restos mortais encontrados. Os sonhos em que meus pais queriam que eu espalhasse suas cinzas. O pensamento de que eu poderia manter as cinzas comigo para sempre, mesmo se nada além de uma única partícula fosse encontrada. As muitas condolências quando voltei para a escola. A culpa de quando ri pela primeira vez. O sentimento de estar completamente perdido e as tentativas de me encontrar em histórias. A vergonha por gostar de alguém. O arrependimento por não ter contado sobre minha orientação sexual. Por não ter ido ao Ground Zero no aniversário de um ano da morte deles ou no ano seguinte, ou no seguinte, ou no seguinte, ou no seguinte, ou no seguinte, ou no seguinte, ou no seguinte.

Agora estou aqui, vivo. Nem sempre bem, mas vivo.

Vou continuar de pé pelos meus pais, vou viver a vida que eles teriam amado me ver vivendo.

SCARLETT PRINCE
8h59 (Fuso horário das Montanhas Rochosas)

O piloto morreu de ataque cardíaco e, se não fosse pela Central da Morte, é possível que o avião tivesse caído. Essa é a segunda experiência de quase morte que Scarlett vivencia esse verão. Embora fique triste pela família do comandante, ela fica ainda mais triste por si mesma. É como se seu coração estivesse sendo dilacerado, porque se a Central da Morte estava certa sobre o piloto, então talvez isso signifique que também está certa sobre seu irmão. Seja qual for o resultado, ela precisa urgentemente encontrar Valentino. Foi isso que disse aos investigadores e policiais que deram as notícias sobre o piloto aos passageiros. Por sorte, eles a deixaram ir antes dos outros para que pudesse ganhar tempo.

Scarlett chega ofegante ao balcão de atendimento ao cliente.

— Preciso embarcar no próximo voo para Nova York. A Central da Morte ligou para o meu irmão.

VALENTINO
12h00

A vida pode mudar em um instante precioso.

Uma pessoa pode deixar de ser filho único e ganhar uma irmã gêmea. Pode começar a correr e nunca mais parar. Pode encontrar a verdadeira paixão. Pode quase voltar a ser filho único. Ser mais aberto sobre a sexualidade. Conseguir o trabalho dos sonhos. Se mudar para uma nova cidade. Conhecer um garoto. Pode ter que dizer adeus ao futuro quando a Central da Morte ligar.

Faz doze horas desde que me tornei o primeiro Terminante da história.

Não restam dúvidas de que só cheguei aqui por causa de Orion. Começou com ele salvando minha vida e evoluiu para ele mudando minha forma de viver.

— E agora? — pergunta Orion, enquanto no afastamos do memorial do World Trade Center.

— Por que a gente não pergunta para a Central da Morte?

Eles parecem saber tudo. O próprio Joaquin Rosa me disse para dar uma olhada no site institucional em busca de eventos que iam acontecer hoje. Então acesso centraldamorte.com, seleciono Nova York na aba de cidades, e me deparo com muitas opções. Tem um parque de diversões em Coney Island, o que significaria muito tempo gasto no metrô. Uma lista de restaurantes a que eu adoraria ir, mas não posso arriscar que o transplante de coração dê errado porque eu quis comer um último prato de massa.

— Que droga. O que acha de um espetáculo da Broadway? — indaga Orion, olhando por cima do meu ombro.

— Não sei explicar, mas por alguma razão não estou muito a fim de voltar para a Times Square.

— Humm. Será que tem alguma coisa a ver com o cara que atirou na sua direção?

— Acho que não, deve ser mais porque estava muito lotado.

— Tem razão, faz sentido. Mais alguma coisa nessa lista chamou sua atenção?

— Na verdade, não... — Fecho o site e, bem quando estou devolvendo o celular para Orion, o aparelho começa a tocar na minha mão. — Scarlett.

— Atende, atende, atende!

Coloco o celular no ouvido e digo:

— Oi.

— Consegui um voo! — grita Scarlett, esbaforida como na vez em que foi correr comigo e berrava me pedindo para ir mais devagar sempre que eu me perdia em pensamentos e acabava ficando muito na frente dela.

— Conseguiu?! — Meu sorriso conta a Orion tudo que ele precisa saber. — Para quando?

— O embarque está começando agora... Nem estou com as minhas malas! — Ela continua ofegante e pedindo licença às pessoas ao passar por elas. — Parece que... uma Terminante foi retirada do voo... a companhia aérea acha... que pode ser um risco...

Torço para que a Terminante não estivesse viajando para ver a família. Se ela estiver sozinha, espero que consiga encontrar alguém para fazer seu Dia Final valer a pena. Como aconteceu comigo.

— Estou me sentindo péssimo por ela, mas feliz porque vou te ver.

— Pensei a mesma coisa. Vou embarcar. Te amo, Val. Se cuida para eu poder te ver logo.

—Vou proteger minha vida como se fosse minha.

Desligamos. Estou tão feliz que começo a tremer. Talvez eu até chore.

— Scarlett está vindo! — comemora Orion.

— Sim! Finalmente! Ela vai embarcar agora.

— Só precisamos proteger sua vida como se fosse sua — provoca Orion com um sorriso.

Cinco horas de voo e mais uma hora no trânsito. Portanto, preciso sobreviver por mais seis horas. Não sou bom em matemática, então não sei quais são as chances de eu encontrar Scarlett sendo que falta no máximo doze horas para o meu Dia Final acabar, mas acho que as probabilidades são ótimas. Não estou mais exausto nem morrendo de fome, me sinto descansado e satisfeito. Eu correria pela cidade de braços abertos, como se estivesse cruzando a linha de chegada de uma maratona, mas não é hora de sobrecarregar o coração de Orion ou arriscar cair num bueiro.

— O que vamos fazer? Que tal algo icônico? Talvez ir ao Empire State Building?

Orion faz uma careta e diz:

— Eu não vou te impedir, mas não curto visitar edifícios superaltos.

— Não está mais aqui quem falou.

— Posso ir com você numa boa, mas não vou subir.

Tento entender como funciona esse novo mundo com a Central da Morte. Se Orion, alguém que não vai morrer hoje, não for comigo ao Empire State Building, isso aumenta o risco de algo catastrófico acontecer, como o ataque ao World Trade Center? Se ele me acompanhar, isso se sobrepõe à morte? Tenho certeza de que um dia o mundo terá essas respostas, mas vou morrer sem sabê-las. Pensando no cenário geral, isso não parece uma grande perda, o que também vale para a ida ao Empire State Building.

— Relaxa. Seria legal me sentir o dono do mundo e xingar de novo olhando para o céu, mas vou deixar isso para outra vida.

Ele fica em silêncio, e eu me sinto mal. Não quero que Orion fique desanimado, porque ele não está me atrapalhando. Na verdade, está me motivando.

— Foi mal. Estava brincando.

— Ah, jura? — pergunta Orion com mais um sorrisinho sarcástico. — Qual é, você me acha tão sensível assim?

É engraçado como sinto que o conheço tão bem, e o quanto ainda há muito para aprender. O único lado bom de Scarlett ainda não estar aqui é que posso passar mais tempo com Orion. Espero conseguir apresentá-los. Não só porque Orion vai ficar com meu coração, mas porque espero que ele cuide de Scarlett em Nova York quando eu já não estiver mais aqui.

— No que você está pensando, então? — indago.

— Nas próximas duas paradas da sua aventura de Dia Final. A primeira é um lugar para onde a maioria dos nova-iorquinos nunca foi, e a segunda é icônica. Quer saber ou prefere que seja surpresa?

Escolho ser surpreendido. Será um presente bem-vindo.

Aonde quer que Orion esteja me levando, ainda é no centro da cidade, só a alguns minutos de onde estávamos quando Scarlett me ligou para dar a melhor notícia do mundo. Quer dizer, a melhor notícia que eu poderia receber na minha situação atual. Começo a me dar conta de que mesmo se eu ligar para os meus pais agora, seria quase impossível eles me verem pessoalmente uma última vez. Será que eu deveria me sentir culpado por isso? Eles merecem essa segunda chance? Será que devo algo a eles? E então, antes que eu abra a boca para externalizar esses sentimentos, me lembro do que Orion sabiamente me disse ontem à noite. Só vou falar com meus pais se eu tirar benefício disso. Mas devo paz a mim mesmo, mais do que qualquer coisa que eu deva a eles.

Parece que estou amadurecendo o equivalente a anos só hoje.

— Terra chamando Valentino — grita Orion. — Amo esses seus momentos de ficar perdido nos pensamentos, mas eu meio que tenho que colocar uma venda nos seus olhos agora.

— Por quê?

— Para que você não veja meus traficantes de órgãos, óbvio.

— Ah, sim. Só queria saber mesmo.

Orion tira o moletom, que é, tecnicamente, meu, e o enrola na minha cabeça. Seu sorriso é a última coisa que vejo antes de ele amarrar as mangas sobre meus olhos. O toque do tecido no meu rosto é macio, e a escuridão me traz mais paz do que eu teria imaginado. Um arrepio percorre meu corpo quando Orion segura minhas mãos. Só isso aqui já valeria como uma surpresa, e eu teria amado.

Ele me conduz até nosso destino, e estou andando todo desengonçado, com medo de cair e quebrar o tornozelo, como da vez em que coloquei os saltos altos da minha mãe quando era criança.

— Confia em mim — pede Orion.

— Eu confio.

— Vamos entrar numa estação de trem, mas as placas acabariam com o suspense.

— E por isso você me vendou.

— Precisamos ter bastante cuidado para descer as escadas. Vamos devagar, ok?

— Ok.

No topo da escada, Orion direciona uma das minhas mãos ao corrimão e continua segurando a outra. Ele me guia, um degrau após o outro, embora os primeiros me deixem mais nervoso. Sinto minhas panturrilhas formigarem, e leva um tempinho para que meus pés encontrem o ritmo certo, como se estivéssemos dançando. No geral, a experiência parece uma montanha-russa; o início causa um sentimento de arrependimento e dúvida, mas depois dá para se soltar e aproveitar. Suspiro em alívio quando chegamos ao final, então percebo que esse não foi o único lance de escadas. Orion não me solta ao colocar a mão no meu bolso, procurando o cartão do metrô, e em seguida o passa no leitor. Depois, faz o mesmo com o cartão dele.

— Posso tirar o casaco do rosto agora?

— Nem pensar. Ainda tem placas por toda parte.

Ele me ajuda a descer o próximo lance de escadas, e eu aperto sua mão, a cada instante mais nervoso porque isso está indo bem demais e com certeza meu desejo de ser surpreendido vai acabar com ele machucado e eu morto.

— Quase lá? — pergunto.

— Quase lá.

Uma gravação começa a soar pelos alto-falantes da estação, então Orion chega perto do meu ouvido e murmura qualquer besteira para abafar o som. Sentir a respiração dele em meu rosto me deixa todo arrepiado.

— Desculpa, mas não chegamos até aqui para que o Condutor do Trem Número 1 estrague o desfecho.

— Admiro sua dedicação.

— Você tem um iPod aí? Ou posso usar as músicas que tenho baixadas no meu celular. Talvez eu faça mais uns barulhos irritantes...

— Prefiro que você converse comigo.

— Sobre o quê?

— Me conta um segredo.

Orion fica quieto, mas dessa vez não consigo ler a expressão em seu rosto. Só sei que continua perto de mim porque ainda está segurando minha mão, apesar de não estarmos andando.

— Que tipo de segredo? — indaga ele.

— Algo pessoal. Uma coisa que você não admitiria em voz alta.

— Infelizmente, você é a pessoa perfeita para ouvir um segredo.

Qualquer segredo vai morrer comigo.

— Pois é.

— Está bem, mas você precisa esperar até a gente pegar o trem.

É como se todo o meu corpo estivesse vibrando. Será que é por causa do estrondo do trem que se aproxima rugindo pela estação? Será que estou nos trilhos? Ou é pura ansiedade pelo que Orion vai compartilhar comigo, torcendo para que seja o que eu gostaria de dizer?

A porta do trem se abre, e só consigo ouvir "última parada" antes de Orion zumbir bem alto no meu ouvido e me levar para dentro, me ajudando a sentar num assento vazio. Eu nem ligo mais para onde estamos indo. Só quero saber o que ele vai revelar. Ele para de zumbir e me diz para ficar de cabeça baixa, e eu me encolho, tonto na escuridão. Eu cairia para a frente se não fosse por Orion mantendo o braço estendido em frente ao meu peito. Depois, quando o condutor anuncia a próxima parada, os lábios de Orion encostam em minha orelha.

— Tenho medo de morrer sem nunca me apaixonar.

Tudo fica tão silencioso que escuto as portas se fechando. O trem sai da estação.

Orion tira o moletom da minha cabeça, e a luz incomoda meus olhos, mas não tanto quanto sua confissão. Não acredito que isso seja verdade.

— Dá para ver que você quer falar alguma coisa, mas não temos muito tempo.

— Muito tempo para quê?

Orion gesticula para o resto do vagão. Não tem ninguém sentado nos assentos azuis e laranja ou se segurando nas barras de apoio enquanto mexe no celular. Está vazio, exceto por nós.

— Isso é raro em Nova York?

— Não muito, mas estamos indo para um lugar aonde não deveríamos...

Memórias de infância envolvendo o medo de ir parar no inferno ressurgem em minha mente. O fato de eu estar sozinho com outro garoto gay não ajuda em nada.

— Devo ficar nervoso?

— Só toma cuidado, e não me solta. — Orion amarra o moletom na minha cintura e abre as portas que ligam um vagão a outro. — Já, já vamos passar por uma estação secreta. — Ele pisa numa espécie de ponte metálica e se segura em uma tira de borracha preta com uma mão. A outra mão ele estende para mim.

Uma placa diz É PROIBIDO PERMANECER OU TRANSITAR ENTRE OS VAGÕES, com a imagem de uma silhueta preta sendo repreendida por fazer isso, dentro de um símbolo vermelho de PARE. No entanto, embaixo há um complemento: A MENOS QUE HAJA UMA EMERGÊNCIA OU SEJA SOLICITADO PELA POLÍCIA OU EQUIPE FERROVIÁRIA, e eu declaro meu Dia Final uma emergência.

Seguro a mão de Orion, pisando na ponte e me agarrando à tira de borracha com o máximo de força que consigo. Os grunhidos das rodas são dez vezes mais altos aqui, e o vento esvoaça meu cabelo para trás como se estivéssemos no topo de um prédio. Tudo isso me traz a euforia de pular de paraquedas, mas sem a parte do medo. Essa também é uma primeira vez, mas nenhum de nós dois é idiota o bastante para tentar registrar esse momento com uma foto. Só o fato de estarmos fazendo isso tudo já é pura idiotice. Mas não vou morrer aqui como um tipo de profecia autorrealizadora, ocasionada por quando eu estava em pânico mais cedo, pensando em todas as maneiras possíveis de morrer.

O trem desacelera para fazer uma curva, saindo do túnel escuro. A estação secreta está iluminada pelo sol entrando pela claraboia. Estou embasbacado com o quanto essa estação é diferente da que eu vi hoje manhã. Ela está mais para a Grand Central, que eu só vi em filmes, nos quais os personagens vêm para Nova York pela primeira vez e dão aquele giro clássico que brada "Consegui!". Se eu não tivesse tanto medo de cair nos trilhos, provavelmente estaria rodopiando agora. É mágico poder estar nesse cantinho escondido de Nova York, e fico chocado por não haver mais pessoas arriscando suas vidas e infringindo a lei para vir a essa encruzilhada ver isso tudo com os próprios olhos. A placa na parede de tijolos diz PREFEITURA, e há ladrilhos brancos e verdes ao longo do teto curvado. O mais surpreendente são os lustres que estão desligados ou pararam de funcionar, mas pensar que um dia eles iluminaram uma estação de trem como se fosse um salão de festas é de deixar qualquer um boquiaberto.

À medida que o trem volta para a escuridão, Orion uiva, extasiado, e eu faço o mesmo. Nossas vozes ecoam pelo túnel.

Quero muito continuar ali, mas Orion sabiamente me puxa para dentro do vagão.

— E aí? — pergunta ele, querendo saber se gostei.

Nem sei o que dizer. Esse é um dos lugares que só é possível encontrar se perder a parada sem querer, e eu pude viver uma experiência que a maioria dos nova-iorquinos nunca vai ter na vida.

Respondo à pergunta de Orion com um abraço.

—Você merece um prêmio por ser a pessoa mais atenciosa do mundo.

Orion me aperta.

— Tá brincando? Você ganhou esse título quando ofereceu doar seu coração para mim.

O trem chega à estação, mas eu não quero soltá-lo. Não me importo se milhões de pessoas entrarem no vagão. Isso só vai fazer a gente ficar mais juntinhos. Quero continuar agarrado a Orion porque ele tem a impressão ridícula de que ninguém vai amá-lo em sua vida muito, muito longa depois do transplante. Mas tenho que soltá-lo porque Orion diz que precisamos descer. Saio e o sigo pelas escadas até o lado de fora da estação com uma nova missão a cumprir antes de morrer.

Garantir que Orion saiba que ele merece o mundo todo.

GLORIA DARIO
12h15

Gloria tenta tomar fôlego.
Inspira, expira. Inspira, expira.
Por que parece que ela está a uma lufada de ar de ter um ataque de asma?
O restaurante está cheio. Ela tira o leve casaco que colocou antes de sair de casa e o apoia no canto da poltrona. Sentado à sua frente, Pazito conta sobre um dos livros que vai ter que ler para a escola, mas Gloria está com dificuldade de se concentrar nas palavras do filho; não consegue tirar os olhos da porta por onde Rolando vai entrar a qualquer instante. Ela se pergunta se ele vai aparecer com um buquê de girassóis como fez da primeira (e última) vez que vieram ao Desiderata, no dia em que Rolando confessou a Gloria que estava perdidamente apaixonado por ela.
No dia em que Gloria se arrependeu de não dizer que também sentia o mesmo.
A verdade é que ela sabia que amava Rolando, mas não tinha certeza se estava apaixonada por ele. A linha que separa as duas coisas é muito tênue, ainda mais quando se é jovem e desconhece o amor... ou quando sabe o que é estar em um relacionamento que não funciona como deveria.
Ou mesmo um casamento.
Os primeiros dias com Frankie eram cheios de paixão, como se os dois estivessem na órbita deles, flutuando acima

das pessoas, a ponto de que, sempre que Gloria voltava à superfície, ela sentia falta da sensação de voar. O sentimento era tão intenso que ela ignorava os alertas de perigo que ressoavam aos quatro ventos.

Quem diria que se apaixonar poderia deixar alguém nas nuvens?

Mas as pessoas não têm asas, e caminhar pela vida é a única forma de viver.

É sem filtro, é pessoal, é real.

Gloria se arrepende de não fincar os pés no chão, ainda mais depois de como ela se viu sendo empurrada pelo homem que um dia a levou a alturas inimagináveis.

E agora, aqui está ela: sentada num restaurante cujo nome foi inspirado em seu poema favorito, escrito por Max Ehrmann, como se o autor estivesse olhando bem fundo na alma de Gloria quando deslizou a caneta pelo papel. "Desiderata" fala sobre o que se precisa na vida, o que se deseja, e no momento em que a porta se abre e Rolando aparece, Gloria respira como se ele fosse o oxigênio pelo qual tanto ansiava.

Ela nem se importa por ele não estar com flores nas mãos.

— Tio Rolando! — Pazito levanta da poltrona e corre até ele, quase trombando num garçom.

— E aí, Pombinho? — Rolando abraça Pazito com um amor e um carinho que Frankie nunca demonstrou.

Gloria acha... não, ela *sabe* com todo o coração que Rolando vai ser um pai incrível um dia. Bate certa tristeza por não ter se dado conta disso, vejamos, vinte anos atrás, quando ele confessou seu amor por ela, mas tudo bem. A maior criação de Gloria foi Pazito, e ela não mudaria um único fio de cabelo dele, o que significa aceitar que alguns desses traços também vêm de Frankie.

Ela se levanta da poltrona com um sorriso no rosto e o abraça.

— Que bom te ver — diz Rolando, como se tivesse anos desde que se viram pela última vez. Foi no feriado da Independência, durante um churrasco no Althea Park, no mesmo dia em que ele se candidatou a uma vaga na Central da Morte.

— Digo o mesmo — responde Gloria. Apesar de nunca mais querer soltar Rolando, ela o deixa e volta à poltrona para se sentar em frente a ele e Pazito. — E aí... dia difícil?

É o que os olhos castanhos cansados de Rolando parecem indicar.

— Eu deveria saber no que estava me metendo com aquele trabalho.

— Você chorou muito? — pergunta Pazito. — Acho que eu ia chorar muito.

— É porque você tem um coração gigante — explica Rolando. — Para ser sincero, eu não chorei.

— Então você não tem um coração gigante — conclui Pazito.

Rolando ri.

— Gosto de pensar que tenho, Pombinho.

Gloria está a um suspiro de concordar quando seu filho dispara a próxima pergunta:

—Você já descobriu como seus chefes sabem quem vai morrer?

— Não, não descobri. Na verdade, eu não...

— Eu acho que todo mundo tem uma profecia — interrompe Pazito. — E que de alguma forma a Central da Morte sabe o destino de todas as pessoas. As profecias são uma parte bem importante dos livros do Scorpius Hawthorne.

— Talvez você esteja certo, mas não vou descobrir o grande mistério. Me demiti.

Gloria se inclina para a frente.

— Se demitiu? Por quê?

Antes que ele possa responder, o garçom se aproxima e pergunta se eles já sabem o que vão pedir. Gloria ainda se lembra do tempo que levou para que ela e Rolando fizessem um pedido da última vez que estiveram ali, prometendo à garçonete que logo dariam uma olhada no cardápio, mas continuavam brincando e rindo tanto que mal conseguiam respirar. Em luto pela vida de amor, risada e tranquilidade que poderia ter tido, Gloria pede um chá quente e waffles com calda.

— Só um café, por favor — diz Rolando.

— Nada para comer? — pergunta Gloria antes do garçom.

— Estou chegando de uma... uma reunião, por assim dizer. Comi um pouco lá.

Uma reunião? Ele não costuma ser vago assim.

Gloria quer saber com quem, mas, pela primeira vez em muito tempo, a possível resposta a assusta.

E se Rolando foi a um encontro? Quem seria a sortuda? Será que Gloria teria forças para ir ao casamento? Será que, quando a hora chegasse, ela conseguiria segurar as lágrimas ao receber a notícia de que a esposa de Rolando está grávida?

Conseguiria, sim.

Gloria é do tipo que se planeja, e ficar feliz por seu melhor amigo está nos seus planos.

Quando o garçom se afasta, Gloria volta ao assunto com Rolando:

— Então você pediu demissão?

— Não ia dar certo. Acho que é um assunto pesado demais para falar agora — responde Rolando, olhando de relance para Pazito ao seu lado. — Vocês dois vão direto para casa depois do almoço? A gente poderia ir ao parque, né? Podemos conversar melhor lá.

— Parque! — grita Pazito, assustando as pessoas na poltrona atrás dele.

— Acho que vamos ao parque, então — concorda Gloria.

Ela não vai passar o resto da vida com Rolando, mas eles podem ter o dia de hoje.

ORION
12h38

— Próxima parada: Ponte do Brooklyn — anuncio em minha melhor imitação do tom de voz do condutor.

A ponte fica a alguns minutos de distância da estação de trem, e esse vai ser o ponto alto do tour de Valentino. No entanto, ele não parece muito animado. Nem um pouco, na verdade. A Ponte do Brooklyn é uma parte icônica de Nova York, com uma vista linda da cidade; posso até apontar onde ficavam as Torres Gêmeas. Mas Valentino parece estar... sofrendo?

— Ei, você está bem? — pergunto. — Prometo que a ponte não vai cair com a gente em cima dela.

— Não estou preocupado com a ponte. Isso vai ser legal.

—Ah, que bom. O que foi, então?

— Estou pensando no seu segredo.

— O segredo que ficou na estação secreta?

— Tinha entendido que era para levar para o túmulo. Nunca concordei em não voltarmos ao assunto.

Começamos a cruzar a ponte, o primeiro minuto do que poderia se tornar uma jornada de uma hora, conforme andamos em direção ao Brooklyn com o rio East abaixo de nós. É muito tempo para ficar cutucando essa dor dilacerante de que o amor talvez esteja fora do meu alcance, como se ele estivesse enterrado no centro do mundo e eu não tivesse uma pá para alcançá-lo. Mas, se Valentino quiser cavar a terra comigo, não posso recusar.

— O que você quer saber? — questiono, soltando o moletom da minha cintura e o vestindo de novo, me aconchegando dentro do agasalho como quando estava nos braços de Valentino no trem.

— Por que acha que ninguém vai te amar antes de você morrer? É porque você acha que vai morrer cedo?

— Sei que parece loucura, mas eu poderia viver até os cem anos e ainda assim acho que nunca encontraria o amor. Tipo, amor de verdade. Esse mundo não foi feito para caras como nós, você sabe como é.

— Isso não significa que não tem alguém por aí esperando você.

Quero gritar que acho que *ele* é esse Alguém, com A maiúsculo.

— Me abri sobre minha orientação sexual no mês passado e não é como se tivesse um monte de caras fazendo fila na porta da minha casa — digo.

— O que provavelmente é uma coisa boa.

— Eu tinha muitos crushes no ensino médio e, não sabia ao certo, mas sentia que alguns deles poderiam curtir garotos. Jurava que seria recíproco, mas ninguém apareceu se declarando ou demonstrando interesse quando eu disse que era gay.

—Tenho certeza de que alguém quis fazer isso, Orion. Talvez eles não estivessem prontos ou ainda estavam se entendendo.

Tem um milhão de motivos para alguém não falar abertamente sobre a própria sexualidade. O que não parece nada de mais para uma pessoa pode ser um universo para outra.

— Verdade. Também tem a possibilidade de eles terem péssimos pais — concordo, pensando nos de Valentino.

— Algumas pessoas são expulsas de casa. Eu dei sorte.

Pais manterem os filhos em casa não deveria ser sorte. A possibilidade do filho ser LGBTQIAP+ deveria ser considerada ao trazer uma criança para o mundo. Quem não for capaz de aceitar isso pode calar a boca e ir à merda. Estou cansado de ter que ser legal com pessoas que nos odeiam por causa de quem somos. Elas são as culpadas por nossa vida ser tão difícil e o motivo pelo qual escondemos nossos sentimentos, mesmo que isso signifique que vamos acabar morrendo sem conhecer a felicidade que vem tão facilmente para os outros.

— Você já namorou? — indago, enjoado de ciúme e pelo meu estômago vazio.

— Não, mas tive uma crush gigante em março.

— Como ele era?

Faço a pergunta mesmo suspeitando da resposta: musculoso, lindo e com um sorriso branco como pérola.

— Ele também é modelo.

Uau, não me diga?

— Nos conhecemos durante uma sessão de fotos alguns anos atrás. Meu papel era de um aluno de autoescola, fingindo não saber dirigir, e George interpretava meu instrutor, apesar de ele mesmo não saber dirigir. O pessoal que escalou o elenco não se importou. George foi um instrutor bastante convincente e gentil.

— E no fim das contas ele era um babaca?

É idiota e imaturo da minha parte ser tão competitivo com alguém que está no passado, alguém que não está ao lado de Valentino em seu Dia Final. Mas é que eu sou idiota e imaturo com essas situações mesmo, não estou nem aí.

— George era um cara legal. Nós acabamos nos encontrando numa sala de testes e passamos o resto do dia juntos. Aí começou a ficar tarde, e antes que eu pudesse ir embora para casa, ele se inclinou para me beijar.

Estou com tanto ciúme que quero me jogar dessa merda de ponte.

— Eu me afastei — acrescenta Valentino.

Tá, deixa pra lá, mudei de ideia: talvez eu saia voando.

— Por que você fez isso?

Valentino lança um olhar em minha direção.

— Queria que meu primeiro beijo fosse memorável.

— Gosto da ideia — comento. Algumas coisas são dignas de espera. — Você acredita em almas gêmeas?

Seus olhos azuis encaram o rio, depois o céu.

— Acho que sim. Acredito que tem pessoas que estamos destinados a conhecer, mas é nossa responsabilidade fazer isso acontecer. Mas esse esforço sempre me intimidou e me pareceu impossível.

— Eu entendo. Amo ser gay, mas, porra, essa merda consegue ser difícil às vezes.

— Nem me fale. Nós não podemos nem nos casar legalmente.

Meu coração para (não literalmente, mas enfim) e só volta a pulsar quando percebo que ele está falando *nós* no geral, não *nós* tipo *Orion & Valentino*.

— Você pensava em se casar? — pergunto.

— Com certeza. Eu não via a hora de conhecer meu futuro marido, pedi-lo em casamento, planejar a cerimônia e me estressar com a escrita dos votos. Scarlett seria minha madrinha, óbvio. No começo, eu imaginava meus pais presentes, mas, quando percebi que isso não ia rolar, pensei em convidar muitos e muitos e muitos amigos para lotar tanto o lugar que eu não ia nem notar que meus pais não estavam lá. Essa deve ser uma das coisas mais tristes sobre morrer hoje: nunca vou descobrir se um dia isso iria mudar.

— Queria que tivesse um jeito de a gente saber se seus pais mudariam o jeito de pensar, isso é tão...

As mãos dele encontram meus ombros.

— Desculpa interromper. O que eu falei não foi sobre os meus pais. Foi sobre o governo, a igreja e a sociedade aceitarem casamentos homoafetivos. Teria sido legal saber que isso seria uma possibilidade ainda na nossa geração.

Se Valentino estivesse apaixonado e quisesse eternizar isso se casando com seu parceiro antes que a morte pudesse separá-los, não seria possível.

Esse não é um problema que a maioria dos casais têm, incluindo meus pais. Os dois tiveram que aguentar muitas coisas por serem porto-riquenhos, mas ninguém os impediu de oficializar o relacionamento, ninguém torceu o nariz com nojo do amor deles e ninguém acabou com o sonho deles de constituírem uma família. Era para termos passado mais décadas e décadas e décadas juntos, mas vai saber como isso teria sido. Eles poderiam ter passado a vida toda me vendo no meio de uma guerra que nunca tiveram que lutar, me vendo nunca conseguir ter o mesmo que eles. Durante todos esses anos em que imaginei como tinham sido os assustadores momentos finais dos meus pais, sempre gostei de pensar que eles estavam se abraçando. Que meu pai não tinha se ausentado da reunião para uma de suas milhões de idas ao banheiro e que minha mãe não estava indo buscar um chá quente. Que eles estavam tão próximos que conseguiam ouvir cada "eu te amo" dito em meio a gritos e explosões.

Eles estavam juntos, como o mundo tinha permitido que estivessem.

— E você? — pergunta Valentino.

— O que tem eu?

— Já pensou em se casar?

— Para ser sincero, não. Nunca pensei que eu chegaria a esse ponto. Sempre estive ocupado demais surtando sobre tentar sobreviver para sequer sonhar com o futuro. Tipo, não sei como seria o Orion Velhinho, nunca imaginei Orionzinhos correndo pela casa.

—Você seria incrível com crianças. Você é tão carinhoso.

— Você quer... — começo, mas logo paro de falar, odiando que Valentino vai morrer antes que eu aprenda a parar de cometer esses deslizes. —Você queria ter filhos?

Valentino assente.

— Já tinha até escolhido alguns nomes.

— Por favor, não me diga que você ia continuar na temática do Dia de São Valentim.

— Mas é claro que sim! De menina eu queria Rose e, de menino, Cupido.

—Você ia acabar com a vida dos seus filhos. Que tal, hum... qual é o nome grego do Cupido mesmo? Eros!

— Eu sei que estamos brincando, mas não odeio a combinação dos nomes Rose e Eros.

— Também não achei má ideia. Mas em quais você tinha pensado de verdade? É bom que eles superem esses que inventamos agora.

— Sem pressão, hein? —Valentino parece estar nervoso por compartilhar isso. — Eu gosto muito de Valen porque parece um nome gêmeo ao meu. Parecido, mas não idêntico. Além do mais, não marca gênero, e eu adoro isso.

Também gostei desse nome, de verdade, mas estou emocionado demais para dizer alguma coisa. Ele realmente passou muito tempo pensando nisso, e nunca vai se concretizar. Tem alguns itens de uma lista que é possível riscar no Dia Final, mas outros são impossíveis, como Valentino se casar com o amor de sua vida e ter um filho ou uma filha chamado Valen.

— Eu odeio o fato de que esses momentos estão sendo roubados de você.

— Quais momentos?

— Tudo que você quer. Se apaixonar, subir ao altar, ser pai, tudo isso.

— Odeio também. Mas gosto de saber que isso não vai morrer comigo. Você é a primeira pessoa para quem contei sobre o nome Valen.

— Sério? Nem mesmo para Scarlett?

— Não. Assim como você, eu não sabia se seria realista considerar essas coisas. Eu com certeza pensava que teria mais tempo para realizar esses sonhos, mas também houve tantas barreiras. Não queria que Scarlett ficasse animada para depois não ver isso tudo acontecendo. Ainda mais porque ela quer ter uma família grande; o sonho dela é ter trigêmeos. Ela teria se oferecido para não desperdiçar o nome Valen, mas isso significaria que eu teria que desistir do sonho de eu mesmo usá-lo um dia. Talvez agora eu precise sugerir isso a ela.

Ideia de história: um cemitério de sonhos mortos, com lápides marcando cada um deles.

Espero encontrar um final feliz para isso.

— Se algo acontecer comigo, faz esse favor e conta para Scarlett? — pede Valentino.

— Claro que sim. O mundo vai ter uma pessoa chamada Valen Prince, mesmo se *eu* tiver que dar esse nome para uma possível criança.

Ele dá uma risadinha debochada.

— Você está falando da boca para fora.

Paro de andar e seguro o pulso dele.

— Não mesmo. Eu estou falando sério pra cacete. Eu nunca mentiria para você. O primeiro nome seria Valen. O do meio, Prince. O sobrenome, Pagan.

— Valen Prince Pagan — repete Valentino, testando a sonoridade. Ele encara o horizonte, como se estivesse imaginando a criança crescendo na cidade onde ele não teve a chance de passar muito tempo. — Com os seus cachinhos e risadas escandalosas.

— Mas, infelizmente, sem seus olhos azuis.

— Olhos castanhos também são lindos — responde Valentino.

Ele se vira para mim com um olhar intenso.

Coloco a mão em seu peito e passo os dedos por sua clavícula e digo:

— Fico feliz que a criança vai ter um coração como o seu.

— Tecnicamente, você é que vai ter meu coração.

Uma chama cresce em mim, mas dessa vez o calor não vem de um ataque cardíaco.

É a vida me acendendo.

— Você teve meu coração desde o início, Valentino.

Estou queimando, queimando, queimando.

— E você me deu o melhor Dia Final, Orion.

— O dia não acabou ainda. Temos muitas primeiras vezes pela frente.

— Tem uma de que eu ia gostar mais do que outras.
— Então vai fundo nessa filosofia de que só se vive uma vez...

Os lábios em formato de coração de Valentino calam a minha boca.

VALENTINO
13h01

Eu levo apenas um segundo para começar a torcer que meu primeiro beijo também não seja o último.

O toque é delicado, apesar de eu ter passado anos sedento por esse momento… inclusive durante as melhores partes do meu Dia Final. É como se Orion e eu estivéssemos saboreando um ao outro até que a gula começa a falar mais alto. O beijo se intensifica de lento para rápido, de leve para forte, como as batidas do meu coração. Tem tanto desejo contido nele que minha cabeça esbarra no boné de beisebol de Orion, derrubando-o no chão. Meu primeiro pensamento é deixá-lo ali, mas me lembro de que é uma lembrança do pai dele e merece mais respeito. De alguma forma, interrompo o beijo e me abaixo para pegar o boné. Quando volto, levanto Orion pelas coxas, e ele passa as pernas pela minha cintura. Sempre quis segurar um garoto assim.

Orion me beija de novo, agora ficando mais alto do que eu, e vejo estrelas.

Acrescento isso à lista de coisas que não quero que acabem. Mas, seja uma corrida matinal ou o beijo perfeito, tudo que é bom chega a uma pausa quando você precisa tomar fôlego.

Orion tira as pernas da minha cintura e desliza pelo meu corpo até ficarmos cara a cara. Coloco o boné de volta, cobrindo os cachos dele, e ele o ajeita do jeito que gosta; da próxima vez eu acerto.

— Oi — diz ele.

— Oi. Isso foi memorável.

— Olha só, eu sou péssimo em História, mas até que consigo criar uma!

A Ponte do Brooklyn proporciona muitas vistas. No topo, tem uma bandeira dos Estados Unidos dançando com o vento. Carros passam embaixo de nós, e o rio corre mais abaixo ainda. Há prédios que não vou ter tempo de visitar, mas que posso apreciar daqui. E o céu cinza acima disso tudo. É uma bela vista, mas não chega aos pés do garoto que me trouxe aqui.

Solto um suspiro forte.

—Você tem dificultado tanto o meu Dia Final, Orion.

Primeiro, surge um brilho sedutor em seus olhos castanhos, depois preocupação quando ele vê que não retribuo.

— Merda, me desculpa, eu fiz alguma...

Pressiono a palma das minhas mãos nas dele.

— Obrigado por me dar um gostinho da vida que eu buscava quando me mudei para cá. Eu sei que não vai ser uma vida muito longa, mas só a estou vivendo por sua causa.

—Também não sei quanto tempo ainda tenho, mas se você for meu primeiro e único... eu poderia...

— Não diga que vai morrer feliz.

— Eu poderia morrer... infeliz...

— Isso também não é bom.

— O que você quer que eu diga, então?

— Que não vai aceitar a derrota. Estou honrado por ser seu primeiro, mas também não quero ser seu único.

— Em geral as coisas não dão muito certo para mim. Você é o melhor cara de quem eu já gostei e...

Coloco a mão dele por dentro da minha camisa, meu coração batendo contra sua palma.

— Depois da cirurgia, você vai ter mais tempo. Por favor, usa esse coração com sabedoria para não tentar fazer tudo num só dia. Escreva o romance mais longo do mundo. Busque o amor. Construa uma família.

Orion começa a lacrimejar.

— Por que você está fazendo um discurso de despedida agora?

— Porque não posso adiar mais nada. — Beijo Orion de novo. — Muito menos depois da minha primeira vez favorita com você.

— Ainda dá tempo de superá-la com algo melhor.

— Tipo o quê?

— Tipo eu te levar em um primeiro encontro, Valentino.

JOAQUIN ROSA
13h11

Joaquin voltou à Central da Morte e agora encara o call center vazio. Os mensageiros já foram para casa, mas será que eles ainda terão um emprego até o fim do dia?

Ele vai direto para sua suíte na sede da empresa, esperando encontrar a família ao redor da mesa ou assistindo à TV, mas está vazia.

Ele consegue ouvir o som da TV no quarto e bate de leve na porta antes de entrar. Lá dentro, encontra Naya e Alano dormindo no colchão king-size, um luxo em que Joaquin investiu por saber que a família às vezes acabaria tendo que passar a noite na empresa. Bucky desce da cama e corre até Joaquin, que pega o cachorro nos braços e aproxima o rosto do focinho, já sentindo a pressão se suavizar. Ele realmente precisava disso.

Tudo pelo que passou desde que saiu mais cedo tem sido difícil, frustrante, decepcionante e desolador.

Joaquin desliga o filme do Scorpius Hawthorne na TV e vai ao banheiro se refrescar. Lava o rosto e bebe água direto da torneira. O tempo gasto no cofre sempre o deixa com a sensação de estar alheio a si mesmo, mas agora começa a se sentir como o Joaquin de verdade.

— Olá — diz Naya com olhos sonolentos. — Deu certo?

Eles nunca conversam abertamente sobre o que há dentro do cofre ou o que acontece nele. Pelo resto de suas vidas,

Joaquin e Naya (e talvez Alano, um dia) devem viver como se houvesse câmeras escondidas por todo lugar, plantadas por alguém que quer descobrir o segredo da Central da Morte.

— Um pouco, mas não o bastante. Surgiu mais alguma morte não notificada?

Naya assente.

— Foram onze no total. Todas registradas. Nenhuma notificada.

Joaquin se sente à deriva de novo.

— Preciso fazer um comunicado.

— Está tudo acabado?

Ele percebe o singelo tom de esperança na voz dela, o vislumbre de um sonho que ele não pode realizar.

— Não. Mas, se meu entendimento da situação estiver correto, a falha não termina por aqui.

— Como assim? — pergunta Naya.

Ela levanta a mão no ar, compreensiva que ele não pode dar muitos detalhes.

Joaquin compartilha o que pode:

— Tenho a impressão de que o problema vai acabar com doze mortes.

Isso significa que mais um Terminante está vivendo sem saber que é seu Dia Final.

ORION
13h24

Valentino e eu andamos de mãos dadas pela ponte.

Estamos trocando ideias sobre nosso primeiro encontro, tentando achar uma opção que não vá ser um risco para o transplante de coração, que ele está mais do que decidido em preservar. Encontrar um restaurante chique seria uma escolha clássica, mas sentir o cheiro de comida quentinha sem poder comer seria tortura. Eu adoraria ver Valentino pedindo a um garçom sua primeira bebida alcoólica antes de morrer, mas acho que é melhor a gente não ficar bêbado antes da cirurgia. Por sorte, temos alternativas mais seguras, como caminhar pelo Central Park e dar uma volta no carrossel, talvez até no mesmo cavalo ou unicórnio, se quisermos uma dose extra de gayzice. Também tem o Bryant Park, onde está acontecendo parte da Semana de Moda de Nova York, mas não tem nada que Valentino possa ganhar indo lá hoje.

— Muitas opções — observo.

— Vamos pensar em alguma coisa — responde ele.

A ponte está mais cheia desse lado. Fico alerta, como se alguém aqui pudesse ser uma ameaça a Valentino, enquanto ele está relaxado a ponto de pedir para um desconhecido tirar uma foto nossa. Sinto como se todo mundo estivesse me olhando, tendo plena noção de que não consigo relaxar estando abraçado com outro garoto tão perto do Bronx. Em seguida, decido que não estou nem aí para o que o mundo pensa quando Valentino me puxa e me beija, como já vi tantos caras fazendo com garotas. Amo que registrar esse momento numa foto é ao mesmo tempo um típico clichê e um dane-se para todo mundo que não quer ver dois garotos se beijando. Valentino e eu não paramos para ver nenhuma das fotos que tiramos hoje, mas estou ansioso para dar uma olhada nessa em específico.

Começamos a andar mais devagar quando passamos por uma grade repleta de cadeados coloridos.

— Nossa, quantos cadeados!

— É mesmo, eles precisam de um substantivo coletivo. — Penso por um segundo. — Um abraço de cadeados.

— Muito bem. Posso saber o que eles significam, meu historiador favorito?

— Não é bem algo histórico, acho que essa palhaçada começou no ano passado. São cadeados do amor. Para as pessoas se gabarem de suas conexões inabaláveis e pi-pi--pi-pó-pó-pó.

—Você parece gostar muito da ideia. Só que não.

— Acho que ainda sou meio amargo em relação a isso.

A maioria dos cadeados tem coisas escritas: LUIS & JORDIN; HOWIE + LENA; NICKI E DAVE; CARLOS AMA PERSIDA. Outros são datas de aniversários que eu nunca vou entender muito bem.

Não tem nenhum cadeado com nomes de dois garotos. Queria ter um aqui, estampado com um arco-íris.

— Isso é muito legal — comenta Valentino, passando os dedos pela grade antes de continuar a caminhar pela ponte, me levando junto como uma onda.

— Eu deveria ter trazido um cadeado para você. Por que não tem ninguém aqui vendendo um desses? Daria para fazer uma grana.

Valentino ri.

— Você pode voltar depois e deixar um em minha homenagem.

— Não, eu quero criar lembranças enquanto ainda tenho você comigo.

Não é o fim do mundo, já que temos as fotos, mas quero comemorar nossa jornada desde que colocamos os pés nessa ponte. Dos nossos inícios a nossas pausas, nossos recomeços, nossa aceitação do fim. Se eu tivesse um marcador, poderia escrever nossos nomes no aço. E então vejo um banco de madeira, colocado ali para turistas cansados. Pego minhas chaves e fico de joelhos para cravar V-A-L-E-N-T-I-N-O enquanto ele tira uma foto minha vandalizando a cidade. Quando termino de escrever o nome dele, Valentino pega o molho de chaves destinado a Scarlett e começa a gravar meu nome no banco também. Ele é mais rápido do que eu. Acaba sendo uma única palavra:

VALENTINORION

Gosto de como meu nome surge a partir do dele, como se ele estivesse me doando a letra O junto de seu coração. Aceito cada letra, o beijo e suspiro antes que seja hora de viver sem ele.

— Já sei onde quero que seja nosso primeiro encontro — anuncia Valentino.

— Onde?

— Na Times Square.

— Mas foi lá que...

— Foi lá que eu descobri que ia morrer.

— E onde você quase morreu mesmo.

— Mas também foi onde nos conhecemos. Quero voltar lá.

— Tem certeza de que isso é sobre a gente e não sobre você querer voltar para procurar o celular?

— Viu só? Você me conhece tão bem.

Suspiro, derrotado. Não posso negar o pedido de uma pessoa à beira da morte.

— Vamos voltar para onde tudo começou.

JOAQUIN ROSA
14h00

Joaquin está em frente a uma câmera, com um microfone preso à gola da camisa.

Está sentado no interior de uma das cabines privadas da Central da Morte, criadas para os mensageiros que queiram um momento em particular quando o peso do trabalho se torna excruciante. O próprio Joaquin fica tentado a gritar naquele momento, depois de ter lido na internet tantas coisas desprezíveis sobre ele e a empresa. Não, a inauguração da Central da Morte não foi impecável, mas todas as previsões da empresa se provaram verdadeiras. Infelizmente, algumas passaram despercebidas, porque... Bem, ele não pode entrar em detalhes. Ele deve manter a compostura para quando a transmissão no site da Central entrar no ar.

— Olá. Aqui quem fala é Joaquin Rosa, direto da sede da Central da Morte para dar uma notícia a vocês. Fomos alertados de uma falha em nosso sistema e, apesar de eu não poder divulgar a causa do erro, devo assumir que ele ocorreu. Como resultado desse infortúnio, não apenas traímos a promessa que fizemos aos nossos usuários, como também falhamos em nossa missão de começar uma nova era, abolindo, de uma vez por todas, a preocupação com partidas inesperadas. Serei assombrado por essas perdas até o dia da minha morte. Ofereço minhas mais sinceras desculpas, e num futuro próximo entrarei pessoalmente em contato com as famílias afetadas. Isto é, caso aceitem falar comigo.

Alguns podem dizer que Joaquin não deve se desculpar por algo que não é sua culpa. Ele acredita, sem dúvida alguma, que não tem responsabilidade plena por todos os funcionários de sua empresa, já que não pode espiar por cima do ombro deles para assegurar que estão fazendo o trabalho corretamente. No entanto, como não pode relatar os pormenores do ocorrido, nem as vitórias da Central da Morte, ele precisa encarar as falhas da empresa.

— Mas a Central da Morte não vai fechar as portas. Embora tenhamos falhado em contatar alguns Terminantes para alertá-los de que hoje seria seu Dia Final, registramos uma taxa de cem por cento de acerto em relação às previsões que conseguimos comunicar. Infelizmente, as pessoas para quem ligamos morreram, ou acreditamos que virão a morrer até o fim do dia. Torcemos para estarmos errados nesse sentido, mas pedimos a vocês que continuem a agir como se não estivéssemos.

Joaquin respira fundo, dando a quem quer que esteja lhe assistindo a possibilidade de assimilar a intensidade de sua fala.

— Quanto ao erro de hoje, acredito que o problema tenha sido resolvido para todos os usuários a partir de amanhã. Pelas próximas dez horas, peço que fiquem atentos. Aproveitem a vida ao máximo, mas se lembrem de que não são invencíveis.

VALENTINO
14h02

A vida passa mais rápido quando nós paramos de esperar pelo que desejamos e começamos a correr atrás dos nossos sonhos.

Orion e eu começamos nossa travessia pela Ponte do Brooklyn falando sobre como o amor é difícil para garotos como nós e acabamos terminamos do outro lado de mãos dadas. Esse fato é tão incrível quanto nosso primeiro beijo.

O único momento que tenho para aproveitar o Brooklyn antes de morrer é agora, andando até a estação de Court Street, para que Orion e eu possamos voltar a Manhattan e ter nosso primeiro encontro na Times Square, onde a gente se conheceu.

Se estou preocupado com a possibilidade de ser meu destino morrer na Times Square? Talvez um pouco. Mas não quero continuar dando poder a coisas que estão fora do meu alcance. Essa é a decisão que tomei. Isso tudo não faz parte do grande plano de uma entidade superior.

Vou voltar à Times Square, onde era para minha vida ter terminado, e aproveitar meu primeiro encontro com o garoto que salvou minha vida.

Talvez depois disso nós possamos voltar para o meu apartamento e esperar em segurança até Scarlett chegar, enquanto os ponteiros do relógio continuam a correr.

Entramos na linha R do trem, e o vagão está lotado. Fico espremido contra a porta, com as costas de Orion encostadas em meu peito e minhas mãos envolvendo sua cintura. A cabeça dele tomba para trás, sobre meu ombro. Fico feliz por seus olhos estarem fechados, assim ele não vê os passageiros olhando torto para nós dois, como se estivéssemos fazendo algo errado. Essa cidade pode ser assustadora, mas não vou demonstrar medo. Não vou ter uma longa vida repleta de pequenos momentos como esse com Orion, e quero aproveitar o corpo dele tocando o meu enquanto ainda posso.

— Acha que finalmente vou conseguir ver uma daquelas apresentações de dança? — pergunto.

Ele olha para o mapa do itinerário da linha.

— É bom que alguém apareça dançando até a gente chegar ao seu apartamento.

— Mas está meio cheio para isso, não?

—Você que pensa. As pessoas se afastam bem rapidinho quando a música começa a tocar.

A viagem é até agradável, embora seja bem óbvio que eu crio expectativas a cada vez que as portas que conectam os vagões se abrem, torcendo para dançarinos entrarem. Por enquanto, foram só outros passageiros transitando pelo trem, e um menininho vendendo doce numa caixa de sapatos para comprar uma camisa do time de basquete pelo qual ele torce. Dou a ele o resto do meu dinheiro.

Depois de algumas paradas, já desceram muitas pessoas do vagão, então Orion e eu nos sentamos no assento do canto. Ele coloca os braços ao redor dos meus ombros e joga uma perna por cima das minhas. Eu o beijo quando ele sorri, pensando em como tudo está só começando entre nós dois, como deveria ser com duas pessoas que se conhecem há menos de 24 horas. Acho que não teríamos avançado tão rápido se eu tivesse todo o tempo do mundo, mas isso não significa que eu teria gostado menos da estação de trem secreta e da caminhada pela ponte. Eu teria desejado tudo isso e mais ainda, como agora.

— Acho que vou precisar passar vergonha na sua frente — anuncia Orion na parada seguinte.

— Como assim?

Orion aperta minha coxa.

— Estou esperando por um sinal, só um minutinho.

Dou uma olhada pelo vagão, tentando entender no que ele está prestando atenção. Quando saímos do túnel e paramos na próxima estação, vejo o sinal: uma placa que diz PRINCE STREET. Chocado, corro para tirar uma foto antes que seja tarde demais. Quero que Scarlett venha aqui depois. Mas ainda não entendi como Orion vai passar vergonha. Ele se levanta e eu faço o mesmo, pensando que vamos descer antes, mas Orion gesticula para que eu volte a me sentar. Ele tira o moletom e o deixa em meu colo.

— É bom que você goste disso — diz ele.

— Gostar do quê?

As portas do trem se fecham.

Orion respira fundo e grita as palavras mágicas:

— É hora do show!

Fico boquiaberto, e todo mundo no vagão olha para ele com expressões que tendem mais para a irritação do que para animação. A maioria das pessoas está curiosa o bastante para não tirar os olhos de Orion. Fico impressionado que ele esteja disposto a fazer isso. É preciso ter um coração forte; no sentido de coragem, não de saúde.

— É hora do show na linha R! Dedico esta apresentação ao nosso novo nova-iorquino! — Orion aponta para mim, e eu fico vermelho de vergonha. Ele bate palmas, se esforçando para motivar os outros passageiros a acompanharem o ritmo. — Obrigado, obrigado!

Orion tira o celular do bolso e dá play numa música eletrônica. De repente, percebo que não sei de que gênero musical ele gosta, e que são nesses pequenos fatos que ainda somos estranhos um para o outro. Ainda assim, aqui está ele, prestes a fazer uma grande demonstração de afeto por mim. Ele coloca o celular no chão e começa a se balançar na barra de apoio vertical, e não demoro a perceber que esse não é um talento secreto que Orion estava escondendo, esperando pelo momento certo para fazer uma grande revelação. Isso aqui está prestes a ser a catástrofe mais encantadora do mundo, e eu vou amar cada segundo. Orion se agacha e vai de lado até a porta, como um caranguejo, depois dá uma cambalhota desajeitada para a frente. Estou rindo muito do quanto ele é bobo, e as outras pessoas o encaram como se Orion estivesse bêbado. Não sei dizer como ele agiria se estivesse sob efeito de álcool, mas aposto que não seria muito diferente disso. Pego a câmera para tirar fotos quando ele começa a pular e se balançar nas barras horizontais, feitas para pessoas extremamente altas. Todo mundo continua com uma cara indiferente, e confesso estar surpreso e aliviado por ninguém vaiar.

— A atração principal! — grita Orion.

Ele tira o boné de beisebol, o joga no ar e tenta pegar com o pé. Erra na primeira vez, na segunda, na terceira, na quarta e, apesar de chegar muito perto na quinta, erra de novo.

— Você consegue! — incentivo, batendo palmas lentas e, para minha surpresa, outros passageiros me acompanham.
— Arrasa, Orion!

A tentativa seguinte não é perfeita, embora Orion tenha desconhecidos torcendo por ele. Ele me lança um sorrisinho mesmo assim. Em seguida, se concentra ao jogar o boné para o alto e dá um chute no ar, acertando bem no meio e se apoiando numa barra antes que acabe caindo.

Minhas mãos doem de tanto bater palmas com força.

Orion pega o celular do chão e anda pelo vagão com o boné para recolher contribuições. Ele volta até mim com uma nota de um dólar, algumas moedas e um beijo.

— Está morrendo de vergonha por me conhecer? — indaga ele.

— Claro que não. Esse foi o melhor show da minha vida.

— Isso é muito deprimente — brinca ele. Pelo menos, eu acho que está brincando.

— Muito obrigado, Orion. Isso foi incrível.

— Acho que não se compara ao que está prestes a acontecer.

— E o que é?

—Você é que vai fazer uma apresentação agora.

—Acho que pode ser perigoso demais eu sair saltitando pelo vagão.

— Não, não estou pedindo para você fazer o mesmo que eu. Quero que faça do trem sua primeira passarela.

O sorriso de Orion é travesso. Ele é o rei de criar momentos memoráveis.

Me viro para abrir espaço, facilmente visualizando o corredor como um palco. Em vez de cadeiras, há assentos com uma plateia para me assistir. Não tem a menor chance de eu deixar uma oportunidade incrível como essa passar.

— Então vamos nessa — digo.

Orion sacode meus ombros, empolgado.

— Isso vai ser épico! Esse é um público difícil de agradar, mas posso dar uma animada dizendo que vai ser um evento único. Tudo bem se eu apresentar você como um Terminante, talvez até como o primeiro? Quero que receba todo o carinho que merece.

Mesmo se ninguém mais prestar atenção, acho que vou ficar feliz só de saber que Orion está me assistindo desfilar na passarela imaginária do vagão.

— O que você achar melhor.

Orion me entrega o celular dele.

— Escolhe uma música.

Eu queria saber qual tipo de música Orion curte, e agora vou ter a chance de descobrir. É bastante variado, incluindo Linkin Park, Alicia Keys, Evanescence, Death Cab for Cutie, Carlos Santana, Céline Dion, Eve e Pussycat Dolls. Há muitas músicas de artistas femininas, e isso me faz pensar em minha própria playlist, que eu botava para tocar sempre que ficava sozinho em casa. Nunca me senti confortável ouvindo música pop perto dos meus pais, muito menos se a artista fosse mulher. Foi assim tanto antes quanto depois de eu contar a eles que sou gay. Se estivessem em casa e eu ficasse com vontade de ouvir minhas músicas favoritas, que sabia que eles iam reprovar, eu precisava ouvi-las com discrição no meu iPod; foi como quando eu precisei esconder que assistia a filmes pornôs. Mas agora meus pais não estão mais por perto e eu não estou trancado no meu quarto. Sou livre para ouvir o que eu quiser, cantado por quem eu quiser, quando eu quiser.

Tem uma música na playlist de Orion que também estava na minha: "Release Me", da Agnes. Parece apropriada para esse momento.

— Atenção, atenção! — grita Orion.

Ele fica de pé num assento vazio, com os braços estendidos como se estivesse na proa de um navio; do meu navio. Ele tem sido um companheiro de viagem maravilhoso, como eu sabia que seria.

— Não se preocupem, não vou dançar de novo — anuncia ele depois de alguns passageiros reclamarem entre murmúrios, como se a tarde deles fosse ser arruinada com mais uma interrupção. — Mas temos mais um show muito especial para vocês. Este é Valentino Prince, e ele não só é um Terminante, mas o *primeiríssimo* Terminante. Recebeu a ligação do próprio Joaquin Rosa!

Pela primeira vez, todos prestam atenção.

Ninguém está com os olhos grudados no celular ou em um livro, e as vozes cessam.

A morte faz as pessoas prestarem atenção.

Todos os olhares são direcionados a mim.

Inclusive o de Orion.

— Valentino se mudou para Nova York para ser modelo, mas já que hoje é seu Dia Final, eu gostaria muito se pudéssemos aclamá-lo enquanto ele faz deste vagão sua primeira e única passarela. Uma salva de palmas, por favor!

Imediatamente, as pessoas começam a aplaudir, como se eu fosse um grande astro que todos estavam ansiosos para ver.

Orion dá play na música.

Venço meu nervosismo assim que dou o primeiro passo andando numa linha reta imaginária, uma perna após a outra, como um acrobata numa corda bamba; um passo mal calculado e você pode morrer. Meus braços e cintura balançam naturalmente com minha postura ereta, o peito estufado e a cabeça erguida. Olho para a frente conforme a música ressoa, graças a Orion. Os passageiros vibram e tiram fotos com o celular, talvez até estejam gravando vídeos. Não posso deixar isso atrapalhar minha concentração. Todos os modelos devem ter um objetivo, algo que transmitem a quem está assistindo. Para mim, é a realização de sonhos, seja qual for o caminho percorrido para alcançá-los. No final do vagão, abro minha camisa de cima e coloco uma mão no bolso antes de voltar pelo corredor, parando para brincar com a mão livre na mesma barra em que Orion girou. Ele assovia para mim e outros o acompanham, uma música que antes eu só tinha ouvido na minha imaginação, e viver esse momento é um sonho sendo realizado.

Não importa que eu não esteja numa passarela da Semana de Moda de Nova York, Londres, Tóquio, Paris ou Milão. Pessoas reais estão me assistindo, me vendo desfilar como nunca pude fazer em casa.

Em meio a mais uma volta no vagão, percebo que estamos a uma parada da Times Square. Alguns passageiros me oferecem seus sentimentos antes de descerem do trem enquanto outros entram.

— Esta é a última chance de vocês verem o maravilhoso Valentino Prince! — grita Orion, tirando fotos.

Para o meu último ato, decido me despir de mais do que só minhas roupas.

Começo a arrancar as peças como se fossem uma vida antiga sendo tirada de mim.

Primeiro, jogo a camisa de cima por sobre o ombro, até passar por Orion e entregá-la para ele.

Em seguida, aponto para minha camiseta de TENHA UM ÓTIMO DIA FINAL! antes de tirá-la também.

Quando acabo, estou só de calça jeans e botas.

Todos gritam, e Orion recolhe dinheiro com o boné quando a música termina e paramos na Times Square. Grande parte dos passageiros se levanta para me aplaudir, e eu jogo um grande beijo para todos antes de pegar minhas roupas e a mão de Orion e arrastá-lo para fora do trem. Na plataforma, jogo as roupas no chão e levanto Orion, assim como fiz na ponte, e suas unhas agarram minhas costas suadas.

Nós dois rimos do quanto a experiência que acabamos de ter foi emocionante, e damos aos nova-iorquinos um terceiro show com um beijo apaixonado que prova que Orion e eu não somos desconhecidos.

Nenhum deles sabe de como eu quase morri na Times Square e do quanto estou feliz por estar de volta.

Não apenas vivo, mas vivendo.

— Você foi incrível — elogia Orion. — Deveria ser modelo, sabia?

— Estou à procura de um agente novo. Mas preciso perguntar: você acredita na Central da Morte?

— Nessa bosta? Não mesmo.

— Maravilhoso. Pronto, a vaga é sua! — Limpo o suor do peito com a camisa antes de me vestir. — Você fez meu sonho se tornar realidade, Orion. Obrigado por tudo.

— Peço desculpas por você ter assistido àquele show de dança horrível.

— A dança foi o ponto alto.

— Então seu gosto é péssimo. Não acredito que fiz isso.

— Foi um amor, mas saiba que, se estiver com vergonha mesmo, aquilo morre comigo.

— E segue vivo na memória de cada um dos nova-iorquinos que testemunhou!

— Bem, da próxima vez, pense duas vezes antes de decidir dançar. Ou melhor ainda: não pense duas vezes. A vida não é mais libertadora quando você só se permite fazer o que quer?

Orion não hesita em me beijar.

— Assim?

— Exatamente assim.

Seguro a mão dele e subimos as escadas, emergindo na Times Square como na minha primeira vez. É diferente de ontem à noite. Agora o sol está brilhando, e os telões mostram os anúncios de costume em vez das ampulhetas da Central da Morte. Turistas entram e saem das lojas. Uma multidão cerca dois dançarinos de break que giram como bailarinos em cima de um papelão, de regatas brancas e calças de moletom. Há um engarrafamento, e os carros passam pela Times Square tão devagar que é como se os motoristas estivessem dirigindo na areia. Um vendedor de cachorro-quente discute com alguém, e tenho certeza de que ele conseguiria me passar a perna cobrando cinquenta dólares por um lanche, de tanta fome que estou sentindo. Uma música em espanhol está tocando nas alturas numa caixa de som atrás de mim.

Tem tanta vida acontecendo na Times Square.

Apesar de um homem ter sido assassinado aqui ontem à noite.

Apesar eu ter recebido a notícia de que vou morrer.

Mas a Central da Morte queria que eu vivesse. E agora já consegui viver bastante.

Espero continuar vivendo pelas horas que me restam.

SCARLETT PRINCE
11h15 (Fuso horário das Montanhas Rochosas)

Scarlett precisa que esse avião decole logo.

Já é ruim demais que esteja revivendo o trauma do primeiro voo, mas ela pode deixar isso pra lá contanto que esteja em movimento, contanto que saia do lugar. Seu tempo com Valentino se tornou limitado, e ela não está falando só de como o Dia Final do irmão já está na metade. Scarlett e Valentino deveriam ter vidas longas e plenas, um ao lado do outro, e isso está sendo arrancado deles. Scarlett nem sabe o que vai fazer com o irmão quando chegar, o que precisa fazer além de passarem um tempo juntos, mas ela só quer chegar logo em Nova York e decidir um plano com ele.

Scarlett não consegue acreditar no dia de hoje.

Por que o avião ainda não levantou voo?

O que está rolando agora?

Os pilotos não foram liberados ainda? Ou eles não estão registrados na Central da Morte?

Ela está prestes a se unir ao coro de passageiros incomodando a equipe de bordo, exigindo respostas, quando a voz do piloto surge nos alto-falantes:

— Atenção, passageiros. Tenho um comunicado.

Bem lá no fundo, como se a Central da Morte estivesse ligando para ela, Scarlett sabe o que está acontecendo. Ela simplesmente sabe.

ORION
14h37

Valentino e eu estamos nos tornando inseparáveis, como se fôssemos a versão personificada do nome que riscamos na Ponte do Brooklyn: ValentinOrion, uma só palavra, com O maiúsculo porque pertence a nós dois. Nos momentos em que não estamos de mãos dadas porque ele está tirando fotos da Times Square, toco seu ombro ou entrelaço meu dedo no passador da calça dele. É como se eu fosse sair voando para longe se não estivermos agarrados. Parando para pensar, acho que é mais provável de acontecer com ele.

Andamos pela Times Square de mãos dadas a caminho do espaço onde as pessoas estavam compartilhando suas histórias com a Central da Morte ontem à noite. Onde vi Valentino pela primeira vez. O palco que nunca pude subir não está mais lá, mas a arquibancada de vidro vermelho continua ali como um novo adorno, abarrotada de pessoas.

— Olha, eu fiquei bem chateado por não ter conseguido contar minha história, mas aí você passou por mim e eu… gostei de você logo de cara.

— Rápido assim? — pergunta Valentino.

— Rápido assim. Você me achou esquisito por ter chegado em você do nada?

— Não, eu também tinha te achado fofo. E, na verdade, eu te vi primeiro.

— Espera, como assim?

— Eu estava andando pela Square e...

— Ninguém fala assim.

— Bom, faça essa modinha pegar em minha homenagem.

— Odiei, mas tudo bem. Continua me contando sobre como você me achou fofo pra caramba enquanto andava pela Square.

— Eu estava andando pela Square, e a apresentação da Central da Morte chamou minha atenção...

— E aí eu também chamei!

— Quer contar você mesmo a história de como eu te achei fofo, ou eu posso contar?

— Que coragem perguntar se um contador de histórias quer...

— Enfim, eu vi você...

— Mas não falou oi!

— Provavelmente porque eu sabia que você ia acabar interrompendo!

Coloco um cadeado imaginário na boca e finjo entregar a chave nas mãos de Valentino. Ele a aperta com força.

— Com a sorte que tenho, vou acabar perdendo essa chave também, assim como o celular. — Valentino olha por sobre o ombro para ver se consegue encontrar um iPhone dando sopa no chão, esperando por ele. — Eu não disse oi porque não sabia que as pessoas faziam isso de verdade. Mas fico feliz por você ter chegado em mim, porque não sei se eu teria coragem. Haja coração.

Quero pegar a chave de volta para perguntar se o trocadilho foi intencional, ou encher o saco dele dizendo que passei a vida toda torcendo para que houvesse um coração para substituir o meu disfuncional, mas Valentino destranca meus lábios com os dele.

— Só para você saber, eu nunca tinha chegado num garoto bonito antes. Eu estava tentando me arriscar pra valer.

— Graças a Deus você... Sou muito grato por você ter tomado a iniciativa, Orion.

— Obrigado por não me traumatizar pelo resto da vida me dando um fora colossal, Valentino.

Ele não tira os olhos de mim, como se eu fosse a pessoa mais interessante dessa cidade.

Pego a câmera do bolso da blusa e aponto para o canto inferior da arquibancada.

— Senta ali. Quero tirar uma foto do lugar onde conheci você.

— Não vou sair nessa foto sozinho. Vem também.

Valentino e eu nos sentamos e eu estendo o braço, torcendo para conseguir um bom ângulo. Estou prestes a tirar a foto, sem me importar com o quanto ela possa sair feia, quando sinto alguém cutucando meu ombro. É um homem latino mais velho sentado ao lado de um menininho de óculos com o cabelo encaracolado. Devem ser pai e filho; aposto que são da mesma família.

— Quer ajuda? — indaga o homem.

— Ah, hum, sim. Você se importa?

— De jeito algum.

Damos licença para que o homem e o garotinho possam descer.

O menino parece um pouco assustado, como se estivesse quase se escondendo atrás do homem. Deve ter uns nove ou dez anos.

— Está tudo bem, Mateo. — O homem o tranquiliza.

Entrego a câmera para ele, apesar de me sentir mal por assustar o garotinho, que continua olhando para os lados.

Tenho a sensação dilacerante de que talvez seja o Dia Final de Mateo e ele está com medo de morrer, mas queria ver a multidão na Times Square antes de partir. Valentino me tira dos pensamentos quando vira meu rosto na direção dele, nossos olhares se atendo um ao outro. O homem faz a contagem regressiva e, em vez de sorrirmos para a câmera, Valentino se aproxima e me beija. Ter esse momento imortalizado significa tudo para mim. Quando nos afastamos, Valentino está sorrindo de olhos fechados, parecendo gravar o momento na memória, como se não pudesse olhar as fotos comigo depois.

— Que lindo! — exclama o homem, me devolvendo a câmera. — Vai dar um belo cartão-postal para enviar para a família.

— Não para a minha — responde Valentino, a tristeza nítida em sua voz.

— Sinto muito — lamenta o homem. — Fico contente que esteja vivendo sua vida como deve.

— Obrigado, senhor.

Valentino cumprimenta o homem com um aperto de mão, e em seguida faço o mesmo.

Eu me viro para Mateo.

— Desculpa se a gente te assustou antes. Estamos de boa?

Levanto o punho fechado para que ele dê um soquinho, mas Mateo estende a palma aberta para um aperto de mão. E então, quando abro a minha, ele fecha a dele. Mateo fica vermelho e parece chateado, não irritado, como aquele outro menino, Rufus, na loja de penhores. Mateo parece decepcionado consigo mesmo, como se ele não fizesse nada direito. Eu entendo como é uma merda se sentir assim; passei por muitos momentos de raiva e vergonha enquanto tentava entender a vida sem meus pais ao meu lado. Não tinha nenhuma palavra mágica que me fizesse sentir melhor quando eu estava pra baixo, e eu nem conheço essa criança direito para tentar lançar algum feitiço nele. Então, mando a real.

— Ei, está tudo bem, viu? — garanto a Mateo.

Ele não parece acreditar em mim.

— Vem, filho. Vamos para o parque — chama o homem, sentindo que talvez seja melhor tirar Mateo dessa situação. — Aproveitem o dia.

— Essa é a ideia — responde Valentino, com um sorriso que só eu entendo.

Nós observamos enquanto os dois se afastam. O homem abraça Mateo bem de perto.

— É bom ver um pai que se importa com o filho assim — comenta ele.

— Ele lembra o meu — conto, percebendo que estou tão acostumado a falar dos meus pais com carinho que me esqueço da situação de Valentino, que não teve tanta sorte. — Foi mal.

— Não precisa se desculpar por ter tido uma infância cheia de amor. Por mais bizarro que isso pareça, eu diria que também tive. Eu me lembro de como era sentir que meus pais me amavam. Muitos presentes embaixo da árvore de Natal, várias festas de aniversário, o cuidado quando eu ficava doente… Nós fazíamos noites de cinema em casa, e eles deixavam Scarlett e eu escolhermos o filme. Se a gente não concordava, nosso pai ia dormir tarde só para nós assistirmos aos que nós dois queríamos. — Valentino olha ao redor. — Acho que se eu tivesse crescido em Nova York, meus pais teriam me levado para todo canto. A Estátua da

Liberdade, a árvore de Natal no Rockefeller Center, o Radio City, o Empire State Building. Aqui, lógico.

Grande parte do que Valentino contou me deixa triste. Irritado, até. Pais não deveriam amar os filhos só durante a infância, mas fico feliz que a vida dele não tenha sido sempre um inferno. Poderia ter sido muito melhor se ele tivesse pais, ou guardiões como os meus. Talvez, se ele tivesse crescido em Nova York, nós dois poderíamos ter nos conhecido antes. Dói pensar em como o Dia Final dele teria sido ao mesmo tempo mais fácil e mais difícil se a gente se conhecesse há anos.

Não posso começar a ceder agora, preciso ser forte.

— O que mais você quer fazer enquanto estamos aqui? Quer achar um artista para desenhar uma caricatura nossa? Deixa pra lá, seria perda de tempo.

— Ficar sentado ao seu lado não é perda de tempo — diz ele, sorrindo.

— Se você diz... — Pego o dinheiro do desfile dele no trem, que guardei no bolso e conto. — Sessenta dólares.

— Nossa, foi ruim assim? Achei que eu tinha me saído bem.

— Tá zoando, né? É uma quantia ótima! E não estou nem um pouco surpreso. Olha só para você.

— Topa descobrir como eu fico numa caricatura?

— Vamos lá!

Eu o beijo, prolongando por mais alguns instantes o tempo no nosso cantinho.

Aí meu celular toca.

Surto por meio segundo antes de lembrar que não é o toque da Central da Morte e que estamos fora do período de ligações.

Suspiro, incomodado, como se alguém estivesse nos interrompendo.

— Aposte em quem você acha que está ligando — digo, tirando o celular do bolso. — Dalma? Scarlett? Algum outro palpite?

— Espero que não seja Scarlett — responde Valentino.

Verdade, porque é para ela estar no voo agora.

— É a Dalma — conto, atendendo a ligação. — E aí, tudo bem?

— Graças a Deus você está bem — responde ela.

Imediatamente, é como se eu fosse lançado de volta àquele 11 de setembro, ouvindo o alívio na voz das pessoas quando descobriam que ao menos *eu* estava vivo.

— Por que eu não estaria? O que foi?

— Você não viu as notícias, O-Bro?

— Não, não vi. A gente... — Fico em silêncio. Meu coração está acelerado feito doido. Valentino consegue ver o pânico em meus olhos. — Dalma, me fala logo o que está acontecendo. Não enrola, por favor. Eu estou quase tendo um troço aqui.

— Houve um comunicado da Central da Morte. Alguns Terminantes passaram despercebidos pelo sistema deles, e o problema só vai ser resolvido amanhã. Acho que ainda tem um grande furo nessa história toda.

Quase derrubo o celular no chão.

Estou tremendo.

Meus olhos se enchem de lágrimas.

— O que está acontecendo? — pergunta Valentino. — Está todo mundo bem?

A questão é a seguinte: eu deveria ter uma droga de resposta para isso.

Eu deveria saber se está todo mundo bem porque era para a Central da Morte resolver esses mistérios, de modo que a gente pudesse viver nossos dias em paz caso não estivéssemos prestes a morrer. Mas agora estou de volta ao mesmo ponto de ontem e de todos os dias antes da existência da Central da Morte. Meu coração acelerado poderia ser o começo do ataque cardíaco que vai me matar.

Será que hoje também é meu Dia Final?

VALENTINO
14h51

Orion parece ter visto um fantasma. Ou, para ser mais realista, parece ter recebido uma ligação da Central da Morte.
 Acho que os dois casos envolvem vidas perdidas.
 Mas isso não faz sentido. Ele não é um médium que se comunica com espíritos, e Dalma não é uma mensageira da Central da Morte. Estou com medo de que alguma pessoa que ele ama tenha morrido, como alguém da família de Dalma, mas isso não faz sentido, porque todo mundo na casa deles está registrado na Central da Morte. Um mensageiro teria ligado se fosse o Dia Final de algum deles. Será que pode ser alguma notícia da dra. Emeterio? Talvez ela tenha feito mais testes e visto que Orion e eu não somos compatíveis. E se ela não conseguiu encontrar alguém que desse aval para o transplante a tempo? Centenas de perguntas giram na minha cabeça, mas a única pessoa que pode me dar as respostas está perdida em pensamentos.
 — Orion…
 Ele está paralisado, encarando o telão imenso como se as ampulhetas estivessem sendo mostradas de novo. Uma lágrima escorre por seu rosto.
 — E os Terminantes que receberam a ligação?
 Então é, de fato, sobre a Central da Morte.
 Pode ser sobre mim.

Orion começa a soluçar. Aconteceu alguma coisa boa? Ele está chorando de alívio? Vamos ter mais tempo juntos?

Eu vou continuar vivo?

— Te ligo depois... não sei, Dalma, eu ligo depois...

Ele desliga.

Vejo nos olhos dele que Orion não vai me dar notícias que vão mudar minha morte.

— O que foi?

— A Central da Morte fez merda — revela Orion, tremendo. — Alguns Terminantes morreram hoje sem saber que era o Dia Final e... é possível que... ainda mais gente vá morrer antes da meia-noite sem ter recebido o aviso. Joaquin Rosa está tentando consertar seja lá o que tenha dado errado, mas não pode prometer nada, apesar de ser o único objetivo da porra da empresa dele!

Isso significa que Orion pode morrer hoje.

E Scarlett também. Ela sobreviveu à morte por um triz quando o piloto recebeu a ligação de Dia Final antes da decolagem. E se todo mundo naquele avião estiver destinado a morrer hoje também?

Se a Central da Morte cometeu erros, o que isso significa para mim?

Orion parece ler meus pensamentos.

— Sinto muito — lamenta ele, sabendo que está acabando com a minha esperança.

— Não sinta. — Passei muito tempo hoje aceitando que tudo vai acabar. Orion, por outro lado, tem depositado sua confiança na eficácia do sistema e agora está de volta à estaca zero, à incerteza. — O que eu posso fazer por você?

— Eu não sei, eu... eu estou tão cansado.

— Quer voltar para o meu apartamento e descansar?

— Não é cansaço físico. Quer dizer, em parte é, mas eu... estou cansado de viver assim. Achei que tudo seria diferente, mas é só merda atrás de merda. Tipo, como a Central da Morte tem certeza de que você vai morrer se não sabem nem se eu vou continuar vivo? Eles não têm nem uma migalha de esperança para dar para a gente?

— Não sabemos o que acontece lá. Eles podem não ter certeza, mas também não querem causar um surto coletivo.

— Se o serviço deles não funciona, precisam divulgar isso, cacete! — berra Orion, assustando algumas pessoas ao nosso redor. — Não vou ajudar você a marchar até a própria morte se não for para você morrer hoje!

—Vamos embora, a gente conversa sobre isso em outro lugar.

— Não! É o nosso primeiro encontro. Precisamos aproveitar enquanto ainda dá tempo!

Eu me levanto e estendo a mão para ele vir comigo. Orion não reluta, o que me desconcerta. Ele perder a força significa que está se despedaçando justo no dia em que descobriu como é ter uma vida normal, na qual ele não precisa ter medo de morrer. Estou frustrado e decepcionado porque a Central da Morte arruinou a confiança que ele tinha na empresa. Não vou estar aqui para vê-los ir ladeira abaixo, mas eles vão merecer cada crítica.

O celular dele toca de novo.

— Eu falei para ela que ia ligar depois... — começa Orion, tirando o celular do bolso de novo. — É Scarlett.

— Posso? — pergunto.

Orion assente. Eu sabia que ele não se importaria, mas não queria deixá-lo na mão.

Ele me entrega o celular e eu atendo.

— Oi, Scar.

Scarlett está chorando ainda mais do que Orion.

— A companhia aérea interrompeu todos os voos. — Ela começa a me explicar tudo o que eu já sei sobre as atualizações da Central da Morte, sem nenhuma informação nova. — Eles não podem arriscar, muito menos depois do que aconteceu com o outro voo. Tentei explicar minha situação, mas não tem nada que possam fazer.

É assim que tudo termina.

Vou morrer sem ver minha irmã pela última vez.

— Não sei o que fazer, Val!

— Por favor, respira.

— Vou tentar falar com outra companhia aérea, ou ver se consigo usar o dinheiro do aluguel e nossas economias para alugar um jatinho. Jatos particulares ainda podem viajar, né?

Eu não entendo como o tráfego aéreo funciona, mas sei que preciso cuidar da minha irmã quando ela começa a perder o fôlego assim.

— Scar, preciso que você respire.

Ela tenta respirar fundo, mas se perde na euforia.

— Talvez você nem chegue a morrer, já que a Central da Morte disse que não sabe o que está acontecendo.

A Central da Morte com certeza não tem o controle que esperávamos sobre o Dia Final, mas vimos muitas previsões serem confirmadas no dia de hoje. Não posso alimentar esperanças de eu ser a exceção.

Mas posso entrar nesse jogo pela minha irmã, mesmo se for por pouco tempo.

— Talvez eu sobreviva ao dia de hoje.

— E aí eu te vejo amanhã quando for seguro viajar de avião.

— E eu posso levar você para uma estação de trem secreta.

— Existe uma estação secreta?

— Orion me mostrou hoje. É demais!

— O que mais você vai me mostrar?

— A Ponte do Brooklyn tem uma vista maravilhosa e aqueles cadeados do amor.

— Cadeados do amor?

— É legal. Explico quando te encontrar.

— Não vejo a hora. E o que mais?

— Você precisa ver a Times Square. É aqui que tudo acontece.

Uma única ligação mudou minha vida. Outra está mudando a de Orion.

— Lógico que nós vamos à Times Square.

— Orion pode nos recomendar outros pontos da cidade.

— Estou animada para conhecê-lo.

— Você vai amar o Orion. Ele é incrível. — Dou um abraço bem apertado nele.

Eu passei o dia todo sabendo que poderia ajudá-lo a viver quando eu morrer, mas agora que sei que ele não está tão seguro quanto pensávamos, estou determinado a protegê-lo. O primeiro passo é tirá-lo dessas ruas, onde não vou estar pronto para salvá-lo caso tenha um ataque cardíaco.

— Scar, vou voltar para o apartamento. Te ligo de lá — aviso.

A voz de Scarlett soa trêmula:

— Por favor, me liga assim que chegar lá.

— Pode deixar. Te amo.

— Te amo igualmente.

Desligo e guardo o celular no bolso.

— Ela não vem mais, né? — pergunta Orion.

— Não. — É difícil admitir em voz alta. — Por um momento pareceu mesmo que nós éramos os donos do mundo, né?

Ele assente. É como se estivesse tão sem palavras que não consegue nem pensar em um palavrão para definir o quanto isso tudo é injusto.

— Acho melhor a gente dar o fora daqui. Quer voltar para o meu apartamento? — ofereço, sabendo que estaremos seguros no meu conjugado.

— Não me odeia, mas a gente pode ir para a minha casa? É só que... se algo for acontecer, eu quero me despedir de Dalma e do resto da família. Se não quiser ir, eu entendo, mas gostaria muito que você viesse comigo. Não precisamos ficar muito, a gente pode...

Dou um beijo rápido em Orion, para que ele pare de falar e volte a respirar.

— Vai ser ótimo estar em família. Ainda mais agora que não posso estar com a Scarlett.

— Tem certeza? Não quero esfregar sal na ferida nem nada do tipo.

— Me leva para a sua casa, Orion.

GLORIA DARIO
14h54

Gloria está no Althea Park com a família.
Não, ela está no Althea Park com o filho e o melhor amigo.
Tem uma diferença significativa.
Mesmo que Rolando ame muito Pazito, ele não é o pai do menino.
E não importa o quanto Rolando tenha amado Gloria no passado, ele não é seu marido. Mesmo ela desejando que tivesse se casado com ele em vez de com Frankie. Ainda assim, ela deve viver com a decisão que tomou vinte anos atrás quando rejeitou o coração dele.
— Vai brincar — diz Gloria ao filho.
Pazito sai correndo pelo parque até o trepa-trepa, como se todas as crianças se empoleirando nas barras fossem amigas dele e não desconhecidas. Ele é corajoso, algo que Gloria sempre amou nele, e reconhece que é uma característica que ajuda muito nos testes que o filho faz. Pazito nunca fica sem reação; está sempre em movimento. Bem, isso não é de todo verdade. O medo o paralisa quando Frankie levanta a voz e a mão para Gloria, mas ela não quer dar espaço para esses pensamentos agora. Está tendo um dia agradável.
Gloria se senta no banco azul, não muito longe de onde ficou no churrasco do feriado de 4 de julho. Ela olha para o gramado como se estivesse assistindo a uma lembrança,

fantasmas presos no passado: as duas irmãs de Gloria relaxando em espreguiçadeiras enquanto bebem sangria; Pazito brincando de pega-pega com os primos mais velhos; Frankie na churrasqueira, mas só porque Rolando estava responsável pela comida e Frankie precisava dar uma de maioral para cima dele; e a própria Gloria na toalha de piquenique, abraçando as pernas e sonhando com o quanto essa reunião de família seria libertadora se houvesse um convidado a menos.

Ela volta ao presente, à realidade na qual Frankie de fato não está no parque.

Na qual Gloria está sozinha com Rolando.

— Que pena essa situação com a Central da Morte — comenta ela.

— Tudo bem. Estou orgulhoso por ter me demitido.

— Em que sentido?

— Em vez de esperar pelo dia em que um mensageiro vai me ligar para dizer que vou morrer, eu entendi que é importante viver enquanto posso.

Gloria ama essa epifania.

A vida não deveria estar prestes a acabar para alguém começar a viver.

— Isso é honrável — elogia ela, vendo o filho escalar o brinquedo corajosamente e viver como se fosse imortal.

— Você não acha que deveria fazer o mesmo? — pergunta Rolando.

— Fazer o quê? — indaga Gloria.

— Viver enquanto ainda pode.

— Já faço isso.

— Sem ofensa, Glo, mas acho que não.

Fazia anos que ele não usava o apelido dela, e isso não passa despercebido pelo coração de Gloria.

— Como assim?

— Me conta como é *sua* vida... e não o que você faz pelo Pazito.

Tudo que Gloria pode apontar que não envolve o filho parece pequeno, mesmo se lhe traz felicidade. Como cozinhar usando a receita da mãe de *maduros* com alho, assistir às séries de drama jurídico que ama e perder a noção do tempo na banheira com uma única vela acesa no banheiro escuro.

— Criar um filho deveria ser levado em conta — rebate Gloria. — Isso me faz feliz.

— Sei disso, mas... — Rolando vira os joelhos para perto dos dela. — Mas o que você vai fazer quando Paz for adulto? Como vão ser seus dias?

Infelizmente, Gloria não se planejou para a vida sem o filho. Ela fica em silêncio porque não tem nada a dizer e não quer mentir. Já mentiu muito na vida, sempre fingindo que tudo estava bem.

— Seu filho é importante — diz Rolando, e com gentileza acrescenta: — Mas você também é.

Essa não é a primeira vez que Rolando pede que Gloria pense em si mesma, mas é a primeira que ele faz isso com lágrimas reluzindo em seus olhos castanhos. É quase como se ele soubesse de algo que ela não sabe, como se a Central da Morte tivesse dito a Rolando que Gloria vai morrer em breve e ele recebeu a oportunidade de dar a notícia pessoalmente em vez de um estranho ligar para ela. Gloria não tem certeza, mas sabe que Frankie nunca lhe disse que ela é importante. Ela também não tem certeza, mas aposta que o marido nunca deu valor à vida dela, talvez só para manter a casa limpa e fazer a parte difícil de criar o filho deles.

Gloria é especial.

Gloria importa.

Gloria merece uma vida melhor.

Sentindo isso em seu coração, ela respira fundo, como após um dia difícil em que tenha passado horas de pé e termina se aconchegando debaixo das cobertas para dormir. Mas ela não quer mais acordar com a mesma rotina.

— É tarde demais para mudar — afirma ela.

— Claro que não, Glo. — A mão de Rolando treme levemente sobre o banco, mas seus dedos não buscam os dela. — Pense no tanto de pessoas que teve a vida mudada hoje por causa da Central da Morte. Só vai ser tarde demais se você esperar até o último minuto para recomeçar.

Essas palavras deveriam parecer como um alerta, mas Gloria as assimila como uma bênção.

— Seu recomeço foi pedir demissão do trabalho? — questiona ela.

Rolando a encara com intensidade.

— É mais do que isso. Estou pedindo as contas de uma vida que não me traz felicidade.

Gloria queria poder fazer o mesmo.

— O que não te traz felicidade?

—Você — responde Rolando.

É como se o coração dela fosse arrancado do peito com uma só palavra.

Ele quer afastar-se dela. Talvez ele esteja frustrado demais com Gloria e não aguente mais vê-la continuar na mesma situação.

Antes que ela possa se desculpar por comandar a própria vida como acha mais apropriado, Rolando diz:

— Desculpa. Você não é o motivo por eu estar infeliz. Pelo menos, não do jeito que está pensando — explica ele, envergonhado. — Passei a manhã com um Terminante. Era um senhor que foi minha primeira ligação na noite passada.

O coração partido de Gloria começa a se recompor.

Rolando não foi a um encontro no café da manhã. Estava com um homem que vai morrer hoje... que talvez até já esteja morto.

— Por que você foi encontrá-lo?

Então Rolando conta a Gloria sobre sua longa ligação com um homem chamado Clint e como acabou indo tomar café da manhã com o senhor no Dia Final dele.

— Não quero que você fique esperando a vida melhorar, Gloria. E, mais importante, não quero que fique esperando a morte chegar. Pode não ser problema meu, mas não quero me arrepender de não dizer nada se... se Frankie um dia perder o controle.

Como se os piores instantes de sua vida passassem diante de seus olhos, Gloria estremece.

— Sinto muito por tocar no assunto — desculpa-se Rolando. — Mas vou ficar arrasado se eu perder você.

— Agradeço a preocupação. Acontece que as coisas são mais complicadas do que você pensa.

— Eu acho o contrário, Glo. É mais simples do que você pensa. Você não deveria estar com uma pessoa que pode causar sua morte. Não quando há tanto para você viver.

Gloria se vira para olhar Pazito, mas sabe que o que deveria fazer é pegar o espelho na bolsa.

Ela relembra a si mesma que é especial, que ela importa, que merece uma vida melhor.

— Tenho medo — admite, enfim.

— Entendo. Frankie é assustador.

— Não, é mais do que isso... Tenho medo de recomeçar.

Gloria encara o parque e observa o filho descendo pelo escorrega. Ele é uma das muitas crianças que vão crescer esperando que a vida seja um mar calmo. Mas a jornada de Gloria tem sido repleta de ondas turbulentas, e ela tem certeza de que a paz pode surgir em seu horizonte se jogar o marido em alto-mar. Mas não é simples assim. Frankie vai puxá-la para baixo como uma âncora, fazendo com que ela nunca chegue em terra firme.

— Recomeçar dá medo — concorda Rolando. — Mas é a única forma de seguir em frente.

— É a única forma de seguir em frente — repete Gloria, com lágrimas nos olhos.

— Para mim, recomeçar significa não esperar meu Dia Final para admitir que ainda sou apaixonado por você, Gloria. Sempre fui e sempre serei.

Gloria toma fôlego, como se tivesse acabado de dar o melhor beijo de sua vida. Mas Rolando não a tocou. Ao menos não fisicamente. Eles continuam sentados separados, olhando um nos olhos do outro em meio aos sons de crianças vivendo e do coração de Gloria retumbando. Rolando a ama mesmo, sempre amou e sempre vai amar. Gloria acredita nessas palavras com uma voracidade que nunca sentiu nos votos de Frankie. O homem com quem ela deveria ter se casado era o que estava ajudando o noivo no casamento.

— Não espero que você se divorcie do seu marido por mim — explica Rolando. — Mas torço para que se divorcie dele por você mesma.

Antes que Gloria possa decidir se quer recomeçar sua vida com Rolando, ela deve escolher terminar a vida que tem com Frankie.

Um adeus ao passado e as boas-vindas ao futuro.

Gloria precisa se divorciar de Frankie; por si mesma e pelo filho, que sempre será o motivo por trás de cada decisão que tomar, independentemente do que os outros possam dizer. Mas, ao contrário de antes, ela agora pensa em como quer que seus dias sejam depois de Pazito crescer e sair de casa para viver a própria vida. Ela não quer dividir um sofá, uma cama ou mesmo dez metros quadrados com o marido, o homem com quem nunca deveria ter se casado.

O homem que Gloria deveria ter largado muito tempo atrás.

Muito antes, quando ele a fez sentir medo pela primeira vez.

Quando bateu nela pela primeira vez.

E em todas as vezes seguintes.

Gloria não pode desfazer o passado, mas pode construir um novo futuro.

E bem está o que bem acaba.

RUFUS EMETERIO
15h00

A Central da Morte não ligou para Rufus Emeterio, porque ele não vai morrer hoje.

Na verdade, Rufus está se divertindo mais do que nunca com sua nova bicicleta cinza-metálica pelo Althea Park. Ele aprendeu a andar de bicicleta alguns anos atrás, antes de sua irmã mais velha, Olivia, que não tem interesse algum em adquirir essa habilidade. Mas tudo bem, porque Rufus tem interesse de sobra. No curto período quando ainda precisava de rodinhas, seu pai lhe pediu para ir devagar, mas Rufus pegou o jeito rápido e estava pronto para pedalar em frente e não parar mais. Ele acelerou pelo estacionamento de uma farmácia e quase acabou entrando numa avenida movimentada, onde um carro poderia ter lhe atropelado com muita facilidade, caso não tivesse freado. Aquela foi a primeira vez que seu pai teve uma conversa séria com ele, e com certeza não foi a última, mas olha só aonde todas as lições e sermões o trouxeram: Rufus está andando com a bicicleta que ele acredita ter sido destinada a acompanhá-lo em muitas aventuras, e seu pai confia nele para estar no comando da própria jornada.

Para ser sincero, Rufus nem está bravo com a bronca que levou do pai. (E muito menos ficou bravo quando, no fim das contas, acabou ganhando de surpresa sua bicicleta dos sonhos!) Rufus ama o pai, mas eles têm se desentendido nos últimos tempos, mas tudo que precisam é conversar abertamente. Seu pai lhe contou sobre seu passado e, embora Rufus não estivesse no clima para mais uma aula de história, muito menos durante as férias, acabou sendo bem legal. O pai disse a Rufus que é bom sentir e reconhecer as próprias emoções, mesmo se for raiva, assim como fazia quando ele próprio era criança. Mas Rufus não quer que raiva seja a única coisa que ele sente.

Pensou muito nisso no trem que pegou até o Althea Park com o pai e a irmã.

Pouco tempo atrás, Rufus e Olivia inventaram um jogo chamado Viajante para criar histórias sobre as pessoas que eles veem pelo mundo, em geral quando estão em transportes públicos. Hoje no trem, Rufus viu um senhor colocando várias notas de dinheiro na bolsa de uma jovem dançarina de salsa, e o menino imaginou que o homem era um Terminante e queria que seu dinheiro estivesse nas mãos das pessoas certas antes de morrer, enquanto Olivia se concentrou numa mulher que ela acreditava ser uma espiã da Central da Morte que andava por aí se certificando de que as pessoas morreriam como previsto, para preservar a reputação da empresa.

Mas se alguém estivesse brincando de Viajante e visse Rufus, o que diria? Provavelmente que era um menino que sempre tem a resposta na ponta da língua e tenta sair por cima numa discussão. Mesmo com quem não quer discutir com ele. Na verdade, Rufus é um garoto gente boa que ama a família, e é esse lado que ele preferiria mostrar ao mundo.

Não foi assim que o dia começou, mas nesse momento Rufus está feliz.

As coisas estão indo bem com o pai.

Sua irmã saiu junto com eles.

E a mãe acabou de chegar, querendo ver a família antes de precisar voltar ao trabalho.

Rufus fica tentado a empinar a bicicleta, apesar de nunca ter conseguido antes, mas ele não quer estressar a mãe quebrando alguma parte do corpo quando o trabalho dela no hospital já é lidar com corações feridos.

— Que bicicleta legal — elogia a mãe, levantando a mão no ar para que Rufus bata de volta. — O que você fez para merecê-la? — pergunta, embora esteja olhando mais para o pai de Rufus, esperando uma explicação.

— Foi respondão — entrega Olivia.

— Não foi bem assim. Estávamos discutindo, e Rufus me respondeu com respeito, e eu fiz o mesmo — justifica o pai.

— Fico feliz em saber.

Rufus gosta quando a mãe tem orgulho dele, e ele vai se esforçar para isso acontecer com mais frequência.

— E eu também ajudei na loja.

— Como estão as coisas lá? — pergunta a mãe.

— Melhorando — responde o pai.

Ao mesmo tempo que Rufus diz:

— Feias.

Por um momento, Rufus se prepara para se defender, como se ele fosse levar bronca por ser sincero quando só disse a mais pura verdade. A loja de penhores não está bem. Sim, eles limparam os cacos de vidro do chão e vedaram a porta da frente, mas quando foram embora ainda estava tudo de pernas para o ar. E o pai parece se lembrar disso, pois assente e dá um sorriso de canto ao concordar.

— O negócio está bem feio.

Rufus suspira de alívio por não precisar discutir.

— As coisas vão melhorar logo — incentiva a mãe, se sentando num banco do parque.

Rufus não sabe o que a mãe está enfrentando no hospital, só que ela chegou em casa exausta, mas queria tentar ajudar na loja. Todo mundo pediu que ela fosse descansar.

— Tudo bem, mãe? — pergunta Rufus.

— Tem sido um dia difícil. — Ela olha ao redor pelo parque, onde outras crianças estão brincando e rindo, e parece ser o tipo de coisa de que ela precisava. — Vou ficar de plantão para uma cirurgia hoje à noite. É para um Terminante que quer doar o coração para um garoto que ele acabou de conhecer. Os dois são tão jovens e...

Uma faísca parece se acender na mente do pai de Rufus.

— Espera aí. Um desses meninos estava com um boné dos Yankees?

— Não vi boné nenhum.

Ele estala os dedos.

— Valentino?

Ela endireita o corpo.

— Como você sabe disso?

— Conhecemos um Terminante na loja hoje de manhã. Eles compraram uma câmera com a gente.

— Ele era um Terminante?! — pergunta Rufus, sem acreditar que conheceu um Terminante de verdade e só agora ficou sabendo.

A mãe solta um suspiro de cansaço.

— A questão é que estão falando que a Central da Morte cometeu alguns erros hoje. Só porque eles acertaram algumas previsões, não significa que não podem ter errado em mais alguma coisa. Isso poderia complicar o nosso lado, com a cirurgia, mas só o tempo dirá. Espero que aqueles garotos estejam se divertindo.

Rufus está se mordendo de vontade de andar mais um pouco de bicicleta. Toda essa conversa sobre morte está sendo desconfortável para ele. Mas então vê que o pai parece entrar num transe.

— O que foi, pai?

—Valentino contou que as coisas não eram... não são... muito boas com os pais. Fiquei me perguntando o que o coração está mandando ele fazer. — O pai fita a família com um olhar marejado, segurando as lágrimas. — Nenhum de nós é perfeito, mas espero que a gente nunca deixe as coisas chegarem a um ponto tão crítico. Não consigo conceber a ideia de um de nós à beira da morte e não querermos nos despedir. Ter que dizer adeus é o impossível mais possível, porque ninguém nunca quer precisar se despedir, mas seria idiotice não aproveitar a chance, caso seja possível.

Rufus leva um momento para internalizar as palavras do pai.

Ele não quer brigar com a família a ponto de não vê-los uma última vez antes de morrer. Sabe que vai chegar o dia em que será adulto e seus pais vão ser idosos, e ele vai precisar se despedir deles. E provavelmente vai parecer impossível, mas o pai de Rufus está certo... *vai* ser possível. É muito difícil também. Mas isso é um problema para um futuro muito, muito, muito distante.

Até lá, Rufus vai ser criança.

Ele vai se divertir com a bicicleta.

Vai ser um bom filho, irmão e amigo.

E vai viver.

MATEO TORREZ JR.
15h14

A Central da Morte não ligou para Mateo Torrez Jr., porque ele não vai morrer hoje.

Isso não significa que ele não esteja vivendo com medo. Desde a meia-noite, quando a Central da Morte começou a funcionar, Mateo tem estado apavorado e não desgruda do pai nem um minuto. Até mesmo dormiu na cama do pai, descansando do lado esquerdo, que antigamente pertencia à mãe, antes de morrer dando à luz o filho. Talvez sejam todos os livros de fantasia que ele lê (principalmente a série Scorpius Hawthorne, que é repleta de profecias), mas Mateo sempre achou que estava destinado a morrer jovem, já que uma vida chegou ao fim ao trazê-lo ao mundo. Ele tinha certeza de que a Central da Morte ligaria para o pai ontem à noite, lhe dando a trágica notícia de que Mateo ia morrer, mas o telefone não tocou.

Então por que Mateo não consegue respirar?

Ele chegou ao Althea Park com o pai. Tem bastante ar fresco, mas ainda sente como se a morte pudesse estar escondida em cada cantinho. Como se uma matilha de cachorros fosse pular em cima dele, o que pode parecer legal para algumas pessoas, mas as alergias de Mateo são tão fortes que ele poderia ter uma crise alérgica, os pulmões se fechariam com o choque anafilático e ele morreria.

Mateo ia odiar ter que deixar o pai sozinho, ainda mais depois de matar a mulher que ele mais amou na vida.

Na primeira vez que seu pai, que também se chama Mateo e é conhecido entre amigos apenas como Teo, se sentou com o garoto para falar sobre a Central da Morte, tudo em que Mateo Jr. conseguia pensar era como o dia de seu nascimento teria sido diferente se o pai tivesse se preparado para a morte da esposa. Tudo que Mateo sabe é que não esperavam que sua mãe fosse morrer durante o parto. A morte repentina pegou o pai de surpresa, por não ter tido a chance de se despedir da mulher com quem planejava toda uma vida enquanto segurava em seus braços, pela primeira vez, o único filho do casal.

E, agora, olhe só para Mateo.

O garoto que recebeu a vida como presente e tem medo demais para tirá-la do embrulho.

Mateo está tentando ser corajoso, mas é muito mais difícil do que as pessoas pensam. Ele não concorda com a opinião de que o medo é uma escolha. Em muitas ocasiões, quis lutar contra as amarras do medo, momentos em que teria escolhido viver, mas parecia que o medo o estava prendendo com tentáculos em seu pescoço, pulsos e tornozelos, impedindo que ele se soltasse. Um dos motivos pelos quais admira sua melhor amiga, Lidia, é que ela age como se tivesse sido feita para esse mundo. Ela se defende sempre que alguém a deixa desconfortável e, embora possa ser muito seletiva, consegue fazer amizade com qualquer pessoa.

Às vezes, Mateo pensa por que alguém ia querer ser amigo dele.

Pensa em como alguém seria capaz de escolhê-lo.

Ele pensa nisso agora, enquanto observa as outras crianças no parque. A maioria delas está correndo pelo parquinho como se não houvesse risco de caírem e se machucarem. Tem um menino andando numa bicicleta que parece grande demais para ele, mas que vai servir melhor quando crescer um pouco. Quando o garoto passa por ele, Mateo dá um passo para trás, porque sabe muito bem que não é indestrutível.

— Não quer brincar? — pergunta seu pai.

Mateo quer, mas não sabe como.

Ele sabe como, mas não quer.

Na verdade, ele quer e sabe como, mas não sabe como parar de se preocupar com tudo. E então acaba ficando paralisado.

Para alguém que costuma ser elogiado por sua bondade e gentileza, Mateo consegue ser seu próprio pior inimigo com muita eficiência.

— Não estou a fim, pai — mente Mateo.

Ele não gosta de fazer com que os outros se sintam mal, muito menos o pai, que se esforça tanto para dar uma vida boa ao filho. Mas tem sido um dia difícil. O que Mateo sabe é que a Central da Morte quer muito que as pessoas vivam, mas ele não consegue deixar de ficar confuso: agora, quanto da vida é sobre livre-arbítrio e quanto é sobre destino? As pessoas morreriam mesmo se a Central da Morte não ligasse para elas? Será que estão vivendo de maneira mais imprudente porque sabem que o amanhã está garantido? Ou as mortes estão definidas de forma definitiva? As dúvidas fazem sua cabeça doer, e não ter as respostas para elas lhe dão um aperto no coração.

Embora seu pai tenha lhe dado uma boa vida, Mateo precisa aprender a viver por conta própria. Ninguém sabe quanto tempo cada pessoa ainda tem. Ou Mateo está certo sobre estar destinado a morrer jovem, ou o pai vai partir antes dele, como no geral acontece. Ele nunca vai esquecer a primeira vez que contou a Teo sobre a maldição e como o pai ficou triste com a ideia de ter que ver o enterrar o filho.

Por que as pessoas não podem viver para sempre?

— Conversa comigo — pede Teo com gentileza, dando espaço para Mateo se abrir, mas deixando a possibilidade de que o filho recuse sem que se chateie com isso.

É como se Teo só quisesse que o garoto soubesse que está ao seu lado e quer sua companhia.

Mateo observa todo mundo no parque com admiração. Essas pessoas só estão sendo elas mesmas, e para ele isso ainda é a coisa mais mágica do mundo. Por que Mateo não pode estar sob esse mesmo feitiço?

— Eu só olho para todo mundo, mas não sei agir assim.

— Eu amo que você seja do seu jeito — diz o pai. — Você é um menino especial, Mateo.

— Você é obrigado a dizer isso porque é meu pai.

— Nossas convicções são mais sobre o que sentimos do que sobre o que dizemos. Desde o dia em que você nasceu, sinto um amor e um senso de proteção tão forte por você... Espero poder te proteger agora e prometo que não tem mais ninguém no mundo como você. Tenho sorte não só de conhecer você, mas de tê-lo como filho. Você não precisa ser ninguém além de Mateo Torrez Jr.

Mateo olha para o céu, se lembrando de todas as vezes que o pai lhe trouxe a esse parque e lhe contou histórias sobre as nuvens enquanto ele brincava no balanço. Inclusive, isso parece uma ótima ideia agora. Mas uma pergunta escala sua garganta e escancara sua boca:

— Mas será que eu deveria ser quem eu sou se ninguém gosta de mim? — E antes que Teo possa responder o óbvio, o garoto acrescenta: — Por favor, não diz que você gosta de mim. Eu já sei.

— Se você sabe, tudo bem — diz Teo. — E quanto à Lidia?

— Ela não vai gostar de mim para sempre. Ela me acha irritante.

— Quando foi que ela disse isso?

— Olha, ela nunca disse com todas as letras, mas falou que eu penso demais. Tipo, como se eu fosse muito complicado.

— Você pondera muito sobre as coisas, filho. Às vezes consegue ser cuidadoso até demais, mas a gente já sabe disso.

Ao longo dos anos, sempre que Mateo se machucava, ele fazia tudo que podia para evitar que acontecesse de novo. Teve a vez em que estava apostando corrida no recreio e acabou caindo e ralando o joelho. Ele não quis mais brincar durante todo o resto do ano letivo. Mesmo quando criou coragem para apostar corrida de novo e se divertir, ninguém mais queria escolhê-lo porque as outras crianças diziam que ele era lento. E ele é. Afinal, o que tem de tão errado em não querer se machucar?

— É como se... — Mateo olha para o chão, não querendo ver as crianças brincando no parque. — É como se, por eu não querer me machucar, ninguém mais quisesse fazer parte da minha vida. Mas não estou tentando afastar as pessoas, pai.

— Eu sei que não, filho. Talvez você possa tentar inovar. Vai ali e se aproxima de alguém.

— Como assim?

— Puxa papo com outra criança. E mais importante: seja você mesmo quando for conversar.

Mateo não tem muita certeza de que isso seja uma boa ideia. Mas também não é como se as outras crianças fossem perigosas, né? É diferente de quando ele ficou com medo daqueles dois garotos mais velhos na Times Square. De primeira, Mateo achou que eles estavam aprontando alguma coisa, querendo fazer algum tipo de brincadeira sem graça com o pai dele ou algo pior, mas acabou que eram legais. Só queriam tirar uma foto juntos e, quando Mateo os viu se beijando, sentiu uma chave virando dentro dele. A cena o lembrou de uma conversa que ele tinha tido com o pai no mês anterior.

— Como a gente acha o amor, pai? — perguntara Mateo. — Onde ele fica?

— O amor é um superpoder — dissera o pai. — Um que todos nós podemos ter, mas não é um superpoder do tipo que você pode controlar. Vai ficar mais difícil ainda quando você for mais velho. Mas não precisa ter medo se você perceber que está amando alguém que não esperava amar. Se for a coisa certa, vai dar certo.

Mateo se pergunta se aqueles dois garotos mais velhos tinham medo de se amar.

Não foi o que pareceu.

Ele se levanta, pronto para o desafio. E aí o medo bate de novo, com tanta força que Mateo tem vontade de voltar para o banco, mas fica firme de pé.

— Vou tentar, pai. Mas, se eu não conseguir, a gente pode voltar para casa?

— Com certeza. Eu faço um chá e a gente assiste a um filme.

Mateo ia amar isso.

Mas primeiro...

Ele anda em direção ao parque e vai até o balanço. À medida que se aproxima, um menino lhe parece familiar. Seu cabelo escuro está penteado, mas se Mateo imaginar um topete o garoto lhe lembra de alguém. E então a ficha cai, como o raio azul dos seus livros favoritos. Ele não sabe o nome do menino, mas é o ator que fez o Larkin Cano numa cena de flashback na última adaptação cinematográfica da série de livros. Era um papel pequeno, mas mesmo assim Mateo acha muito legal. Esse garoto teve a oportunidade de explorar o castelo mágico e conhecer as pessoas que interpretaram os personagens favoritos de Mateo. Isso vai ser moleza, Mateo pode perguntar sobre os filmes de Scorpius Hawthorne e fazer amizade. Ele fica próximo do garoto, como se estivesse esperando sua vez de brincar no balanço, e abre a boca para...

— Pazito! — chama uma mulher sentada num banco não muito longe de Teo. — Vamos lá tomar sorvete.

O menino — Pazito — desce do balanço e sai correndo antes que Mateo consiga se apresentar.

Ele chegou tarde demais.

Mateo está pronto para desistir quando decide dar mais uma chance. Tem algumas meninas no trepa-trepa e outras pulando corda. Um menino desce de barriga no escorrega e ri quando cai no tapete. Alguns adolescentes jogam uma partida de handebol que parece bastante intensa.

E então Mateo vê o menino da bicicleta de novo. Ele está mexendo na corrente. Talvez o garoto também se preocupe muito com segurança, assim como Mateo, que vai até ele bem quando o garoto sobe de volta na bicicleta e sai pedalando.

— Pai, olha! — grita o menino se abaixando por cima dos guidões e passando por baixo dos galhos de uma árvore.

— Parabéns, Rufus! — responde o pai.

Rufus... Mateo gosta daquele nome. Não é muito comum, mas é bem legal.

Sem acreditar que vai dar sorte na terceira tentativa, Mateo se vira e volta até o banco onde o pai está.

— Eu tentei.

— E isso é o suficiente — responde o pai. — Vamos para casa, então?

—Vamos para casa — concorda Mateo.

Sua casa é o lugar onde Mateo pode ser ele mesmo. Onde pode viver, viver, viver.

ORION
15h17

A jornada já começa difícil.

Primeiro, Valentino e eu debatemos qual é o jeito mais seguro de ir para casa. Acho que um táxi nos levaria mais rápido, mas ele tem medo de andar de carro depois do acidente de Scarlett, ainda mais em seu Dia Final. Não posso forçá-lo a nada. A questão é que... hoje talvez também seja meu Dia Final. Mas deixo esse pensamento pra lá, porque a certeza do destino dele é muito maior do que qualquer possibilidade envolvendo o meu. Não que isso me deixe menos nervoso quanto a pegar um trem, já que sinto a sombra daquele maldito ceifador sobre mim de novo. Acho que tenho um pouco de culpa, porque fui eu que mostrei a Valentino como essas viagens de trem e metrô podem ser incríveis: correr de um vagão para outro como se estivéssemos numa corrida, passar por uma estação secreta ou fazer uma apresentação e receber aplausos.

Acontece que correr esse risco é sério pra cacete.

Enquanto o trem deixa Manhattan e entra no Bronx, mantenho certo espaço entre nós no assento. Não tanto a ponto de sermos alvos individualmente, mas também não tão perto, para que a gente não chame atenção por estar junto. Odeio falar mal do meu bairro, porque eu amo o Bronx, mas não dá para fingir que por aqui tudo é maravilhoso, como se ninguém fosse nos olhar de forma estranha por sermos gays. Em Manhattan, é menos perigoso colocar minha perna sobre o colo de Valentino, descansar a cabeça em seu ombro e beijá-lo. Aqui, temos que ser mais contidos. Nossa vida pode depender disso.

As últimas paradas são as mais desafiadoras, parecem os ponteiros no relógio correndo em um Dia Final. Quanto mais perto estamos do destino, mais alerta tenho que ficar. Não quero que nada dê errado enquanto ainda há tempo para dar certo.

Sinto uma tensão no peito, parece que meu coração está sendo espremido. Tenho medo até mesmo de respirar, porque pode ser que eu respire de um jeito meio gay. Sei que isso pode parecer exagero, mas a menos que a pessoa tenha passado anos no Bronx, não estou nem um pouco interessado na opinião dela. Linguagem corporal é realmente importante quando se trata de continuar vivo. Como no caso dos animais selvagens, que fazem a gente pensar que são durões pra caramba mesmo que talvez nunca tenham precisado lutar pela própria vida. Valentino é sarado, mas será que é bom de briga? Eu sou, mas não tenho o porte físico que me faria vencer, então tento me misturar, me camuflar como um coelho branco na neve. Isso significa não chamar a atenção segurando a mão do garoto que eu gosto. É desolador ter que pensar nesse tipo de coisa, mas é assim por aqui.

Chegamos à última parada, em Mott Haven, sem termos sido atacados por nenhum predador. Também não me sinto muito confiante no meu bairro, porque sempre tem gente por aí que eu não conheço, e fica todo mundo se avaliando. Você pode esbarrar com a pessoa errada e ela agir de um jeito grosseiro só para sair por cima. Passamos por um cara que está na dele, cem por cento focado em seu pastel de carne. Depois outro cara pergunta que horas são, e eu fico nervoso porque às vezes pode ser alguém tentando fazer a gente pegar o celular só para roubá-lo. Mas Valentino checa o relógio e fala para o sujeito que são 15h40.

Sei que minha quadra não tem nada de mais, mas eu amo esse lugar. Há bandeiras da Jamaica, da República Dominicana e de Porto Rico nas janelas, que servem tanto para mostrar orgulho quanto como cortinas. Há uma placa pichada numa cerca de madeira que diz PROIBIDO ESTACIONAR!!!, mas mesmo assim sempre há carros parados ali. Isso já até virou piada no time Young. Nunca coloquei os pés na igreja congregacional que fica ao lado do parquinho, mas gosto da vibe de castelo.

Minha casa fica na mesma calçada de várias outras, todas com tijolos marrons e formato parecido, mas diferentes pelo estado de conservação, decoração e cor das portas. O imóvel está há gerações na família de Dalma. O exterior até poderia ser tratado com um pouco mais de carinho, mas lá dentro o cuidado chega a transbordar. Fico aliviado quando Valentino e eu subimos as escadas que levam à porta da frente, tão vermelha quanto os assentos de vidro da arquibancada da Times Square. Pego a chave que usei para gravar o nome dele no banco da Ponte do Brooklyn e destranco a fechadura.

Conseguimos.

Estamos em segurança.

Pela primeira vez na vida, eu trouxe um cara para casa.

E talvez ele seja o último.

— Cheguei! — grito.

A casa tem alguns andares. Meu quarto e o de Dalma ficam no térreo, onde também temos acesso a um pequeno quintal e uma entrada particular, a qual nem usamos muito já que aquele corredor praticamente virou um depósito cheio de caixas e mobília que Dalma planeja reformar, mas ainda não fez nada. Sendo bem sincero, isso não passa de um possível foco de incêndio, e a gente tem que dar um jeito nessa tralha o mais rápido possível. Os quartos de Dayana, Floyd e Dahlia ficam no andar de cima, onde há uma escada que leva ao terraço, mais acima, onde geralmente me bronzeio.

Levo Valentino até a sala de estar no segundo andar.

— Esse lugar é tão legal — comenta ele.

No caminho, Valentino para diante da parede em que ficam todas as fotos de família. Eu amo as casuais, mas não me envolvo muito nas sessões de foto em estúdio, porque sempre me sinto um intruso. Quase como se eles soubessem que precisam me convidar para que não fique um clima estranho, embora não haja nenhuma evidência de que eles pensem esse tipo de bosta. Nunca recebi nada além de amor dos meus guardiões. Só sei que, se eu não morasse aqui, nunca seria convidado para essas fotos de estúdio. Então para que ir se me levar não passa de uma obrigação? Isso é algo que vou ter que superar ao longo dos anos caso eu tenha esse tempo para superar as coisas.

Valentino toca minha foto escolar do sexto ano. Não estou sorrindo nela.

— Foi um dia ruim?

— Essa foi a primeira foto da escola depois que meus pais morreram — respondo.

— Isso explica muita coisa.

Eu tinha perdido o dia da foto no quinto ano porque estava de luto. Minha mãe amava me arrumar naquelas manhãs. Passava minha camiseta, me fazia usar gravata para ficar com cara de adulto e colocava um creme caseiro nos meus cachos para deixá-los mais brilhantes. Quando as amostras das fotografias do sexto ano chegaram, me sentei com Dayana e deixei que ela escolhesse a que mais gostasse. Eram muitas poses diferentes: com o punho embaixo do queixo, de braços cruzados, com um sorriso forçado e outra com o rosto sério.

— Essa aqui parece mais natural — dissera Dayana ao escolher a foto que agora está na parede.

Ainda bem que não ficamos de papo furado, até porque aquele dia foi exatamente uma semana depois do primeiro aniversário de morte dos meus pais.

Ouço passos no topo da escada, e na mesma hora sei que é Floyd, porque ele anda pela casa como se tivesse marretas nos pés. Está de camiseta polo e uma calça jeans presa com o mesmo cinto preto que usa em todas as calças largas. Seu cabelo castanho está cheio de gel, como sempre, mesmo com Dalma tendo acordado todo mundo no meio da noite para voltar para casa antes da minha cirurgia.

— Oi, *garrochón* — diz Floyd, apertando minha mão. Ele tem aquela energia dos homens porto-riquenhos de meia-idade que não são muito de abraçar. Meu pai era meio assim também. — Que bom que você está inteiro.

— Digo o mesmo. Floyd, esse aqui é o Valentino.

Ele olha para Valentino meio desconfiado. Não vou mentir, isso pode parecer um pouco homofóbico, mas acho que tem mais a ver com o fato de um Terminante estar vivo e respirando aqui em casa. Floyd deixa essa reação pra lá com um aperto de mão.

— Prazer em conhecer você, Valentino. Sinto muito por... você sabe.

— Obrigado, senhor.

— Pode me chamar de Floyd, por favor. Vamos lá para baixo.

Antes que eu possa perguntar por que está todo mundo lá embaixo, Valentino se vira para mim e fala:

— O que significa "*garrochón*"?

— Alto e magro, basicamente.

— Chamo ele assim desde que era criança — conta Floyd, descendo as escadas. — Quando tinha doze anos ele já era mais alto do que eu.

— O que não é muito difícil — digo.

Floyd ri. Ele está prestes a erguer a mão para fingir que vai me dar um tapa, mas essa é uma mania que estamos fazendo ele deixar de lado nem que seja à base da porrada. Opa, péssima escolha de palavras. Corrigindo: estamos tentando fazê-lo perder essa mania, porque Dayana é extremamente sensível à violência doméstica, já que presenciou o pai bater na mãe. Ela não quer que as filhas cresçam numa casa onde esse tipo de atitude é uma piada, ou que eu adquira esse hábito depois de adulto.

Chegamos ao térreo, e digo para Valentino ignorar a bagunça. Essas tralhas fazem a gente parecer desleixado, então eu o apresso até a outra sala de estar, onde Dalma e eu estendemos um tapete de arco-íris que está cheio de marcas de sapato. Espero encontrar todo mundo no sofá assistindo a um filme ou alguma outra coisa, afinal, por que outro motivo todo mundo estaria aqui embaixo? Mas não há nada além de cobertores e travesseiros espalhados.

— Surpresa!

Fico tenso, e encontramos as mulheres do time Young lá atrás, no pequeno quintal com uma mesa coberta por uma toalha festiva. Dalma está segurando rosas, e Dahlia ergue uma faixa que diz BEM-VINDO, VALENTINO! com a maioria das letras coberta de glitter, quase como se não tivesse dado tempo de terminar ou o glitter tivesse acabado, talvez os dois. Dayana é a primeira a se aproximar de Valentino e abraçá-lo, como uma mãe faria.

— É maravilhoso conhecer você — diz ela, com as mãos no rosto dele.

— É um prazer conhecer você também, Dayana — responde Valentino. Fico surpreso por ele ter acertado mesmo com tantos nomes com D por aqui. — Já estou vendo todas as coisas maravilhosas que Orion contou a seu respeito.

Dayana belisca minha bochecha, algo que não faz há um século.

— Você sabia disso? — pergunta Valentino.

— Óbvio que não — digo, chocado e surpreso. — Será que dá para a gente ir devagar com essa história de surpresa? Tem um cara aqui com problema no coração, sabiam?

— Eu mandei mensagem — comenta Dalma.

Confiro o celular, e ela de fato avisou, mas não tirei o telefone do bolso desde que entramos no metrô, nem quando estávamos andando até aqui para que ninguém me roubasse.

— Foi mal.

Dalma entrega as rosas a Valentino.

— Desculpa ter sido tão insensível.

— Sei que você não teve a intenção de me magoar — diz ele.

— Mesmo assim. Espero que você consiga me perdoar.

Valentino abraça Dalma, e eu meio que quero desabar no sofá e chorar.

Dahliazinha (quer dizer, ela tem treze anos, mas sempre vai ser Dahliazinha para mim, mesmo que esteja prestes a virar Dahliazona se a compararmos com o pai) me abraça, e eu a apresento a Valentino.

— Sinto muito por você... que você vai... sabe... — Dahlia meneia a cabeça. — Obrigada por ajudar o Orion.

— É ele quem está me ajudando — comenta Valentino.

— É bom que esteja mesmo, né, já que você vai dar um coração para ele! — diz ela, como se fosse algo lógico. Então se vira para os pais e pergunta: — A gente já pode entregar os presentes?

— Presentes? — indaga Valentino, enquanto segue Dahlia até a mesa.

Dalma me para.

— Espero que não tenha problema. A gente achou que ia ser legal agradecer por tudo e mostrar ao Valentino um pouco de amor.

— É perfeito — respondo. — Ou tão perfeito quanto um Dia Final com desconhecidos pode ser.

— Sinto que vocês são mais do que isso.

Infelizmente-e-felizmente, somos mesmo.

Seja lá como esse Dia Final esteja destinado a acabar, vai doer muito mais do que consigo imaginar.

VALENTINO
15h58

Os Young estão me tratando como se eu fosse da família.

Estou sentado na ponta da mesa de jantar com rosas no colo. Meus pais nunca me dariam flores, nem mesmo no Dia de São Valentim. Não consigo deixar de sentir que essa é, literalmente, a minha Última Ceia, só que sem a parte da ceia e sem a traição também. Em vez disso, Dalma vem da cozinha com uma sacola de presente. Ela diz que não é nada muito elaborado, mas já me sinto abençoado. Jogo o papel de presente em Orion e pego um globo de neve de Nova York, um ímã de geladeira em formato de táxi, um chaveiro de pizza e um pacotinho marrom de linguine desidratado.

— Eu mesma posso cozinhar, se você quiser — oferece Dalma.

Parece a derradeira oferta de paz.

— É muito tentador, mas vou ter que recusar.

Há um alívio triste nos olhos dela.

— Se mudar de ideia…

— Eu te aviso com certeza. — Balanço o globo de neve e o pó branco cai sobre a miniatura da Estátua da Liberdade e sobre os prédios prateados. — Muito obrigado, gente. É muita gentileza da parte de vocês.

— A gente queria te dar as boas-vindas à cidade — diz Dalma.

Dá para ver o quanto esse gesto dos Young significa para Orion, mas ele está sentado, quieto, parecendo meio triste.

— De onde você é? — pergunta Dahlia.

— De Phoenix, no Arizona — respondo.

— E por que se mudou para cá?

— Eu já não me encaixava mais lá. Sabe quando a gente cresce demais e tem que parar de usar um casaco velho?

— Você acha que estaria prestes a morrer se tivesse ficado lá?

— Dahlia! — gritam todos.

— Dahl, que grosseria — repreende Dalma.

Dahlia dá de ombros de um jeito tão intenso que chega a parecer exagerado.

— Foi só uma pergunta!

Quero aliviar a tensão.

— É uma ótima pergunta. Já fiquei pensando se a Central da Morte teria me ligado se eu nunca tivesse me mudado. Mas prefiro acreditar que ficar no Arizona teria acabado comigo e que as horas que passei aqui foram as melhores da minha vida em muito tempo.

Então conto à família de Orion como meu Dia Final tem sido. De como a situação na agência de modelos nos levou à loja de penhores e a uma jornada de primeiras vezes. De todas as fotos que tiramos para que Orion e minha irmã possam se lembrar de mim. Da nossa caminhada no High Line. Da nossa visita às obras do memorial do World Trade Center. De como ele me vendou e me levou a uma estação secreta. Das nossas apresentações no trem. De quando voltamos para a Times Square para um primeiro encontro que foi interrompido.

— Não consigo nem me lembrar da última que fiz tanta coisa num dia só — comento, passando meus dedos pelos de Orion e segurando sua mão, pois sei que a família sentada a essa mesa nos vê apenas com orgulho, sem julgamentos. — Se eu tivesse ficado no Arizona, não teria conhecido meu primeiro namorado.

Orion arregala os olhos e dá um sorriso.

— Namorado?

— Se você não se importar.

— Óbvio que não, namorado.

Nós nos beijamos.

— Mas eles acabaram de se conhecer! — sussurra Dahlia.

E Dalma responde, também sussurrando:

— Cala a boca!

Orion e eu paramos de nos beijar e rimos com todo mundo.

Juntos, compartilhamos mais detalhes do meu Dia Final e de como desbravamos a linha tênue entre o que era seguro e os riscos que valiam a pena correr. Dahlia quer saber se a dança de Orion no trem foi muito ruim, então deixamos que a diferença entre o dinheiro que cada um ganhou fale por si só. Dalma me agradece por ter feito companhia para Orion na visita às obras do memorial do World Trade Center. Ele tenta falar a respeito, mas não sai muita coisa. Dayana vem em seu socorro com histórias sobre a infância ao lado de Madalena, enquanto Floyd fala das festas épicas que Ernesto dava sempre que os Yankees jogavam na World Series.

— Sinto muito pela história de Scarlett — lamenta Dalma. — Ainda tem alguma chance de ela chegar?

— Não estou contando com isso — admito, mesmo que doa. O dia de hoje é sobre aceitação. Orion me encorajou a entender o que posso controlar e a aceitar o que não posso. — Estou adorando passar esse tempo com vocês, mas será que eu poderia ligar para Scarlett? Me senti motivado a tentar acertar algumas coisas com a minha família depois de ter sido tão bem recebido por vocês.

—Você está falando dos...? — pergunta Orion.

—Aham.

Vou ligar para os meus pais e contar que hoje é meu Dia Final.

16h36

Contar sobre minha sexualidade foi uma coisa. Contar que sou um Terminante é outra.

Conversei com Scarlett sobre eu ser gay no primeiro momento que tivemos sozinhos, enquanto ela ainda se recuperava no hospital.

— Eu te amo, Val. — Foi tudo o que minha irmã disse em voz alta.

Seu olhar compreensivo falou todo o resto.

Eu queria contar para os meus pais naquele dia também, mas eles passaram tanto tempo rezando no quarto dela que eu soube que deveria esperar. Alguns dias depois de Scarlett voltar para casa, eu sabia que tinha chegado a hora, porque aí todo mundo poderia se adaptar a essa nova realidade em vez de voltarmos para a antiga rotina, em que eu teria que continuar escondendo quem sou. Fiz meus pais se sentarem na sala de estar e, com uma falsa confiança, contei tudo. Não deu para identificar direito se eles já sabiam ou não. Claro que eu tinha pensado em todas as vezes que meu pai dizia "viado" como insulto, ou na forma como minha mãe falava que todo homem mais velho era gay se não fosse casado ou não tivesse filhos. Não houve nenhum olhar compreensivo da parte deles, como aconteceu com Scarlett. Mas houve sermões, muitos e muitos sermões, que sempre destacavam que eu estava me condenando ao inferno se escolhesse o caminho do pecado em vez do de Cristo.

Será que meus pais ainda vão continuar dizendo que eu vou para o inferno quando descobrirem que é meu Dia Final?

Daqui a pouco vou descobrir.

Liguei para Scarlett há alguns minutos, e ela apoia meu desejo de contar. Não sei como ela lidaria com tudo isso se eu não tivesse tomado essa decisão. Até onde sei, ela é a filha favorita, mas será que eles guardariam rancor por ela não ter contado a respeito do meu Dia Final? Pelo visto, nunca vamos descobrir.

Estou na sala de estar do segundo andar, perto do modem de internet. Aqui tenho sinal mais forte para a ligação de Skype com Scarlett e meus pais. Orion deixa o notebook em cima de uma mesinha de canto. O computador está ligado na tomada porque desliga se não ficar carregando. A área de trabalho está lotada de documentos do Microsoft Word, com nomes como *Você me vendo enquanto eu te vejo*, *Coração de ouro*, *Refém da vida* e *Certo nunca, sozinho sempre*.

—Você tem tantas histórias escritas — constato.

— São só rascunhos — diz Orion, abrindo a cortina para que a luz entre.

—É bastante coisa mesmo assim.

— Eu só escrevo e fecho o arquivo. Não chego nem a corrigir os erros de digitação.

— Você foi o único que as leu. Será que... Você ainda quer ser o único a ler as suas histórias? Não tem problema se a resposta for sim.

Orion dá um sorriso.

— Eu ia adorar que você fosse meu primeiro leitor.

Aperto a mão dele antes de voltar a olhar para o notebook.

— Valeu. Vai ser uma bela recompensa por sobreviver a essa ligação.

— Tem certeza de que não precisa de mais nada? Posso ficar se você quiser, não preciso aparecer na câmera nem nada. É só para eu ficar por perto caso você me queira por aqui.

Me levanto e puxo Orion para um abraço. Adoro o fato de ter perdido as contas de quantas vezes já nos abraçamos. Significa que estamos correndo atrás do tempo perdido e compensando o tempo que não teremos juntos.

— Você esteve comigo a cada passo do dia de hoje. Mas esse caminho eu preciso trilhar sozinho.

Orion me dá um beijo.

— Você consegue, Valentino.

Ele volta lá para baixo enquanto eu me sento na mesa e entro no Skype. Sempre demora muito para conectar, mas, de algum jeito, vejo Scarlett logo de cara.

Ela está de volta em seu quarto, usando o notebook Dell da nossa mãe com a webcam toda borrada, já que seus pertences continuam presos no primeiro avião. O rímel manchou suas bochechas, mas ela não está chorando agora.

— Oi, Val.

— Oi, Scar.

Ficamos em silêncio por um instante. Estamos perdidos demais, pensando no quão inacreditável tudo isso é.

Olho para as cicatrizes dela. Sou tão grato por minha irmã ainda estar viva. E espero que continue assim.

— Eles sabem por que você está em casa? — pergunto.

— Só que eu não consegui pegar o avião por causa da Central da Morte.

— Certeza que eles amaram a notícia.

— Disseram que o infarto do piloto foi uma coincidência. Eu ainda espero que eles estejam certos.

Eu poderia morrer bem aqui, diante dessa webcam, e ainda assim meus pais não acreditariam que a Central da Morte previu meu destino, mas Scarlett vai acabar aceitando. Ainda bem que não quero convencer ninguém de que vou morrer hoje. Só preciso tirar essa angústia do peito. Além disso, há também a mórbida situação de que vão, literalmente, tirar algo do meu peito.

— Scar, tem outra coisa que você devia saber.

Ela fica em alerta na mesma hora, como se eu finalmente fosse falar de um diagnóstico médico que vai levar à minha morte.

— O que foi?

— É uma coisa boa. Se eu morrer, meu coração vai ser doado para o Orion.

Ela dá o mais triste dos sorrisos.

— Que gesto lindo.

— Espero que a Central da Morte esteja errada, porque aí vou apresentar vocês dois. Só quero que você saiba que eu sempre estive disposto a dar o coração para Orion, mesmo quando ele era só um desconhecido gente boa. Agora, mais do que nunca, estou todo orgulhoso de que vou ter desempenhado um papel importante em ajudar meu namorado maravilhoso a continuar vivo.

Scarlett apoia as mãos sobre o próprio coração.

— Não vejo a hora de passar um tempo com você e o seu namorado.

— Seria incrível.

Acho que minha irmã e eu não teremos uma despedida tradicional. Ela ainda está se agarrando à esperança de que vai me ver amanhã.

Vou ter que encontrar outro jeito de dizer tudo o que tenho a dizer para minha pessoa favorita.

— Eu estou pronto.

Scarlett leva o notebook até a sala de estar, onde meus pais estão no sofá reassistindo ao filme *A felicidade não se compra* com os ventiladores a mil por hora. Scarlett pega o controle remoto e desliga a TV.

— Que isso? — pergunta meu pai.

— Põe no filme de volta — ordena minha mãe.

Ela coloca o notebook no divã do meu pai.

—Valentino precisa falar com vocês.

Meus pais me encaram. Mamãe está de roupão e com a agenda no colo. Ela é a única pessoa que eu conheço que, não sei como, usa essas agendas até acabar. Papai está com uma camisa branca enfiada para dentro da bermuda enquanto come biscoitos dinamarqueses direto de uma lata azul. Os dois ficam quietos, embora haja muita coisa que poderiam dizer. Poderiam perguntar como foi meu voo. Se já estou instalado no apartamento. E até me agradecer por ter saído de casa. Mas eles olham para longe, como se o filme tivesse recomeçado. Não quero vê-los mais uma vez se for para repetirem a atitude que me fez ficar desconfortável na casa em que cresci.

Estou prestes a pedir que Scarlett volte para o quarto com o notebook, assim conseguiria aproveitar esse tempo valioso falando com ela, mas não vou ser rejeitado de novo.

Vou viver uma primeira vez. A primeira vez que falo abertamente sobre a minha vida.

— Nova York é uma montanha-russa, obrigado por perguntarem. Estão acompanhando as notícias sobre a Central da Morte? Ouviram falar do tiroteio na Times Square? Fui um dos alvos, o que foi ainda mais assustador porque aconteceu pouco depois de a Central da Morte ter me ligado para dizer que eu vou morrer hoje.

Eles se viram para a tela como se não conseguissem se controlar, parece até magnetismo.

— Vocês devem estar pensando: "Ah, mas por que ele está contando só agora se já sabe desde a meia-noite?" O motivo é que eu estava disposto a morrer sem contar nada, porque acho que vocês não se importam comigo. Eu sou o único filho homem de vocês. O primogênito. Foi por causa de mim que vocês se tornaram pais, e mesmo assim não fizeram o menor esforço para me amar depois que eu contei que sou gay.

Os dois estremecem, como se eu tivesse dito um palavrão. Como se eu fosse uma pessoa ruim.

— Vai chegar um momento em que vocês vão ter que reconhecer que fizeram eu me sentir indesejado a ponto de sair daí. Mas quero agradecer por terem me amado tão pouco, porque foi isso que me fez sair de casa e encontrar o garoto com o maior coração do mundo. Ele garantiu que meu último dia nesse planeta fosse repleto do amor e do carinho que eu mereço, e vou passar o que me resta dessa vida com ele, mesmo que isso signifique que vou direto para o inferno quando tudo acabar.

ORION
17h05

Meu namorado (isso mesmo, namorado!) está na minha casa.
Ainda não processei direito essa informação.
Eu nunca apostaria na possibilidade de conhecer alguém que iria de "um desconhecido" para "namorado" em menos de um dia. Eu deveria apostar mais em mim mesmo. Noite passada, eu jurava de pés juntos que Valentino era areia demais para o meu caminhãozinho. E agora… não é que ele não seja perfeito, longe de mim dizer uma coisa dessas, mas acho que meu caminhãozinho também não é dos piores. Só estou sendo um pouco mais afetuoso comigo mesmo porque, sem esperar nada em troca, me dispus a ajudar um desconhecido que precisava de amor. Eu nem estava pensando nessa história do coração. Nós dois somos, igualmente, areia demais… a não ser quando o quesito é apresentação no trem, óbvio. Eu sou tão incrível e maravilhoso quanto ele, e a gente teria feito ainda mais coisas incríveis e maravilhosas se tivéssemos tido tempo para sermos incríveis e maravilhosos juntos, mas o sol já está se pondo, o que significa que a noite está chegando.
Estou estressado. Acho que deveria deixar essa casa à prova de Terminantes, tanto por Valentino quanto por todo mundo: tirar todos os fios do chão; talvez desligar da tomada tudo o que for desnecessário; conferir quatro vezes as baterias dos alarmes de incêndio; limpar o corredor para

termos uma saída de emergência; colocar almofadas ao pé de cada escada para o caso de alguém cair; armar barricadas na frente de todas as janelas para nos proteger de possíveis invasores. No entanto, isso só atrasaria o inevitável, e posso aproveitar esse tempo para viver com Valentino enquanto ainda é possível. Tirei uns minutos para limpar o meu quarto e organizar tudo para um momento incrível, algo que acredito ser capaz de prover o relaxamento de que ele precisa depois de uma possível conversa difícil com a família.

Já perdi as contas de quantas vezes agradeci ao pessoal aqui de casa por terem sido tão gentis e por terem demonstrado todo o amor que os pais dele não demonstram.

— Prontinho, terminei — digo, voltando à mesa.

— Ele vai adorar — afirma Dalma.

— Tomara. — Tamborilo os dedos na mesa. — Sério, gente, obrigado por tudo isso. Por todo o amor.

Milhares de vezes. E agora mais uma.

— Foi um prazer — diz Dayana. Ela confere o relógio. — Quanto tempo ainda temos?

— Não sei. Mas não vou forçar ele porta afora.

Floyd se senta.

— De jeito nenhum. Não tem ninguém pedindo para enfiar o Valentino no caixão.

— Por favor, não comecem. A dra. Emeterio ainda nem disse nada...

— Orion, escuta a gente — fala Dayana. — Nós amamos você e só queremos o seu bem.

— Então não tentem me fazer encurtar o Dia Final dele desse jeito.

— A gente quer aumentar os seus dias, *garrochón* — explica Floyd. — A Central da Morte nos deu uma oportunidade única para cuidar de você do jeito que precisa, mas essa cirurgia requer muita preparação.

— Mas essa merda pode dar errado — respondo.

— Olha essa boca — adverte Dayana, fitando Dahlia como se a filha não xingasse quando eles não estão por perto.

— Gente, escuta, eu posso não ser oficialmente um Terminante, mas tem chances de eu morrer hoje também. Vocês vão ficar felizes se apressarmos a morte de Valentino e eu acabar morrendo?

Todos ficam em silêncio, e Dalma morde a língua para não responder, mas, assim como aconteceu no meio da noite lá no hospital, ela acaba extravasando:

— A questão não é a gente, Orion. Você e Valentino começaram esse relacionamento lindo, e é muito triste saber que vocês não vão ter mais tempo juntos. Mas como você vai se sentir se Valentino morrer em vão e você acabar batendo as botas também?

Estou prestes a bancar o engraçadinho e dizer que não vou sentir nada, porque vou estar morto, mas fico de boca fechada, porque todo mundo aqui tem a melhor das intenções; só estão tentando me colocar como prioridade. Não fazem a menor ideia de como vai ser difícil viver graças a Valentino, mas sem ter ele ao lado. De como cada batida do meu futuro coração vai ser um sussurro dele pelo resto da minha vida. Eu só não quero ouvi-lo dizendo, a sete palmos do chão, que o arrastei em direção à morte para que eu pudesse viver.

Valentino está descendo as escadas, então me levanto para encontrá-lo na porta. Ele está segurando meu notebook e, à medida que se aproxima, seu choro soa mais alto. Minha vontade é cerrar os punhos, mas eu o abraço. Não acredito que nem com a morte batendo à porta os pais dele não viraram pessoas decentes. Que mesmo com a morte no horizonte não foram capazes de deixar as merdas deles de lado. Valentino não se aconchega no meu abraço; ele joga o notebook no sofá, agarra meu rosto e me beija. Não é um beijo apaixonado, como o primeiro que demos na Ponte do Brooklyn, o que é ótimo. Não me importo que minha família veja a gente, mas também não sei se estou pronto para eles me verem beijando tão intensamente daquele jeito. Valentino me dá um beijo como se eu tivesse lhe dado um presente.

—Você está bem? — pergunto, quando paro para respirar. — Como foi?

— Eles não falaram nada, mas eu falei. Tudo o que precisava.

— Fico feliz. E seus pais podem ir à mer...

— Não desejo mal a eles, Orion. Dizer que estou disposto a ir para o inferno, se essa for a punição por viver minha vida, é a única vitória de que eu precisava.

—Você disse que ia para o inferno? Arrasou.

Ele enxuga as lágrimas.

— Provavelmente vou me arrepender se o inferno existir de verdade.

— Pois é, seria bem ruim. Deve ser calor pra cacete no inferno.

— Impossível ser mais quente do que o Arizona.

— Mas falando sério, como ficou tudo? Eles não disseram nada mesmo?

— Nem uma única palavra, Orion. Eu realmente pensei que eles iam pedir desculpas, dizer que me amavam ou até alguma coisa arrogante do tipo "é isso que acontece quando se desobedece ao Senhor". Mas o silêncio começou a doer muito mais, então desliguei. Pensei que seria melhor chorar sozinho.

Queria ter estado lá em cima com Valentino no segundo em que a primeira lágrima foi derramada. Pensar nele chorando sozinho me deixa com ódio, mas ele não merecia que eu invadisse seu espaço. Valentino precisava de uma ajudinha em seu Dia Final, mas sempre teve um coração resiliente.

Pego sua mão e o levo para fora, onde há uma família cheia de amor lhe esperando. Ele não dá muitos detalhes além dos que já me contou, mas todo mundo se mostra disposto a ir para a guerra por Valentino, se for preciso.

A história parece deixar Dayana com ânsia de vômito.

— Eu amo Deus, mas Ele nunca se colocaria entre mim e meus filhos. Se seus pais tivessem uma relação mais saudável com Deus, não precisaria ser assim.

— É muito importante para mim ouvir isso — diz Valentino.

— Sinto muito que você tenha ouvido essas coisas dos seus pais — lamenta Dayana.

— Eles sabem... de mim? — pergunto. Mas então percebo o que dei a entender. — Tipo, não de mim como seu namorado. Estou falando da parte do transplante.

— Não, não sabem — responde Valentino. — Mas sabem de você.

— Tem certeza de que não desligou antes da hora? Vai que eles infartaram?

— Isso foi pesado — repreende Dalma.

— Eu tenho lugar de fala para fazer essa piada, tá? Os cardíacos são minha comunidade.

Dayana se levanta.

— Então está bem, quero todo mundo circulando. Vamos dar um pouco de privacidade para os meninos.

Ela apressa Dalma, Floyd e Dahlia para outro lugar da casa.

Mas Dalma dá meia-volta.

— O-Bro...

É tudo o que ela diz antes de nos deixar ali e fechar a porta. Mas eu sei o que está me mandando fazer.

Quer dizer, o que não fazer.

Não deixar Valentino morrer em vão.

Mas, antes de tudo, ainda temos tempo para mais algumas primeiras vezes.

VALENTINO
17h23

— Bem-vindo à Zona O — anuncia Orion ao abrir a porta de seu quarto.

— Curti o nome — digo.

Meu coração está a mil por hora quando entro no quarto aconchegante e fresco por conta do ventilador. As paredes são cinza-claro, quase brancas. Penduradas com tachinhas sobre a escrivaninha de madeira, estão as fotos de Orion com os pais. A única janela tem vista para o quintal, onde há uma mesa vazia, já que todo mundo voltou para dentro. Atrás de mim, fica a cama de solteiro, arrumada com um edredom branco, parecida com a minha lá no Arizona. A diferença é que, em cima da cama de Orion, há também um cobertor xadrez preto e cinza com seu celular, minha câmera, duas taças de champanhe e uma vela branca sobre uma bandeja.

— O que é isso tudo?

— A gente nunca conseguiu ter um primeiro encontro decente — diz Orion, pegando minha mão e me levando para a cama. — Pensei que a gente podia ter um aqui.

— Bom saber que o senhor vai para a cama já no primeiro encontro.

Orion dá uma risada.

— Só se eu gostar do cara.

— Que bom.

— Pois é.

Ele finge riscar um fósforo e acender a vela.

— Tomara que a vela não caia e taque fogo na cama — comento.

— Nossa, sim. Isso seria péssimo.

Nós nos sentamos de mãos dadas e com as costas para a parede. Nossas taças de champanhe estão vazias.

— Pelo jeito não vamos beber nada — aponto.

— Quem disse? — Orion toma um gole de ar e então suspira como se tivesse bebido água pela primeira vez em séculos. — Nossa, como eu precisava disso aqui.

Tomo um gole de ar também.

— É uma delícia.

— Ah, não. Não mesmo. Você fingiu muito mal.

— E como é o certo, então?

—Você tem que apreciar o momento.

Esse é o meu Dia Final, e a única coisa que bebi hoje foi chá preto por causa dessa possível cirurgia, mas, quando levo a taça à boca de novo, penso em tudo o que gostaria de beber pela última vez se pudesse: chá gelado com muito limão; refrigerante caseiro; os shakes verdes e os smoothies de baunilha proteicos que eu amava fazer de manhã; suco de maçã que me faz lembrar de quando eu e Scarlett tomávamos de canudinho; e litros e mais litros de água. Continuo bem desidratado, mas as lembranças de todas essas pequenas coisas que eu não valorizei me deixam satisfeito. Dou um longo suspiro que parece agradar Orion.

— É um ótimo começo para o nosso primeiro encontro.

— E vai melhorar... espero — comenta ele.

— Se você está pensando no que eu estou pensando...

— Ah, eu com certeza estou pensando no que você está pensando. Vou ficar muito nervoso de ler uma das minhas histórias para você.

— Isso, a história, era exatamente nisso que eu estava pensando. Você tinha alguma outra ideia? — pergunto.

Orion me olha bem nos olhos antes de perceber que estou brincando.

— Eu te odeio.

— Odeia nada.

— Odeio nada.

Há uma tensão entre nós antes de Orion pegar o celular.

— Eu escrevi isso aqui antes de conhecer você, mas era sobre um transplante de coração.

Orion começa a ler o conto "Coração de ouro", o mesmo que vi na área de trabalho de seu notebook. Não é uma comédia, mas não consigo segurar o riso quando Orion diz que o nome do protagonista é Orionis. Mas a história fica mais sombria quando a Morte começa a envelhecer seu coração, e a única forma de ele continuar vivo é dançar com ela. Sua vida vira uma interminável dança com a Morte, uma vida que ele não se importa de deixar para trás porque, afinal, viver dessa forma nem é viver. Então ele encontra um senhor com um coração reluzente que vivia uma vida tranquila e fazia tudo o que Orionis não podia fazer. Acontece que ver Orionis naquela situação terrível começou a partir o coração de ouro do velhinho, assim como o meu está partido por causa de Orion. O senhor entrega o próprio coração para Orionis, assim como farei com Orion.

Ele bloqueia o celular.

— E acaba assim.

— É pesada e feliz.

— Pois é. Pensei que não tinha como ficar mais triste, o problema é que você não vai viver tanto quanto o idoso.

— É triste, mas essa nem é a pior parte. O idoso nem conhecia Orionis. Eu pelo menos tive a chance de passar o dia com a pessoa que vai ficar com o meu coração.

— Verdade. Mas é bom saber que meu futuro motor não vai ter vindo de um otário.

Orion está tentando esconder a tristeza com o humor. Acho que o momento inevitável está chegando. O momento em que sabemos que vamos ter que nos despedir.

Pego a mão dele.

— Você acha que vai escrever sobre mim algum dia?

— Nunca vai haver palavras suficientes, mas você está me dando o tempo para tentar encontrá-las.

Puxo Orion para meu colo e ficamos olhando um para o outro.

— Obrigado por me receber na Zona O.

— Obrigado por entrar na minha vida.

— Obrigado por salvar a minha.

— Obrigado por salvar a minha — repete Orion.

Nos beijamos, e parece um desafio para vermos quanto tempo conseguimos ficar assim antes que a morte nos separe.

Depois, conforme vamos ficando mais excitados, partimos para uma primeira vez especial para nós dois.

Viro Orion para a cama, e ele finge se preocupar com a vela que nem foi acessa, mas então fica atônito quando eu tiro a camisa. Seus dedos trilham o caminho da minha clavícula até o peitoral e navegam pelo meu abdômen antes de desabotoarem minha calça. Os movimentos são muito mais suaves do que quando chega minha vez de lutar contra a calça skinny dele, que não se desprende das pernas de Orion por nada no mundo. Quando ficamos totalmente nus, olhamos um para o outro com os maiores sorrisos do mundo.

— É o melhor dia de todos — anuncio.

— É o melhor dia de todos, cacete — responde Orion.

Então nos movemos como se o mundo pudesse acabar em um minuto.

Ele me passa uma camisinha, que eu coloco antes de lentamente deslizar para dentro dele. É tão bom que chega a ser difícil acreditar que essa vai ser a minha única vez.

Só o que posso fazer agora é a mesma coisa que fiz o dia inteiro: viver o momento.

Com nossas mãos sobre o coração pulsante um do outro, Orion e eu continuamos a viver essa incrível primeira vez juntos.

PARTE QUATRO
O FIM

Em nome de toda a equipe da Central da Morte, sentimos muito a sua perda.

— Joaquin Rosa, criador da Central da Morte

ORION
18h06

Puta merda! Essa primeira vez foi melhor do que eu poderia ter imaginado, e olha que eu sou escritor!

Sério, estou até chocado que sobrevivi. Não estou dizendo que foi uma transa selvagem nem nada do tipo, mas é que não tem sido fácil lidar com esse tanto de hormônios enquanto meu coração vai de mal a pior. Eu estava prestes a jurar que sexo seria arriscado demais, assim como pular de paraquedas ou fazer escalada. Não tenho o mínimo interesse em pular de aviões ou escalar montanhas, mas transar sempre foi algo que esteve no topo da minha lista. Valentino foi perfeito como primeiro parceiro. Foi cuidadoso, do jeito que eu sempre pensei que seria, e ficava conferindo se eu estava bem a cada passo que dávamos, sem nunca tentar apressar nada, mesmo que o tiquetaquear do relógio do Dia Final de Valentino esteja soando cada vez mais alto. Ele queria, assim como eu, viver o máximo possível aquela primeira vez. Foi como se tivéssemos transformado minutos em horas.

Mas, falando sério, foram só alguns minutos.

E alguns dos meus minutos favoritos da vida.

Agora estou tomando banho no banheiro que fica no fim do corredor, e não vejo a hora de voltar para Valentino. Durante todo o tempo em que lavo o cabelo e o corpo, fico dividido entre as lembranças de como tudo foi incrível e pensando em como as coisas serão quando ele não estiver mais aqui.

Algo que está apenas no começo e já vai terminar.

A morte dele pode acontecer a qualquer momento.

Pode estar acontecendo agora mesmo.

Pode já ter acontecido.

Pensar em Valentino morto no meu quarto me deixa apavorado.

Saio do chuveiro e mal me seco quando, subitamente, me lembro de Valentino caindo hoje de manhã em seu apartamento, e tudo porque não tinha se secado direito. Isso me faz entender que ainda não estou cem por cento em segurança, que hoje também pode ser meu Dia Final, mas não aguento, preciso vê-lo vivo, vivo, vivo, vivo, vivo. Abro a porta do quarto, e Valentino está sentado à minha escrivaninha falando para a câmera.

Ou melhor, estava falando para a câmera antes dar um salto, depois de eu entrar como se a casa estivesse pegando fogo.

— O que foi? — pergunta Valentino.

Há medo em seus olhos azuis.

— Nada, não. — Quase deixo a toalha amarrada ao redor da minha cintura cair, o que não seria o fim do mundo agora que já vimos cada centímetro um do outro. — Queria garantir que você estava bem. Tive um mau pressentimento… Fiquei nervoso.

Valentino solta um longo suspiro e se senta de novo.

— Eu estou bem. Só estava gravando um vídeo para Scarlett. Algo para ela ter depois que eu… — Ele assente. — Tudo bem se eu terminar isso logo? Vai levar só um minuto.

— Leve o tempo que precisar — digo. — E vê se não morre. — Então acrescento: — Você entendeu!

Saio do quarto, e minha vontade é socar minha boca para não dizer nada idiota de novo. Em vez disso, volto para o banheiro e seco meus cachos com a toalha, porque um secador de cabelo parece arriscado demais agora que meu destino está em risco de novo. Não estou com a mínima vontade de ser eletrocutado. Visto uma calça jeans um pouco mais soltinha para não ter que sofrer na hora de tirá-la. Por cima da camiseta, coloco a camisa cinza que Valentino usou o dia inteiro, e cheiro o colarinho em busca daquele aroma cítrico, parecido com o do moletom. Se ele tiver algum problema comigo usando suas roupas, ele que lute. E talvez ele morra ou nós dois morramos em uma briga por causa de uma camisa que quero guardar como um cinturão de campeonato, um troféu que sempre vai me lembrar de nossas vitórias nesse Dia Final.

Piso numa toalha e a arrasto do banheiro até o quarto para secar as poças.

Depois, bato na porta do meu quarto, o que parece estranho.

— Tudo bem aí?

Cada milissegundo que passa sem uma resposta me deixa nervoso.

— Entra — diz Valentino, depois de um segundo inteiro. Está vivo e bem. Abro a porta e ele sorri quando me vê com sua camisa. — Ficou ótima em você.

— Fica melhor em você, mas quero ela para mim, e é bom você já ficar sabendo que eu estou disposto a lutar até a morte por ela.

Ele se levanta da escrivaninha e me puxa para um beijo.

— É toda sua.

Embora eu o chame para vasculhar meu armário, ainda mais agora que roubei sua camisa, ele parece contente em continuar com sua camiseta que diz TENHA UM ÓTIMO DIA FINAL!. Valentino dá uma olhada nos meus moletons enquanto arrumo um pouco o cômodo. A camisinha e a embalagem vão para o lixo, e meias, cuecas e a calça skinny, para o cesto de roupas sujas.

— Deu tudo certo com o vídeo?

— Acho que sim — responde ele enquanto veste um moletom cinza que não tem nada de mais. — Não é como se eu tivesse muito tempo até ficar perfeito.

— Tenho certeza de que Scarlett vai adorar, mesmo se for só você sentado em silêncio.

— Provavelmente você tem razão.

Começo a arrumar a cama. Ela vai parecer tão vazia sem Valentino, mesmo que eu só a tenha compartilhado com ele uma vez. O luto é um babaca sorrateiro que fica tentando me pegar de jeito antes mesmo de Valentino partir dessa para a melhor. Não estou conseguindo enfiar o lençol embaixo do colchão, sempre me enrolo com essa bosta. Até que Valentino vem ao meu resgate, contabilizando assim o milionésimo lembrete de que ele não vai estar aqui para me ajudar a fazer a cama, para me abraçar, para perguntar como eu estou.

— A gente devia ir, Orion.

Tento falar, mas não consigo. Não estou pronto para colocar um ponto-final nessa história.

— Pensei que a gente podia compartilhar uma última primeira vez — comenta Valentino.

— Não me vem com nada tipo nosso primeiro último adeus ou alguma coisa assim.

Valentino ergue a câmera.

— Nossa primeira viagem pelo túnel do tempo. Que tal?

— Seria incrível — digo, com um suspiro.

— Pensei em fazermos isso lá na minha casa. Depois posso deixar a câmera para Scarlett e a gente vai direto para o hospital. Tomara que a dra. Emeterio já tenha alguma solução para mim...

Essa solução, no caso, seria uma forma bem tranquila de ele morrer em vez de seja lá o que o espera.

Mas não vou dar espaço para esses pesadelos. Vou viver o sonho.

— Vamos lá, Valentino.

FRANKIE DARIO
18h24

Esse dia não tem como ficar pior.

Primeiro, o novo inquilino saiu por aí e morreu, o que arruinou os sonhos de Frankie.

Depois, o melhor amigo de sua esposa se demitiu da Central da Morte, o que o torna inútil para Frankie no futuro.

Agora, Joaquin Rosa entrou ao vivo e admitiu que sua empresa não é todo aquele milagre divino que tinha prometido, o que destruiu as chances de Frankie conseguir capturar o choque de qualquer Terminante que sobreviva.

Frankie se sente preso, como se fosse incapaz de se retirar dessa vida da mesma forma que despeja inquilinos de seu prédio. Tudo o que queria era poder se livrar de todo mundo. Poderia se esconder no primeiro andar sempre que Gloria lhe desse nos nervos. Pensando bem, se fosse assim, ele basicamente teria que se mudar lá para baixo. Esse prédio... por que seu pai não podia ter deixado uma herança melhor, como uma empresa digna do top 500 da revista *Fortune*? Em vez disso, Frankie tem que ficar desentupindo canos, se queimando em aquecedores e ainda sair como o vilão porque as pessoas não pagam as contas em dia. Como é que a culpa poderia ser dele? Quem não paga, vaza. O prédio não é um abrigo para sem-tetos.

Na sala de estar, Frankie está assistindo ao jornal. O assunto é a Central da Morte. Uau, que surpresa. A porta do apartamento ficou aberta desde de manhã, até mesmo quando a inquilina de baixo decidiu ouvir *bachata* no volume máximo. A vontade dele foi colocar um aviso de despejo na porta dela. Por quê? Porque sim, e pronto. Mas Frankie continua com a esperança de que talvez Valentino Prince tenha, de algum jeito, sobrevivido até essa altura de seu Dia Final, o que parece muito improvável dada a forma como os jornalistas estão falando das previsões certeiras da Central da Morte para os usuários que receberam as ligações. Mesmo assim, ele mantém a porta aberta, pois sabe que faltam menos de seis horas para a meia-noite.

Muita coisa pode acontecer até lá.

A porta do saguão lá embaixo bate com força. Os inquilinos do primeiro andar reclamam bastante desse barulho, e Frankie continua alegando que vai dar um jeito, mas nunca dá e espera que nunca seja obrigado a resolver isso. Será que pode ser Valentino? Então ele reconhece os passos rápidos subindo as escadas e respira fundo.

Paz corre para casa.

— Papai! Papai! Papai!

— Que foi? — pergunta Frankie.

— Consegui o comercial! Vou filmar semana que vem!

Frankie se vira para o filho sem dedicar toda a atenção ao pequeno, apenas o suficiente. Como é possível, e justo, que uma criança continue a chegar cada vez mais perto de realizar seus sonhos do que o próprio pai? Primeiro foi um pequeno papel naquele filme, agora vai ser um comercial e daqui a pouco esse pirralho vai estrelar alguma série de TV. Por que o mundo está a postos para demonstrar mais amor para essa criança do que para um homem que fez o que tinha que fazer, que trabalhou pesado e deu duro na vida?

— Bom trabalho. — É tudo o que Frankie diz.

— Foi tão legal — comenta Paz, se deitando no sofá ao lado do pai. — Depois todos nós fomos tomar sorvete. Meu cérebro congelou.

Todos nós?

Frankie ouve as chaves de Gloria tilintando enquanto a esposa sobe lentamente as escadas, como sempre; parece até que está escalando uma montanha íngreme. Mais uma reclamação sobre o elevador enguiçado e ele vai socar a parede. A parede também vai sofrer, e talvez até Gloria, se ela não tiver uma boa resposta sobre quem passou o dia com o filho dele.

Então, Frankie escuta a voz do sujeito. É Rolando.

Será que eles estavam juntos?

Se ela estiver tendo um caso, que Deus o ajude...

Frankie já traiu Gloria algumas vezes com aquela solteirona do terceiro andar, mas não é a mesma coisa. Gloria nem imagina, e ele nunca esfregaria a traição na cara dela. Mas trazer Rolando até o apartamento deles? Parece até que Frankie já não falou um milhão de vezes que não acredita que Rolando esteja interessado apenas em ser amigo dela.

Pela primeira vez desde a manhã, Frankie fica muito tentado a fechar a porta com tudo. Bem na cara de Rolando.

VALENTINO
18h27

Para que caminhar em direção à morte se dá perfeitamente para ir de carro?

Floyd está nos levando pela Franklin D. Roosevelt Avenue; é um trajeto de dez minutos entre a casa de Orion e meu prédio. Mas há um porém: estou sentado sozinho no banco de trás enquanto ele está na frente. Foi uma decisão tomada por questão de segurança, algo que escolhi respeitar quando entrei no carro e aceitei essa oferta generosa.

Se deslocar é algo bem arriscado no Dia Final.

Orion e eu tentamos pegar o metrô, mas a família dele não deixou. Havia muitos riscos até a estação, isso sem falar no trem, que por si só já apresentava muitos perigos. Por mim, podíamos ter pegado um táxi, mas os guardiões de Orion não confiavam em nenhum motorista, ainda mais depois de Floyd ter prestado atendimento médico a um taxista responsável por um acidente na semana passada. E se o destino fosse cruel o bastante para colocar esse homem atrás do volante do nosso táxi? Floyd se ofereceu para dirigir, mas não deixou Dayana, Dalma nem Dahlia entrarem no carro de jeito nenhum. Ele deu a entender que não tinha espaço para todo mundo... só que é uma van. Caberia todo mundo, sim. Eu sei, simplesmente sei, que Floyd não queria arriscar a vida da família inteira. Tenho certeza de que ele queria que Orion fosse no carro de Dayana com as garotas, mas o melhor que pôde fazer foi sugerir que ele se sentasse na frente e o ajudasse com as direções por um caminho que, basicamente, se resume a uma linha reta.

Não fico chateado. Quero Orion bem perto dos airbags. A melhor proteção que tenho aqui atrás são os edredons, roupas de cama e travesseiros que Dayana me deu para deixar para Scarlett. Pelo menos agora ela não vai precisar se cobrir com as minhas roupas como o coitado do Orion.

Eu amo essa lembrança. A primeira vez que dividi a cama com um garoto.

Me estico para a frente até onde o cinto de segurança permite e seguro o ombro de Orion, como se estivesse à beira de um penhasco. Ele se vira e dá um beijinho nos meus dedos antes de cobri-los com a mão.

Todo o percurso é feito em silêncio. Dirigir já exige certo cuidado mesmo quando não há um Terminante no banco de trás. Tenho certeza de que Floyd está morrendo de medo de que seu gesto de gentileza leve todo mundo à morte. Orion presta atenção no retrovisor, ligado em qualquer apressadinho que talvez perca o controle do veículo.

Não importa o que aconteça, nada me tira da cabeça que estou num carro fúnebre, sendo levado para o meu próprio funeral embora meu coração continue batendo.

ORION
18h30

Meu celular toca, e por um segundo a sensação é de que não posso atender, como se quem estivesse dirigindo fosse eu, mas estou aqui, sentado no banco do passageiro. Nossa sorte é que Floyd tem nervos de aço. Dou uma olhada no telefone, e não é nem Dalma nem Scarlett. É um número desconhecido.

— Alô?

— Olá, estou ligando para falar com Orion Pagan. Aqui é a dra. Emeterio, do Hospital Lenox Hill.

— Minha nossa! Sou eu.

— Tudo certo com você?

— Tudo. Tudo muito bem, na verdade.

— Isso quer dizer que Valentino continua vivo?

— Sim, estamos juntos agora mesmo. — Olho para trás e digo para Valentino que é a dra. Emeterio. — E aí?

— Será que eu posso falar com ele?

— Claro.

Passo o celular para Valentino.

Estou tentando entender se receber uma ligação da dra. Emeterio é algo bom ou ruim. Fico de olho em Valentino pelo retrovisor, na esperança de decifrar alguma coisa. Mas ele só fica dizendo "aham", "não", "humm" e, por fim, "obrigado, doutora. A gente se vê daqui a pouco". Mas nada disso me ajuda a entender droga nenhuma, já que planejamos voltar ao hospital de qualquer jeito.

Valentino encontra meus olhos no retrovisor.

Ele dá um sorriso.

Assente.

E fica com o olhar marejado.

— O conselho aprovou a cirurgia — conta ele.

Meu coração parece prestes a explodir de felicidade, o que seria uma péssima ideia agora.

Não temos como salvar a vida de Valentino, mas podemos dar um jeito para que sua passagem seja tranquila.

Pontos para a Central da Morte.

GLORIA DARIO
18h34

Gloria já passou tempo demais vivendo com medo.

Houve a primeira vez que Frankie lhe bateu, furioso porque tinha perdido dinheiro num joguinho de futebol on-line, como se tivesse sido ela quem escolhera os jogadores do time dele. Depois, durante a gravidez, Frankie a espancou tanto que ela começou a sangrar e chegou a pensar que o filho morreria por causa do próprio pai. Também teve aquela vez em que o humor de Frankie estava péssimo, o motivo em si Gloria já até esqueceu; a única coisa de que se lembra é que saiu correndo do banheiro com nada além de uma toalha, agarrou Pazito, na época com três anos, e o escondeu no apartamento de um vizinho porque o marido estava tentando encontrá-la. Enquanto ela cobria a boca do filho para que o garoto não respondesse aos chamados do pai, uma poça se formou aos seus pés. Foi como a pior partida de esconde-esconde do mundo. E de jeito nenhum Gloria consegue se esquecer de quando ficou fora de casa até mais tarde por causa do aniversário de Rolando: Frankie queria porque queria que ela voltasse mais cedo e saiu por aí a procurando quando a esposa não atendeu o celular, como se ela tivesse ido para a cama com o amigo, algo que seu coração lhe mandou fazer muitas vezes, mas que nunca se concretizou porque Gloria queria ser uma pessoa melhor do que o marido. Ele, sim, traía a torto e a direito. Até parece que ela nunca ficou sabendo da vizinha. Quando Frankie a mandou entrar no táxi, Gloria se recusou, pois dava para perceber como ele estava alterado. Mesmo assim, Frankie a agarrou como um animal, atacou-a em público, na frente de Pazito, que chorava no banco de trás. Hospitalizada, enquanto tudo o que aconteceu com Frankie foi uma noite atrás das grades, Gloria ficou com medo de morrer.

E agora ela precisa fazer aquilo que mais a apavora.

Ir embora.

É a única forma de escapar.

A única saída é encarar de frente, como diz Robert Frost.

E Gloria vai encarar. Ela entra no apartamento pelo que pode ser a última vez. A porta continua toda aberta, e Pazito está no sofá com Frankie, que não dá a mínima para Rolando quando ele entra com Gloria.

— Oi — diz ela.

Um marido mais astuto saberia que alguma coisa está acontecendo. Gloria e Frankie nunca se cumprimentam. Ela põe a bolsa sobre a pequena mesa da cozinha, já pronta para tirar os sapatos, mas então se lembra de que não veio para ficar. Pode deixar todas as marcas de pé que quiser pelo chão do apartamento. Pela primeira vez, Frankie que se vire com a limpeza.

— Como foi o seu dia?

Ele resmunga.

— Te falei que a Central da Morte não era o futuro — comenta Frankie sem olhar para Rolando. — Tem certeza de que não te demitiram?

— Eu pedi as contas.

Gloria consegue sentir que Rolando quer falar mais, que quer desafiar Frankie, mas isso só serviria para deixá-lo ainda mais mal-humorado. Ela assente para Rolando, que entende a deixa e vai até o quarto de Pazito.

— Ei, carinha, vem me mostrar seu novo trem de brinquedo — diz ele.

Pazito pula do sofá com um sorriso e corre para o quarto. Rolando lança um olhar de *estamos juntos nessa* para Gloria antes de fechar a porta.

O medo continua a dominá-la, do mesmo jeito que o ar quente faz com esse prédio. Mas logo, logo Gloria vai estar lá fora, onde poderá respirar como uma mulher livre. Seus pés estão cansados, mas não há motivo para se sentar. Quer parecer alta mesmo sem ser, e forte como sempre foi.

— Frankie, a gente precisa conversar.

— Sobre o quê?

— Eu não estou feliz. E você também não.

Frankie não parece triste. Nos olhos dele, há uma fúria que Gloria viu várias e várias vezes. Só aquele olhar já a faz se encolher, pois se lembra de como ele poderia partir para cima dela em um segundo.

— Não vem com essa de falar por mim — responde Frankie.

— Você não fala por si mesmo. E eu também não falo por mim — rebate Gloria.

— Então para de enrolação. Que conversa é essa?

— Eu quero me divorciar.

São palavras que ela passou tanto tempo querendo dizer, que nem acredita que finalmente as disse. Gloria quase deseja poder engoli-las de volta, mas agora é tarde, já saíram voando por aí. E é exatamente isso ela que precisa fazer para se libertar.

Com um olhar assassino, Frankie fita a porta do quarto. Atrás daquela porta se encontram as partes mais importantes do coração de Gloria.

— É por causa dele?

— É por minha causa.

Frankie chuta a cadeira onde seu pé estava apoiado, e ela sai girando até a TV.

O desejo de Gloria era que a Central da Morte funcionasse como o prometido, porque aí ela ia saber quem vai sair desse apartamento com vida.

VALENTINO
18h37

Está tudo seguindo de acordo com o plano.

Chegamos em segurança ao meu prédio e estacionamos do lado de fora, em frente ao carro de Dayana. Todo mundo sai para a calçada, e soltamos um suspiro coletivo de alívio. Há algumas pessoas curtindo a noite num bar do outro lado da rua, então Floyd fica de olho no quarteirão inteiro como se algum bêbado fosse tropeçar e começar uma briga com a gente. Dahlia entra na pizzaria, sente o aroma delicioso e pede uma fatia de pizza de pepperoni para Dayana. Dalma parece nervosa, e até chego a pensar em convidá-la para subir, só para mostrar que vai ficar tudo bem, mas realmente quero um tempo sozinho com Orion.

— É barulhento aqui — comenta Dalma.

— Eu adoro — respondo.

Orion carrega os travesseiros enquanto eu levo as roupas de cama.

—Vamos subir?

Dayana dá uma olhada no celular.

—Voltem às sete horas, está bem?

— Isso é daqui a quanto tempo? — pergunta Orion.

—Vinte e um minutos.

— Não é o suficiente.

Ela olha mais uma vez para o celular.

— Agora são só vinte. O tempo de vocês está passando, então é melhor se apressarem.

Pego as chaves, agora com o chaveiro de pizza que a família de Orion me deu.

— A gente devia tocar o interfone do Frankie só para encher o saco dele — sugere Orion.

— Na volta, quem sabe.

Destranco a porta do saguão, que logo se fecha com força ao entrarmos. Começamos a subir os degraus.

— Desculpa se foi estranho lá no carro — diz Orion, atrás de mim.

— Que nada. O Floyd só estava tentando manter você vivo.

— Eu e você, né?

— Desculpa colocar todo mundo em perigo só por existir.

— Para, não é nada disso. Eu só queria ter sentado com você no banco de trás. Parecia que a gente estava proibido de demonstrar afeto em público ou alguma merda desse tipo.

No topo do primeiro lance de escadas, eu paro.

— Afeto, tipo assim?

Dou um beijo nele, e fico feliz da vida por termos unido nossos lábios mais uma vez.

— Bem assim — concorda Orion. — Que tal um beijo por andar?

— É um baita incentivo para continuar vivo.

Continuamos a subir.

— Aliás, só para você ficar sabendo, eu senti saudade lá no banco da frente, tá? — conta Orion.

— Eu também. Quando coloquei a mão em você, fiquei um pouquinho mais calmo.

— Que coincidência. Também fiquei mais calmo quando você colocou a mão em mim.

Segundo andar, segundo beijo.

Alguém está cozinhando e, mesmo não sabendo que comida é, meu estômago ronca.

— Que cheiro bom — digo.

—Verdade.

— Qual é a primeira coisa que você vai comer depois da cirurgia? — pergunto.

— Não é meio torturante ficar falando disso?

— De um jeito ou de outro, daqui a pouco tudo já vai ter passado — afirmo, com leveza na voz.

—Você pode escolher — diz Orion.

A essa altura é difícil pensar, porque minha fome é tanta que eu comeria esse corrimão imundo ou, sei lá, um pé humano.

— Um pouco de linguine, óbvio.

— Lógico.

— Purê de batata com carne moída. Cenoura assada. Espinafre cozido a vapor. Macarrão com queijo, no ponto em que fica com aquela crosta queimadinha.

—Vou ter que dividir esse cardápio em algumas refeições.

Terceiro andar, terceiro beijo.

Há uma discussão lá em cima. O barulho não vai ser problema meu por muito tempo. Fico aliviado de ter conseguido gravar tudo que precisava lá na casa de Orion. Mesmo que vizinhos barulhentos sejam uma marca registrada de Nova York, seria péssimo ter essa gritaria ao fundo.

— Sério, eu estou muito empolgado para ver essas fotos — digo.

— Quais delas você está mais animado para ver?

A cada passo que dou, uma lembrança diferente ressurge.

Do lado de fora da loja de penhores.

Minha primeira vez comprando um exemplar do *New York Times* antes de perceber minha conexão com a foto de capa de Joaquin Rosa ao telefone.

O High Line, com Orion.

O canteiro de obras do memorial do World Trade Center.

A Ponte do Brooklyn.

Cada detalhe daquele trem em que fizemos uma apresentação que vai ficar marcada na história.

O beijo com Orion na Times Square.

Todas elas.

— A do High Line. — Decido no topo da escada. Então escuto um barulho vindo lá de cima que não consigo discernir direito, mas também não me importo; estou feliz demais com essa lembrança. — É nossa primeira foto juntos. Quero ver como ficou.

— Certeza que você ficou maravilhoso e eu saí igual a um filhote de cruz-credo.

Quarto andar, quarto beijo.

— Tenho certeza de que você ficou bonitinho também.

— Mas eu disse "maravilhoso"! Olha aí, você de novo tentando me elogiar e só me diminuindo.

Dou uma risada.

— Ô, meu namorado maravilhoso, me desculpa! Você é maravilhoso, tenho certeza de que ficou maravilhoso, tudo a seu respeito é maravilhoso e eu é que não sou maravilhoso o bastante para você. Tudo maravilhoso entre nós dois de novo?

— Tá bom, tá bom, tudo maravilhoso de novo, meu namorado bonitinho.

— Eu podia te chutar daqui de cima — digo, na metade do lance de escadas para o quinto andar.

— Eu ia aterrissar no travesseiro. Mas, sério, se eu caísse deitado até que não seria nada mal. Onde já se viu se mudar para o sexto andar de um prédio só com escada?

— Disseram que tinha elevador.

— Se a gente tivesse se conhecido antes, eu podia ter conferido isso.

— Pode adicionar mais esse item na minha lista de "por que eu queria de viajar no tempo".

Quinto andar, quinto beijo.

— Até agora não está tão ruim — diz Orion.

Por enquanto.

FRANKIE DARIO
18h40

Frankie vai acabar com a raça de Rolando.
    Ele chega a considerar pegar a arma que guarda no armário, mas uma bala seria misericórdia demais com esse idiota. O que ele quer é pessoalmente espancar Rolando até a morte. Há várias formas de fazer isso: com a perna que chutou a cadeira contra o móvel da TV, a própria TV, as botas ali perto da porta, o pernil descongelado que Gloria ia fazer para o jantar, uma faca de cozinha afiada, alguns bons socos com o chaveiro. Seus punhos dariam para o gasto também.
    — Rolando, vem aqui!
    — O que você vai fazer? — pergunta Glória.
    Frankie aponta o dedo para a esposa… para a mulher que não quer mais ser sua esposa.
    —Você trouxe esse homem para dentro da minha casa, então vamos ver se ele é macho de verdade.
    A porta se abre e Rolando aparece. Paz tenta segui-lo, mas Rolando o empurra de volta para o quarto e se vira para Gloria.
    — Tira o olho da minha mulher!
    —Você tem que se acalmar — diz Rolando.
    — Quem manda na minha casa sou eu!
    — E todo mundo aqui vai ficar muito feliz de sair dela.
    Frankie começa a encurtar o espaço que o separa de Rolando.

— Você pode até sair da porra dessa casa, mas não vai levar a minha família!

— Eu não sou propriedade sua — fala Gloria, se colocando entre os dois.

Frankie a empurra para os braços de Rolando.

— Então vocês dois deem o fora daqui! Mas o Paz não vai a lugar nenhum!

Ele não tem o menor interesse em criar o garoto sozinho, mas prefere ver o diabo em pessoa do que saber que há outro homem criando seu filho.

— O Pazito vai para onde eu for! — grita Gloria, afastando os fios de cabelo do rosto.

— Só por cima do meu cadáver! — ameaça Frankie.

E então ele dá o primeiro golpe.

VALENTINO
18h41

Orion põe a mão no peito e respira fundo.

— Como está seu coração? Porque o meu...

Os gritos ficam mais altos no sexto andar. É Frankie.

— Você pode até sair da porra dessa casa, mas não vai levar a minha família!

Uma mulher responde alguma coisa, sobre propriedade ou algo assim.

— Então vocês dois deem o fora daqui! Mas o Paz não vai a lugar nenhum!

— O Pazito vai para onde eu for!

— Só por cima do meu cadáver.

Há uma batida, que soa como carne contra carne, e um baque.

A mulher grita por socorro antes de chorar de dor.

Tremendo de medo, deixo a roupa de cama cair no chão.

Tudo em meu coração diz que esse é o momento que tanto tem me apavorado, mas nada me impede de correr escada acima.

— Valentino, não!

— Fica aí, Orion.

Chego ao sexto andar, mas sem um sexto beijo.

A porta do apartamento de Frankie está aberta. Ele está em cima de um homem, socando-o. Não perece haver armas. Uma mulher, que deduzo ser a esposa, está no chão com a palma da mão pressionando o rosto em uma expressão arrasada. Então outra porta se abre e um garotinho, Paz, observa horrorizado o pai espancar um homem até fazê-lo ficar encharcado de sangue. Será que esse sujeito é um Terminante? Estou paralisado, é tudo surreal demais.

Paz me vê e grita:

— Ajuda aqui, por favor!

Não perco mais tempo. Corro para o interior do apartamento, passo os braços ao redor de Frankie e o puxo com força para longe do homem. Levo uma cotovelada tão forte na barriga que sinto aquele gosto de bile na boca, e ele me pressiona contra a parede.

É assim que eu vou morrer... por causa de um homem lutando pela própria vida.

Frankie está me olhando como se eu fosse um fantasma, então lhe dou um soco na cara.

Não vou morrer sem lutar.

Ele está massageando a mandíbula quando me dou conta de que Paz sumiu. Espero que o menino tenha se escondido em algum lugar. Talvez eu consiga levá-lo lá para baixo, onde ficará em segurança com os guardiões de Orion, as mesmas pessoas que me mantiveram vivo. Mas então Frankie faz um movimento rápido, pega a perna de uma cadeira quebrada e golpeia minha cabeça uma, duas, três vezes...

Estou tonto, tropeçando para trás, com medo, chorando, levando uma surra e...

Frankie me dá um chute na barriga que me lança para fora do apartamento e...

Caio escada abaixo, tento agarrar o corrimão e...

Não consigo, mas me seguro em Orion...

Por que ele está aqui? Eu mandei ele ficar onde estava...

Será que vou morrer assim, nos braços dele ou...

Me lembro do nosso primeiro abraço, quando a Central da Morte ainda não havia me ligado...

Bato a testa em um degrau; estou sangrando...

Me lembro de nós dois correndo antes de eu cair no meio-fio...

De me segurar com força em Orion para tentar aliviar o impacto...

Me lembro da mão dele no meu coração, da minha mão tocando a dele...

Acho que estamos prestes a cair juntos no patamar...

Essas lembranças são rápidas e confusas...

Me agarro a Orion...

Será que é isso que querem dizer quando falam que a vida passa como um flash antes de...

PAZ DARIO
18h44

A Central da Morte não ligou para Paz Dario, porque ele não deveria morrer hoje, e a confusão na cabeça do garoto é enorme, porque isso também deveria servir para sua mãe. Mesmo assim, ali está seu pai, espancando-a.

Não é a primeira vez, mas é a mais assustadora.

No geral, Paz não vê nada disso acontecer. A mãe sempre lhe manda ficar no quarto e colocar a cadeira contra a porta, do mesmo jeito que fazia quando ele tinha medo dos monstros do guarda-roupa. A cadeira é tão pequena que quebraria se qualquer outra pessoa se sentasse nela. Foi pintada para parecer um dálmata feliz, e o encosto parece uma língua para fora. No entanto, Paz sabe que a cadeira não adianta de nada, porque sua mãe sempre acaba entrando de volta sem que ele precise tirá-la dali. Ela sempre chega chorando e o segura bem pertinho, até caírem no sono juntos na cama dele. Algumas vezes, seu pai entra e pergunta se ele está bem, Paz diz que sim, então o garoto pergunta se está tudo bem com a mãe, e o pai também diz que sim antes de fechar a porta de novo.

Paz perdeu a conta de quantas vezes isso já aconteceu.

Mas ele nunca viu a mãe gritando por socorro.

Então ele saiu do quarto, porque queria ajudar a mãe enquanto o pai machucava Rolando a ponto de fazê-lo sangrar pelo nariz. Mas Paz não sabia o que fazer, até que viu o vizinho novo, Valentino, e pediu ajuda. Depois, Paz correu para dentro do armário, mas não para se esconder. Teve uma ideia de como poderia ajudar.

As pessoas pensam que Paz é malvado só por causa do vilão que interpretou num filme, mas ele é um herói.

Um herói que vai salvar a vida da mãe.

Paz volta correndo para a sala de estar, que já não parece mais uma sala para se estar depois que ele aponta a arma para o pai e puxa o gatilho.

FRANKIE DARIO
18h45

Frankie está prestes a dar outro soco em Gloria quando é atingido do nada.

Ele cai de lado.

Paz fica em cima dele, com a arma em punho, e atira de novo.

Nem mesmo a Central da Morte poderia tê-lo preparado para morrer desse jeito.

DALMA YOUNG
18h46

Tiros.

Dalma está com medo de ter um infarto também.

É igualzinho à noite passada na Times Square.

Será que alguém atirou em Valentino? Em Orion? Nos dois?

Será que o destino sempre esteve escrito para que tudo isso acabasse com um tiroteio?

Será que se Valentino já tivesse morrido, isso teria acabado? É possível. Mas também significa que ele não teria conseguido viver de verdade. Algo importante, que Orion garantiu que acontecesse.

Mas a que custo?

Sua família está em pânico. Dahlia e a mãe saem correndo da pizzaria com as mãos abanando, gritando desesperadas para que Dalma faça o mesmo, e vão direto para o carro. Floyd está batendo na porta do saguão sem parar e apertando todos os botões do interfone para que alguém o deixe entrar imediatamente. Alguns inquilinos do térreo estão saindo em disparada de seus apartamentos, temendo por suas vidas exatamente como a situação exige; temem por suas vidas da mesma forma que Dalma deveria temer pela dela, mas assim que a porta se abre, ela passa correndo por todos, até mesmo por Floyd, e dispara escada acima.

Dalma se sente como uma socorrista, está determinada a salvar a vida de Orion. Ela sabe que ele correria em direção ao perigo para salvá-la também.

ORION
18h47

Está tudo borrado pra caramba.

Vejo estrelas, mas não estou no espaço.

Há um travesseiro debaixo da minha cabeça, mas não estou na cama.

O braço de Valentino está sobre meu peito, mas ele não me puxa para perto.

Houve tiros, mas eu não morri.

Luto para manter os olhos abertos, mas então me arrependo na mesma hora quando vejo o lindo rosto do meu namorado todo ensanguentado. Parece saído de um filme de terror. Quero voltar para a escuridão onde posso imaginar, não, imaginar não, me lembrar de como é estar na cama com Valentino, dele me puxando para mais perto num quarto totalmente silencioso a não ser pela nossa respiração.

Tento chacoalhá-lo para que acorde, mas Valentino continua tentando dormir. E não tem problema, eu até entendo, sabe? Não conseguimos descansar direito durante esse Dia Final, mas agora não é hora para isso. E nós ainda precisamos entrar no túnel do tempo juntos. Ele queria — quer — ver como ficou nossa primeira foto juntos, a droga daquela selfie, uma palavra que a gente odeia pra cacete. Essa palavra ridícula não deveria viver mais do que ele.

Talvez esteja dando uma de Bela Adormecida e eu possa acordá-lo com um beijo, porque não pode ser assim que termina. Por favor, não deixe que termine assim.

Pressiono meus lábios nos de Valentino, mas ele não acorda na mesma hora nem me beija de volta.

Seu peito continua subindo devagar.

Ainda dá tempo, dá tempo, dá tempo, tempo, tempo.

Só tem uma coisa que não estou entendendo.

Se o coração de Valentino continua batendo, por que ele não parece estar vivo?

DALMA YOUNG
18h47

Dalma está com o coração quase saindo pela boca, com medo de acabar esbarrando com o assassino ou de ver o cadáver de Orion.

Uma alternativa parece pior do que a outra.

Ela chega ao quinto andar com Floyd logo atrás. No pé da escada, cercados pelos travesseiros e roupa de cama como se tivessem decidido montar acampamento e descansar nas escadas, estão Orion e Valentino. Ela fica aliviada quando vê Orion chorando, porque significa que ele está vivo, mas seu coração se parte ao pensar no que isso significa para Valentino.

— Orion...

Ele nem parece notá-la ali. Tudo o que faz é ficar implorando para que Valentino acorde.

Se Dalma morresse, é assim que ela imagina que seria a reação de Orion, e olha que se conhecem a vida inteira. Mas ele está chorando desse jeito por um namorado que conhece há apenas um dia... e nem chega a ser um dia inteiro! E mesmo assim ela sabe que a dor é tão genuína quanto se fosse ela quem tivesse morrido.

Essa morte vai acompanhar Orion pelo resto da vida.

E tomara que essa vida seja longa.

— Ele ainda está vivo — informa Floyd, examinando Valentino.

— Ele não levou um tiro? — pergunta Dalma.

— Não, não, ele levou um chute escada abaixo — responde Orion.

Dalma olha para o sexto andar. Lá em cima, vislumbra uma porta aberta e escuta alguém chorando.

Será que o assassino está lá? Será que ele poderia ter escapado por algum outro lugar, como a escada que leva ao terraço na casa do time Young? Ou será que vai passar correndo por aqui a qualquer momento? Se não estiver usando uma máscara de caveira que nem o assassino da Times Square, será que vai matar Dalma e todo mundo para não deixar nenhuma testemunha viva?

A vontade que tem é de arrastar Orion e Floyd para fora dali, mas ela sabe que, enquanto Valentino continuar respirando, Orion não vai sair do lado dele.

— Preciso de espaço — diz Floyd, e abre as pálpebras de Valentino.

Orion se recusa a largar o namorado.

— Ele está tentando salvar Valentino — intervém Dalma.

Mas, na verdade, está mentindo.

Ela não pode falar por Floyd, mas seus olhos, cérebro e coração processam o que realmente está acontecendo. Não tem mais como salvar Valentino. Ele vai morrer a qualquer minuto, assim como a Central da Morte previu. Mas talvez não seja tarde demais para Orion. Não precisa ser o Dia Final dele também.

Tudo levou a esse momento, a essa convergência de vidas.

— Precisamos levar vocês dois para o hospital — afirma Floyd.

Ele pega Valentino nos braços. É uma força surpreendente para alguém que já não é mais tão jovem.

Dalma agarra o braço de Orion, que não para de olhar para Valentino, nem mesmo enquanto descem os cinco lances de escada. Ela fica surpresa por conseguirem chegar lá embaixo sãos e salvos, e aliviada quando saem do prédio vivos.

Fugiram do assassino e, se tudo der certo, vão sobreviver para ver mais um nascer do sol.

A maioria deles, pelo menos.

GLORIA DARIO
18h48

O filho de Gloria matou o pai para protegê-la.

Lágrimas escorrem pelas bochechas do pequeno e doce Pazito.

No rosto machucado e açoitado de Rolando, o suor brilha.

Ao redor de Frankie, há uma poça de sangue, como se um balde de tinta vermelha tivesse sido despejado ali.

— Não se mexe, Pazito — pede Gloria, de olho na arma que continua nas mãos do filho.

O garoto está tremendo.

Um movimento em falso e Gloria vai acabar morta ao lado do marido. Ela sabe que Pazito não vai machucá-la, não de propósito, mas acidentes acontecem sempre que uma arma acaba nas mãos erradas, ainda mais se essa pessoa for uma criança. Para início de conversa, nem deveria haver uma arma naquela casa, mas ela nunca conseguiu convencer Frankie a se livrar daquilo. Além do mais, não é nada fácil discutir com um dono de arma de cabeça quente. A sensação de Gloria é de que falhou com Pazito, falhou por não ter lutado com mais força, por não ter ido embora antes, por tê-lo colocado nessa posição de se ver obrigado a protegê-la quando deveria ser ao contrário. Agora Pazito vai passar o resto da vida com medo, assombrado pelo fantasma do pai. Não há palavras capazes de expressar o quanto isso despedaça o coração de Gloria.

Com mãos ternas, ela tira a arma do filho.

Coloca-a no chão, pega o menino nos braços e o leva para o quarto.

Tapa os olhos de Pazito, pois acredita que, na escuridão, ele não tem como ver o cadáver do pai.

Juntos, choram na cama. Foi a última batalha travada.

ORION
18h56

Noite passada, minha vida mudou.

Noite passada, minha vida também quase chegou ao fim. Tive um infarto na Times Square e fui parar no banco de trás de um táxi, espremido entre Dalma e Valentino enquanto os dois me levavam correndo para o hospital. Agora, estamos voltando para esse mesmo hospital, só que dessa vez é Valentino que tentamos manter acordado, é ele quem tentamos salvar. Valentino tem uma chance, pelo menos eu acho que tem, ainda mais com o Hospital Lenox Hill tão perto daqui. Mesmo assim, esses três minutos parecem os mais longos da história. Não podemos perder tempo, então o levamos para dentro do pronto-socorro de uma vez e abandonamos o carro. Dayana pode estacionar direito quando chegar com Dahlia. Estou tonto demais para ajudar a carregá-lo, mas Floyd dá conta do recado enquanto Dalma corre na nossa frente para avisar à dra. Emeterio que chegamos.

A médica se aproxima com uma equipe, e parece surpresa de ver Valentino nesse estado, já que estávamos todos esperando algo muito mais tranquilo. Ela manda as enfermeiras o levarem correndo. Vão tentar salvá-lo, como disse que fariam, mas é melhor eu estar pronto para a cirurgia caso não consigam. Tive o dia inteiro para me preparar para esse momento, mas agora tudo parece estar acontecendo muito, muito rápido. Não estou pronto. Era para a Central da Morte ter acabado com esses medos, mas eles pisaram na bola e agora não sei de mais nada. Pode ser que nós dois estejamos destinados a morrer no final. Sou levado para a emergência. Floyd domina a situação e faz com que as enfermeiras garantam que não estou tendo uma hemorragia. Dá para perceber que ele está, mesmo que não oficialmente, me preparando para a cirurgia que passamos anos desejando que acontecesse.

Me informam que meu coração está bem, mas continuo me sentindo morto por dentro.

As pessoas juravam de pé junto que a vida seria perfeita caso tivéssemos a chance de dizer tudo o que tínhamos para dizer, mas a verdade é que a morte é mais rápida do que todos nós.

Mesmo quando ela chega com um aviso.

Há coisas que nunca consegui dizer para Valentino, coisas que ele nunca conseguiu me dizer.

Um mundo inteiro de histórias que nunca pudemos compartilhar um com o outro.

Vidas inteiras que não conseguimos viver juntos.

Com um suspiro, digo o nome da irmã dele, a pessoa que teve a chance de passar a vida ao lado de Valentino. Mas que não vai estar aqui para vê-lo partir.

— Tenho que ligar para Scarlett — digo.

Procuro o celular no bolso, e vejo que a tela está trincada. E sei por quê.

O fim começou quando aquele desgraçado chutou Valentino escada abaixo. Não sei o que rolou na hora dos tiros, mas ninguém vai me ver derramando uma lágrima sequer porque aquele arrombado morreu. Já foi tarde, estou cagando. Não importa quanto tempo de vida eu ganhe por causa do crime daquele babaca, nunca vou ser grato, nunca vou superar a forma como ele foi baixo com Valentino.

Ligo para Scarlett.

— Até que enfim, Val — diz ela, aliviada, acreditando que é seu irmão na linha.

— É o Orion — aviso, com a voz fraca.

— Ah.

Meu silêncio fala por mim.

Scarlett suspira.

— Posso falar com ele?

— No momento ele está sendo atendido pelos médicos. Ele está vivo, mas... a coisa está feia, Scarlett.

Não há silêncio algum, apenas lamentações de agonia.

— O que aconteceu?

Não vi tudo, mas conto cada detalhe do que sei. Dalma permanece por perto enquanto repasso a história. Dayana e Dahlia nos encontram, e Floyd lhes dá um abraço apertado.

—Valentino estava sendo um herói — conto.

Me interrompo antes de dizer que ele morreu como um. Fico no telefone, e choramos juntos.

Quando as portas se abrem, tenho esperanças de que um milagre tenha acontecido. Mas Valentino não aparece com todo o sangue de volta no corpo ou com todos os cortes e machucados curados, como se tudo não tivesse passado de um truque de Photoshop. É a dra. Emeterio, e ela conversa com Floyd e Dayana enquanto fica olhando para mim. Tento pegar a mão de Dalma, mas percebo que ela já está segurando a minha. Eu a aperto com tanta força que sou capaz de quebrar seus ossos e meu celular.

—Valentino está bem? — pergunto.

Scarlett engole o choro enquanto também espera por uma resposta.

O rosto da dra. Emeterio é um grande spoiler.

—Valentino está apresentando sinais de morte cerebral.

Fico sem ar, é como se eu estivesse caindo pelas escadas de novo. Tudo dói tanto que estou prestes a apagar. Ela fica falando de níveis de oxigênio, de colocá-lo em ventilação mecânica, de mais preparativos para a operação e um monte de outras coisas que não consigo processar, porque o cérebro de Valentino está desligando. Ou seja, ele está praticamente morto.

—Você está pronto para receber o coração de Valentino, Orion? — pergunta a dra. Emeterio.

Estou sem chão. Parece que não sou digno, ou que tenho culpa pelo que sempre esteve escrito nas estrelas: que ele morreria para que eu pudesse viver.

— Orion? — chama Scarlett ao telefone. — Você não vai deixar o coração do meu irmão ser desperdiçado, né?

A pergunta parece uma faca de dois gumes: não devo recusar o transplante, mas também, depois que a cirurgia der certo, tenho que usar o coração direito, fazê-lo valer a pena.

Não vou, e vou.

É o que Valentino queria, e é o que eu quero também.

— Eu vou viver — anuncio, como um juramento, mesmo que a Central da Morte possa estar errada a meu respeito.

E então o fim começa, e acontece muito rápido.

Sou apressado até outra sala e, enquanto me preparam para a operação, fico pensando que é hora de dar adeus ao meu coração, ao coração que meus pais me deram. Ele deveria ficar para sempre comigo, mas agora a sensação é de que estão me contando que minha sombra vai parar de me seguir. Minha vida, de uma hora para outra, vai ser reformulada por causa de uma morte súbita. Isso se eu não acabar com o pé na cova também.

Tenho um minuto com o time Young antes que a dra. Emeterio me leve para a mesa de cirurgia. Não há tempo o suficiente para dizer tudo o que eu queria dizer e tudo o que desejo para eles, então apenas digo:

— Obrigado por fazerem eu me sentir parte da família.

Eu poderia ficar para sempre nesse abraço em grupo.

Mas não posso.

Tenho mais uma parada antes de começarmos.

— Preciso ver Valentino primeiro.

E ninguém no mundo vai me impedir.

Então sou levado para a sala de cirurgia. Valentino está na maca com o rosto todo machucado.

Eu me inclino, sussurro as palavras que devia ter dito quando sabia que ele poderia me ouvir e o beijo pela última vez.

Em seguida, vou para a mesa de cirurgia.

Se tudo der certo, Valentino vai viver em mim até o fim dos meus dias.

Mas eu não faço ideia de como tudo vai acabar.

PARTE CINCO
O COMEÇO

Sempre amei o ditado "Águas passadas não movem moinhos". Ele carrega um significado específico para cada um. Pode ser sobre qualquer coisa: uma pessoa amada, um órgão... Até mesmo sobre um estilo de vida — ou de morte. O que significa para você?

— Joaquin Rosa, criador da Central da Morte

1º de agosto de 2010
ORION
1h19

A Central da Morte nem deve estar mais funcionando, mas, se estiver, eles provavelmente vão me ligar a qualquer instante, porque há um buraco no meu peito.

É um buraco metafórico, mas dói tanto quanto se fosse de verdade.

Além do mais, não tenho como atender a nenhuma ligação porque há um tubo na minha garganta.

Estou muito grogue, sedado devido à cirurgia. O problema é que anestésicos funcionam só para a dor física. Não ajudam em nada a curar um coração partido.

Nem mesmo quando substituem meu coração pelo do meu namorado.

DALMA YOUNG
1h23

A Central da Morte poderia muito bem ligar para Dalma Young e dizer que ela vai morrer hoje, e seu maior desejo seria viver um dia tão mágico quanto o que Orion compartilhou com Valentino.

A dra. Emeterio diz que a cirurgia foi um sucesso, mas a celebração da família é uma comemoração contida. Essa vitória veio acompanhada de uma perda devastadora.

Dalma dá um braço apertado na mãe, e chora pensando nos muitos anos que vai poder passar ao lado de Orion. Agora pode imaginar sem medo os dois virando shots de bebida juntos para comemorar quando fizerem 21 anos, igualzinho a suas mães; pode imaginá-lo celebrando junto da família quando ela se formar; os discursos que darão no casamento um do outro e tudo o mais. Lógico que nada é garantido nessa vida, não importa quão saudáveis as pessoas sejam. Essa lição foi aprendida com os pais de Orion e agora com Valentino. Mesmo com um coração novo, não há nenhuma garantia de que Orion vá ter as mesmas chances de um não transplantado.

Mas Dalma pode sonhar, pode ter esperança.

E, acima de tudo, pode garantir que o tempo nunca passe como se fosse irrelevante.

— A gente pode ver o O-Bro... que dizer, o Orion? — pergunta Dalma, enxugando as lágrimas.

— Daqui a pouco — responde a dra. Emeterio.
— Obrigada por tudo, doutora — agradece Dayana. — Você nem imagina o quanto...
— Eu só queria ter conseguido salvar os dois.

Até agora, a morte de Valentino não tinha sido confirmada em voz alta.

— Vamos colocá-lo nas nossas orações, e a família dele também — comenta Dayana.

— Só a irmã — corrige Dalma.

Os pais de Valentino que orem por si mesmos.

Dayana guia a oração da família e deseja paz para a alma de Valentino, força para Scarlett e amor e luz para os dois.

Quando termina, Dalma encontra o número de Scarlett no celular. Está salvo ali desde ontem à noite, quando Valentino ligou para ela pela primeira vez.

Não consegue evitar; a sensação enquanto faz a ligação é a de que trabalha na Central da Morte.

SCARLETT PRINCE
22h29 (Fuso horário das Montanhas Rochosas)

O celular de Scarlett toca, e ela sabe que não é o irmão ligando. Nunca vai desistir de um milagre, mas não espera que algum aconteça a essa altura do campeonato. Deve ser a companhia aérea entrando em contato a respeito da bagagem, como se ela fosse se importar com o paradeiro de suas roupas e do equipamento fotográfico depois de ter perdido sua outra metade. Mas não é. Scarlett não reconhece o número de Dalma a princípio, mas então logo se lembra de que a garota é a melhor amiga de Orion, e uma das últimas pessoas a ver seu irmão com vida.

Ela nem se dá ao trabalho de se recompor.

— Alô.

— Oi. Scarlett, aqui é Dalma Young. Sou a amiga do Orion.

— Eu sei.

Scarlett quase pergunta se aconteceu algo de errado, como se já não fosse óbvio.

— Ah, sim. Acho que a médica vai te ligar a qualquer momento, mas…

— Meu irmão morreu.

Ela receberia bem a notícia de que Valentino entrou num coma profundo, contanto que significasse que ele continua vivo, mas não é isso que está esperando.

— Sinto muito, Scarlett.

Scarlett odeia o impulso que sente de sair correndo do quarto para ir chorar nos braços dos pais. Se eles não tiveram a decência de tratar Valentino bem em vida, então não têm o direito de lamentar a morte dele ou de consolá--la. Mas ela não pode negar que esses impulsos apareceram porque está se sentindo muito sozinha agora. Valentino não está mais ali, não está mais nesse mundo para abraçá-la.

A solidão de se tornar filha única já chegou.

Scarlett se sente vazia. Será que é possível se sentir tão vazio?

Quer bater na porta do quarto de Valentino e perguntar o que ele acha.

— Tem alguma coisa que eu possa fazer por você? — pergunta Dalma.

Ela se esqueceu de que estava ao telefone.

— Só me diz que deu tudo certo.

— Deu — responde Dalma, com a voz marcada pela culpa.

O que deu errado com o irmão de Scarlett deu certo com o amigo de Dalma.

— Que bom. — Era o que Valentino queria. — Você está com a câmera dele?

— Estou, sim. Você ainda vem para Nova York? Se não vier, posso mandar pelo correio junto das coisas que ele deixou no apartamento.

Scarlett não consegue nem imaginar ficar em Nova York sem Valentino.

— Vai ser solitário demais.

— Não vai, não — garante Dalma. — A gente não se conhece, mas Orion e Valentino provaram para mim que isso não importa. Se você vier, nunca vai ficar sozinha. Minha família é sua família.

Parecem palavras bonitas, algo que se diz para confortar alguém que perdeu a pessoa de quem era mais próxima. Mas Scarlett decide confiar nessa desconhecida. Valentino fez a mesma coisa, e deu certo de todas as formas que importam. Além do mais, ela não se imagina continuando nessa casa, sozinha com os pais que fizeram Valentino ir para longe.

Em Nova York, Scarlett vai ser corajosa para honrar a memória do irmão. Não vai tratar a cidade como o lugar em que ele morreu. Em vez disso, vai pensar em Nova York como o lar onde ele viveu.

Há labaredas cintilando em seu peito vazio, como se a esperança a estivesse esquentando de dentro para fora, como as chamas de uma fênix prestes a renascer.

Sua vida está mudando. Na verdade, já mudou. E ela vai precisar de um recomeço para superar o luto, para reimaginar um futuro totalmente diferente, um futuro sem seu irmão gêmeo.

Mas jamais vai esquecê-lo.

Scarlett não precisa carregar o coração do irmão para que ele viva para sempre em seu peito.

GLORIA DARIO
3h04

A Central da Morte não ligou para Gloria Dario, porque ela não vai morrer hoje, mas, por dentro, Gloria sem dúvida se sente morta.

Nunca, nem em um milhão de anos, Gloria previu que o primeiro Dia Final terminaria com seu marido morto... assassinado pelo próprio filho. O mais confuso é o motivo de a Central da Morte não ter ligado para Frankie. Sim, Gloria cadastrou Frankie escondido, mas ainda assim era o número dele que estava cadastrado. Por que será que a Central da Morte não ligou? Será que erros como esse serão corrigidos no futuro? Por outro lado, se tivessem ligado, talvez Frankie tivesse matado Gloria num acesso de raiva. No fim das contas, foi o que quase aconteceu. Ela está viva apenas por causa do filho, mas às custas da vida e do futuro do menino.

Na delegacia, Gloria mantém Pazito por perto.

Embora o homicídio tenha sido em legítima defesa, ela percebe que resolver a situação não vai ser tão simples. Haverá investigações, depoimentos serão tomados, e a ideia de alguém enxergar esse garoto maravilhoso como algo diferente disso a deixa de coração partido. E se algum juiz tentar lhe tirar a guarda de Pazito só porque ele queria salvar a vida da mãe? Rolando fica repetindo que nada disso vai acontecer devido aos registros do histórico abusivo de

Frankie. Gloria quer desesperadamente acreditar nele, mas quando o sistema de justiça foi justo? E mesmo que Pazito não vá preso, o que tudo isso vai causar na vida dele?

— Sra. Dario?

Gloria olha para o policial.

— É sra. Medina.

Ela está retomando seu sobrenome de solteira. Nunca mais vai usar o sobrenome de homem nenhum, nem mesmo o de um que a ame do fundo do coração. Acima de tudo, Gloria precisa ser ela mesma, e isso é algo que nenhuma outra pessoa pode definir o que significa.

— Sra. Medina, seria possível falarmos com Pazito sozinho? Apreciaríamos a cooperação, mas entendemos se a senhora preferir esperar um advogado.

Gloria sabe que não adianta brigar e, além disso, eles não têm nada para esconder. Ela ergue o queixo de Pazito com o dedo. Ele a encara com terror nos olhos.

— Eles vão me prender — diz a criança.

— Eles só querem conversar — garante Gloria. Como mãe, é seu dever protegê-lo. E isso sempre significou defendê-lo de todos os medos, fossem eles monstros debaixo da cama ou, agora, em uma realidade digna de um pesadelo e que pode marcar sua vida. — Seja sincero, Pazito. Não minta.

— Não vou mentir, mamãe.

Em vez de ficar se crucificando e pensando em tudo o que acredita que poderia ter feito de diferente para evitar que estivessem ali, ela puxa o filho para um abraço rápido, mas apertado. Há apenas um caminho: seguir em frente. Se tudo der certo, vão dar um jeito nessa situação juntos. E, se Gloria conseguir curar sua mente e seu coração, poderá convidar Rolando para lhe acompanhar nessa jornada. Não é uma decisão fácil, ainda mais depois de sua última grande decisão impulsiva ter resultado na morte do marido, um homem pelo qual ela não espera lamentar jamais. Mas vai saber. O luto é estranho, e pode fazer com que as pessoas sintam saudade de alguém que nunca lhes tratou bem.

Pazito arrasta os pés pelo corredor ao lado do policial enquanto olha para trás durante todo o caminho.

Gloria se mantém firme até o filho entrar em uma sala de interrogatório e, assim que a porta se fecha, ela chora.

— Ele vai ficar bem — diz Rolando.

Em vez de culpá-lo por ter lhe encorajado a seguir o coração, ela decide acreditar que tomou a decisão certa.

Há tempos sombrios pela frente, mas ela escolhe se concentrar no horizonte, onde o sol vai nascer e iluminar todos os lugares que precisam de luz. E Gloria Medina continuará a florescer, florescer e florescer.

3 de agosto de 2010
ORION
14h04

A Central da Morte não ligou ontem à noite, nem na anterior.
Estou começando a acreditar que a cirurgia foi um sucesso.
Que vou viver.
O tubo finalmente foi retirado da minha garganta, e agora consigo respirar por conta própria. O soro será removido mais tarde. Essas máquinas que me monitoram vão ser usadas em outra pessoa. Acho que essa vai ser a noite em que vão me transferir para outra unidade, onde vou receber atendimento cardíaco especializado. Se tudo der certo, talvez eu vá para casa em breve. É difícil processar o fato de que passei boa parte da vida em hospitais, mas que, assim que sair daqui, talvez não volte por um bom tempo. Não deve ser assim para sempre, mas minhas chances são muito maiores do que antes.
Passei os últimos três dias mais para lá do que para cá, mas agora estou acordado e conversando com minha família para me atualizar das coisas, enquanto tento colocar um pouco de comida no estômago. Depois da primeira noite, Dayana e Floyd têm se revezado para ir descansar em casa com Dahlia quando o horário de visitas termina, mas Dalma se recusa a sair do hospital, alegando que talvez eu acorde e precise dela. E eu preciso mesmo, mas, a não ser que ela seja uma mestra necromante, não há nada que possa fazer.

Fico sabendo de tudo o que perdi.

Primeiro, Frankie foi morto pelo próprio filho. A criança que deu as boas-vindas a Valentino quando ele chegou no prédio. Não faço a menor ideia de como o garoto arranjou uma arma, mas ele puxou o gatilho duas vezes para impedir que a mãe fosse assassinada. A situação virou notícia e há uma investigação acontecendo. O menino, Paz, contou à polícia que sua mãe parecia prestes a morrer e disse que, embora a Central da Morte não tenha ligado para a mãe, ele queria salvar a vida dela. É meio difícil acreditar que isso vai fazer alguma diferença, ainda mais agora que todos sabem que a Central da Morte errou pra caramba.

Essa é outra notícia importante.

Joaquin Rosa deu uma coletiva de imprensa em que divulgou os números da inauguração da Central da Morte. Eles tiveram um histórico perfeito de previsões, mas falharam ao não entrar em contato com doze Terminantes, incluindo Frankie. Ele disse que vai ser assombrado por essas perdas pelo resto da vida e que fez tudo o que pôde para garantir que isso nunca mais aconteça. Parece que as pessoas estão comprando a história, sobretudo porque não houve mais erros durante meu tempo de recuperação. A Central da Morte vai crescer, crescer e crescer, quem sabe até se expanda para o mundo inteiro. É um serviço que talvez assuste algumas pessoas, mas aposto que, ao compartilhar a história de Valentino, eu faria qualquer um mudar de ideia a respeito das possibilidades que se abrem quando sabemos sobre o nosso destino.

O Dia Final tem, sim, seus horrores, mas se nos comprometermos a viver, ele também pode ser lindo.

DALMA YOUNG
16h44

A Central da Morte não ligou para Dalma Young, porque ela não vai morrer hoje, mas sua grande ideia finalmente nasceu.

— Já sei qual é o aplicativo que eu quero criar — anuncia Dalma, sozinha com Orion no quarto do hospital.

— Ah, é? — pergunta ele, baixinho.

Orion não parece muito interessado, mas Dalma sabe que ele só não está com cabeça para essas coisas. É um luto diferente daquele de quando perdeu os pais quando era criança. Daquela vez, ele berrava o tempo inteiro e ficava confuso sempre que acordava. Dalma compreende, mas não sabe como é a sensação de perder um amigo. Ou um namorado. Agora, porém, ela vê o potencial de encontrar as pessoas antes que seja tarde demais.

— Mesmo que tenham vivido só um dia juntos, você e Valentino mudaram um ao outro. Você o fez ficar em paz antes de morrer, e ele vai continuar com você até o fim dos seus dias — diz Dalma, pensando mais na marca que Valentino deixou na alma de Orion do que no novo coração no peito de seu amigo, mas essa parte foi importante também. — Acho que consigo criar um aplicativo para garantir que ninguém morra sozinho.

— E como funcionaria?

— Todo mundo faria um perfil para encontrar a melhor combinação, mas acho que a seleção não deveria ser aleatória. É algo pessoal, e o Terminante deveria escolher quem quer convidar para sua vida, ainda mais com tão pouco tempo. Dá até para criar uma opção para juntar Terminantes. Aí, qualquer um que tenha a honra de ser escolhido para fazer companhia para o Terminante vai ajudar da forma que puder. Pode ser só fazendo companhia mesmo, enquanto a pessoa dá um jeito nas coisas, ou então animando o Terminante para viver uma vida inteira no Dia Final.

Há um brilho nos olhos de Orion, quase como se todo o tempo que passou com Valentino estivesse passando em sua mente.

— Isso vai mudar a vida de muita gente, Dalma.

— Tomara que sim.

Dalma não tem como saber se Orion vai chegar a usar o aplicativo algum dia. É difícil imaginar uma coisa dessas a essa altura. Ele é forte, mas será que seu novo coração aguentaria mais tristezas?

Essa é uma pergunta que o tempo responderá quando chegar a hora.

— Já sabe como vai se chamar o aplicativo? — pergunta Orion.

O nome surge para Dalma como um raio.

— Último Amigo.

ORION
16h54

Eu fui o Último Amigo de Valentino.

O aplicativo de Dalma vai dar vida a conexões incríveis, mas é uma faca de dois gumes pesada demais para quem não tem coração forte. O Último Amigo precisa entender que o Terminante não vai apenas morrer, mas que ele provavelmente vai testemunhar a morte dessa pessoa. É assustador. Mas nem todas as cicatrizes são ruins. Olho para a que atravessa meu peito.

A cicatriz que deixa claro que não fui apenas o Último Amigo de Valentino, fui muito mais.

17h17

— Quando foi que ele morreu? Que horas?

Da mesma forma que quero saber tudo a respeito da vida de Valentino, também quero saber sobre sua morte.

A dra. Emeterio para de analisar os monitores e dá uma olhada em sua prancheta.

—Valentino veio a óbito às nove horas e onze minutos. Nove. Onze.

Bem quando pensei que esses números, que também marcaram a morte dos meus pais, não tinham como me assombrar ainda mais.

18h17

— Tem visita para você — informa Dalma à porta do meu novo quarto.

Meu palpite é que não seja ninguém da família.

— Quem é?

— Scarlett.

Meu coração, o coração de Valentino, bate tão forte que parece estar gritando.

—Você está se sentindo disposto para receber visitas? — pergunta Dalma.

Não, mas não tenho como dizer isso.

Ainda mais para a irmã do garoto que me deu o coração.

Foi bom não ter ficado muito surpreso com a chegada de Scarlett, porque ela me faz lembrar mais de Valentino do que eu esperava. Sua energia parece igualzinha à dele quando nós viemos ao hospital na noite passada. Quer dizer, naquela outra noite. O tempo anda estranho. Naquele dia, Valentino estava tentando aceitar seu destino, e agora Scarlett está fazendo o mesmo. Mas isso é algo que vai levar bastante tempo.

Ela está com o cabelo preso num rabo de cavalo, e seu rosto não tem um pingo de maquiagem. Ela é mais branca do que parecia nas chamadas em vídeo.

— Vou dar um pouco de privacidade para vocês — diz Dalma, antes de fechar a porta e sair.

Tento me sentar, mas ainda não tenho forças.

— Oi. Quando você chegou?

Scarlett fica em silêncio. Depois de um tempo, quando fala, nem responde à pergunta. Só diz:

— Obrigada.

— Ah, você não precisa me agradecer. Seu irmão que é o herói aqui.

Não me corrijo por ter usado o verbo no presente para falar de Valentino.

— Você estava por perto e deu apoio ao Val quando eu não pude fazer isso — diz Scarlett, arrastando uma cadeira para perto da minha cama. Ela se senta e tira a câmera de Valentino de dentro da bolsa. — Ele disse que a câmera foi ideia sua.

— Ele merecia ser visto. Sinto muito por não ter sido você quem fotografou todas essas recordações.

— Teria sido incrível. O sentimento é de que fui roubada.

— E foi mesmo.

Ele era o modelo e ela, a fotógrafa. Duas faces da mesma moeda; se complementavam e faziam o outro brilhar.

— Obrigado por ter documentado o Dia Final dele.

Scarlett liga a câmera e, por um segundo, fico com medo de que não funcione, de que tenha quebrado igual ao meu celular. Ela começa a navegar pelo início da galeria.

— Você pode me conduzir pelo túnel do tempo? — pede ela.

Parece que havia um vazio no meu peito (sim, é uma piadinha, me deixa, tá?) que me impediu de ver as fotos até esse momento. Essa era para ser uma das últimas coisas que eu ia viver com Valentino. Em vez disso, vou atravessar o túnel do tempo com a irmã dele, sem deixar nenhum detalhe de fora.

Vai ser a primeira das muitas vezes que vou honrar Valentino.

6 de agosto de 2010
JOAQUIN ROSA
2h07

A Central da Morte não ligou para Joaquin Rosa, porque ele não vai morrer hoje. E sua empresa não vai falir.

O que muitos acreditavam desde o início ser um experimento condenado ao fracasso por fim foi reconhecido como um empreendimento de sucesso.

A última semana foi cheia de mudanças: companhias aéreas domésticas se organizaram para que nenhum avião decolasse até que os pilotos estivessem fora de perigo, uma medida que esperam estender aos passageiros; policiais e detetives querem aliar a Central da Morte a certas investigações, como as de desaparecimento, para economizar recursos caso a pessoa não possa mais ser salva; cientistas estão se preparando para fazer testes clínicos em Terminantes, e então deixarão o pagamento pelos testes para a família ou para alguma instituição escolhida; há pressão dos militares para manter a Central da Morte apenas nos Estados Unidos, mas Joaquin vai, sim, expandir o sistema para todos os países interessados, porque não quer sua invenção sendo usada como arma, quer que seja uma ferramenta para salvar todas as pessoas do mundo; e o mais tocante, médicos estão defendendo a atualização de práticas a serem utilizadas em seus pacientes, sobretudo depois que a morte de um Terminante no primeiro dia da Central da Morte levou à salvação de outra pessoa por meio de um transplante de coração.

E não foi qualquer Terminante.

Foi Valentino Prince, o primeiro Terminante para quem Joaquin ligou no dia da inauguração da Central da Morte.

Mas, claro, nem tudo vai tão bem assim. Enquanto houve um recorde de novos cadastros depois da primeira noite, pesquisas continuam mostrando que milhões de cidadãos ainda se sentem desconfortáveis com o sistema. Há quem acredite que a Central da Morte contratou o assassino com máscara de caveira para realizar os ataques na Times Square, como se a empresa precisasse instaurar o medo para ser bem-sucedida. Joaquin não tem nenhuma conexão com o assassino, nem com qualquer um dos outros mascarados que causaram pânico naquele dia. E, embora o homicida tenha sido responsável pela primeira morte registrada na noite de estreia, Joaquin teme que não seja a última vez que queiram fazer um ataque parecer um ato de protesto. Infelizmente, ele ainda não tem uma bola de cristal para prever essas coisas, então o mistério continua.

Assim como a Central da Morte.

É ironicamente trágico que todo o esforço de Joaquin para que as pessoas vivam suas vidas tenha lhe impedido de aproveitar a própria. Nos últimos tempos, ele só consegue ver a esposa e o filho no jantar, que, na verdade, é seu café da manhã, já que passa a maior parte do dia dormindo devido ao turno da madrugada ou ocupado em inúmeras ligações. Joaquin simplesmente não pode se dar ao luxo de não estar presente na empresa depois do fiasco na inauguração em que doze Terminantes morreram sem serem alertados. Inquieto, ele afasta a pilha de papéis para o lado e sai do escritório. Precisa entender que, embora não possa ir aonde quer, há portas se abrindo para outras pessoas.

Joaquin está de pé no call center, onde seus mensageiros cumprem a missão de sua vida.

Para esse momento chegar, houve muita mágoa e perda pelo mundo, e também no mundo do próprio Joaquin. Atingir essas novas e surpreendentes metas, com uma visão que ninguém em sã consciência imaginou que poderia se tornar realidade, teve seu preço.

Mesmo que a Central da Morte possa dizer quando alguém vai morrer, não há como prever se a vida dessa pessoa mudará no decorrer de seu Dia Final. Essas são descobertas que os Terminantes precisam fazer sozinhos, enquanto vivem de peito aberto, até a última batida de seus corações.

7 de agosto de 2010
ORION
11h17

A Central da Morte não me ligou, porque Valentino Prince salvou minha vida.

Finalmente voltei para casa, e estou me preparando para a primeira noite na minha cama desde que me deitei com ele aqui. É uma daquelas primeiras vezes que também foi a última, e eu amo e odeio isso. Ainda bem que não vou ficar sozinho. Dalma e Scarlett vão me fazer companhia em sacos de dormir.

Não foi apenas uma nova família que Valentino deixou para trás.

Quando cheguei em casa hoje, Scarlett me surpreendeu com um álbum contendo todas as nossas fotos. Eu já as tinha visto no hospital enquanto contava todas as histórias para ela, mas agora tenho meu álbum para abraçar, e Scarlett vai ficar com a câmera do irmão. Eu amo todas as nossas fotos juntos, em especial as que tiramos no High Line e na Times Square, a primeira e a última.

Quase uma vida inteira se passou entre uma e outra.

Observo as fotos de Valentino desfilando no metrô. Fico tentado a mandá-las para a agente dele, assim ela veria o que o mundo perdeu por não ter acreditado na Central da Morte, mas essa mulher não merece vê-lo em toda a sua glória.

Mesmo na morte, tudo o que quero é proteger Valentino.

Alguém bate na porta pela milésima vez desde que cheguei em casa, e olha que faz só uma hora.

— Oi!

— Sou eu — diz Dalma, do outro lado.

— E eu também — acrescenta Scarlett.

Não sei por quê, mas não estou no clima para companhia agora. Me avisaram que variações de humor e depressão são efeitos colaterais de uma cirurgia cardíaca, como se fosse esse o motivo de eu estar tão, tão, tão, tão, tão, tão, tão, tão, tão no fundo do poço. Meio que quero ficar sozinho hoje à noite, descansando na cama enquanto assisto a alguma porcaria na TV e folheio o álbum de fotos. Mais tarde, quando eu não conseguir dormir, é quando vou precisar muito de outras pessoas comigo.

— Que foi?

— Trouxe uma coisa para você — responde Scarlett.

— Outra coisa?

Talvez sejam mais roupas de Valentino que eu possa abraçar, ou o perfume que ele usava.

— A gente pode entrar? — pergunta Dalma. — Vai ser rapidinho.

Desisto.

— Aham.

Dalma e Scarlett entram no meu quarto. Scarlett está com o punho cerrado, mas eu aposto que o que ela tem para mim não é um soco na cara. Não sei do que se trata, talvez seja alguma coisa de Valentino da qual ela esteja disposta a se desfazer e ache que eu vá gostar. Talvez uma cópia da certidão de óbito, o que pode até parecer mórbido, mas que eu guardaria no meu baú do tesouro junto da reportagem sobre tudo o que aconteceu no prédio dele e tudo que mantive sobre o 11 de setembro ao longo dos anos.

— O que é? — pergunto.

Não quero ser grosseiro, mas é que a mágoa e a tristeza me atingiram com força, mesmo com o coração de Valentino me mantendo aqui, inteiro.

— Tinha outra coisa na câmera — conta Scarlett.

— O vídeo que ele gravou para você — digo.

Ela assente.

— Tem só 4 minutos e 32 segundos, mas levei alguns dias para criar coragem e finalmente assistir tudo. Dói demais. Eu nunca soube como seria a vida sem ele... Valentino pode ter sido o primeiro de nós dois a chegar ao mundo e também a partir, mas as últimas palavras dele foram cheias de carinho. E isso tem me ajudado.

Não sei o que Valentino disse para Scarlett. Não é da minha conta, a não ser que ela decida conversar a respeito disso em vez de manter tudo em segredo.

— Mas tinha outro vídeo depois — diz Scarlett. — Primeiro pensei que era para mim, mas então o Valentino falou seu nome.

Meu coração antigo teria parado de bater com essa informação.

Meu coração novo está ganhando vida.

Talvez até rápido demais, mas estou aguentando o tranco.

— Ele gravou um vídeo para mim? — pergunto.

Scarlett assente.

— Eu não assisti, lógico. Só descobri ontem à noite, mas queria esperar até você estar em casa e instalado tudo antes de contar.

— Mas e se eu tivesse morrido antes...

O olhar perplexo de Dalma me faz calar a boca.

Se eu tivesse alguma chance de morrer sem assistir ao vídeo de Valentino, a Central da Morte teria nos avisado.

— Foi mal.

— É um mundo novo — afirma Dalma.

— A gente vai ter que se acostumar com o tempo — concorda Scarlett.

Com isso e muito mais.

Scarlett abre a mão e revela um pen drive. Também tenho um, que usava para os trabalhos da escola e para salvar meus contos, assim eu poderia tê-los caso meu notebook pifasse de uma vez por todas. Mas dentro desse pequeno guardião de memórias há um vídeo de Valentino dizendo meu nome. Talvez mais do que isso, mas se não for o caso, já seria bom o bastante.

— Obrigado.

Scarlett dá um sorriso.

— Eu que agradeço.

Quase pergunto pelo quê, mas é bem óbvio o motivo de ela estar me agradecendo. É por tudo.

— Quer assistir agora? — pergunta Dalma.

— Lógico, né?

Não passei a vida inteira com Valentino. Na verdade, não tive nem um dia inteiro com ele. Preciso de mais, e preciso agora.

Dalma põe o notebook sobre a minha cama e o conecta à tomada para que não desligue.

— Te amo, O-Bro.

— Também te amo, irmã.

É a primeira vez que a chamo de irmã, e não de um jeito "ah, ela é praticamente minha irmã".

Dalma aperta minha mão antes de sair do quarto com Scarlett.

Conecto o pen drive no computador que vou usar para escrever histórias sobre Valentino.

Para imortalizá-lo.

Clico no arquivo que foi nomeado *De Valentino para Orion*.

Ali está ele, no meu quarto, na minha escrivaninha, como se estivesse a menos de um metro de distância e não longe do meu alcance de todas as formas possíveis.

Aperto o play e Valentino Prince volta à vida.

— Oi, Orion.

Aqueles olhos azuis, meu nome saindo de seus lábios em formato de coração, o cabelo desarrumado porque tínhamos acabado de transar...

Se não fosse pela Central da Morte, eu até apostaria que esse vídeo seria a causa de eu partir dessa para a melhor. Mas saber que vou sobreviver me dá forças para assistir ao vídeo agora, para querer assisti-lo sem parar, para sempre.

Não vai me matar. Mas pode me curar.

— Não tenho muito tempo — diz Valentino. *Disse*. — E não é só porque hoje é meu Dia Final. Isso já está na cara. É que você está no chuveiro depois da nossa primeira vez juntos, que foi maravilhosa, e estou com medo de que você apareça a qualquer segundo. Acabei de gravar meu vídeo para a Scarlett e está tudo tão incerto... eu queria colocar algumas coisas para fora, porque vai que a morte me pega desprevenido, né?

Ainda bem que ele pensou nisso. Mas não quero pensar no rosto de Valentino machucado e ensanguentado depois da queda mortal escada abaixo. Tudo o que eu quero é me lembrar dele durante o Dia Final. Sorrindo, lindo, vivo.

— Não consigo nem imaginar o que eu faria sem você — disse Valentino. — Pode parecer estranho, porque tive uma vida inteira antes de você aparecer, mas mesmo que a gente não se conhecesse eu sabia que você era o tipo de pessoa que eu esperava encontrar. É fácil falar que tudo aconteceu na hora errada, mas poderia ter sido bem pior, né? Eu podia nunca ter te conhecido, Orion.

Seus olhos ficaram marejados, como se essa possibilidade fosse brutal demais.

E eu concordo plenamente.

— Um dos lados ruins de continuar vivendo, Orion, é que você vai ter que enfrentar o desafio de viver sem mim — afirmou ele, depois se encolhendo de vergonha. — Foi mal. Soou muito mais egocêntrico do que o esperado. Você me contou como o luto te afeta, e eu não estou no mesmo nível dos seus pais nem nada do tipo, mas sei que também não fui uma pessoa qualquer. Não quero que você fique no fundo do poço, ou que pense que precisa ser assim. Quero que você encontre alegria até nos dias que parecem tão difíceis quanto...

E então a porta se abriu. Valentino foi interrompido por mim, o Orion do Passado. A câmera continua focada nele. Na verdade, não consigo me ver, mas sei que estou parado na porta, só de toalha. É o meu jeitinho. Dói muito reassistir àquele medo nos olhos de Valentino, como se algo horrível estivesse prestes a acontecer.

— O que foi? — perguntou ele depois de se levantar da cadeira num pulo.

— Nada, não — respondeu o Orion do Passado. — Queria garantir que você estava bem. Tive um mau pressentimento... Fiquei nervoso.

Valentino foi tomado por alívio enquanto voltava a se sentar e respirava fundo.

— Eu estou bem. Só estava gravando um vídeo para a Scarlett. Algo para ela ter depois que eu... Tudo bem se eu terminar isso logo? Vai levar só um minuto.

— Leve o tempo que precisar... E vê se não morre! Você entendeu.

O Orion do Passado saiu, e Valentino deu um sorriso para a câmera.

— Desculpa por ter mentido — disse ele, com um sorrisinho. — Espero que você entenda.

Se algum dia eu tiver que mentir para alguém, espero que seja com tanto charme assim.

— Onde é que eu estava mesmo? — Valentino olhou para cima, como se tivesse preparado um discurso e suas palavras estivessem escritas no teto. — Por favor, não se entrega de mão beijada para o luto. Não espera o seu Dia Final chegar para começar a viver como a gente viveu. Se estiver tendo um dia ruim, tenta me fazer um favor e sai para dar uma corrida. É o que eu faria. É o que eu fiz muitas vezes, na verdade. — Ele ficou quieto, parecia perdido nos pensamentos. Mas então se reencontrou e deu um sorriso. — Quero que você descubra mais lugares na cidade, quero que seja corajoso para dar o primeiro passo na próxima vez em que se interessar por alguém. E você vai se interessar por alguém de novo, Orion. Por favor, não nega isso para você mesmo por medo de perder outra pessoa, ou pela culpa de estar vivo e eu, não.

Valentino chegou mais perto da câmera, tão perto que parece estar a um suspiro de distância.

— Antes de a Central da Morte me ligar, você me contou o que é o luto de verdade. Que, contanto que a gente continue existindo e respirando, em algum momento voltamos a viver. Você tem que viver, Orion. — Valentino bateu no peito. — Esse coração aqui não é meu ou seu. É nosso. Eu te amo, Orion. Viva bastante por nós dois.

É nesse ponto que o vídeo termina, mas minhas lágrimas estão apenas começando.

Valentino Prince me amou, e eu tive a chance de ouvi-lo dizer isso.

Posso ouvi-lo dizer isso até o fim dos meus dias, mesmo que seja apenas um eco eterno dessa mensagem.

Já não sou mais um conto. Agora sou um romance.

Melhor ainda, sou um projeto em andamento.

Tenho todas essas novas páginas em branco, e vou viver uma vida que valha a pena colocar no papel.

Para Valentino eu era o cocapitão do seu Dia Final, e eu vou considerá-lo o coautor da minha vida.

Vou descobrir mais primeiras vezes e ir com tudo quando for hora de criar esses momentos.

Vou correr pela cidade como se eu ainda fosse o guia dele.

Vou escrever uma história de amor épica sobre um personagem imortal chamado Valen.

Talvez eu até me apaixone de novo, e vou fazer questão de gritar meu amor aos quatro ventos antes de ser tarde demais.

É apenas o começo de muitas outras primeiras vezes que estão por vir.

Seguro minhas fotos favoritas de nós dois junto ao peito.

Perto do coração dele.

Do nosso coração.

AGRADECIMENTOS

Este livro tentou acabar comigo, mas eu sobrevivi. EBA!

Primeiro, um obrigado gigante para minha editora, Alexandra Cooper! Escrever um livro que se passa antes da história original no meu universo fictício favorito foi incrivelmente difícil. Alex foi muito paciente, compreensiva e atenciosa, mesmo quando eu ligava e dizia coisas do tipo "Oi, preciso reescrever um dos pontos de vista do zero!" e "Adivinha só qual livro que se passa no inverno vai precisar ser repensado para se passar no verão?" e "Pode me dar mais uma semana para revisar?", quando com certeza era mais do que só uma semana. Este livro não seria o que é hoje sem a confiança de Alex no meu processo caótico e sem toda a sua orientação em me ajudar a chegar no cerne desta história — em cada versão dela que eu propus.

Obrigado a minha agente e parceira de madrugadas extraordinárias, Jodi Reamer, por me incentivar e ter lido este livro apesar de *Os dois morrem no final* a ter traumatizado tanto que ela ficou com medo de se levantar para acender as luzes dentro de casa. Falando sério, gratidão imensa a Jodi por sempre me ouvir — se você me conhece, sabe que eu falo muito e tenho um milhão de ideias por minuto.

A Kaitlin López, que foi prestativa ATÉ DEMAIS! Foi ela quem percebeu que esta história não poderia se passar entre a véspera e o dia de Ano-Novo, por causa de dois detalhes aleatórios em *Os dois morrem no final*, detalhes esses que quase ninguém teria percebido. E, por mais que eu quisesse deixar esse problema de continuidade passar batido, já que mudar de estações — ainda mais a época das festas de fim de ano — não seria uma tarefa nada fácil, eu teria ficado atormentado se não tivesse feito as alterações necessárias. Créditos aos olhos de águia editorial de Kaitlin por ter feito este livro fazer sentido. (Não vou nem tocar no assunto dos fusos horários.)

A minha editora, HarperCollins! Obrigado a Rosemary Brosnan, Suzanne Murphy, Michael D'Angelo (em especial pelo título genial que melhorou o rumo dessa história!), Audrey Diestelkamp, Cindy Hamilton, Jennifer Corcoran, Allison Weintraub, Laura Harshberger, Mark Rifkin, Josh Weiss, Allison Brown, Caitlin Garing, Andrea Pappenheimer e toda a equipe de vendas; e a Patty Rosati e sua equipe, por serem os melhores do mundo. Obrigado também à capista Erin Fitzsimmons e ao artista Simon Prades por unirem forças mais uma vez para criar essa capa dos sonhos, que é ao mesmo tempo romântica e assombrosa.

A minha agência, Writers House! Obrigado a Cecilia de la Campa, Alessandra Birch e Rey Lalaoui por tudo que fazem para que meus livros cheguem aos quatro cantos do mundo. Fico impressionado com o alcance deles.

A meus amigos! Luis e Jordin Rivera, por manterem minha sanidade intacta; e Luis, por me deixar soltar spoilers enquanto eu trabalhava no rascunho para que assim continuasse motivado com a história, além de ter me dado ideias incríveis, como a estação secreta. Elliot Knight, por ser a primeira pessoa a me ouvir lendo um trecho deste livro, o que foi muito significativo de maneiras que são óbvias para nós e não precisam ser expostas aqui. Becky Albertalli, por me aguentar enquanto minha mente dava voltas procurando os potenciais narradores para este livro. David Arnold, por continuar sendo meu irmão/marido de mentira, e Jasmine Warga, por ser a única pessoa com quem quero comer guloseimas (veganas) em uma banheira. Arvin Ahmadi, por surtar pela minha escrita em terceira pessoa como se ela fosse a melhor do mundo, o que significa muito, já que o próprio Arvin é o melhor de todos nisso, então tem muitas das melhores coisas envolvidas aqui. Sabaa Tahir, por sempre ser sincera comigo quando acerto e me ajudar a descobrir uma saída quando erro. Robbie Couch, por todos os salgados com que sou recebido depois de ele ficar de babá da minha casa (e por ser mais uma companhia para comer doces, principalmente lanchinhos veganos!). Victoria Aveyard, que eu estou começando a suspeitar de que não mora em Los Angeles, porque a gente nunca se vê, mas amo o fato de a gente conversar por mensagem o tempo todo. Alex Aster, uma nova amiga que se tornou uma grande amiga na mesma rapidez com que ela grava um TikTok, o que é super-rápido. Angie Thomas, por ter escrito uma *prequel* antes de mim para que eu pudesse incomodá-la com perguntas sobre o processo de escrita. Marie Lu, Tahereh Mafi e Ransom Riggs — sempre admirei esses seres humanos incríveis, e tenho muita sorte por ter me aproximado deles explorando Los Angeles. Rebecca Serle, tenho tanto orgulho das nossas jornadas, tanto das pessoais quanto das profissionais. E Nicola e David Yoon, eu amo seus corações gigantes — principalmente porque significa que eles não vão largar minha amizade, apesar de eu falar palavrão pra cacete.

Este livro não teria sido finalizado sem meu grupo de conversa que migrou para uma sala no Zoom com o intuito de que todos nós conseguíssemos cumprir nossos prazos. Dhonielle Clayton, nossa administradora do Zoom que me tirava da sala para ir tirar um cochilo quando eu começava a bocejar demais. Mark Oshiro, nosso monitor de tempo que terminava nossas sessões com a voz de um massagista celestial. (Ao contrário daquela vez que eu chamei a atenção de todo mundo com os grunhidos demoníacos de dar medo que encontrei no YouTube). Patrice Caldwell, por não desistir do chat quando a gente estava surtando com os prazos. (E obrigado a Ashley Woodfold e a Zoraida Cordova por suas participações especiais!)

A minha mãe, Persi Rosa, que sempre mereceu mais do que a forma como a vi sendo tratada quando eu era criança. Apesar de ela carregar muitos arrependimentos, ainda consegue mostrar gentileza aos que não merecem. Fico deslumbrado com sua força inigualável e seu coração gigante. E também feliz em dizer que, apesar das semelhanças entre minha mãe e a personagem Gloria, minha mãe encontrou um amor seguro e verdadeiro.

Como sempre, um obrigado imenso aos profissionais de livrarias, bibliotecas e escolas! Agora, mais do que nunca, sou extremamente grato à determinação de vocês em disponibilizar meus livros para seus clientes, membros e alunos. Obrigado por comprarem essa briga.

E uma nova primeira vez — obrigado a todo mundo no BookTok/TikTok que ajudou *Os dois morrem no final* a viver uma segunda vida inacreditável. Um agradecimento especial a Selene, do @_moongirlreads, que foi a primeira pessoa a fazer o livro viralizar, abrindo mais uma vez as portas para que eu escrevesse sobre o universo da Central da Morte. Sou eternamente grato.

Às pessoas que leem meus livros, por manterem minha criatividade aguçada.

A minha psicóloga, por manter minha sanidade mental.

Ao meu cachorro, Tazzito, por me manter íntegro fisicamente, saindo para caminhar. Várias vezes ao dia.

E por último, mas não menos importante, a Andrew Eliopulos, que foi a primeira pessoa a amar este universo da Central da Morte, apesar de ter partido dessa para a melhor — profissionalmente! Não no sentido de morte! Ele está vivo. EBA! Sua genialidade em relação aos detalhes da Central da Morte vai viver para sempre. E além.

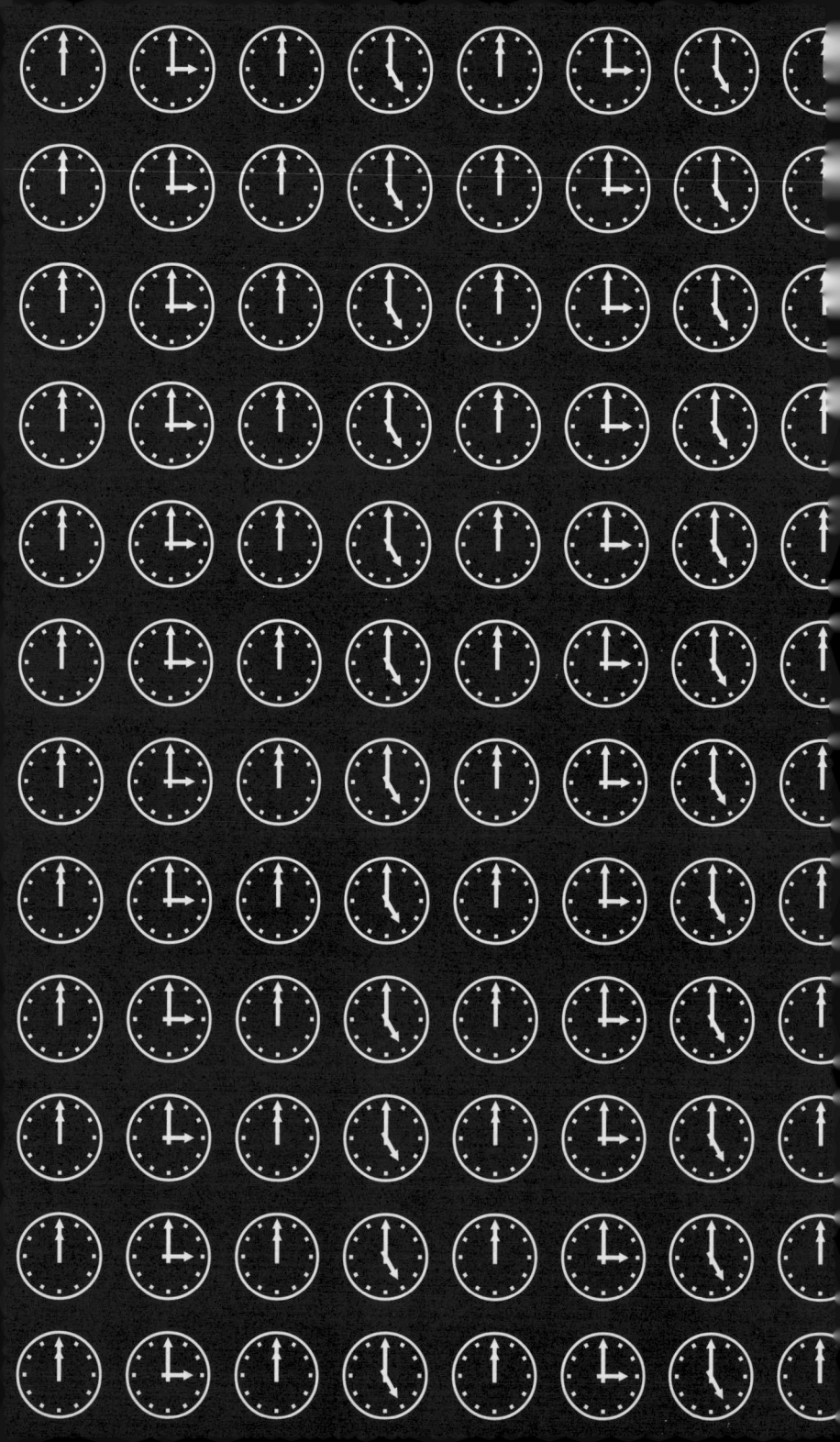

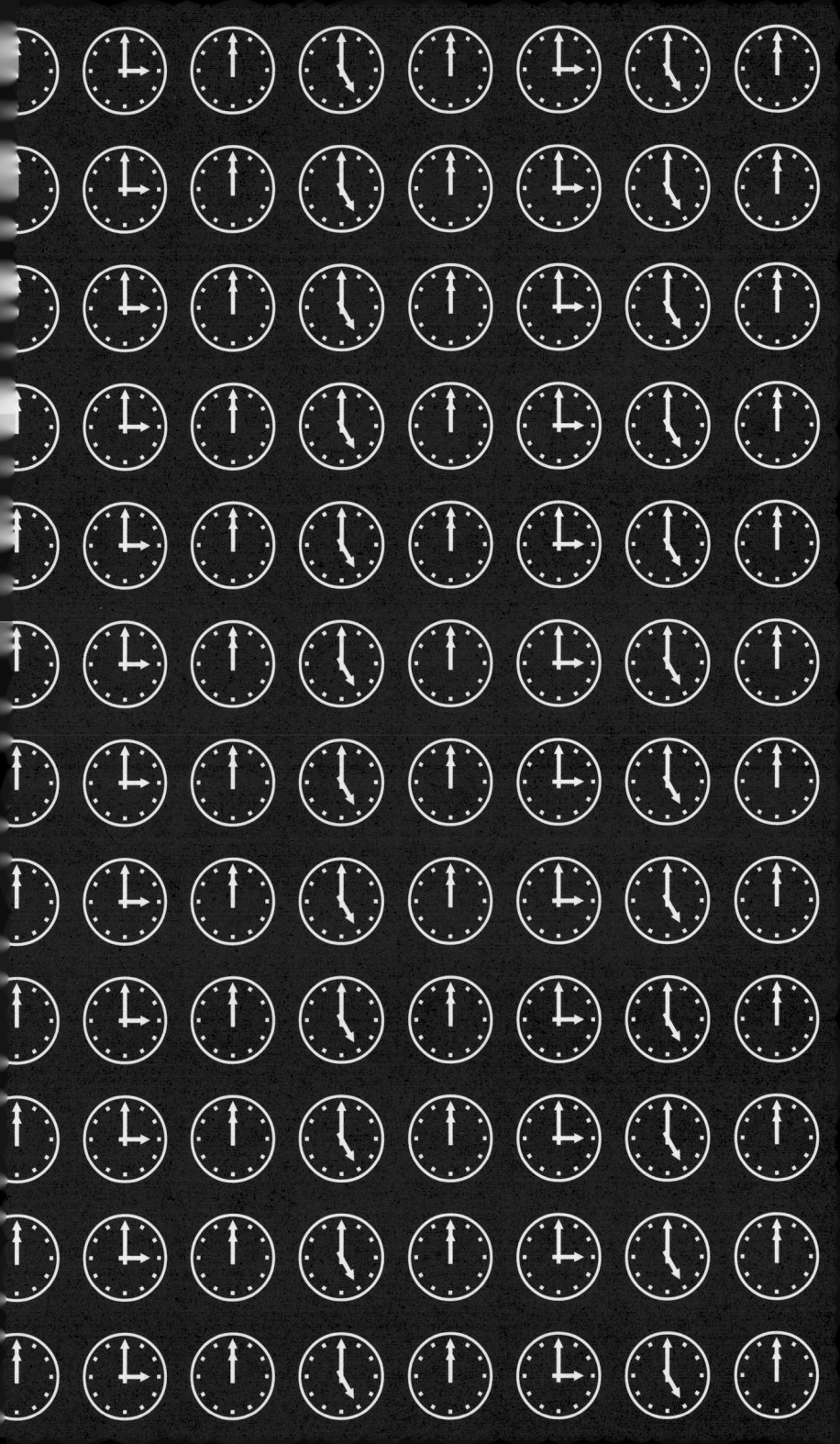

ENTREVISTA COM

ADAM SILVERA

A seguir você vai conhecer um pouco da experiência do autor ao retomar o universo do primeiro livro.

Como foi retornar ao mundo da Central da Morte?
Tem sido um sonho, de verdade! De todos os universos que criei, esse sempre foi o meu favorito, e é possível explorá-lo sob incontáveis perspectivas. Anos atrás, eu estava planejando uma história diferente sobre irmãos no mundo da Central da Morte, mas ela nunca chegou a ganhar forma e se tornar um livro. Comecei a achar que jamais conseguiria voltar a esse universo, então fiquei muito animado quando recebi o sinal verde para dar início à próxima história... Ou melhor, dar início à primeira história sobre a Central da Morte.

Quando surgiu a ideia para escrever sobre a origem da Central da Morte e sobre Orion e Valentino?
Eu estava conversando com minha agente, Jodi Reamer, sobre novas tramas envolvendo a Central da Morte e propus duas ideias: uma era um misto de *thriller* e romance, e a outra era uma *prequel*, uma história que se passaria antes do primeiro livro. Jodi ficou muito empolgada com a segunda proposta, assim como minhas editoras no Reino Unido e nos Estados Unidos, então decidimos seguir com essa ideia, porque de certa forma também seria uma homenagem apropriada ao aniversário de cinco anos de publicação de *Os dois morrem no final* nos Estados Unidos. No primeiro livro, eu já sabia quem eram os protagonistas, mas na *prequel* precisei descobrir quem seriam os heróis. Passei meses experimentando antes de chegar a Orion e Valentino, mas

sempre soube que queria incluir o criador da Central da Morte na trama, e de um jeito grandioso. Fico feliz em dizer que o papel dele será ainda maior no terceiro livro, o *thriller* romântico.

Você tem alguma cena favorita no livro? Se sim, o que a faz ser tão especial?

Ah, são tantas! Acho que ainda estou muito imerso na história para escolher apenas uma. Pensando no romance entre Orion e Valentino, eu amo tudo que acontece na Ponte do Brooklyn e na cena do desfile de Valentino no metrô. Agora, por um lado mais terapêutico, foi uma ótima experiência escrever os momentos em que Orion conta a Valentino sobre sua história com o 11 de setembro, porque grande parte da vivência de Orion na escola foi um reflexo da minha. E, emocionalmente, o último capítulo ganhou meu coração, porque, por mais que haja luto, também existe a promessa de vida.

Se você recebesse uma ligação da Central da Morte, qual seria sua prioridade nas horas seguintes?

Me perguntam isso há anos, e minha resposta sempre muda com base em onde estou e no que está acontecendo na minha vida. Então, agora, minha prioridade seria falar com minha mãe, meus melhores amigos, meus afilhados e minha família, fazendo tudo que estivesse ao meu alcance para ajudá-los financeiramente. Eu combinaria com alguém em quem confio todos os cuidados para garantir que meu cachorro, Tazzito, tenha uma vida incrível. Também mandaria uma Última Mensagem às pessoas que leem meus livros e apoiam meu trabalho. E escreveria algo. Não sei o quê. Talvez uma carta de amor, ou uma página de um diário (não que eu tenha um diário, mas talvez eu iniciasse um se estivesse prestes a morrer), ou um conto. Talvez fosse algo que eu compartilharia com um grupo seleto de entes queridos, com todo mundo na internet, ou algo que simplesmente morreria comigo.

Você tem algum recado para os fãs de *Os dois morrem no final* e *O primeiro a morrer no final*?
Obrigado por amarem Mateo e Rufus, e agora por abrirem seus corações para Orion e Valentino. Sou muito grato pelo apoio que vocês me dão e por permitirem que eu continue contando histórias. É uma jornada que torço para ser tão linda para vocês como é para mim.

1ª edição	OUTUBRO DE 2022
impressão	LIS GRÁFICA
papel de miolo	PÓLEN NATURAL 70G/M²
papel de capa	CARTÃO SUPREMO ALTA ALVURA 250G/M²
tipografia	BEMBO